EMCI
schreibt

M.C. Winter

THE

VEIL

Vertraue niemandem!

Roman

Die Autorin
M.C. Wnter ist seit ihrer Kindheit eine leidenschaftliche Geschichtenerzählerin mit einem Faible für vielschichtige Charaktere und atmosphärische Settings. Sie schreibt oft an der Grenze zwischen Spannung und emotionaler Tiefe, wobei gesellschaftliche Themen und moralische Grauzonen eine zentrale Rolle spielen. Wenn sie nicht gerade schreibt, findet man sie oft im Kino, genießt inspirierende Gespräche oder träumt bei einem Ausritt von neuen Geschichten.

Von M.C. Winter bereits erschienen
Die Schattenspringen-Reihe
Schattenspringen Bd 1 (2015)
Blutsbrüder Bd 2(2018)
Lichtläufer Bd 3 (2016)
Goldstaub Bd 4 (2015)

Spin-Off zu Schattenspringen
About Storms and drowning (2023)

THE VEIL – Vertraue niemandem! (2025)

Bibliografische Informationen der Deutschen Nationalbibliothek: Die Deutsche Nationalbibliothek verzeichnet diese Publikation in der Deutschen Nationalbibliografie; detaillierte Daten sind im Internet unter über http://dnb.dnb.de abrufbar
©2025 M.C. Winter

Coverdesign M.C.Winter via Canva.com
Alle Illustrationen via Canva.com
1.Auflage
Verlag: BoD · Books on Demand GmbH, In de Tarpen 42,
22848 Norderstedt, bod@bod.de
Druck: Libri Plureos GmbH, Friedensallee 273, 22763 Hamburg
ISBN: 978-3-7693-0559-3

Für alle, die sich einen
Neuanfang wünschen.

Playlist

Dermot Kennedy – Boston
X Ambassadors – Unsteady
Jeris Johnson - Kryptonite
Sebastian Schub – Sing like madonna
The Weeknd – Dancing like flames
Rosé feat. Bruno Mars – APT
Dermot Kennedy – Without Fear
Soap & Skin - Me and the devil
Milck - Devil devil
Florence and the machine - Big god
Ruby Amanfu – Bitch
Dermot Kennedy – Dancing under red Sky
Judith Hill – In the Air tonight

THE VEIL behandelt sensible Themen.

Eine explizite Triggerwarnung finden Leser*innen auf Seite 428.

Definition

Veil
  /veɪl/ Substantiv
  Bedeutung: Schleier

  - Eine dünne Hülle, die etwas verbirgt oder verhindert, dass man etwas klar sehen kann.

  - literarisch: Etwas, das verhindert, dass man weiß, was geschieht.

Prolog

Die Luft ist kühl und still, und ich stehe in der alten Diele des Hauses, meine Augen auf die vergilbten Fotos an der Wand gerichtet. Die Tapete hat sich über die Jahre gelöst. Gesichter, die mir vertraut und doch fremd sind, blicken mir entgegen – eingefroren in Augenblicken, die sich wie eine fremde Erinnerung anfühlen. Der Wind draußen lässt das Holz knarren, und für einen Moment ist es, als würde das Haus selbst all seine Geheimnisse für sich behalten wollen.

Hinter mir höre ich Schritte, leise und zögernd. Er tritt in den Raum, seine Silhouette umrahmt vom schwachen Licht der Dämmerung, das durch die verstaubten Fenster dringt. Ich spüre seinen Blick auf mir, warm und doch voller Sorge, als wüsste er, dass dieser Ort mich zu etwas zwingt, dem ich mich nicht mehr entziehen kann.

„Bist du dir sicher?", flüstert er. Seine Stimme zittert leicht, ein Hauch von Angst darin, und ich weiß, dass er sich genauso wenig sicher ist wie ich, was wir hier finden werden.

Ich nicke langsam, ohne den Blick von den Bildern zu nehmen. „Ich bin mir sicher", sage ich leise, die Worte schwer wie das Gewicht der Vergangenheit. Ein Teil von mir hätte es lieber nie erfahren – das, was in diesen Wänden verborgen liegt. Doch das Verlangen nach Antworten, nach der Wahrheit, zieht mich tiefer in die Dunkelheit.

Er tritt näher, bis ich seinen Atem an meiner Schulter spüren kann. Seine Hand berührt leicht meinen Arm, ein zögernder Trost, der nicht verbergen kann, dass sie weiß, wie unausweichlich dieser Weg geworden ist. Unausweichlich. Absolut. „Es wird gut werden", flüstert er, und seine Stimme ist kaum mehr als ein Hauch.

Ich schließe für einen Moment die Augen, das Rauschen der Vergangenheit dringt durch die Stille, ein Schatten, der nie ganz weichen will.

Wir stehen still, eingehüllt in die Ruhe und das Geheimnis dieses alten Hauses, umgeben von den Schatten, die sich an die Ecken klammern, als hätten sie selbst Angst vor dem, was sie verbergen.

1

Livia

Ich streiche mir eine widerspenstige Locke aus dem Gesicht und blase ungeduldig Luft aus. Vor meinem Spiegel stehend, halte ich die elegante schwarzgeprägte Einladungskarte in der Hand und frage mich erneut, ob das hier wirklich eine gute Idee ist. Die Karte, ein schlichtes, dunkles Rechteck mit goldener Schrift, lag vor zwei Tagen in meiner Post – ohne Absender und ohne nähere Erklärung. „Du bist eingeladen", steht darauf, und auf der Rückseite: die Adresse eines alten Stadtclubs in Boston, Back Bay.

Ich wohne mit meiner Kommilitonin Leyla zusammen in einer winzigen Wohnung in der Nähe des Uni-Campus der Boston University. Die Wohnung ist zweckmäßig – das Notwendigste, was man sich in dieser Stadt leisten kann, wenn man als Studentin auf sich allein gestellt ist. Meine Eltern leben mit meinen zwei kleinen Schwestern im mittleren Westen in Minnesota und das Geld ich, seit meine Mutter nicht mehr arbeiten kann, oft knapp. Ich habe nie viel auf äußeren Luxus gegeben, doch die Anziehungskraft der glänzenden Welt, in die diese Einladung mich führen könnte, habe ich nicht vollständig ignorieren können. Ich sehne mich danach, nicht nur zu überleben, sondern wirklich „da draußen" zu sein, Einfluss zu haben, wie die großen Journalisten, die Missstände aufdecken und die Welt verändern.

Ich schaue auf die Collage an der Wand in meinem Zimmer, die ich in den letzten Jahren angefertigt habe. Große Schlagzeilen und Titelbilder, der führenden Tageszeitungen und Magazine. Mein Traum ist es, irgendwann einmal einen Leitartikel in einem dieser Medien zu veröffentlichen. In der Times, dem New Yorker, dem Boston Globe, der Washington Post... Ich weiß, dass harte Arbeit dafür nötig ist. Harte Arbeit, Fleiß und vermutlich auch die nötigen Beziehungen. Ich gebe in meinem Studiengang alles, um nicht unterzugehen. Um einen guten Abschluss zu machen und, wie meine Mom, später für ein renommiertes Blatt schreiben zu können.

Meine Chancen hierfür wären größer, wenn ich in Harvard studieren könnte, aber Mom und Dad können sich die gewaltigen Studiengebühren einfach nicht leisten.

Als ob sie meine Gedanken gehört hat, klingelt mein Handy. „Hi Mom", melde ich mich und ich höre ihr dunkles, freundliches Lachen.

„Livi. Nie meldest du dich. Wir vergehen vor Sehnsucht!"

„Stimmt, Schatz", höre ich meinen Dad im Hintergrund.

„Die Mädchen vermissen ihre große Schwester."

Ich vermisse sie auch. Ich vermisse die Tage, in denen ich mit Laura und Louisa im Garten gespielt habe. Die beiden sind jünger als ich, manchmal fühle ich mich eher wie eine Tante. Trotzdem sind es meine kleinen Monster. „Ihr fehlt mir auch", sage ich.

„Was gibt es neues?", fragt Mom und ich lasse mich auf meine Matratze fallen. „Nicht viel. Ich muss demnächst bei Professor Carter eine Semesterarbeit anfertigen." Von der Einladung meiner Professorin zu dem Event heute Abend erzähle ich nicht. Stattdessen erzähle ich ihr von Leylas jüngstem

Dating-Desaster und davon, dass ich noch immer glücklich Single bin.

„Livi...", sagt sie tadelnd. „Du solltest dein Studium genießen. Ausgehen, Partys feiern, Jungs daten! Diese Zeit kommt nie wieder!"

„Ja, Mutter. Ich werde ausgehen und Jungs treffen", wiederhole ich brav, was sie hören möchte und sie lacht. Wir plaudern noch ein Moment, sie erzählt von Lous erster 4 in Mathe und davon, dass Laura Karate ausprobieren will. Dann legen wir auf.

Sie fehlen mir.

Ich seufze leise und mustere mich erneut im Spiegel. Ich sehe ihr ähnlich. Meiner Mom. Mit meinen dunklen Augen und dem wilden, leicht gewellten Haar, das mir kaum gehorcht, bin ich niemand, der in der Masse untergeht. Meine Gesichtszüge sind markant, und meine Augen haben diesen dunklen Schimmer, den mir mal jemand als „stur und voller Neugier" beschrieben hat. Meine Garderobe halte ich meist schlicht und funktional – doch für diesen Abend habe ich mich entschlossen, etwas zu wagen: ein schwarzes Kleid, das mir meine beste Freundin Leyla geliehen hat und das mir eine elegante, fast unnahbare Aura verleiht.

Ich bin auch wie Mom ehrgeizig, vielleicht zu ehrgeizig – und das weiß ich. Meine Kindheit hat mir eingebläut, dass ich mir alles im Leben hart erarbeiten muss. Ich stamme aus einer Familie, die oft am Rand des finanziellen Abgrunds balancierte, und habe früh gelernt, Verantwortung zu übernehmen – für meine zwei Schwestern Laura und Louisa, zum Beispiel. Als meine Mom ihr Augenlicht verloren hat, war Dad zu häufig mit ihr beschäftigt, als dass er sich noch um die Mädels hätte kümmern können. Ich hätte es ohne ihren Unfall vielleicht geschafft, eines der begehrten Stipendien für Harvard zu ergattern, aber so? So bleibt die Uni der Ivy-League nur ein Traum für mich. An der Boston-University bleibe ich oft eine Außenseiterin; ich habe nie das Gefühl gehabt, wirklich dazuzugehören, auch wenn ich mich oft über meine Arbeit zu profilieren versuche. Meine Kommilitonen genießen das Leben auch außerhalb der Seminare, aber ich habe zu hart dafür gearbeitet, um mir meine Noten durch Partys kaputt zu machen.

Dass ich jetzt hier in Leylas Kleid stehe, ist absolut untypisch für mich. „Es wird schon keine Katastrophe werden", flüstere ich mir selbst zu, als ich mich schließlich entscheide, die Einladung anzunehmen, wirklich dorthin zu gehen. Meine Professorin, Prof. Dr. Charleen Carter, die seit ein paar Monaten in diesen Kreisen verkehrt, hat mir diese Einladung verschafft. Sie meinte, es wäre wichtig, als angehende Journalistin die richtigen Kontakte zu knüpfen, und hat mich damit allein gelassen. Weitere Fragen, was mich hier erwartet, hat sie nicht beantwortet.

Professor Carter ist immer freundlich zu mir. Ich habe im letzten Semester eine Seminararbeit bei ihr geschrieben und sie war sehr zuvorkommend, als ich sie um Hilfe bat. Trotzdem: Es ist nicht so, dass ich ihre Lieblingsstudentin wäre, oder so. Ich kann mir einfach keinen Reim darauf machen, warum ich zu dieser Veranstaltung eingeladen wurde. Alles daran klingt elitär.

Ich bin nervös. Ich weiß nicht, was auf mich zu kommt. Ich bin gerne vorbereitet. Ich weiß nicht, ob noch andere aus meinem Studiengang eingeladen sind. Ich weiß überhaupt nicht, was mich dort erwartet.

Ich greife nach meinem Mantel, schiebe die schlichte Einladung in meine Tasche und mache mich auf den Weg. Auf der edlen schwarzen Karte ist nichts weiter als die Adresse hineingeprägt. Auf der Rückseite habe ich einen goldenen Ring entdeckt. Mehr nicht. Die Adresse führt mich nach Back Bay, das bekannt ist für seine eleganten, viktorianischen Brownstones, gehobene Boutiquen und renommierte Restaurants. Hier liegt die berühmte Newbury Street, und die Immobilienpreise sind hoch, was den Stadtteil zu einer bevorzugten Wohngegend für die Elite macht.

Die historischen Straßenlaternen leuchten in warmem Licht, doch der Weg zu diesem Stadtclub führt mich durch eine ältere Gegend Back Bays, die weniger gut beleuchtet ist. Ein leises, aufgeregtes Kribbeln breitet sich in meinem Bauch aus, und ich versuche, ruhig zu bleiben. Das hier ist mein Moment, die Chance, die Kreise kennenzulernen, die mich in meinem Ziel, Journalistin zu werden, vielleicht voranbringen können. Vielleicht ist jemand vom Boston Globe da. Vielleicht kann mich Professor Carter vorstellen. Vielleicht kann ich ein Praktikum–

Bei dem Gedanken daran wird mir ganz kribbelig. Der Boston Globe ist die größte Tageszeitung in Boston. Der Globe hat sich über die Jahre seines Bestehens einen Ruf für investigativen Journalismus erarbeitet und erhielt mehrere Pulitzer-Preise. Das wäre... Ich will gar nicht daran denken! Fantastisch!

Ich schlinge die Arme um mich, während ich die massiven Holztüren des alten Bankgebäudes in Back Bay mustere. Die Location für die Party könnte nicht eindrucksvoller sein: ein Monument der Bostoner Architektur aus dem späten 19. Jahrhundert, mit imposanten, neoklassizistischen Säulen, die die Fassade flankieren. Über der schweren Steintreppe, die sich in die Dunkelheit erhebt, wacht eine kunstvoll verzierte Balustrade, und die Details der Fassade – gekrönte Fenster, Steinreliefs und geschnitzte Embleme – scheinen im Dämmerlicht zu verschwimmen. Es fühlt sich an, als träte ich in ein Relikt einer vergangenen Ära voller Geheimnisse und Geschichte. Ich weiß, dass die Party keine gewöhnliche ist – diese Einladung ist speziell für jene reserviert, die in die exklusiven Kreise der Stadt aufsteigen wollen oder für die, die es bereits geschafft haben.

Mit einem kleinen Lächeln – mehr für mich selbst als für irgendjemand anderen – atme ich tief durch und trete ein.

Das Erste, was mir auffällt, ist gedämpft beleuchtete Atmosphäre des Inneren des Gebäudes. Die Empfangshalle ist majestätisch, strahlt Geschichte aus, und ich mit Sicherheit zu diesem Zeitpunkt der eleganteste Raum, in dem ich mich jemals aufgehalten habe.

Mir kommt sofort ein Bediensteter entgegen, nimmt mir meinen Mantel ab und bittet mich nach meiner Einladungskarte. Sichtlich beeindruckt reiche ich ihm sie ihm, während mein Blick nach oben gleitet und ich die Höhe der Halle förmlich in mich aufsauge. Eine junge Frau im smaragdfarbenen Kleid erscheint und geleitet mich durch die Halle in den nächsten Raum, aus dem ich gedämpft Gelächter und Gläserklirren höre.

Unsere Schritte hallen auf dem polierten Marmorfußboden in wieder und mein Blick wandert von dem kunstvollen Muster unter mir zu dem Bild an der Wand. Ist das ein Monet?

Die Schiebetür zum nächsten Raum gibt mir den Blick auf die Party frei. Massive Kronleuchter brechen das grüne Licht aus versteckten Scheinwerfern, so, dass schimmernde Reflexionen auf die Wände geworfen werden.

Die dunklen Holztäfelungen der Wände, die Messingdetails und antike, geschwungene Geländer, die Treppen und Geländer zieren, all das tritt in den Hintergrund, da der Raum übervoll ist mit Gästen.

Stimmen und das gedämpfte Klirren von Gläsern füllen den Raum, und alles wirkt eine Spur zu elegant, zu perfekt inszeniert. Die Frisuren der Frauen sitzen frei von Makeln, die Zähne sind kerzengerade, kein Gramm Fett zu viel ist zu sehen. Ich bin in einem Raum mit Topmodels – zumindest wirkt es auf den ersten Blick so.

Was ist das für eine Gesellschaft, frage ich mich.

Eine Kellnerin – ebenfalls im smaragdfarbenen Minikleid – schwebt mit einem Tablett Champagner an mir vorbei. „Ein Drink?", fragt sie und ich greife mir ein Glas. Eigentlich trinke ich nicht. Aber ich bin nervös.

Meine Augen scannen den Raum, während ich mich vorsichtig vorwärts bewege. Die Gäste scheinen einander alle zu kennen; Gruppen von teuer gekleideten Männern und Frauen lachen leise, tauschen intensive Blicke und ich stelle mir vor, dass sie sich Geheimnisse zu flüstern, die nur sie verstehen. Inmitten der glänzenden Roben und teuren Anzüge fühle ich mich wie ein Eindringling – und genau das bin ich ja auch. Ich trage ein geliehenes Kleid von Zara. „Bleib ruhig", sage ich mir in Gedanken, hebe den Kopf und setze mein bestes Pokerface auf.

Da löst sich aus einer Gruppe ein Mann und kommt selbstsicher auf mich zu. Um die Dreißig, mit glatt zurückgekämmtem, dunklem Haar und in einen perfekt sitzenden Anzug gehüllt, wirkt er wie aus einem alten Hollywood-Film herausgeschnitten. Seine Gesichtszüge sind scharf und irgendwie unnahbar, und obwohl er mir ein höfliches Lächeln zuwirft, fühlt es sich an, als beobachte er mich mit der gleichen Präzision, mit der man einen Stein in der Hand wiegt. Seine hellgrünen Augen sind so kühl wie sein grauer Anzug, und ich merke, dass ich den Blick nicht so leicht von ihm abwenden kann. Er ist attraktiv. Sehr attraktiv.

„Livia Santorini", begrüßt er mich, „Schön, dass Sie es geschafft haben," sagt er schmeichelnd, und seine tiefe Stimme lässt kaum eine echte Emotion durchblicken. Freut er sich, mich zu sehen? Ist er nur höflich? „Grayson Rutherford, herzlich willkommen in unserer kleinen Runde."

„Danke," antworte ich, versuche, so lässig wie möglich zu klingen, und doch prickelt es in mir vor Aufregung und Anspannung. Alles an ihm wirkt so präzise und kalkuliert, dass ich mich frage, ob er je aus der Fassung gerät. „Obwohl ich nicht recht weiß, wieso...", setze ich an und sehe mich unschlüssig um.

„In unserer Welt landet man nicht zufällig," sagt er, als könnte er meine Gedanken lesen. „Alles ist eine Frage der richtigen Wahl." Sein Lächeln wird ein wenig breiter, und ich kann die spürbare Distanz zwischen uns fast greifen. Ich weiß nicht, ob ich ihn faszinierend oder abstoßend finden soll, doch irgendetwas an dieser Mischung aus Kälte und Selbstsicherheit reizt mich.

„Was für eine Wahl?", mein Herz pocht heftig in meinem Brustkorb.

Er lächelt mich an und reicht mir die Hand. Sein Händedruck ist fest, fast unnachgiebig. „Später. In Frankreich bespricht man das geschäftliche nicht auf Partys."

Die Spannung in meinem Inneren steigt, als ich seine Hand loslasse und seinen kryptischen Worten nachsinne. Der Mann scheint zu wissen, wer ich bin, aber er hat sich mir nicht vorgestellt. Es ist, als würde er mich einer Probe unterziehen, als wolle er sehen, wie ich in dieser Welt navigiere – oder vielleicht, ob ich mich hier überhaupt halten kann. Sein Blick schweift ab, nur für einen Moment, doch ich spüre, dass seine Aufmerksamkeit noch immer wie eine Klinge auf mich gerichtet ist, bereit, jeden Fehler, jedes Anzeichen von Unsicherheit zu registrieren.

Ich nehme einen tiefen Atemzug und beschließe, meine Unsicherheit in Neugierde zu verwandeln. *In unserer Welt landet man nicht zufällig.* Diese Worte hallen in mir nach. Was meint er damit? Warum hat Professor Carter mich hierher eingeladen? Und wo ist sie? Ich habe sie noch nicht entdeckt – ebenso wie keinen anderen aus meinen Kursen. „Professor Carter hat-", setze ich an, doch er lächelt nur.

„Livia, Livia...", sagt er und schüttelt amüsiert den Kopf. Der Raum scheint sich um uns zu drehen, die leisen Klänge der Musik und das Murmeln der Gäste verschwimmen, als er sich einen Schritt zurückzieht und mich mit einem Blick mustert, der zwischen Neugier und Abwägung oszilliert.

„Genießen Sie den Abend, Livia," sagt er schließlich, mit einem Hauch eines geheimnisvollen Lächelns.

Er küsst meinen Handrücken, seine Lippen verweilen eine Spur zu lang auf meiner Hand, bevor er in der Menge verschwindet. Zurück bleibt ein Gefühl von Beklemmung und Reiz gleichermaßen. Es ist, als wäre ich durch eine unsichtbare Schwelle getreten, durch die ich nicht mehr so leicht zurückkehren kann. Die Worte meiner Professorin, dass ich die „richtigen Kontakte" knüpfen müsse, hallen in mir nach. *War das hier die Art von Kontakt, den sie meinte? Wer ist dieser Grayson Rutherford?*

Ein leichter Schauer läuft mir über den Rücken. Doch anstatt zu gehen, ziehe ich das Glas Champagner näher an mich heran und lasse meinen Blick über die glänzenden Gestalten um mich schweifen. Ich bin hier, um zu lernen – nicht nur über diese Gesellschaft, sondern vielleicht auch über mich selbst und den Preis, den ich für meinen Traum zahlen muss.

Gerade, als ich mich frage, ob ich den mysteriösen Mann je wiedersehen werde, erscheint Professor Carter meiner Seite. „Livia, Sie sind hier", sagt sie warmherzig und ich schaffe es gerade so, ein halbherziges „Ja" herauszuwürgen. Ihr Ausdruck ist weicher als in den Vorlesungen, fast mütterlich, als würde sie mir einen winzigen Einblick in eine andere, weniger distanzierte Seite von sich gewähren. Sie neigt leicht den Kopf und sagt: „Kommen Sie mit, Livia. Ich möchte Ihnen einige Bekannte vorstellen." Ohne auf eine Antwort zu warten, geht sie vor durch die Menge.

Ich halte meinen Atem an und versuche, mich meiner Umgebung bewusst zu bleiben – die verzierten Wände, die leise Musik, das leise, gedämpfte Gespräch der Gäste um uns herum –, doch mein Herzschlag übertönt alles. Diese Einladung fühlt sich an, als würde sie mich in eine neue Sphäre ziehen, eine, die mir bisher verwehrt geblieben ist.

Sie bleibt vor einer kleinen Gruppe stehen, und die Gespräche verstummen fast augenblicklich, als sich alle Blicke auf uns richten. „Livia," beginnt sie und wendet sich an eine elegante Frau mittleren Alters, die in einem dunkelblauen Kleid mit einem langen Perlenstrang gekleidet ist. „Darf ich Ihnen Diane Hargrove vorstellen, Herausgeberin des *Boston Globe*."

Mein Herz bleibt stehen. Vor mir steht eine der mächtigsten Frauen des Journalismus in Boston. Diane Hargrove ist bekannt für ihre knallharten, investigativen Artikel und ihren unermüdlichen Einsatz für die Wahrheit. Ihre blauen Augen mustern mich mit einer Intensität, die ich nur zu gut kenne – die einer erfahrenen Journalistin, die nicht auf Smalltalk aus ist, sondern auf klare Fakten.

„Miss Santorini, nicht wahr?", fragt sie in einem Ton, der freundlich, aber zugleich prüfend klingt. „Es freut mich, aufstrebende Talente wie Sie zu treffen. Meine Freundin Charleen erzählt, Sie schreiben mit einer Hingabe, die heutzutage selten geworden ist."

21

Ich starre Professor Carter perplex an und bemühe mich, die Fassung zu bewahren. „D... danke, das bedeutet mir viel." Ich spüre, dass ich jetzt keine belanglosen Worte verlieren darf, also setze ich mit einem schüchternen Lächeln hinzu: „Der *Globe* ist einer der Gründe, warum ich Journalistin werden möchte."

Diane Hargrove lächelt knapp, fast als hätte sie meine Worte erwartet. „Das hoffe ich doch, Miss Santorini. Der Journalismus braucht Idealisten, doch er braucht ebenso Leute, die die nötige Widerstandskraft haben, um in diesem Geschäft zu überleben."

Bevor ich antworten kann, zieht mich Professor Carter zur nächsten Person in der Gruppe. „Und dies ist Dr. Henry Whitaker, einer der größten Mäzene und Gründer mehrerer Stipendien für Studenten. Ohne ihn sähe die Zukunft vieler junger Menschen wohl anders aus."

Dr. Whitaker reicht mir die Hand und lächelt väterlich. „Aha, eine Studentin. An der BU, nicht wahr? Ihre Professorin Carter hat nur Gutes über Sie berichtet."

„Ich gebe mir Mühe, Dr. Whitaker," antworte ich mit einem Lächeln. „Professor Carter ist eine Inspiration für mich." Die Nennung meines Namens durch Diane Hargrove und nun auch durch Dr. Whitaker lässt mich fast erschauern. Es ist, als wüssten alle hier bereits, wer ich bin.

„Es ist die Art von Mühe, die oft belohnt wird, Miss Santorini. Ihre harte Arbeit ist nicht unbemerkt geblieben," antwortet Dr. Whitaker. „Vielleicht haben wir bald Gelegenheit, über Ihre Zukunft zu sprechen."

Mir wird klar, dass dies vielleicht die Momente sind, die Professor Carter meinte. Ich bin überwältigt, doch auch stolz – ich halte dem Blick dieser einflussreichen Menschen stand.

Dann lässt Professor Carter meinen Arm los und deutet mit einem kurzen Nicken in Richtung eines älteren Herrn, dessen graues Haar wie in Wellen zurückgekämmt ist und der den Raum mit einer ruhigen, aber durchdringenden Präsenz beherrscht. „Das ist Judge Samuel Irving, eine Institution im Bostoner Justizsystem. Seine Urteile haben oft die lokale Gesetzgebung beeinflusst."

„Sehr erfreut, Miss Santorini," sagt der Richter, seine Stimme ruhig und fest. „Junge Journalistinnen wie Sie haben die Macht, durch ihre Worte Gerechtigkeit zu bewirken. Aber ich hoffe, Sie wissen, dass Sie dafür den Mut brauchen, die Wahrheit zu finden und, was noch wichtiger ist, sie zu veröffentlichen − ungeachtet des Drucks, der auf Ihnen lasten könnte."

Ich schlucke, zu ergriffen, um sofort zu antworten. Es ist selten, dass Menschen wie Judge Irving sich direkt an jemanden wie mich wenden. Aber in seiner Art erkenne ich sofort die Hingabe für Gerechtigkeit und Wahrheit, die auch mich antreibt. „Das hoffe ich, Sir," antworte ich leise, und meine Stimme verrät meine Entschlossenheit.

„Meinen guten Freund William kennen sie bereits?"

Neben ihm steht ein älterer Herr mit weißen Haaren. „William Merrick", stellt er sich vor.

„Der Stadtrat", sage ich und bin ganz benommen davon, mit welch illustren Gästen ich mich hier unterhalte, als ob ich sie schon seit Jahren kennen würde.

Ich spüre ein Kitzeln im Nacken und drehe den Kopf leicht. An der Wand steht mein mysteriöser Begleiter von Beginn der Veranstaltung und hebt sein Champagnerglas lächelnd in meine Richtung. Ich erröte leicht. Grayson ist wirklich sehr attraktiv. Männlich. Ein wenig dunkel. Leyla würde sagen: *heiß*. Unter seinem Blick wird mir ein wenig heiß und ich werde das

Gefühl nicht los, dass er mich die ganze Zeit beobachtet, da dies eine Art Test ist, eine Initiation, die entscheidet, ob ich bereit bin, die nächste Stufe in meiner Karriere zu erreichen. Dann hebt er das Glas erneut und prostet mir zu, ein Hauch eines Lächelns auf seinen Lippen.

„Willkommen in unserer Welt, Livia," sagt er leise, und ich spüre, dass ich ab diesem Moment nicht mehr zurück kann.

Später am Abend rauscht mein Kopf. Ich habe Menschen kennengelernt. Menschen der Bostoner High Society. Einflussreiche Menschen. Richter, Anwälte. Menschen beim Fernsehen. Chloe Cole war hier, die Schauspielerin! Wenn ich das Leyla erzähle, dass ich ihre Lieblingsschauspielerin auf der Toilette getroffen – und ihr einen Tampon geliehen habe!

Der Abend ist mit Abstand der verrückteste in meinem Leben.

Es ist weit nach ein Uhr nachts, als ich mich verabschiede und nach Hause aufbreche. Als ich die Enge des Raumes hinter mir lasse und die kühle Luft der Eingangshalle einatme, spüre ich, wie sich die Anspannung in meinem Inneren langsam löst. Die Geräusche der Party, das gedämpfte Lachen und das Klirren der Gläser, liegen nun wie ein ferner Schleier hinter mir. Ich kann kaum glauben, dass ich diesen Ort wirklich verlassen will – doch irgendetwas an diesem Abend fühlt sich plötzlich falsch an, zu perfekt inszeniert, zu glatt. Die Worte des grauen Gentleman hallen in mir nach: *In unserer Welt landet man nicht zufällig.* Aber was, wenn ich *doch* zufällig hier bin? Oder schlimmer noch, in ein Spiel geraten bin, das ich nicht verstehe?

Ich spüre den Drang, die frische Luft der Straße einzuatmen und mich von der drückenden Atmosphäre zu befreien. Als ich die großen, schweren Türen nach draußen schiebe, weicht die

Wärme des Gebäudes schlagartig der kühlen Abendluft. Ein Moment der Erleichterung durchströmt mich, doch er wird abrupt unterbrochen, als ich plötzlich gegen jemanden pralle.

„Oh – Entschuldigung", stammele ich und sehe auf, nur um in ein paar tief liegende, geheimnisvolle sehr grüne Augen zu blicken. Der Mann vor mir hebt gerade sein Handy ans Ohr und wirkt dabei überrascht, mich zu sehen. Eine dunkle Strähne fällt ihm lässig über die Stirn, und die Art, wie er mich mustert – fast ein wenig belustigt und doch mit einer unergründlichen Tiefe – lässt mich innerlich innehalten. Er trägt Jeans und ein dunkles Hemd, die Ärmel locker hochgekrempelt, und hat eine Ausstrahlung, die so gar nicht in das Bild der Gäste auf der Party passt.

„Kein Problem", murmelt er und steckt das Handy zurück in die Tasche, ohne das Gespräch fortzusetzen. Einen Moment lang stehen wir uns einfach gegenüber, als würde keiner von uns genau wissen, was er sagen soll. Dann bemerke ich, dass seine Augen mich auf eine Art und Weise mustern, als wüsste er etwas über mich, das ich selbst noch nicht begreife.

„Livia, richtig?" Seine Stimme ist leise, ein wenig rau, und als er meinen Namen ausspricht, klingt es fast wie eine Warnung.

Ich fühle, wie mein Herz einen Schlag aussetzt. „Woher kennst du meinen Namen?" Ich versuche, die Unsicherheit aus meiner Stimme zu verbannen, doch seine Präsenz bringt mich aus dem Gleichgewicht.

Er lächelt schief, fast entschuldigend, und seine Augen funkeln im Licht der Straßenlaternen. „In diesem Spiel kann man nicht viel verbergen. Vor allem keine Namen." Sein Lächeln verblasst, und eine leichte Müdigkeit legt sich über seine Züge, als trage er etwas mit sich, das ihn unauslöschlich geprägt hat.

Ich schlucke und versuche, meine innere Faszination unter Kontrolle zu halten. „Dann kannst du mir deinen ja verraten", sage ich, und in meiner Stimme liegt ein Hauch von Trotz.

Er neigt den Kopf, sein Blick wandert kurz über die schattigen Gebäude von Back Bay, bevor er sich wieder mir zuwendet. „Ich gebe dir einen Rat, Livia. Einige Fragen bringen dich an Orte, an die du gar nicht willst."

Ich spüre, wie sich ein unbehagliches Kribbeln in meinem Inneren ausbreitet, doch ich will ihm nicht nachgeben. „Vielleicht ist das genau der Ort, an dem ich sein will."

Sein Blick hält meinen fest, und für einen Moment scheint er nach Worten zu suchen. Schließlich nickt er langsam. „Dann hoffe ich, du bist stark genug, um zu bleiben. Denn hier gibt es keinen einfachen Weg raus."

Er lässt mich stehen, und ich sehe ihm nach, wie er die Straße hinuntergeht und schließlich in der Dunkelheit verschwindet. Zurück bleibt ein unbestimmtes Gefühl in meiner Brust – ein Mix aus Faszination, Unbehagen und einem unstillbaren Drang, das Geheimnis hinter seinen Worten zu ergründen. Es ist, als hätte er mir einen Schlüssel in die Hand gedrückt, der eine Tür öffnen könnte, die ich vielleicht besser verschlossen lassen sollte.

2

Livia

Ich starre in meinen Kleiderschrank und schüttle innerlich den Kopf. Eine Routine, die mich jeden Morgen auf die gleiche Weise nervt. Von den paar Hemden und Hosen, die mir gehören, habe ich die meisten schon zu oft getragen – Uni-Uniformen, die mir das Gefühl geben, zu verschwinden, nicht aufzufallen. Ich seufze, ziehe mir ein schlichtes schwarzes Shirt über und schlüpfe in meine Lieblingsjeans. Nicht unbedingt aufregend, aber funktional. Schließlich bin ich hier, um etwas zu erreichen, nicht um aufzufallen.

Journalismus. Ein Fach, das mir mehr Freiheit und Macht gibt, als ich es in meinem bisherigen Leben je hatte. Die Möglichkeit, Geschichten aufzudecken und Wahrheiten ans Licht zu bringen, ist das Einzige, das mich wirklich antreibt. Dass ich so hart an meinem Studium arbeite, ist weniger eine Wahl als eine Überlebensstrategie. Es ist mein Weg, aus der Unsichtbarkeit herauszutreten und für etwas zu stehen.

Die Kontakte, die ich gestern Abend in Back Bay knüpfen konnte... Sie alle könnten für meine weitere berufliche Zukunft so so wertvoll sein. Diane Hargrove, Dr. Whitaker, Judge Irving... Diane – sie sagte tatsächlich, ich solle sie Diane nennen – sagte, bevor ich mich verabschiedete – ich solle mich bei ihr melden, wenn sie irgendetwas für mich tun könne.

27

Das ging zu leicht, oder?

Eine Party, und man war dabei?

Ich greife nach meiner Tasche und trete in die morgendliche Frische. Der Himmel ist wolkig, und ein graues Licht fällt auf die Stadt, als ich zur U-Bahn laufe. Der Zug ist voll, doch ich finde einen Stehplatz an der Tür und stütze mich mit einer Hand am Griff ab. Die Menschen um mich herum sind in ihre Handys oder Zeitungen vertieft, und für einen Moment bin ich einfach Teil dieser Masse, unsichtbar und anonym. Doch innerlich, während die Bahn ratternd durch den Tunnel fährt, spüre ich das leise Kribbeln der Erwartung – dass ich bald nicht mehr nur zuschauen, sondern mitwirken werde. Vielleicht. Ganz vielleicht.

An der Haltestelle steige ich aus und gehe zur Rolltreppe. Direkt an der Straßenecke liegt mein Lieblingscafé „The Roost", ein kleiner, unauffälliger Coffeeshop mit einem handgeschriebenen Menü an der Wand und einem Tresen voller Croissants und Muffins.

„Morgen, Livia", sagt Mira, als sie mich sieht, und schiebt mir ohne Nachfrage einen Coffee-to-go über den Tresen.

„Danke, Mira." Ich lächle kurz, nehme den Becher und atme den warmen, bitteren Duft ein, bevor ich einen großen Schluck nehme. Schwarz, heiß und intensiv – genau das, was ich brauche, um mich zu fokussieren und die Hektik des Morgens abzustreifen.

Mit dem Becher in der Hand gehe ich die letzten Schritte bis zur Uni. Während ich mich durch die Menge der Studenten schlängle, denke ich wieder an die Party und die Einladung, die vor ein paar Tagen in meiner Post war. Es fühlt sich wie ein Spiel an, eines, das ein bisschen zu groß für mich ist, und doch kribbelt mir der Gedanke, es einfach zu wagen und mitzuspielen.

Als ich die Uni betrete, hallen die Schritte der ersten Studenten leise durch die langen Gänge. Ich habe mich hier immer wohlgefühlt, mit dem Geruch von Büchern und dem Murmeln der Gespräche, die durch die Flure dringen. Aber heute ist etwas anders, wie ein leises Summen in der Luft, das ich nicht recht einordnen kann.

Ich gehe auf meinen Hörsaal zu, als ich ihn bemerke – den Mann von der Party. Grayson Rutherford steht mit dem perfekt sitzenden Anzug in einem der Gänge, die zum Hörsaal führen, die Hände lässig in den Taschen seines Mantels vergraben. Er sieht aus, als würde er hierhergehören, was mich irritiert. Es wirkt, als wäre er der Gastgeber und nicht ein Fremder.

Ich gehe auf ihn zu und bleibe kurz stehen, unsicher, was ich sagen soll. Aber er nimmt mir das Sprechen ab. „Livia", sagt er, mit einer fast unmerklichen Neigung des Kopfes, als wäre das unser geheimes Zeichen. Seine Stimme ist ruhig und tief, und seine grauen Augen mustern mich so genau, dass ich mir unwillkürlich überlege, ob ich irgendetwas übersehen habe.

„Was machen Sie hier?"

„Sie waren gestern Abend so schnell verschwunden, dass wir uns nicht mehr verabschieden konnten." Er tritt auf mich zu und lächelt charmant. „Wie bedauerlich", fügt er hinzu. „Dabei hätte ich gerne unsere Unterhaltung fortgesetzt."

Ein Teil von mir fühlt sich geschmeichelt, ein anderer ist misstrauisch. „Wie kommen Sie hierher?", frage ich, ein bisschen überrascht, aber auch neugierig.

„Ich habe das Gefühl, dass Sie auf der Party nach Antworten gesucht haben," sagt er, seine Augen lassen nicht von mir ab. „THE VEIL schätzt Menschen, die die richtigen Fragen stellen."

Ich zögere und versuche, einen kühlen Gesichtsausdruck zu bewahren. „THE VEIL?"

„Davon würde ich Ihnen gern mehr erzählen. Heute Abend, 20 Uhr, in Back Bay? Die Adresse kennen Sie ja." Er lächelt, dreht sich um und geht.

Ich stehe immer noch da und sehe ihm nach, obwohl er schon längst um die Ecke verschwunden ist, als Leyla, meine Mitbewohnerin, mich entdeckt. Wir sind im gleichen Journalismus-Kurs. Sie mustert mich neugierig, als hätte sie einen Schatz gefunden.

„Livi," ruft sie mit einem breiten Lächeln. „Sag mal, wer war der Hottie?"

Ich schnaube und zucke mit den Schultern, unsicher, was ich antworten soll. „Das war... Grayson Rutherford", sage ich zögernd, merke, wie sein Name seltsam auf meiner Zunge liegt. *Grayson Rutherford.* Es klingt nach einer Figur aus einem Roman, jemandem, der Welten in sich trägt, die für mich unerreichbar bleiben.

„Und den kennst du von? Jetzt lass dir doch nicht alles aus der Nase ziehen!" Leyla kichert.

„Von dieser Veranstaltung mit Carter."

„Für die ich dir das Kleid geliehen habe?" Sie runzelt die Stirn. „Ich dachte, das wäre ein Uni-Ding gewesen."

„Dachte ich auch", murmele ich nachdenklich.

„Es kann definitiv nicht mit der Uni zu tun gehabt haben, wenn da so heiße Typen rumgelaufen sind! Der Typ sieht aus, als hätte er die ganze Welt in der Tasche."

Ich zucke die Schultern. „Er ist... schwer einzuschätzen", sage ich und merke, dass das eine Untertreibung ist. Es liegt etwas an ihm, das ich nicht greifen kann, eine kühle Distanz, die mich gleichzeitig abstößt und anzieht.

Der Regen prasselt leise auf meinen roten Regenschirm, als ich das Stadthaus in Back Bay erreiche. Es ist das gleiche

Gebäude, das mich gestern so fasziniert hat – doch diesmal ist es still, kein Gedränge, kein Gelächter. Nur gedämpftes Licht und diese absolute Stille, die mich nervös macht. Ohne die festliche Beleuchtung wirkt das Gebäude düsterer und bedrohlicher, als ich es gestern wahrgenommen habe. Es ist üppig ausgestattet, die Kunstwerke, die überall an den Wänden hängen, sind auch heute noch beeindruckend, jetzt – wo nichts mehr von der Party zeugt. Ich atme tief durch und drücke die schwere Tür auf, betrete in Begleitung eines Butlers durch die Eingangshalle den Raum, in dem gestern die Party stattfand.

Grayson wartet bereits auf mich. Er sitzt in einem breiten Ledersessel in der Mitte des Raumes, entspannt, die Hände locker auf den Armlehnen. Seine meergrünen Augen mustern mich, ohne eine Spur von Emotion. Als ob er genau weiß, was ich hier will und warum ich gekommen bin. „Livia," begrüßt er mich knapp und zeigt auf den Sessel gegenüber. „Setz dich."

Setz dich. Okay, wir sind also zum *Du* übergegangen.

Ich zögere kurz, dann setze ich mich. Die Ruhe in seiner Stimme und der Raum, der mir so unnahbar vorkommt, machen mich unruhig. Seit der Party schwirrt mir sein Name im Kopf herum, zusammen mit all den unausgesprochenen Andeutungen und dem Geheimnisvollen, das er verkörpert. Heute will ich Antworten.

„Du suchst nach etwas, das nur wenige *wirklich* finden wollen," beginnt Grayson, ohne lange um den heißen Brei herumzureden.

„Das da wäre?"

„Anerkennung. Ruhm. Das wollen alle. Was dich von ihnen unterscheidet, Livia, ist, dass du bereit bist, sehr hart dafür zu kämpfen."

Ich starre ihn an, will fragen, woher er das wissen will, aber etwas in mir sagt mir, dass er es weiß. Er weiß, wie hart ist für meinen Highschool-Abschluss gekämpft habe. Er weiß, dass ich die Beste war. Dass ich besser war, als andere im County. Er weiß, wie hart die Umstände waren. Es ist sein Blick, die Härte darin, die mir verrät, dass er es wirklich weiß.

„Du gehörst zu den besten 5 Prozent in deinem Jahrgang. Zur Elite. Wir *sind* die Elite." Er lässt eine bedeutungsschwere Pause. „Wir bieten dir Zugang zu uns. Zu THE VEIL." Er lächelt.

Die Worte THE VEIL lassen meinen Puls steigen. Die Gerüchte, das Geflüster, das ich in den letzten Wochen, Monaten, mitgehört habe – könnte das alles wahr sein? Gerüchte von einem Netzwerk von Menschen, die sich gegenseitig unterstützen und supporten. Die dafür sorgen, dass die richtigen Leute die richtigen Supporter kennenlernen, um so Erfolg zu haben. Die Fäden in der Hand halten, die Entscheidungen treffen, von denen die meisten nicht einmal träumen würden.

„Aber-" Ich versuche, ihn nicht mit offenem Mund anzustarren. „Ich meine, warum ich?"

„Du bist klug, eloquent, scharfsinnig. Nicht zu vergessen... schön." Er lächelt und sein Blick gleitet bewundernd an meinem Körper hinab. „Du warst... die logische Wahl."

Ich bin überfordert. Meine Finger krallen sich in das weiche Leder des Clubsessels, in dem ich sitze und bin dankbar, dass er mir aus der Kristallkaraffe auf dem Tisch ein Glas Wasser eingießt. „Und... was... erwartet ihr... als Gegenleistung?" Ich wähle meine Worte vorsichtig, obwohl mein Herz längst entschieden hat, dass ich das herausfinden will. *Es gibt nichts im Leben umsonst.*

„Ich will, dass du deine Fähigkeiten für etwas... Größeres nutzt," sagt Grayson ruhig.

Ich fühle, wie meine Hände leicht zittern, halte sie aber in meinem Schoß fest. „Warum ich?", frage ich erneut und hoffe, dass er mir eine Antwort gibt, die mich von meiner Nervosität befreit. „Ich bin keine Detektivin, Grayson. Keine Spionin."

„Wir suchen weder das eine noch das andere", antwortet er. „Du suchst nach etwas Größerem. Etwas, das über dich hinausgeht. Du willst Ruhm." Er lehnt sich ein Stück vor, und ich spüre, wie sein Blick tiefer in mich dringt, als könnte er jede Unsicherheit und jeden Zweifel sehen, die ich zu verbergen versuche.

Ich lasse seine Worte sacken. Will ich das? Ruhm? In erster Linie will ich als Journalistin arbeiten, mich der Wahrheit verpflichten. Und ja, sicher auch erfolgreich sein. Deshalb arbeite ich so hart.

„Ich habe ein Angebot, dir eine Tür in die Welt zu öffnen, in die du eintreten willst. Aber ich muss sicher sein, dass du loyal bist." Sein Blick brennt sich in mich ein und ich spüre ihn förmlich in meinem Unterleib. Ich weiß nicht, ob mir das gefällt oder ob ich mich ihm ausgeliefert fühle. Es geht eindeutig eine sexuelle Energie von ihm aus, die irgendwie... ich weiß nicht. Ich rutsche nervös auf dem Sessel herum.

Ich finde das anziehend. Ich fühle mich zu seinem Angebot hingezogen, auch wenn ich nicht weiß, was genau er mir anbietet.

„Wir könnten einander nützlich sein. Wir – die Menschen, die diese Stadt formen – brauchen Menschen mit Talent und, nun ja, dem Mut, etwas Großes zu bewirken."

„Was genau bedeutet das?" Ich versuche, die Spannung in mir zu übergehen, als er milde lächelt.

„Das bedeutet, dass ich Türen öffnen kann. Türen, die Dir helfen könnten, zu finden, was Du suchst." Er lehnt sich ein Stück vor, sodass ich ihn beinahe riechen kann – einen kühlen Duft, ein wenig nach Bergamotte und dunkler Wald. Er riecht gut, angenehm. Als ob man in seinem Hals eintauchen möchte

- was mich irritiert, den etwas an ihm lässt mich Abstand halten.

Die letzten Worte lassen eine kalte Welle durch mich rollen.

„Welche Türen?", murmle ich, unsicher, ob ich mich ihm gegenüber wirklich verpflichtet fühlen will.

„Zum Beispiel zum Globe..." Er lässt das Ende offen, doch spüre ich das Gewicht seiner Worte.

Ich starre ihn mit offenem Mund an. Ist das sein Ernst? Er bietet mir die Chance, Eintritt zum Globe zu bekommen? „Wie... ein Praktikum?"

„Nun... so in der Art", sagt er vage. „Ich denke, das sollten wir bei einem weiteren Treffen besprechen." Er lächelt einnehmend und steht auf.

Ich nicke langsam. Ein Praktikum beim Boston Globe wäre der Wahnsinn! Ich habe auf der Party bereits mit Diane Hargrove gesprochen, das wäre-

Ich habe vermutlich die Chance, eine Wahrheit zu finden, etwas Großes aufzudecken, das meine Karriere und vielleicht sogar mein Leben verändern könnte. Ein kleiner Teil in mir zögert noch, aber die Faszination ist zu stark. „Das wäre fantastisch," sage ich schließlich und halte seinem Blick stand.

Grayson erhebt sich und mustert mich noch einen Moment, dann nickt er. „Gut. Sehr gut." Mit einem kaum wahrnehmbaren Lächeln wendet er sich ab und verschwindet leise in einem Nebenraum, als wäre er nie hier gewesen.

Ich verlasse verwirrt und mit klopfendem Herzen das Haus und trete hinaus in den Regen. Die kühle Luft schlägt mir entgegen, und ich atme tief ein. Ich spüre die Schwere des Versprechens, das er mir gegeben hat. Er wird mit Türen öffnen. Zum Globe. Das ist mein Moment – der erste Schritt auf einem Weg, der in eine Welt führt, die mir bisher verschlossen war.

Nach einer langen Vorlesung, die wie im Nebel an mir vorüberzieht, schnappe ich mir meine Tasche und gehe Richtung Campus-Ausgang. Ich brauche eine Pause, eine Auszeit von all den Gedanken, die mir seit der Begegnung mit Grayson durch den Kopf schwirren. Es ist dieser Sog, den ich nicht abschütteln kann, der Gedanke daran, etwas wirklich Großes aufdecken zu können – und das Gefühl, dass der Preis dafür vielleicht zu hoch sein könnte.

Ich gehe zur U-Bahn-Station und lasse mich von der Masse mitziehen. Sobald ich an meiner Lieblingshaltestelle angekommen bin, schlängle ich mich durch die Menschenmenge zum „Roost". Im Inneren des Cafés strömt warmes Licht durch die großen Fenster und die Regale voller Bücher und Pflanzen werden in sanftes Leuchten getaucht.

„Morgen, Livia," sagt Mira mit einem Lächeln. Sie schiebt mir ohne Nachfrage einen schwarzen Coffee-to-go über den Tresen – heiß, stark und ohne Schnickschnack, genau wie ich ihn mag.

„Danke." Ich lächle kurz, nehme den Becher und atme den warmen, bitteren Duft ein. Der erste Schluck ist wie ein kleiner Energieschub, der sich in mir ausbreitet und meine Gedanken klärt.

Ich setze mich an einen der Holztische, lehne mich zurück und lasse meinen Blick durch das Café schweifen. Die Wände sind bedeckt mit handgeschriebenen Zetteln, kleinen Notizen und Kritzeleien, die die Besucher hinterlassen haben. Ich liebe die Einrichtung; eine seltsame Mischung aus Alt und Neu, Vintage und Boho. Es ist ein Ort, an dem man nicht nur Kaffee trinkt, sondern sich kurz aus der Hektik der Stadt herausziehen kann.

Gerade als ich mich zurücklehne und den nächsten Schluck Kaffee nehme, bemerke ich ihn. Der junge Mann von der Party.

Er sitzt auf der anderen Seite des Cafés, ein Buch in der Hand, aber seine Augen wandern kurz zu mir, als ob er genau weiß, dass ich ihn entdeckt habe. Sein Blick ist schärfer, als ich es in Erinnerung habe, wie ein ständiger, innerer Alarm, der ihn wachsam hält.

Da ist etwas an ihm, das mich... anzieht. Er wirkt wie ein Schatten, den man nicht greifen kann – mit seinem zerzausten, dunklen Haar und dem leichten Bartschatten, der ihm etwas Raues verleiht. Seine Kleidung ist schlicht – Jeans, ein grauer Kapuzenpulli mit hochgekrempelten Ärmeln – und seine Haltung zeigt eine stille Wachsamkeit, als ob er jeden Moment bereit wäre, sich zu verteidigen. Etwas an ihm wirkt wie ein verborgener Abgrund, als ob er ständig an der Abbruchkante balancieren würde.

Er deutet auf den leeren Stuhl vor sich, und bevor ich es realisiere, habe ich meine Tasche gegriffen und gehe zu ihm hinüber.

„Also?", beginne ich, als ich mich hinsetze. Es klingt fast wie eine Herausforderung, doch ich spüre mein Herz schneller schlagen.

„Wie meinen?"

„Dein Name."

Er sieht mich an, und ein leichtes, fast abwesendes Lächeln huscht über sein Gesicht. „Mein Name ist nicht wichtig", sagt er schlicht.

Ich kann nicht verhindern, dass ich lache. „Du weißt schon, dass die UN 1989 bei den Kinderrechtskonventionen beschlossen hat, dass jeder das Recht auf einen eigenen Namen hat."

Er grinst schief. „Ja, schon. Aber das bedeutet nicht zwingend, dass man ihn jedem verraten muss."

„Pff", mache ich und rolle die Augen. „Ich möchte trotzdem wissen, mit wem ich spreche."

Er lehnt sich zurück, sein Blick bleibt jedoch auf mir haften.

„Nenn mit Donald."

„Trump-Fan?"

„Donald Duck-Fan."

Ich spüre, wie meine Neugier und mein Widerstand gegen sein Benehmen mich weiter in seine Nähe ziehen. Ich muss mir das Schmunzeln regelrecht verkneifen.

„Und warum sprichst du dann überhaupt mit mir?", frage ich und versuche, mich nicht allzu herausgefordert zu fühlen.

Er sieht mich eine Weile an, bevor er antwortet. „Vielleicht bin ich an einer längeren Ausführung über die Kinderrechtskonventionen interessiert."

Ich hebe eine Augenbraue, schiebe den Stuhl zurück und mache Anstalten zu gehen. „Vielleicht will ich ihn dir auch nicht sagen – zu deinem eigenen Schutz."

„Weil du Dinge weißt, für die du mich töten müsstest."

„So in der Art." Er lehnt sich lässig zurück und um seine Mundwinkel zuckt es.

Ich lehne mich ein Stück zurück und spüre die Härte des Stuhls gegen meinen Rücken. Das ist gut, denn das kleine Grübchen auf seiner Wange macht, dass ich ihn anstarre. Länger als mir lieb ist. Eine Stimme in meinem Inneren sagt mir, dass ich aufhören sollte, ihn weiter so anzusehen.

„Vielleicht bin ich bereit, dieses Risiko einzugehen", antworte ich und merke, dass meine Stimme rauer klingt als gewöhnlich. „Ich habe das Gefühl, dass du weißt, worauf ich mich eventuell einlasse. Und vielleicht könntest du mir helfen, das besser zu verstehen..."

Er beobachtet mich lange, sein Blick bleibt unergründlich. „Manche Dinge lassen sich nicht verstehen, bis man zu tief drin ist", sagt er schließlich, seine Stimme ist leise, als würde er mit sich selbst sprechen.

„Das klingt… wie eine Warnung", sage ich vorsichtig und spüre ein Kribbeln an meinem Hinterkopf.

Er zuckt mit den Schultern, doch sein Gesicht bleibt ernst. „Vielleicht ist es eine", murmelt er. „Einige Leute bleiben für immer im Wald, ohne es überhaupt zu merken."

„Welcher Wald?" Ich hebe irritiert die Augenbrauen.

„Dem, in dem du dich verirren wirst." Er seufzt schwer. „Partys, Essen, Stars... Dieser Wald."

„Und was ist mit dir?", frage ich und suche in seinem Gesicht nach einem Hinweis auf die Dinge, die er nicht aussprechen will. „Du marschierst einfach so... durch den Wald der Stars und Sternchen? Mein Gott: bist du selbst ein Star?!" Meine Stimme trieft vor Sarkasmus. Obwohl er gut aussieht, sehr gut, weiß ich, bin ich mir sicher, dass er nicht der Star eine C-Comedy auf Hulu ist.

Ein schwaches, bitteres Lächeln zuckt um seine Mundwinkel. „Manchmal hat man keine Wahl. Man wird in etwas reingezogen, und irgendwann kann man die Richtung nicht mehr ändern."

Eine Stille legt sich über uns, und ich fühle das Gewicht seiner Worte, dieses unsichtbare Band, das uns verbindet, obwohl wir uns kaum kennen. Er scheint selbst überrascht über seine Worte zu sein, denn seine Miene verschließt sich und er schüttelt den Kopf. „Vergiss das."

„Und wenn ich nicht will?"

„Wäre besser für dich." Er seufzt schwer und klappt sein Buch zu und steckt es, bevor ich einen Blick auf den Titel werfen kann, in seinen Rucksack.

Seine harten Worte treffen mich, und ein Knoten zieht sich in meiner Brust zusammen. Ich verstehe nicht, warum er so abwehrend ist und auch nicht, warum er mir seinen Namen nicht verrät.

„Und was, wenn ich es trotzdem nicht vergesse?"

Er steht mit einem Ruck auf, schultert seinen Rucksack und geht zur Tür. Dann bleibt er noch einmal stehen und sagt: „Dann läufst du demnächst durch den Wald und kommst nicht mehr hinaus."

Zurück bleibe ich mit einem Becher kaltem Kaffee.

3

Livia

Die Mensa ist heute überfüllt, wie fast jeden Vormittag, und ich sitze mit einem Kaffee in der Hand an einem kleinen Tisch am Fenster. Um mich herum summt der Raum vor Gesprächen und dem leisen Klirren von Geschirr, doch das alles zieht wie ein ferner Klangteppich an mir vorbei. Mein Blick schweift gedankenverloren nach draußen, aber meine Gedanken kehren immer wieder zu den letzten Tagen zurück. Das Treffen mit Grayson und dem Fremden gestern hinterlassen spröde Gedankenkreise.

Plötzlich taucht ein Schatten am Rand meines Blickfeldes auf. Ich sehe auf und merke, wie mein Herz einen kleinen Sprung macht, als ich Professor Carter vor mir stehen sehe. Sie trägt wie immer ihre kantige, dunkel umrandete Brille und hat das Haar zu einem strengen Knoten gebunden, was ihrem Gesicht einen entschiedenen Ausdruck verleiht. Doch heute liegt in ihren Augen etwas anderes – eine Mischung aus Neugier und dieser feinen Überlegenheit, die ich schon immer an ihr bemerkt habe.

„Livia," sagt sie mit einem freundlichen, aber scharf analysierenden Lächeln und setzt sich direkt mir gegenüber. „Schön, Sie hier anzutreffen." Ihre Stimme ist ruhig, durchdringend und lässt keine Aufgeregtheit durchblicken, auch wenn ich das Gefühl habe, dass sie ganz genau weiß, wo ich letzte Nacht gewesen bin. Ihre Hände ruhen gefaltet auf dem Tisch, und sie mustert mich mit diesem forschenden Blick, der wie ein Scheinwerfer jeden Winkel ausleuchtet.

„Na? Wie hat Ihnen der Abend neulich gefallen?", fragt sie mit einer beinahe beiläufigen Neugier, als wäre es nur ein höflicher Smalltalk zwischen zwei Menschen, die sich zufällig in der Mensa treffen.

Mein Mund fühlt sich trocken an, und ich zwinge mich, ruhig zu bleiben. „Es war... beeindruckend," beginne ich vorsichtig und halte ihren Blick. Ihre Augen verengen sich leicht, und ich spüre, wie mein Puls ein wenig schneller wird. „Es war definitiv spannend, so viele Menschen kennenzulernen, die Einfluss haben."

Professor Carter nickt und lässt ein fast zufriedenes Lächeln aufblitzen. Sie scheint die Antwort zu akzeptieren, als hätte ich genau das gesagt, was sie hören wollte. „Ja, das dachte ich mir," erwidert sie, ihre Stimme sanft und doch mit einem Unterton, der mehr verrät, als ich verstehen kann. „Solche Gelegenheiten sind selten, Livia. Manchmal bieten sie uns Einblicke, die man sonst nie erlangen würde. Nutzen Sie sie gut." Ihr Lächeln vertieft sich, und in ihren Augen blitzt eine geheimnisvolle Wärme auf, die ich mir nicht erklären kann.

Bevor ich etwas sagen kann, greift sie in ihre Tasche und zieht einen kleinen, schwarzen Umschlag hervor. Mit einer eleganten Bewegung legt sie ihn vor mich auf den Tisch. Der Umschlag ist nur ein paar Zentimeter breit und kaum dicker als eine Postkarte, doch er strahlt eine Schwere aus, die nichts mit seinem tatsächlichen Gewicht zu tun hat.

„Das hier wird Ihnen helfen, den nächsten Schritt zu machen," sagt sie leise, ihre Worte sind kaum mehr als ein

Flüstern, doch sie treffen mich mit einer Intensität, die ich nicht erwartet habe. Ihre Augen sind wieder auf mich gerichtet, und ich habe das Gefühl, dass sie in mir nach etwas sucht, was ich selbst vielleicht noch nicht entdeckt habe.

Ich sehe auf den Umschlag und dann wieder zu ihr. „Danke, Professor Carter", murmle ich und streiche mit den Fingerspitzen über das glatte, schwarze Papier. Es fühlt sich an, als würde ich ein Versprechen annehmen, das ich noch nicht ganz verstehe, und die Vorstellung daran lässt eine seltsame Mischung aus Aufregung und Unbehagen in mir aufsteigen.

Professor Carter nickt knapp, als wäre das Gespräch für sie abgeschlossen. „Ich habe das Gefühl, Sie werden sich gut einfügen", sagt sie mit einem vagen, vielsagenden Lächeln, das in mir das Gefühl aufkeimen lässt, dass ich bereits Teil von etwas bin, ohne es je bewusst entschieden zu haben.

Mit diesen letzten Worten steht sie auf, wirft mir einen abschätzenden Blick zu und verlässt die Mensa, als hätte sie nur einen kurzen Zwischenstopp gemacht, um mir diesen Umschlag zu überreichen. Ihre Gestalt verschwindet im Gewimmel der Studenten, und für einen Moment bleibt ein merkwürdiges Vakuum in mir zurück. Die Tasse in meinen Händen hat längst ihre Wärme verloren, aber ich halte sie fest, als sei sie ein Anker in dieser sich seit Tagen ständig verschiebenden Welt.

Ich atme tief durch und versuche, mir die Ruhe zu bewahren, die ich äußerlich zur Schau trage, doch mein Inneres fühlt sich, wie ein angespannter Draht. Ich schiebe den schwarzen Umschlag in meine Tasche und zwinge mich dazu, den Rest meines kalten Kaffees zu trinken, auch wenn mir der Geschmack nun unangenehm herb vorkommt.

Um mich herum ist die Mensa unverändert, die Menschen plaudern, lachen, essen. Alles sieht so normal aus, so völlig losgelöst von dieser neuen Welt, die sich mir nun Stück für Stück öffnet.

Ich bleibe noch einen Moment sitzen, die Tasse in meinen Händen, die sich kühl und fremd anfühlt. Gedanken rasen durch meinen Kopf, und obwohl ich versuche, mich auf den Lärm um mich herum zu konzentrieren, merke ich, dass ich die Gespräche kaum noch wahrnehme. Die Worte von Professor Carter, das Gewicht des Umschlags in meiner Tasche – es ist, als hätte jemand leise, fast unbemerkt, eine Tür geöffnet, die sich nun nicht mehr schließen lässt.

Irgendwann erhebe ich mich, mein Kaffee ist längst leer, und ich schiebe das Tablett mechanisch in den Wagen. Als ich die Mensa verlasse, fühle ich mich beobachtet, als würden Augenpaare meinen Rücken durchbohren. Ein paar Schritte weiter drehe ich mich um, aber da ist niemand – nur ein paar Kommilitonen, die an einem Tisch sitzen und lachen.

Ich schüttle den Kopf über mich selbst und gehe weiter, doch meine Schritte sind schneller als sonst, ein unbewusster Reflex, der mir zeigt, dass ich innerlich auf der Flucht bin, ohne genau zu wissen, wovor. Im Schatten der hohen, schmiedeeisernen Lampe, die den Weg zum Ausgang beleuchtet, bleibe ich kurz stehen und greife nach meiner Tasche. Der Umschlag scheint dort regelrecht zu glühen, so präsent ist er mir.

Draußen schneidet mir die kühle Herbstluft scharf ins Gesicht. Ich atme tief ein, versuche, das mulmige Gefühl abzuschütteln, das sich in meinem Bauch ausbreitet. Die Bäume sind kahl, die Blätter längst gefallen und zu kleinen Haufen zusammengeschoben. Alles wirkt so ruhig, als wäre die Stadt in eine Art Wachtraum gehüllt – und doch scheint in der Luft ein Geheimnis zu liegen, das nur darauf wartet, sich mir zu offenbaren.

Mein Weg führt mich über den Campus, und schließlich, ohne bewusst zu wissen, wie ich hierhergelangt bin, stehe ich am Rand des kleinen Parks hinter der Bibliothek. Es ist ein Ort, an den kaum jemand geht, ein verstecktes Stück Grün zwischen den strengen, imposanten Bauten der Universität, das nur wenige kennen. Hier bin ich allein, und ich nutze die Gelegenheit. Ich greife in meine Tasche und ziehe den schwarzen Umschlag hervor.

Langsam öffne ich ihn und finde darin eine Karte, schlicht und in elegantem Schwarz gehalten, mit einer silbernen Prägung, die mir entgegenblitzt. Es ist eine Adresse, keine Namen, keine weiteren Hinweise, nur eine Uhrzeit: *19:00 Uhr*. Mein Atem stockt. Die Adresse liegt in einem Viertel, das ich bisher nur aus Erzählungen kenne – ein Viertel, das in den Flüstertönen meiner Kommilitonen oft als der Treffpunkt der einflussreichen, aber auch der gefährlichen Kreise beschrieben wird.

Mit zitternden Fingern drehe ich die Karte um, doch auf der Rückseite finde ich nichts weiter als die feine, beinahe schon künstlerische Struktur des Papiers. Keine Erklärung, kein weiterer Hinweis. Nichts, was die Einladung greifbarer macht. Nur die schlichte, lautlose Botschaft, die mich auffordert, zu erscheinen.

Das Rauschen der Bäume im Wind und das ferne Murmeln der Stadt verschmelzen zu einem Klangteppich, der meinen Herzschlag übertönt. Eine Einladung – aber zu was? Zu einer weiteren Party?

Ich stecke die Karte zurück in den Umschlag und lasse ihn in meine Tasche gleiten. Ein kaltes, elektrisches Kribbeln zieht durch meine Arme, als ich die ersten Schritte zurück auf den Hauptweg mache. Ich weiß, dass es keinen Weg zurückgibt, dass ich diesen Pfad nun beschritten habe und die Frage, ob ich weitergehen soll, längst keine Wahl mehr ist.

Punkt 19 Uhr klingelt es an der Tür. Ich spähe aus dem Fenster in meinem Schlafzimmer auf die Straße und sehe eine schwarze Limousine am Straßenrand parken. „Fuck", murmle ich und muss grinsen. Dieser Grayson Rutherford lässt nichts anbrennen. Vorfreude und ein leises Kribbeln breiten sich in mir aus, und der Gedanke daran, Teil von etwas Großem zu sein, verdrängt die Zweifel. Ich checke im Spiegel mein Outfit und gehe, als ich fertig bin, in die Küche, wo Leyla ihre Bücher auf dem Tisch ausgebreitet hat.

„Schick gekleidet, Livia", sagt Leyla und hebt fragend eine Augenbraue. „Hast du ein Date?"

Ich lache leise und zucke die Schultern. „Ich bin mir nicht sicher", sage ich, „Eher... ein Treffen mit Leuten, die etwas einflussreicher sind als die üblichen Uni-Kontakte."

Leyla grinst und lehnt sich auf ihren Stuhl zurück, so, dass sie aus dem Fenster schauen kann – und pfeift. „Eine Limousine, ja? Nicht übel."

„Mal sehen," sage ich, obwohl das alles wie ein Abenteuer klingt, das ich nicht ganz verstehe. Doch der Gedanke daran, vielleicht bald zu einer der führenden Journalistinnen der Stadt zu werden, oder zumindest zu einer Journalistin der Stadt, gibt mir eine Art seltsamen Mut.

Am Spiegel an der Haustür werfe ich noch einen letzten Blick auf mein Outfit, atme tief durch und steige ein. Die Fahrt führt mich quer durch die Stadt, bis wir schließlich vor einer unscheinbaren Galerie halten, die von außen keinerlei Anzeichen der Exklusivität zeigt, die dahintersteckt.

Drinnen begrüßt mich Grayson, der in einem dunkelgrauen Anzug und mit einem unleserlichen Lächeln auf mich wartet. Seine Augen mustern mich kurz, dann streckt er mir eine Hand hin.

„Willkommen, Livia," sagt er und seine Stimme klingt so ruhig und kontrolliert wie immer. „Ich dachte, es ist Zeit, dass Sie ein paar unserer einflussreicheren Freunde kennenlernen."

Noch einflussreicher, als die Gäste auf der Party? Ich schlucke und überlege, ob ich passend gekleidet bin. Obwohl ich mich zusammenreiße, kann ich die Aufregung nicht ganz verbergen. Meine Handflächen beginnen zu schwitzen, als Grayson mich in einen Raum führt, dessen Wände mit Gemälden und Fotografien in gedämpften Farben bedeckt sind, während an den Ecken diskret Lampen leuchten. Der Raum ist mit leisen Stimmen und vereinzeltem Lachen erfüllt, und die Gäste bewegen sich in einer Art stiller Harmonie, als wären sie selbst ein Teil der ausgestellten Kunst.

Grayson führt mich durch die Menge und stellt mir verschiedene Menschen vor. Darunter ist Emilia Voss, die deutsche Sopranistin, die mit einem Cocktailglas in der Hand in einem Kreis einflussreicher Männer steht. Ihre Augen sind hell und wachsam, und in jedem ihrer Blicke liegt eine Art kalkulierte Berechnung. Daneben Clint Sax, ein Medienmogul, dessen schwere Hand auf meiner Schulter einen Moment zu lange verweilt, und Erik van Houten, der Formel-1-Weltmeister der frühen 2000er Jahre. Und dann René Dupont, ein weltbekannter Kunstsammler, der in seiner schwarzen Kleidung wie ein Schatten wirkt und nur mit einem flüchtigen Nicken grüßt. Ein Teil seiner Sammlung ist offenbar hier ausgestellt. Jeder von ihnen ist faszinierend und auf eine düstere Weise einschüchternd.

Während ich mich in dieser fremden Welt bewege, steigt in mir das Gefühl auf, dass das hier mehr ist als nur eine Einladung – es ist eine Prüfung. Ich muss zeigen, dass ich stark genug bin, um in dieser Welt mitzuspielen.

Cole

Ich stehe im Schatten an der Wand, weit genug entfernt, um unauffällig zu bleiben, aber nah genug, um jeden Schritt, den sie macht, zu beobachten. Die vertrauten Gesichter um mich herum wirken wie ein groteskes Schauspiel. Diese Menschen, die sich als Strippenzieher der Stadt sehen, die mit einem Lächeln ganze Existenzen formen oder zerstören können – jeder Einzelne von ihnen spielt seine Rolle perfekt. Ich kenne das Spiel, habe es durchschaut, doch ich kann es nicht ändern. Meine Anwesenheit hier stand nicht zur Wahl. Sie ist eine lästige Pflicht.

Mein Blick bleibt immer wieder an ihr hängen. An Livia. Die Neue in diesem Raum aus Macht und Manipulation. Sie bewegt sich vorsichtig, tastet sich in diese Welt vor wie jemand, der den Grund eines tiefen Sees mit den Zehenspitzen berührt. Ihr Gesicht zeigt Entschlossenheit, aber auch eine Unsicherheit, die sie vielleicht selbst nicht wahrnimmt. Ein Hauch von Nervosität, der sie von den anderen abhebt. Die meisten, die in diese Kreise kommen, haben ihre Zweifel längst hinter sich gelassen, sind bereit, ihre eigenen Prinzipien zu verraten, um voranzukommen. Die meisten von ihnen wissen, worauf sie sich einlassen. Sie meisten haben den Einlass in diesen Kreis gesucht und begehrt. Sie nicht. Sie wurde ausgewählt. In ihr sehe ich trotz ihres wilden Haares etwas Reines, etwas Unberührtes. Etwas, das nicht hierher passt.

Warum beobachte ich sie? Ich wünschte, ich könnte diese Frage leicht beantworten. Vielleicht ist es, weil sie mich daran erinnert, wie mein Leben sein könnte, wenn ich all das endlich hinter mir lassen würde. Ich sehe in ihr die gleiche Mischung aus Neugier und Sturheit, die man mir selbst nachsagt. Aber ich bin hier, sage mich nicht von dieser Welt los und bin immer noch... eine Spielfigur.

Ich weiß, wie Livia auf ihn wirkt. Sie ist für Grayson wie eine neue Entdeckung, eine Art Trophäe, die er als Mentor führen und formen kann. Ich sehe es an seinem Lächeln, seinem festen Griff, wenn er sie den anderen vorstellt, an der Art, wie seine Augen sie taxieren, als würde er bereits entscheiden, welche Rolle sie in seinem Spiel übernehmen könnte. Ein neues Gesicht, das er formen und für seine Zwecke gebrauchen kann.

Er berührt sie für meine Begriffe zu häufig beiläufig am Arm, an der Taille. Ich hoffe, dass sie seinem aufgesetzten Charme nicht erliegt. Das wird sie zerstören. *Grayson zerstört sie alle.*

Und ich – ich muss zusehen, wie er sie Schritt für Schritt in THE VEIL zieht. Ich sollte ihr aus dem Weg gehen. Das nicht mitansehen. Doch ich bleibe hier und schaue zu, weil ein Teil von mir sie davor beschützen will. *Retten.* Vor dieser Welt. Vor Grayson. Ich weiß, zu was er fähig ist. Ich spüre, wie absurd das klingt. Sie retten. Als ob ich der Ritter in der weißen Rüstung bin. Eher der Söldner in der schwarzen Lederjacke. Wie könnte ich jemand retten, wo ich mich selbst längst verloren habe?

Livia wirft einen kurzen Blick zu mir, doch ich drehe mich zur Seite und hoffe, dass sie mich nicht wahrnimmt. Die anderen Gäste um sie herum lachen, ihre Gespräche sind gespickt mit Anekdoten und Pointen über Veranstaltungen. Tratsch der oberen 1000. Ja, 1000, nicht 10.000. Alles hier ist eine Fassade, eine perfekt inszenierte Maskerade, in der jeder weiß, wie man die anderen täuscht. Sie, die sich neugierig in diese Welt vorwagt, erkennt noch nicht die Doppeldeutigkeit jedes Lächelns, jedes Handschlags. Das Netzwerk hält sie für einen neuen, interessanten Fall – sie geben ihr gerade so viel, dass sie mehr davon will. Doch ich sehe, dass Livia mehr ist als das.

Es ist seltsam, dass gerade sie mich daran erinnert, wie sich ein eigenes Leben anfühlt. Ein Leben, das nicht von unsichtbaren Fäden geführt wird, das nicht jeder Laune der mächtigen Persönlichkeiten hier ausgeliefert ist. Vielleicht liegt es an ihrer Unbefangenheit, an der Entschlossenheit in ihren Augen. Sie erinnert mich an jemanden, der ich mal war. Mit vierzehn vielleicht, als ich von dieser Welt noch keine Ahnung hatte.

Grayson führt sie weiter durch den Raum, und ich beobachte, wie sie die Worte der einflussreichen Persönlichkeiten aufnimmt – Emilia Voss, die Sopranistin, deren Worte immer eine Falle zu sein scheinen. Clint Sax, der Medienmogul, dessen Fingerspitzen das Informationsnetz der Stadt kontrollieren. Und René Dupont, der Kunstsammler, der jedes Stück in seiner Sammlung wie einen Schachzug auswählt und dann mit Geldern weiterverkauft, die alles andere als sauber sind. Diese Menschen sind nicht hier, um Livia zu helfen. Sie wollen sehen, ob sie eine neue Schachfigur für sich gewinnen können.

Eine leise Stimme in meinem Kopf sagt mir, dass ich sie warnen sollte. Dass ich das richtige Wort finden müsste, um ihr zu zeigen, worauf sie sich einlässt, bevor es zu spät ist. Mehr als kryptische Worte über Wälder und Irrwege. Doch die Worte bleiben in meinem Hals stecken, gefangen hinter einer Mauer aus Angst und Verpflichtung. Die Spinnweben von THE VEIL halten mich fest, und ich kann keinen Fehler riskieren. Jede Bewegung von mir wird beobachtet – ich darf keine Aufmerksamkeit erregen. Und doch, meine Gedanken kehren immer wieder zu ihr zurück.

Vielleicht hoffe ich, dass Livia anders ist. Dass sie diese Welt durchschaut, bevor sie völlig in ihren Bann gerät. Vielleicht will ich, dass sie etwas sieht, das mich rettet – bevor ich sie ebenfalls verliere.

Als ich mich wieder umdrehe, treffe ich auf ihre samtbraunen Augen. Sie bemerkt mich. Ihr Blick ist fragend, und ich weiß, dass ich mich in diesem Moment nicht länger vor ihr verstecken kann. Es ist ein riskantes Spiel, das ich hier spiele, doch ich kann nicht anders, als ihr stumm zuzusehen, zu beobachten, wie ihre Neugier über den kurzen Augenblick der Angst siegt.

Ich bin noch immer dort, im Schatten, als sie sich von der Gruppe löst und sie sich mir nähert.

Emilia Voss, die Sopranistin, erzählt mir gerade mit leiser Faszination und einem bittersüßen Lächeln von einem ihrer größten Momente des Scheiterns – einem verpatzten Auftritt in der Mailänder Scala. Ihr Gesicht ist so ausdrucksstark, dass man das Drama fast vor sich sieht. „Es war einer dieser Abende, an denen das Lampenfieber mich gepackt hat", sagt sie und schüttelt leicht den Kopf, als könne sie es selbst kaum glauben. Ihre Stimme – kräftig und zugleich weich – zieht mich in ihren Bann, und für einen Moment vergesse ich alles andere um uns herum. Die Worte fließen aus ihr wie ein Strom, voller Leidenschaft und Melancholie, und in ihnen schwingt eine Lebendigkeit, die nur jemand besitzen kann, der auf der großen Bühne des Lebens schon mehrfach gefallen und wieder aufgestanden ist.

„Ich erinnere mich genau, wie ich auf der Bühne stand, das Licht blendend, der Saal totenstill," fährt sie fort, ihre Stimme nur ein Hauch über einem Flüstern. „Dann kam dieser Moment, in dem meine Gedanken einfach aussetzten. Der erste Ton… er war weg. Einfach fort, als hätte mir jemand den Zugang zu meiner Stimme geraubt." Sie lacht leise, fast als würde sie sich selbst über ihre damalige Verzweiflung amüsieren.

Ihre Erzählung wirkt so lebendig, dass ich alles nachempfinden kann, die atemlose Panik kurz vor dem Auftritt, das Zittern in den Fingerspitzen. Sie spricht über die Sekunden, die sich wie Stunden dehnten, während sie vor einem erlesenen Publikum stand, das nur darauf wartete, dass sie singt. „Am Ende habe ich irgendwie die Melodie wiedergefunden," sagt sie schmunzelnd. „Aber das Gefühl, Livia – dieses Gefühl… merde!" Sie stöhnt und lacht gleichzeitig.

Ich nicke nur, zu fasziniert, um etwas zu sagen. Diese Mischung aus Grazie und Scheitern ist es, was mich in den Bann dieser Welt zieht – und doch höre ich plötzlich auf, Voss' Worte zu verfolgen. Ein Gefühl, beobachtet zu werden, fließt wie ein leiser Strom durch meinen Körper. Mein Blick löst sich von der Sopranistin, und ich lasse ihn durch den Raum wandern.

Am Rand der Galerie, dort, wo die Lichtstrahlen verblassen und Schatten regieren, steht *er*. Mein Herz setzt für einen Moment aus, bevor es sich mit doppelter Geschwindigkeit wieder in Bewegung setzt. Da steht *er*, seine Schultern an die Wand gelehnt, und beobachtet mich mit diesem undurchdringlichen Blick, der alles und nichts verrät. Die wirren dunklen

Haare erkenne ich sofort. Ein kühler Schauer zieht über meinen Rücken. *Ist er mir etwa gefolgt? Hat er mich hierher verfolgt, um sicherzustellen, dass ich tatsächlich hier bin? Oder ist das wieder nur ein Zufall?*

Diese Mischung aus Sorge und Anziehung verwirrt mich, und obwohl ich den Instinkt verspüre, zu verschwinden, bringt mich etwas an ihm dazu, stattdessen auf ihn zuzugehen. Die Stimmen und die Geräusche der Galerie verschwimmen um mich herum zu einem dumpfen Rauschen. Ich bin mir fast sicher, dass ich Anekdoten von Emilia Voss noch im Hintergrund höre, doch alles um mich herum verblasst, als ich auf ihn zugehe.

Er sieht mich an, und in seinem Blick liegt eine Tiefe, die mir das Atmen erschwert. Sein Gesicht ist ernst, der Kiefer angespannt, als würde er einen inneren Kampf mit sich selbst ausfechten. Wir stehen uns wortlos gegenüber, die Stille schwer und geladen, wie eine Frage, die sich weder stellt noch beantwortet.

„Was machst du hier?", flüstere ich schließlich, meine Stimme kaum mehr als ein leises Zittern.

Für einen Moment weicht er meinem Blick nicht aus. Sein Gesicht bleibt ruhig, doch ich spüre die Spannung, die unter dieser Oberfläche brodelt. Es ist, als würde er in meine Gedanken blicken, als wüsste er genau, was gerade in mir vorgeht, die Unsicherheit, die Neugierde, die mich antreibt. Ein leises Zucken geht durch seine Gesichtszüge, als könnte er sich selbst kaum erklären, warum er hier ist. Dann lässt er ein kurzes, fast unmerkliches Lächeln aufblitzen, das sofort wieder verschwindet.

„Das frage ich mich auch", sagt er schließlich leise, seine Stimme so zurückhaltend, als hätte er Angst, etwas zu enthüllen. „Würdest du mir glauben, wenn ich dir sage, dass ich dich einfach vor diesen Menschen fernhalten will?"

Ich lache auf. „Aber warum das denn?"

„Weil hier nicht alles so ist, wie es auf den ersten Blick scheint." Ich weiß nicht, was er wirklich meint. Alle hier sind nett zu mir, zuvorkommend. Höflich. Sein Blick ist beinah unerträglich intensiv und doch kann ich nicht anders, als seinen Worten zu widersprechen.

„Aber du bist doch selbst ein Teil davon," erwidere ich, meine Stimme zitternd vor Spannung. „Du hängst doch selbst auf diesen Veranstaltungen ab. Warum willst dann ausgerechnet *du* mich davon abhalten?"

Er hält meinem Blick mühelos stand, sein Gesicht bleibt dabei verschlossen wie ein uralter Safe, doch ich sehe, wie seine grünen Augen angriffslustig funkeln. „Manchmal wird man in etwas hineingezogen, und wenn man es merkt, ist es schon zu spät", murmelt er und seine Stimme klingt rau, als würde jedes Wort ihm Mühe bereiten. Eine Gänsehaut zieht sich über meine Haut, als ich die Ernsthaftigkeit seiner Worte begreife. In seinen Augen liegt ein Schmerz, eine dunkle Schwere, die von Erfahrungen spricht, die ich nicht greifen kann. Eine Art Einsamkeit, die ich mir nur schwer vorstellen kann, und doch in diesem Moment nachempfinde.

„Der dunkle, böse Wald, was?", flüstere ich, fast mehr zu mir selbst als zu ihm.

„Little red Riding-Hood", er sieht mich lange an, sein Blick unergründlich und voller Bedauern.

„Die hat ihren Ausweg gefunden", sage ich und verschränke die Arme vor der Brust.

„Nah", er grinst jetzt. „Die wurde vom Wolf gefressen und der Jäger musste sie retten."

„Und du bist Wolf oder Jäger in dieser Geschichte?", frage ich und ziehe eine Augenbraue hoch.

„Was auch immer", sagt er schließlich, seine Worte kaum hörbar. „Pass gut auf dich auf."

Mit diesen Worten dreht er sich um und verschwindet in der Menschenmenge, die ihn wie ein Schatten verschlingen. Ich bleibe zurück, mit einer Gänsehaut am ganzen Körper, die jedoch nichts mit der kühlen Luft zu tun hat, die durch die Lüftungsanlage der Galerie bläst.

Ich will mich umdrehen und gehen – zurück zu den Anekdoten und Plaudereien - weg von seinen stummen Warnungen und seiner unergründlichen Präsenz. Doch ich spüre immer noch seine Worte in meinem Inneren, wie einen fremden Rhythmus, der nicht in meine eigene Melodie passen will.

Was, wenn er recht hat? Was, wenn ich wirklich in etwas hineingerate, das ich nicht mehr kontrollieren kann? Die Ambitionen, die mich anfangs so beflügelt haben, die Verlockung dieser Welt, die Macht, die darin verborgen liegt – das alles fühlt sich plötzlich schwerer, gefährlicher an. Aber da ist auch ein Drang in mir, eine Faszination, die stärker ist als meine Zweifel. Es ist wie ein Rausch, der mich anzieht, ein Flüstern, das mir verspricht, dass ich etwas Besonderes erreichen kann – wenn ich nur bereit bin, den Preis dafür zu zahlen, den Grayson für meinen Eintritt in diese Welt will.

Kann ich ihn bezahlen?

Will ich ihn bezahlen?

Doch seine Worte lassen mich nicht los. Ich schließe die Augen, spüre die kühle Luft auf meinem Gesicht, um einen klaren Gedanken zu fassen. Doch selbst in der Stille meiner Gedanken höre ich ihn, sehe ich ihn vor mir – den Ausdruck in seinen Augen, als er mir von dem Pfad sprach, der keinen Ausweg mehr zulässt. Little red Riding-Hood. Ich öffne die Augen und sehe plötzlich Grayson vor mir.

„Livia." Seine elegante Erscheinung steht im krassen Kontrast zu der des Unbekannten. Er tritt näher, seine Hände lässig in den Manteltaschen verborgen, und sein Blick mustert mich aufmerksam, als könnte er jede meiner Gedankenregungen erfassen.

„Du bist immer noch hier", bemerkt er und sein Ton ist weich, fast fürsorglich, als würde er mich auf eine Art und Weise kennen, die mir fremd erscheint. „Hast du dich amüsiert?"

„Ja, sehr... Danke... für die Enladung."

„Gerne." Sein Blick wandert über mich und ein Schauder läuft meinen Rücken hinab. Nicht, dass es mir unangenehm wäre, so gemustert zu werden. Es ist nur schon... eine Weile her. „Ist alles... in Ordnung?"

„Ja, ich war nur in Gedanken", sage ich. Das trifft es bei weitem nicht.

Grayson mustert mich weiterhin, und sein Lächeln vertieft sich leicht, als hätte er genau das erwartet. „Das sehe ich." Er macht eine kurze Pause, sein Blick gleitet über mein Gesicht. „Soll ich dich nach Hause fahren? Es ist spät, und die Straßen sind leer." Seine Stimme ist sanft, doch es schwingt etwas Unausweichliches darin mit, ein subtiles Drängen, dem man schwer widerstehen kann.

Ich zögere, einen Moment lang hin- und hergerissen, doch die Müdigkeit und die Eindrücke des Abends überwältigen mich. „Ja, danke."

Grayson lächelt zufrieden und führt mich zum Ausgang, wo die Limousine bereits wartet. Ein Chauffeur öffnet uns die Tür, und Grayson lässt mich zuerst einsteigen, bevor er selbst neben mir Platz nimmt. Im Inneren der Limousine ist es angenehm warm und still, und der weiche Ledergeruch mischt sich mit Graysons kühlem, markantem Parfüm. Die Beleuchtung ist gedämpft, das Licht wirft sanfte Schatten auf sein Gesicht, und als die Tür geschlossen wird, ist es, als wären wir von der restlichen Welt abgeschnitten.

Der Wagen setzt sich in Bewegung, und Grayson mustert mich für einen Moment schweigend, als wolle er herausfinden, was mich beschäftigt. Schließlich lehnt er sich zurück, sein Blick intensiv und fast zu direkt.

„Du wirkst anders, Livia," sagt er, und seine Stimme ist leise, fast vertraulich. „Nachdenklich."

Ich weiß, dass es sinnlos wäre, ihm die Wahrheit zu verbergen. Also atme ich tief ein und sage: „Heute Abend hat mir jemand gesagt, dass diese Welt..." Ich breche ab. Ich sollte das vielleicht besser nicht sagen.

Grayson lächelt, ein langsames, fast nachsichtiges Lächeln, und seine Augen funkeln amüsiert. „Oh, ich kann mir schon vorstellen, mit wem du gesprochen hast. Das klingt nach Cole", sagt er ruhig, ohne eine Spur von Überraschung. „Er hat manchmal diese... absurden, paranoiden Vorstellungen." Er macht eine kurze Pause. „Er... hat Probleme."

Cole.

Der Name hallt in meinem Kopf nach. So also heißt er.

Graysons Worte machen mich hellhörig. „Probleme?"

Sein Blick verschließt sich. „Das muss dich nicht sorgen. Cole ist... schon immer schwierig gewesen."

Seine Worte lassen mich zögern, und ich spüre, wie mein Herz schneller schlägt. „Er meinte, THE VEIL sei nicht das, was es vorgibt und-"

Grayson sieht mich lange an, sein Blick fast sanft, und doch fühle ich die Kälte, die in seinen Augen verborgen liegt. Er lehnt sich zurück, seine Augen verharren auf mir, als wolle er etwas in mir lesen, das ich selbst noch nicht kenne.

„Weißt du, Livia", beginnt er ruhig, „es gibt Menschen, die sich ihr Leben lang anstrengen – und doch nie ankommen. Andere scheinen die richtigen Türen einfach immer zu finden." Er macht eine Pause, und ich spüre, wie sein Blick intensiver wird. „Hast du dir je überlegt, wie oft die Welt denen gehört, die wissen, wie man die Tür öffnet? Nicht denen, die davor warten?"

Ich schlucke, unsicher, ob das eine Frage ist oder eine Feststellung.

„Du bist klug", fährt er fort, sein Ton beinahe beiläufig, aber jedes Wort trifft. „Ich wette, du siehst Dinge, die andere übersehen. Dinge, die größer sind, als man sie alleine stemmen kann."

Sein Lächeln ist schmal, und ich habe das Gefühl, dass er mehr weiß, als er sagt. „Es ist immer interessant, Menschen zu beobachten, die noch nicht wissen, wie weit sie gehen könnten, wenn sie... die richtige Unterstützung hätten."

Ich halte die Luft an.

„Jeder Mensch strebt nach Macht, Livia", sagt er schließlich. „Nach Macht, Erfolg, Anerkennung. Liebe. Familie. Loyalität. All das kann ich dir bieten. Mehr noch. Mehr, als du dir je erträumen könntest. Einfluss, Macht, die Möglichkeit, Dinge zu verändern, auf eine Art und Weise, die andere niemals verstehen würden." Seine Stimme ist fast hypnotisch, und ein Teil von mir will seinen Worten glauben, will das Versprechen in seinen Augen annehmen.

Doch etwas in mir zögert. Die Begegnung mit Cole und seine warnenden Worte sind immer noch frisch in meinem Kopf, und ich spüre die Gefahr, die Grayson so geschickt hinter seinem Lächeln verbirgt. Ich frage mich, ob ich wirklich bereit bin, mich vollständig in diese Welt hineinzubegeben – und ob ich jemals wieder daraus herausfinden würde.

„Ich weiß nicht, ob ich das kann – will", sage ich schließlich. „Ich weiß ja noch nicht mal, was Sie – was du – von mir erwartest."

Grayson neigt den Kopf, und sein Blick wird eine Spur kühler. „Das wirst du erfahren." Sein Ton ist sanft, aber ich spüre die Erwartung, die in seinen Worten mitschwingt, das Gewicht seiner Überzeugung, dass ich meinen Widerstand aufgeben werde.

Die Limousine gleitet lautlos durch die Nacht, und als wir schließlich vor meinem Apartment halten, öffnet der Chauffeur mir die Tür. Doch bevor ich aussteige, hält Grayson mich noch einmal zurück. „Denk darüber nach, Livia," sagt er, und seine Stimme ist ruhig, aber bestimmend. „Du kannst so viel gewinnen."

Ich nicke stumm, spüre das Gewicht seiner Worte, die sich wie unsichtbare Fäden um mich legen. Dann steige ich aus, und die kühle Nachtluft umfängt mich, erfrischend und zugleich beunruhigend. Die Limousine fährt lautlos davon, und ich bleibe vor meiner Tür stehen, während ein seltsames Gefühl von Schicksal und Entscheidung in mir aufsteigt. Es ist, als hätte ich eine Schwelle überschritten, eine unsichtbare Linie, und die Frage, die mich verfolgt, ist nicht, ob ich einen Weg zurückfinde – sondern ob ich das überhaupt will.

4

Livia

„Du bist so still. An was denkst du?", sagt Leyla. Wir sind auf dem Weg in die Uni und machen noch einen Stop im „The Roost", um uns einen Kaffee zu holen.

„Was?", frage ich und schrecke aus meinen Gedanken auf.

Leyla grinst. „Erwischt."

Ich blinzele und überlege, was ich ihr antworten kann. Ich kann ihr ja schlecht die Wahrheit sagen, dass ich von Professor Carter auf diese Party eingeladen und nun dieses... *ja, was?* Unmoralische Angebot bekommen habe? Ist es überhaupt unmoralisch? Dass ich mit Emilia Voss über Kunst gesprochen habe? Dass ich Diana Hargrove kennengelernt habe und dass sie meinte, ich solle mich bei ihr melden, wenn ich jemals Hilfe brauche? Das würde Leyla mir doch nicht glauben. Das klingt zu verrückt. All diese prominenten Leute...

„Die Hausarbeit für Carter", sage ich stattdessen und Leyla lacht.

„Das ist doch erst in Wochen fällig, mach dich locker."

Das weiß ich. Die Hausarbeit ist auch nicht meine Sorge. Ich weiß, dass ich das locker schreiben kann. Mir geht die Rückfahrt mit Grayson nicht aus dem Kopf.

Ich nicke nur abwesend und nehme einen Schluck von meinem Kaffee, während wir weiter Richtung Uni gehen. Leyla plappert irgendetwas über eine Party in einem neuen Club am Wochenende im Seaport District, die sie unbedingt besuchen will, und ich versuche, mich auf ihre Worte zu konzentrieren. Sie versucht, mich zu überreden, sie zu begleiten, aber ich bin nicht bei der Sache. In meinem Kopf dreht sich alles immer wieder um die Autofahrt mit Grayson. Sein Blick, so ruhig und kalkuliert, als würde er mit jedem Wort einen unsichtbaren Faden um mich legen. Seine Stimme, die so überzeugend und gleichzeitig unnahbar klang. *„Du kannst viel gewinnen"*, hat er gesagt – *oder viel verlieren*. Diese Worte hallen in meinem Kopf wider wie ein Echo, das ich nicht abschütteln kann.

Als wir schließlich den Hörsaal erreichen, suche ich mir einen Platz in der Mitte und lasse mich auf den Stuhl fallen. Leyla setzt sich neben mich, doch ihre Präsenz wirkt seltsam fern. Die Stimme des Dozenten dringt nur gedämpft zu mir durch, während ich auf mein Notizbuch starre, ohne einen einzigen Satz aufzuschreiben. Die Vorlesung zieht an mir vorbei wie ein Film, dessen Handlung ich nicht begreife, und meine Gedanken schweifen immer wieder zurück zu der Limousine, zu Graysons Worten, zu der Macht, die er so beiläufig versprach.

Ich frage mich, was genau er von mir will. Warum ich? Warum jetzt? Und wie viel weiß er wirklich über mich? Diese Gedanken sind wie ein Knoten, den ich nicht lösen kann, und je länger ich darüber nachdenke, desto enger zieht er sich zu.

Leyla stupst mich leicht an. „Livi, ist echt alles okay?"

„Ja, klar," murmle ich und zwinge mich, die Augen auf die Tafel zu richten. Doch die Worte darauf verschwimmen vor meinen Augen, und ich weiß, dass ich von dieser Vorlesung nichts mitnehmen werde.

Als die Vorlesung endlich vorbei ist, packe ich meine Sachen zusammen und folge Leyla in die Bibliothek. Sie will an einem Essay arbeiten, und obwohl ich weiß, dass ich selbst auch etwas zu tun hätte, fühle ich mich wie gelähmt. Wir finden einen Tisch in der hintersten Ecke, und Leyla klappt sofort ihren Laptop auf. Ich hole mein Notizbuch heraus, doch die Seiten bleiben leer.

Ich starre auf die leeren Zeilen, während Leyla in die Tasten klappert, und frage mich, ob ich das nicht einfach alles sein lassen sollte – diese Einladung von Grayson. Die seltsame Faszination für diese Welt, die immer wieder ihre Fühler nach mir ausstreckt, irgendetwas zieht daran an meinem Magen. Doch mich hält auch etwas zurück. Vielleicht der Wald... *Little red Riding-Hood. Wölfe und Jäger.*

Mein Handy vibriert leise auf dem Tisch. Ich zucke leicht zusammen und werfe einen Blick auf den Bildschirm. Eine neue Mail. Der Absender: Grayson.

Als ob er meine Gedanken spüren würde.

Mein Herzschlag beschleunigt sich, und ich merke, wie meine Hände leicht zittern, als ich die Mail öffne.

Livia, ich hoffe, du bist gut nach Hause gekommen. Wir müssen noch viel besprechen. Ich lade dich ein, mich morgen Abend im Stadthaus in Back Bay zu treffen. Ich bin sicher, du wirst die richtige Entscheidung über unsere Zusammenarbeit treffen. – D.

Ich starre auf die Worte und spüre, wie ein kalter Schauer über meinen Rücken läuft. Die Formulierung ist so elegant, so höflich, und doch schwingt darin etwas mit, das mich an etwas sehr Nachdrückliches erinnert. Etwas fast... Bedrohliches. Ich weiß, dass ich diese Einladung nicht ignorieren kann. Aber ich weiß auch, dass ich vorsichtig sein muss.

„Wer schreibt dir?", fragt Leyla plötzlich, ohne von ihrem Bildschirm aufzusehen, und ich zucke zusammen.

„Niemand Wichtiges", sage ich schnell und lege das Handy weg, als könnte es mich verraten. „Nur eine Erinnerung."

„Okay", murmelt sie und tippt weiter, ohne mich noch einmal zu beachten.

Doch ich kann mich nicht mehr auf die Stille der Bibliothek oder Leylas Routine konzentrieren. Mein Kopf ist erfüllt von Graysons E-Mail und den unausgesprochenen Versprechen, die in seinen Worten liegen. Morgen Abend, denke ich. Ich habe keine Ahnung, was mich in diesem Stadthaus erwarten wird – aber ich werde hingehen.

Das Stadthaus in Back Bay liegt in einer ruhigen Seitenstraße, umgeben von prachtvollen Bäumen, deren Blätter im schwachen Licht der Straßenlaternen golden leuchten. Die Fassade ist dunkel, makellos gepflegt, und die Fenster wirken wie schweigende Augen, die mich beobachten, während ich langsam die Stufen zur schweren Eingangstür hinaufsteige. Mein Herz schlägt schneller, je näher ich komme, und ich spüre, wie meine Hand zittert, als ich den Türklopfer berühre.

Kaum habe ich angeklopft, schwingt die Tür lautlos auf, und ein Angestellter – streng, unauffällig und völlig unbeteiligt – bittet mich herein. Er führt mich die edle, geschwungene Treppe hinauf in einen Teil des Hauses, den ich noch nicht kenne. Das Innere des Hauses ist gedämpft beleuchtet, die

Wände in dunklen Tönen gehalten, unterbrochen von wenigen, beeindruckenden Kunstwerken. Der Flur ist lang und still, der Boden aus poliertem Holz knarrt nicht einmal unter meinen Schritten. Die Stille lastet schwer, fast erdrückend, und ich kann nicht verhindern, dass mein Atem schneller geht.

In mir schwebt dieses beklemmende Gefühl. Ein Teil von mir fragt sich, warum ich überhaupt hier bin. Warum ich auf Graysons Einladung eingegangen bin, obwohl ich spüre, dass diese Welt vielleicht wirklich dieser Irrgarten sein könnte, von dem *er* auf der Party gesprochen hat. Ich keine seinen Namen noch immer nicht.

„Livia", sagt eine Stimme, ruhig und tief, und ich zucke zusammen, bevor ich mich umdrehe.

Grayson steht am Ende des Flurs, in einem perfekt sitzenden, dunkelgrauen Anzug, der scharf und makellos aussieht. Sein weißes Hemd blitzt im gedämpften Licht, und seine Krawatte sitzt präzise gebunden. Es ist unmöglich, nicht von seiner Erscheinung beeindruckt zu sein. Sein Gesicht ist ruhig, seine Züge glatt, und doch ist da dieser Hauch von Macht, etwas, das in seinen Augen lauert und mich nervös macht. Gott, er sieht so unfassbar gut aus, aber dass er keine Spur von Gefühl zeigt, macht mir irgendwie Angst.

„Danke, dass du gekommen bist", sagt er, seine Stimme geschäftsmäßig, aber nicht unfreundlich.

„Gerne", sage ich leise, bemüht, meine Nervosität zu verbergen. Doch mein Blick wandert unwillkürlich durch den verlassenen Flur. Mir wäre es lieber, wenn ich nicht ganz mit ihm alleine hier wäre.

Grayson bemerkt es, das weiß ich. Er bemerkt vermutlich alles. Doch er sagt nichts, sondern lächelt nur leicht, ein höflicher Ausdruck, der nichts von dem preisgibt, was in seinem

Kopf vorgeht. „Komm mit," sagt er schließlich und deutet auf eine Tür am Ende des Flurs. „Ich möchte dir etwas zeigen."

Ich folge ihm, meine Schritte zögernd, während wir auf die Tür zugehen. Das Haus ist so still, dass ich mein eigenes Herz schlagen höre, und mit jedem Schritt wird das Gefühl, dass ich mich in etwas Irreversibles begebe, stärker. Was will Grayson wirklich von mir? Was erwarte ich von ihm? Diese Fragen kreisen wie ein Wirbelsturm in meinem Kopf, während ich ihm durch die Tür folge.

Wir gelangen in eine Art Salon, der dunkel daliegt, nur eine kleine Tischlampe beleuchtet den Raum.

Schließlich öffnet er eine große Glastür hinter einem grauen Vorhang, und kühle Nachtluft strömt mir entgegen. Wir treten hinaus auf eine Dachterrasse, und ich kann nicht verhindern, dass mir ein leises Keuchen entweicht. Der Blick ist atemberaubend. Die Stadt breitet sich unter uns aus wie ein glitzerndes Netz aus Lichtern, endlos, lebendig. Und doch scheint die Terrasse von der Welt abgeschottet zu sein – ein Ort, der vollkommen unter Graysons Kontrolle steht, genau, wie es scheint, die Stadt vor uns.

Er tritt an die Brüstung und dreht sich zu mir um, sein Gesicht im schwachen Schein der Lichter noch markanter. „Beeindruckend, oder?", sagt er, und seine Stimme ist ruhig, fast beiläufig. Doch ich spüre, dass dies mehr ist als nur eine Einladung, den Ausblick zu genießen. Es ist eine Demonstration. Eine Machtdemonstration.

Ich trete näher, bleibe aber mit einem leichten Abstand zu ihm stehen. Die frische Luft beruhigt mich ein wenig, doch die Nähe zu ihm, zu seiner Präsenz, lässt mein Herz wieder schneller schlagen. „Es ist... wunderschön", sage ich schließlich, und meine Stimme klingt beeindruckter, als ich es beabsichtigt hatte.

Grayson lächelt, doch es ist nicht das warme Lächeln eines Freundes. Es ist das Lächeln eines Mannes, der weiß, dass er alle Fäden in der Hand hält. Er tritt langsam an die Brüstung und lehnt sich dagegen, sein Blick gleitet über die Stadt, die im glitzernden Licht unter uns liegt. „Es ist faszinierend, nicht wahr?", sagt er leise, fast als spräche er mehr mit sich selbst als mit mir. „All diese Menschen da unten, jeder mit seinen eigenen Träumen, Hoffnungen... und doch wissen die meisten nicht einmal, wie nah sie manchmal an etwas wirklich Großem sind."

Ich trete neben ihn, die kühle Brise streicht über mein Gesicht. „Etwas Großem?", frage ich, bemüht, die Neugier in meiner Stimme zu unterdrücken.

Grayson dreht den Kopf zu mir, sein Lächeln ist sanft, fast zu vertraulich. „Manche Türen öffnen sich nur einmal, Livia. Aber nicht jeder erkennt es, wenn er vor einer solchen steht." Er macht eine Pause, sein Blick wandert zurück zur Stadt. „Die Frage ist, ob man mutig genug ist, hindurchzugehen."

Ich spüre, wie mein Puls sich beschleunigt. „Und was, wenn nicht?"

Grayson lächelt leicht, aber dieses Mal erreicht es seine Augen nicht. „Dann bleibt die Tür eben verschlossen." Seine Stimme ist ruhig, fast beiläufig, doch die Bedeutung seiner Worte legt sich schwer auf meine Schultern. Er macht eine Pause, und sein Blick heftet sich an meinen. „Das hier ist eine Welt, in der Entscheidungen endgültig sind."

Ich schlucke schwer und versuche, seinen Blick standzuhalten. „Und wenn ich mich nicht dafür entscheide?", frage ich, meine Stimme kaum mehr als ein Flüstern.

Grayson tritt einen Schritt näher, und obwohl er nicht bedrohlich wirkt, spüre ich, wie eine unsichtbare Schlinge sich enger zieht. „Dann werden dir Türen verschlossen bleiben,“ sagt er schlicht.

Die Worte hängen in der Luft, schwer und unausweichlich. Ich weiß nicht, ob er mir wirklich eine Wahl lässt oder ob ich diese Schwelle bereits überschritten habe, indem ich hierhergekommen bin. Ob ich die Tür bereits durchschritten habe. Der Wind streift meine Haut, doch die kühle Nachtluft bringt keine Erleichterung. Stattdessen fühle ich mich, als stünde ich am Rande eines Abgrunds, während Grayson mich mit einem leichten Lächeln beobachtet – wartend, ob ich springe oder zurückweiche.

Er steht neben mir, seine Hände locker auf das Geländer gelegt, und sein Blick ruht fest auf mir. Es ist ein abwartender, prüfender Blick, als ob er in mir lesen könnte, noch bevor ich selbst weiß, was ich denke. „Livia,“ beginnt er langsam, seine Stimme ruhig und doch durchdringend, „ich denke, du hast das Potenzial, in dieser Welt wirklich etwas zu erreichen. Mit deiner Entschlossenheit, deinem Talent… Wenn du bereit bist, eng mit uns zusammenzuarbeiten.“

„Zusammenzuarbeiten.“

Er nickt.

„Inwiefern?“

„Ich würde mir wünschen“, sagt er und ich spüre, dass der Wunsch mehr ist. Er ist eine Forderung. Mein Eintrittsgeld in diese Welt. „Dass du einen Artikel schreibst.“

Mein Herz beginnt zu schlagen.

„Für den Globe.“

Es rast. Wild. Heftig. „Den *Boston* Globe“, wiederhole ich und starre ihn an. *What the...*

Grayson nickt. Ein Lächeln zeichnet sich auf seinen schönen Lippen ab.

„Ich? Einen Artikel für den *Boston Globe*?" Ein ungläubiges Lachen entfleucht mir. „Klar. Sicher."

„Warum nicht?" Sein Lächeln bleibt.

Ich lache noch immer. „Erstens: Ich bin Studentin. Und zweitens: Über was soll ich bitte schreiben, dass er Globe es druckt? Ich habe keine Story!"

Er sieht mich milde an. „Aber ich."

Sofort bin ich still und starre ihn an. „Sie kennen Diane Cosgrove. Wenn Sie eine Story haben, geben Sie die Story Diane! Warum ich?"

Grayson legt den Kopf schief. „Willst du nicht?"

Ich schlucke und richte den Blick auf ihn. „Warum ich? Es gibt erfahrene Journalisten, Menschen mit Verbindungen und größerem Einfluss. Warum wenden Sie sich an eine Studentin?"

Ein leichtes Lächeln huscht über seine Lippen, ein Lächeln, das etwas versteckt hält. „Du, Livia, bist erst mal objektiv, unabhängig. Du... bist ehrgeizig. Du willst die Grenzen überschreiten, die andere nicht einmal wahrnehmen. Außerdem schätzen wir neue, unverbrauchte Augen. Menschen, die noch einen Funken Idealismus in sich tragen. Das macht dich wertvoll für uns."

„Und was genau wollen Sie von mir?" Meine Stimme klingt ruhiger, als ich mich fühle. Mein Herz pocht, und ich kämpfe mit mir, den Atem ruhig zu halten. Die Anziehungskraft dieser Chance, etwas Bedeutendes aufzudecken, ist fast überwältigend. Doch ich spüre auch das leise, dunkle Flüstern des Risikos.

„Ein Projekt", sagt Grayson und lehnt sich entspannt zurück, die Fingerspitzen aneinandergelegt. Sein Blick ist ruhig, fast zu ruhig, und ich spüre, wie er mich prüft, bevor er fortfährt. „Es geht um den Wohnungsmarkt. Genauer gesagt um Bauprojekte, die nie fertiggestellt wurden. Versprochene Neubauten, die plötzlich in der Versenkung verschwinden. Landverkäufe, bei denen die Summen nicht einmal ansatzweise mit dem tatsächlichen Wert übereinstimmen." Er beugt sich leicht vor, die Intensität in seiner Stimme schärfer. „Es gibt eine Menge Ungereimtheiten – Fördermittel, die verschwinden, Grundstücke, die unter der Hand verkauft werden. Die Stadt braucht bezahlbaren Wohnraum, aber stattdessen... Sie können sich denken, wer am meisten profitiert."

„Die Immobilienfirmen," sage ich automatisch, bevor ich nachdenken kann. Er lächelt leicht, als hätte er genau das erwartet. „Wohin gehen die Fördermittel?"

„Exakt. Immobilienfirmen, Investoren, vielleicht auch ein paar Stadträte, die ihre Hände nicht ganz sauber halten. Es ist ein Sumpf, und ich brauche jemanden, der bereit ist, tief zu graben. Jemanden wie Sie."

Er macht eine Pause, lässt den Moment wirken, und ich fühle den Druck seiner Worte. „Es ist kein kleiner Auftrag, Livia. Aber das könnte deine Karriere auf ein neues Level heben."

Sein Lächeln wirkt freundlich, fast ermutigend. Doch da ist etwas in seiner Stimme, das mich innehalten lässt. Eine Spur von Kontrolle, die ich nicht einordnen kann.

„Woran denken Sie?", frage ich zögernd.

„Ein Artikel, der die Wahrheit ans Licht bringt," sagt er schließlich und lehnt sich wieder zurück. „Die Bürger verdienen es zu wissen, was mit ihrem Geld geschieht. Und ich bin sicher, dass jemand mit Ihrem Talent genau das erreichen kann."

Ich lehne mich in meinem Stuhl zurück und lasse seine Worte auf mich wirken. Wohnungsbauprojekte, verschwundene

Gelder, korrupte Stadträte – das klang nach genau der Art von Geschichte, die ich immer schreiben wollte. Ein Artikel, der etwas bewegt. Ein Artikel, der die Wahrheit ans Licht bringt. Doch etwas in Graysons Auftreten irritiert mich.

„Das klingt nach einer großen Sache", sage ich vorsichtig und beobachte, wie er lächelt, ruhig, fast selbstzufrieden.

„Es *ist* eine große Sache", bestätigt er. „Aber genau deshalb habe ich Sie ausgewählt. Ihre bisherigen Arbeiten haben mir gezeigt, dass Sie das Durchhaltevermögen und den Blick für Details haben, den so eine Recherche erfordert."

Ein Lob, so präzise platziert, dass ich mich dagegen wappnen müsste, denke ich. „Und was genau erwarten Sie von mir? Ich meine, wer steht hinter diesem Auftrag?"

Graysons Lächeln wird breiter, als hätte er mit der Frage gerechnet. „Sagen wir einfach, dass ich ein persönliches Interesse daran habe, dass die Wahrheit ans Licht kommt. Einige dieser Machenschaften gehen weit zurück, und es ist an der Zeit, dass jemand sie aufdeckt."

„Ein persönliches Interesse?" Ich runzle die Stirn und verschränke die Arme. „Klingt, als wären Sie selbst betroffen."

Er lacht leise, ein kühler Klang, der in der Luft hängen bleibt. „Sagen wir einfach, ich habe eine gewisse Abneigung gegen Leute, die ihre Position ausnutzen. Aber ich bin nicht der Punkt, Livia. Es geht um die Fakten. Die Wahrheit. Und darum, dass jemand den Mut hat, sie zu veröffentlichen."

Ich nicke langsam, mehr, um Zeit zu gewinnen, als aus Überzeugung. Der Gedanke, mich mit einem solchen Projekt zu beschäftigen, ist aufregend. Doch irgendetwas an Grayson schreckt mich ab. Vielleicht sein Tonfall, die fast einstudierte Art, mit der er spricht. Oder vielleicht einfach die Tatsache, dass er zu viel über mich zu wissen scheint, bevor wir überhaupt richtig angefangen haben.

„Okay", sage ich schließlich. „Ich werde mir die ersten Unterlagen ansehen. Wenn das Thema hält, was Sie versprechen, bin ich dabei."

Er lehnt sich zurück, sichtlich zufrieden. „Das wird es, Livia. Das verspreche ich Ihnen."

Er reicht mir eine Mappe. Ein schlichtes, schwarzes Ding, unscheinbar, doch in diesem Moment fühlt es sich an, als hätte ich gerade ein Stück Dynamit in die Hände bekommen.

„Ich bin gespannt auf Ihre Ergebnisse," sagt er und erhebt sich. „Wir bleiben in Kontakt."

Ich beobachte, wie er den Raum verlässt, ohne sich noch einmal umzusehen. In der Luft bleibt der schwache Geruch seines Aftershaves zurück, kalt und metallisch, wie eine Vorahnung.

Ich blicke auf die Mappe vor mir. Eigentlich sollte ich mich freuen, denke ich. Eigentlich. Aber irgendetwas an diesem Auftrag fühlt sich falsch an.

Die Limousine wartet bereits vor dem Haus, und ein Fahrer öffnet mir die Tür. Ich steige ein, werfe einen letzten Blick auf die dunkle Silhouette des Hauses und sehe, wie Grayson noch immer in der offenen Tür steht, seine Hände lässig in den Taschen seines Anzugs. Der Wagen gleitet lautlos durch die Straßen, und ich lasse meinen Kopf gegen die kühle Fensterscheibe sinken.

Meine Gedanken sind ein Chaos aus Möglichkeiten, Zweifeln und einer leisen, nagenden Angst. Graysons Worte wiederholen sich in meinem Kopf, seine glatte Fassade, seine undurchschaubaren Motive. Warum ich? Warum nicht Diane? Warum nicht jemand mit mehr Erfahrung, mehr Einfluss?

Doch trotz meiner Fragen spüre ich auch die Verlockung. Die Aussicht, etwas Großes aufzudecken, etwas zu schaffen, das mich aus der Masse heraushebt – sie ist fast überwältigend. Ich weiß, dass diese Entscheidung alles verändern könnte. Und vielleicht, nur vielleicht, könnte sie mich auch zerstören.

Als die Limousine vor meinem Apartment anhält, steige ich langsam aus, meine Beine fühlen sich schwer an. Ich sehe zu, wie der Wagen in der Dunkelheit verschwindet, und stehe noch einen Moment auf der Straße, bevor ich mich zur Tür umdrehe.

Im Treppenhaus ist alles still, doch ich habe das Gefühl, beobachtet zu werden. Ein Schauer läuft mir über den Rücken, und ich werfe einen schnellen Blick zurück, sehe jedoch nichts. Mein Verstand spielt mir vermutlich Streiche – oder vielleicht auch nicht.

In meiner Wohnung lasse ich die Schlüssel achtlos auf die Kommode fallen und schlüpfe aus meinen Schuhen. Die vertraute Stille meines Zuhauses fühlt sich anders an, schwerer, als hätte ich etwas mitgebracht, das nicht hierher gehört.

Habe ich auch.

Ich lege die Mappe auf den Schreibtisch und starre sie an, als könnte sie mich plötzlich anspringen. Das Gewicht des Materials, das ich zu spüren glaube, bevor ich sie überhaupt geöffnet habe, lässt mir einen Moment zögern. Dann schiebe ich die Klammer zurück und klappe sie auf.

Auf den ersten Blick wirkt der Inhalt harmlos. Ein Stapel Dokumente, lose Zeitungsausschnitte und eine gedruckte Liste von Bauprojekten. Aber schon nach wenigen Sekunden merke ich, dass Grayson nicht übertrieben hat. Die ersten Seiten sind ein Bericht über ein großes städtisches Wohnbauprojekt, das vor zwei Jahren gestartet wurde und inzwischen komplett eingestellt ist. Bezahlbarer Wohnraum, hieß es damals. Ein Prestigeprojekt, das in der Presse gefeiert wurde. Doch anstelle von fertigen Wohnungen gibt es nur ein halbfertiges Rohbaugerüst und offene Fragen.

Ich greife nach einem weiteren Dokument. Es ist ein interner Bericht, vermutlich aus der Stadtverwaltung. Zahlungen an einen Bauunternehmer namens „Trevis & Partner" – eine Firma, die ich nicht kenne. Doch was auffällt, ist die Summe: Millionenbeträge, die für angebliche „Materialkosten" überwiesen wurden. Keine Details, keine Quittungen, nur Zahlen. Dann stoße ich auf etwas, das mich stutzen lässt: ein Kontoauszug, der dieselbe Firma zeigt. Große Summen, die eingegangen und fast sofort wieder auf andere Konten überwiesen wurden.

Ein weiteres Dokument wirft noch mehr Fragen auf. Es ist ein Artikelentwurf, anscheinend von einem Reporter namens Alexander Falk, der nie veröffentlicht wurde. Er deutet an, dass die Gelder des Bauprojekts in die Taschen von Investoren geflossen sein könnten. Doch der Entwurf endet abrupt, mitten im Satz, als hätte jemand den Autor gestoppt.

Die letzte Seite der Mappe ist eine Liste von Namen. Stadträte, Beamte, Geschäftsführer. Einige Namen sind mir bekannt – prominente Stimmen in der lokalen Politik. Neben jedem Namen stehen Abkürzungen, die für mich keinen Sinn ergeben: „ww", „zü", „nz". Ich spüre, wie mir die Kehle trocken wird. Es sieht aus wie ein Profiling-Dokument. Wer steuert hier wen?

Ich lehne mich zurück und lasse die Papiere sinken. Das war kein Zufall, dass Grayson mir genau diese Mappe gegeben hat. Er weiß, was er tut. Aber warum ich?

Während ich über die Dokumente nachdenke, wird mir eines klar: Das ist größer, als ich gedacht habe. Und es ist nicht nur ein Artikel, den Grayson von mir will – es ist ein Spiel. Und ich bin gerade erst in die erste Runde eingestiegen.

Zwei Tage später sitze ich Diane Hargrove gegenüber in einem belebten Café, die Hände um meine dampfende Kaffeetasse geschlungen. Die Geräusche der Welt um uns herum – klappernde Teller, leise Gespräche, das Zischen der Kaffeemaschine – wirken gedämpft, fast unwirklich. Diane strahlt eine Selbstsicherheit aus, die mich gleichzeitig fasziniert und einschüchtert. Ihre Bewegungen sind ruhig und kontrolliert, ihr Lächeln warm, aber bestimmt.

„Grayson hat Ihnen also das Projekt anvertraut", sagt sie, und ihre Stimme ist wie Samt, weich, aber mit einem deutlichen Unterton von Ernst. „Das ist ein großer Vertrauensbeweis. Er gibt nicht jedem eine solche Gelegenheit."

Ich fühle, wie meine Schultern sich anspannen, und nicke langsam. Wenn mir das jemand vor einer Woche erzählt hätte, dass ich mit der Herausgeberin des *Boston Globe* Kaffee trinke, ich hätte es nicht geglaubt. „Ich bin mir nicht sicher, warum er gerade mich ausgesucht hat", gebe ich zu. „Ich bin nur eine Studentin. Es gibt so viele andere, die besser qualifiziert wären."

Diane lacht leise, ein Lachen, das mehr wie eine Bestätigung klingt als ein Amüsement. Sie lehnt sich zurück und mustert mich mit einem prüfenden Blick. „Das denken Sie. Aber wissen Sie, warum Grayson erfolgreich ist? Warum er Menschen wie mich – und jetzt Sie – inspiriert? Weil er über den Tellerrand hinausblickt. Er sieht das Potenzial, das andere übersehen."

Ihre Worte lassen mich nicht los, doch sie machen mich auch nervös. Ich stelle meine Tasse ab und starre in die dunkle Flüssigkeit, als könnte ich darin eine Antwort finden. „Warum ausgerechnet dieses Thema?", frage ich schließlich und hebe den Blick. „Korruption und Machtspiele im Wohnungsbau? Es klingt fast zu... brisant."

Diane hebt eine Augenbraue, und ihr Gesichtsausdruck wird ernster. „Weil es brisant *ist*," sagt sie mit Nachdruck. „Es gibt

Menschen in dieser Stadt, die glauben, sie könnten mit ihren Machenschaften davonkommen, weil niemand den Mut hat, sie herauszufordern. Grayson hat diesen Mut. Und er sieht in Ihnen jemanden, der nicht nur talentiert ist, sondern auch entschlossen genug, die Wahrheit ans Licht zu bringen."

Ich fühle, wie mein Herz schneller schlägt. Entschlossen? Ich weiß nicht, ob das wirklich auf mich zutrifft. Bis vor kurzem habe ich mich noch gefragt, ob ich überhaupt in der Lage bin, etwas Bedeutendes zu schaffen. Doch Dianes Worte treffen mich, als würde sie etwas in mir sehen, das ich selbst nicht erkennen kann.

„Aber es ist auch ein Risiko", murmle ich, und meine Unsicherheit schleicht sich in meine Stimme. „Was, wenn ich scheitere?"

Diane lehnt sich vor, ihre Hände ruhen locker auf dem Tisch, ihre Augen fixieren mich fest. „Kein Risiko, keine Geschichte", sagt Diane, ihre Stimme ist ruhig, aber eindringlich. „Es ist immer ein Spiel, Livia. Die Frage ist: Spielst du, um zu gewinnen, oder nur, um nicht zu verlieren?"

Ich ziehe die Augenbrauen zusammen, spüre die Schwere ihrer Worte. „Und wenn man verliert?"

„Dann muss man lernen, wie man wieder aufsteht," antwortet sie, ihr Lächeln schmal und wissend. „Aber ich denke, du bist nicht der Typ, der oft fällt."

Sie sieht mich abschätzend an. „Wenn Sie eine solide Story abliefern, kann ich helfen, dass sie in den richtigen Händen landet. Und ich weiß, dass Grayson Ihnen die Details geliefert hat, die Sie brauchen. Sie müssen nur die Puzzleteile zusammensetzen."

Ich sehe sie an, suche in ihrem Gesicht nach einem Hinweis, nach einer versteckten Agenda, doch alles, was ich sehe, ist Überzeugung. Diane wirkt wie jemand, der genau weiß, was er tut, und der keine Zeit für Zweifel oder Spielchen hat. Sie glaubt wirklich daran, dass ich diese Aufgabe bewältigen kann. Vielleicht sogar mehr, als ich es tue.

„Es klingt so... übermächtig", sage ich schließlich, und meine Finger umklammern die Tasse fester. „Was, wenn ich nicht gut genug bin?"

Diane lächelt, dieses warme, selbstbewusste Lächeln, das ich seit unserer ersten Begegnung bewundere. „Dann haben Sie es versucht", sagt sie ruhig. „Aber ich glaube nicht, dass Sie scheitern werden, Livia. Grayson irrt sich selten, wenn es darum geht, Talente zu entdecken."

Ihre Worte hallen in mir nach, und ich spüre, wie sie sich wie ein Echo in meinem Kopf ausbreiten. Sie klingen wie eine Einladung, wie ein Versprechen – und gleichzeitig wie ein unausgesprochener Vertrag, der Konsequenzen mit sich bringt.

Ich atme tief ein und nicke schließlich. „Also gut", sage ich, meine Stimme fester, als ich mich fühle. „Ich werde es versuchen."

Diane lächelt wieder, und dieses Mal ist es ein Lächeln, das fast wie Stolz wirkt. „Das ist die richtige Entscheidung, Livia. Ich freue mich darauf, zu sehen, was Sie daraus machen."

Während sie ihre Tasse zum Mund hebt, spüre ich, wie mein Herz immer noch heftig schlägt. Die Aussicht, an diesem Projekt zu arbeiten, ist überwältigend. Aber gleichzeitig ist da auch dieses leise, nagende Gefühl. Eine Mischung aus Aufregung, Ehrgeiz und einem Hauch von Angst. Ich weiß nicht, ob ich gerade einen Schritt in die richtige Richtung gemacht habe – oder in eine Welt, aus der es kein Zurück gibt.

Diane verabschiedet sich mit einem festen Händedruck und einem weiteren Lächeln, das gleichzeitig ermutigend und abschließend wirkt. Ich bleibe noch eine Weile im Café sitzen, starre auf meine halbvolle Tasse und versuche, die Gedanken in meinem Kopf zu sortieren. Ihre Worte hallen immer wieder nach: *„Grayson irrt sich selten."*

Was, wenn sie recht hat? Was, wenn das wirklich meine Chance ist, etwas zu erreichen?

Doch unter all dem Ehrgeiz und der Neugierde schwebt diese leise, unangenehme Unsicherheit. Was genau steckt hinter dieser plötzlichen Unterstützung? Warum ich? Diane hat ihre Erklärung gegeben, aber ich kann das Gefühl nicht abschütteln, dass es da mehr gibt, etwas, das sie nicht gesagt hat.

Schließlich stehe ich auf, schlinge meinen Schal fester um den Hals und trete in die kalte Herbstluft. Der Himmel ist grau, die Straßen sind voll von Menschen, die in ihrem eigenen Tempo durch den Tag hasten. Ich fühle mich seltsam losgelöst, als würde ich am Rand von etwas Großem stehen, aber nicht sicher sein, ob ich springen soll.

Als ich zu meiner Wohnung zurückkomme, ist die Stille dort fast erdrückend. Ich setze mich an meinen Schreibtisch, klappe meinen Laptop auf und starre auf den leeren Bildschirm. Ich google die Bauprojekte, verschaffe mir einen Überblick, auch über die aktuelle politische Situation.

Ein leises Vibrieren lässt mich zusammenzucken. Mein Handy, das auf dem Tisch liegt, leuchtet auf. Eine neue Nachricht von Grayson.

Ich hoffe, das Treffen mit Diane war hilfreich. Ich habe bereits einige Dokumente zusammengestellt, die für die Recherche von Interesse sein könnten. Treffen wir uns morgen Nachmittag in meinem Büro, um die Details zu besprechen. 15:00 Uhr. Die Adresse ist bekannt. - D.

Meine Finger zittern leicht, als ich die Nachricht lese. Grayson scheint immer einen Schritt voraus zu sein. Es ist, als wüsste er genau, wie ich mich entscheide, noch bevor ich selbst dazu komme. Ich antworte kurz: *Verstanden. Bis morgen.*

Dann lasse ich das Handy sinken und lehne mich in meinem Stuhl zurück. Mein Blick wandert zum Fenster, wo der Himmel immer grauer wird. Morgen also. Ein weiterer Schritt in eine Richtung, die sich gleichzeitig aufregend und gefährlich anfühlt.

Am nächsten Tag stehe ich um 14:45 Uhr vor dem Gebäude in Back Bay. Mein Mantel, den ich fest um mich ziehe, flattert im Wind, und mein Gesicht ist angespannt. Ich atme tief durch und trete ein.

Heute herrscht hier mehr Betriebsamkeit, auch wenn ich noch nicht ganz durchdrungen habe, was Grayson macht.

Grayson sitzt hinter einem makellosen Schreibtisch aus dunklem Holz und kommt mir lächelnd entgegen. Der Raum ist genauso elegant wie er selbst – klare Linien, ein Bücherregal voller schwerer Bände, und eine große Fensterfront, die den Blick auf die Skyline freigibt. Er sieht auf, als ich eintrete, und erhebt sich mit einem Lächeln, das genauso präzise wirkt wie alles andere an ihm.

„Livia", sagt er freundlich, „komm rein. Setz dich."

Ich trete ein, und die Tür schließt sich lautlos hinter mir. Mein Puls beschleunigt sich, während ich mich auf den Stuhl vor seinem Schreibtisch setze.

„Hast du die Papiere gesichtet?", fragt er ruhig. „Nichts davon ist offiziell – noch nicht. "

Ich nicke. „Ja... es ist... eine Menge an Informationen," sage ich vorsichtig.

Grayson lehnt sich zurück, seine Fingerspitzen aneinandergelegt. „Deshalb bist du hier. Du hast die Fähigkeiten und den Ehrgeiz, das zu schaffen. Ich vertraue darauf, dass du diese Geschichte zum Leben erwecken können."

Ich sehe ihn an, suche in seinem Gesicht nach einem Hinweis, nach einer Unsicherheit, aber da ist nichts. Nur diese undurchdringliche Ruhe, die mich gleichzeitig fasziniert und nervös macht.

„Und... wenn ich ihn nicht schreiben will?", frage ich schließlich, ohne ihn direkt anzusehen. „Wenn ich mich entscheide, nur eine gewöhnliche Studentin sein zu wollen?"

Er bleibt einen Moment still. „Das wäre bedauerlich," sagt er schließlich. „Aber ich denke, du willst. Du verstehst, wie wichtig das ist."

Seine Worte legen sich wie eine unsichtbare Last auf meine Schultern. Vielleicht hat er recht. Vielleicht will ich das wirklich. Aber irgendwo, tief in mir, bleibt dieses leise, nagende Gefühl, dass ich mich auf einen Weg begebe, den ich nicht mehr verlassen kann.

Grayson sitzt hinter seinem Schreibtisch und legt die Fingerspitzen aneinander, sein Blick ruhig und prüfend. „Ich habe dir diese Unterlagen nicht ohne Grund anvertraut," sagt er, seine Stimme ruhig und klar. „Ich habe das Gefühl, dass du das, was andere übersehen, sehen kannst."

Ich sehe ihn an, suche nach einem verborgenen Motiv hinter seinen Worten, aber sein Gesicht bleibt ausdruckslos. „Das klingt, als wären Sie sich da ziemlich sicher," sage ich, mein Ton leicht skeptisch.

Grayson lächelt – ein kleines, fast nachdenkliches Lächeln. „Sicher bin ich mir nie, Livia. Aber manchmal... hat man dieses Bauchgefühl." Er macht eine kurze Pause, seine Augen

lassen meinen Blick nicht los. „Und bisher hat mich mein Instinkt selten im Stich gelassen."

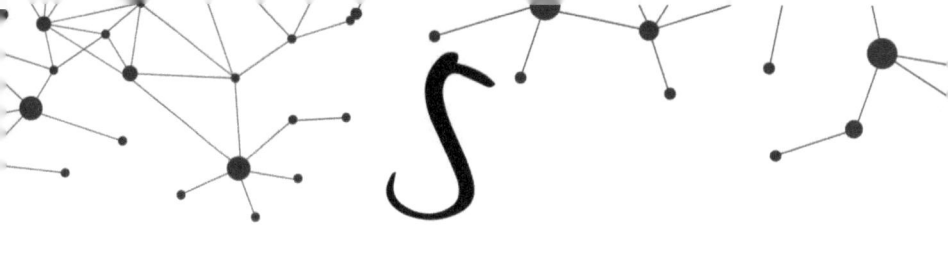

Livia

Als ich das Gebäude verlasse, spüre ich meinen eigenen Puls in meinem Hals pochen. Die kühle Nachmittagsluft lässt mein Gesicht prickeln, und mein Herzschlag beschleunigt sich weiter, als ich den Asphalt unter meinen Füßen höre. Die Straßen sind belebt, und ich fühle mich wie in einem Tunnel aus Gedanken und Emotionen gefangen. Jeder Schritt hallt nach, und die Worte, die Grayson mir anvertraut hat, brennen in meinem Kopf wie ein unausgesprochenes Versprechen – oder eine Drohung.

Ohne nachzudenken, biege ich in eine kleine Gasse und gehe zum „Three Oak Pub," einem zwielichtigen Pub, der auch jetzt schon geöffnet hat und in dem ich manchmal allein sitze, wenn ich nicht weiterweiß.

Ich trinke selten Alkohol, aber nach diesem Treffen: *Ich brauche einen Drink.*

Es ist dunkel, nur eine kleine Lampe am Eingang wirft ein gedämpftes Licht auf die Tür. Ich öffne sie und lasse mich von der Wärme des Raumes empfangen, von dem dumpfen Stimmengewirr und dem Geruch von Rauch und Holz.

Meine Augen suchen den Raum ab, und dann sehe ich ihn –
Cole sitzt am Tresen, vor ihm ein halbleeres Glas Whisky. Sein
Blick ist auf den Boden gerichtet, und er sieht in dieser
Dämmerung wie ein einsamer Schatten aus, wie jemand, der in
seiner eigenen Dunkelheit gefangen ist.

Ohne zu wissen, warum, gehe ich zu ihm hinüber, und er
hebt den Kopf, als er mich kommen hört. Unsere Blicke treffen
sich, und ein Hauch von Erschöpfung und Zerrissenheit liegt in
seinen Augen. Ich setze mich neben ihn, und er mustert mich
für einen Moment, als versuchte er, mich in Gedanken auf
Abstand zu halten.

„Ein harter Tag?", fragt er leise und hebt sein Glas, sein
Tonfall ist sarkastisch, doch in seinen Augen liegt etwas anderes.

„Das könnte man sagen." Meine Stimme klingt rau, und ich
weiß, dass ich hier bin, weil ich die Verwirrung in mir selbst
nicht mehr ertrage. Etwas an ihm, an dieser Dunkelheit, die er
nicht zu verbergen versucht, zieht mich an. Er kennt diese Welt
– und er scheint sie zu hassen.

„Bist du eigentlich schon einundzwanzig?", fragt er und
hebt den Kopf.

„Du?", gebe ich zurück und nicke auf sein Glas mit der
goldenen Flüssigkeit.

Er dreht das Glas in seiner Hand, das Geräusch bricht die
Stille, und dann sagt er: „Ist vielleicht nur Apfelsaft."

Ich muss lachen und die Last auf meinen Schultern fühlt
sich schon etwas leichter an. „Du siehst nicht so aus, als würdest du Apfelsaft trinken, *Cole*."

Er hebt überrascht den Kopf und seine Augen verengen sich
zu Schlitzen. Er hat nicht damit gerechnet, dass ich ihn mit
seinem Namen anspreche. „Wie sehe ich denn aus, Livia?"

„Als ob *du* einen harten Tag hattest", gebe ich zurück und sehe zu, wie sich seine Schultern anspannen.

„Möglich." Seine Stimme ist so leise, dass ich mich näher zu ihm lehnen muss, um ihn zu verstehen.

Ich spüre, wie meine Finger kribbeln, als ich ihn anschaue. Sein Gesicht sieht müde aus, er hat Ringe unter den Augen und sein Bartschatten ist deutlicher als bei unserer letzten Begegnung. Das, was ich in Graysons Augen nie erkennen kann, finde ich in Coles grünen Augen fast zu viel: Emotion. Er wirkt zerrissen, aufgewühlt, müde. Ich will mich näher zu ihm setzen, meine Hand auf seine legen, als ob das seine Zerrissenheit irgendwie mildern würde – was natürlich Unsinn ist. Ich kenne ihn doch überhaupt nicht. Und doch fühle ich mich zu ihm hingezogen, als könnte ich diese neue Dunkelheit in mir mit ihm teilen. Er streicht sich eine wirre Haarsträhne aus der Stirn, und meine Augen wandern zu seinen dunklen, grünen Augen, die wie ein verborgener Wald vor mir liegen, den ich nicht betreten darf und doch so gerne erkunden würde.

Der Wald. Wölfe und Jäger.

„Weißt du, Livia," murmelt er, ohne den Blick von seinem Glas zu heben, „manchmal merkt man erst, dass man im Wald ist, wenn man die Wege nicht mehr sieht." Seine Finger spielen mit dem Glasrand, sein Blick bleibt auf die schmelzenden Eiswürfel gerichtet. „Und wenn du die Richtung verlierst, ist es besser, nicht weiterzugehen."

„Ist es das?", frage ich leise zurück. Meine Stimme klingt rau, rauer als beabsichtigt und ich habe Angst, dass sie bricht, wenn er mich noch eine Sekunde länger so anschaut.

„Manchmal ist es schwieriger, zu erkennen, welche Wege einfach nur Sackgassen sind." Grayson hält inne, seine Worte klingen beiläufig, aber sein Blick ruht unverwandt auf mir.

„Aber ich habe das Gefühl, du hast ein gutes Gespür für Abzweigungen."

Seine Stimme ist leise, und für einen Moment klingt sie fast zu ehrlich, als würde er nicht nur mich, sondern auch sich selbst davon überzeugen wollen. Er mustert dabei mein Gesicht. Seine Augen wandern zu meinen Lippen, zu meinen Augen zurück, wieder zu meinem Mund. Mein Herzschlag setzt aus, ich kann nicht sagen warum, aber es reißt mich entzwei, so wie er mich plötzlich ansieht. Mir wird heiß und kalt gleichzeitig, als ob sein Blick mich in lodernde Flammen setzt – und mich gleichzeitig in eisiges Wasser taucht.

Er sieht mich an, und eine Frage schießt mir durch den Kopf. „Woher willst du wissen, dass ich klug genug bin?", flüstere ich und merke, wie nah unsere Gesichter sich kommen.

Seine Augen halten meinen Blick fest, und ich spüre eine Verbindung zwischen uns, die tief in mir ein Kribbeln auslöst. Mehr als ein Kribbeln. Wir sind beide in diese Dunkelheit gezogen worden, beide auf Wegen, die wir nicht vollständig kontrollieren können. Ohne nachzudenken, neige ich mich näher, und dann spüre ich seine Lippen auf meinen. Es ist ein Kuss, der mehr verspricht, als ich je erwartet habe – ein Versprechen, das weder von Erlösung noch von Sicherheit erzählt, sondern von etwas, das unendlich tief und gefährlich ist.

Sein Kuss ist ruhig und fordernd zugleich, und für einen Moment vergesse ich alles um mich herum. Doch dann zieht er sich langsam zurück, ein Ausdruck von Bedauern und Schmerz liegt in seinen Augen.

Er steht auf, dreht sich um und verschwindet wortlos in die Nacht, während ich am Tresen zurückbleibe, noch die Wärme seiner Berührung auf meinen Lippen spüre und weiß, dass mein Weg längst entschieden ist.

Cole

Der Pub ist dunkel und laut, das Stimmengewirr und der Lärm sind mir nur eine dumpfe Kulisse, während ich am Tresen sitze und den Whisky im Glas vor mir kreisen lasse. Die Eiswürfel klirren leise, und ich starre in das Glas, als könnte die braune Flüssigkeit mir eine Antwort geben, die ich selbst nicht finde.

Ich sollte nicht hier sein. Nicht in dieser Stadt, nicht in dieser Welt, die mich wie ein Netz aus unsichtbaren Fäden festhält. Und schon gar nicht in diesem Pub, mitten am Nachmittag, trinkend und allein.

Mein Tag war anstrengend und zu lang. Ich habe den ganzen Tag am Prep-Tisch in der Uni verbracht, und dann noch eine Nachricht erhalten, die ich besser nicht erhalten hätte. Hiobsbotschaften.

Die Tür des Pubs öffnet sich, und mein Herz macht einen Sprung. Ich sehe sie sofort. Livia bewegt sich durch den Raum, ihre Schultern gestrafft, doch ihr Blick ist verletzlich, als würde sie in der Dunkelheit hier etwas suchen, das sie selbst nicht benennen kann. Ihre Haare, wilde Locken, die ihr wie ein dunkler Schleier um das Gesicht fallen, haben einen goldenen Schimmer im warmen Licht des Pubs. Die Brille, die sie normalerweise trägt, hat sie in ihre Haare geschoben, wodurch ihre Augen – eingerahmt von langen, dichten Wimpern – noch mehr hervorstechen.

Und dann sind da die Sommersprossen auf ihrem Gesicht. Ich weiß nicht, warum ich diese Details wahrnehme, doch sie lassen sie noch lebendiger wirken, verletzlicher und doch stark.

Ihre Augen scannen den Raum, suchen etwas, und als sie mich sieht, bleibt ihr Blick einen Moment an mir hängen, wie ein unsichtbarer Faden, der sich zwischen uns spannt.

Sie passt nicht hier her.

Und doch ist sie hier.

Sie kommt auf mich zu, und meine erste Reaktion ist, wegzusehen, sie auf Abstand zu halten. Doch ich bleibe sitzen, und als sie neben mir Platz nimmt, ungefragt, und ich kann nicht anders, als sie anzusehen. Die Art, wie sie ihre Locken hinter das Ohr streicht und mich mit diesem offenen, fragenden Blick betrachtet, lässt eine leise Unruhe in mir wachsen. Sie ist anders – anders als alle Menschen in dieser abgefuckten Welt, die ich kenne, und anders, als ich es mir eingestehen will.

„Ein harter Tag?", frage ich, und mein Ton klingt rauer, als ich es beabsichtige. Ich schwenke mein Glas und blicke auf das schmelzende Eis darin. Es ist eine banale Frage, doch ich weiß, dass wir beide verstehen, was unausgesprochen zwischen uns steht.

„Das könnte man sagen," murmelt sie und sieht mich an, mit einem Blick, der so viele Fragen stellt, dass ich das Gewicht kaum ertragen kann. Fragen, die ich nicht beantworten kann. Fragen, die mich tiefer treffen, als ich es ihr jemals zeigen werde.

Sie stellt sich neben mich, zu dicht – so dicht, dass ich ihr Parfüm riechen kann. Sie riecht gut... zu gut. Sie bestellt sich einen Drink und ich frage automatisch: „Bist du eigentlich schon einundzwanzig?", obwohl ich die Antwort schon kenne.

„Du?", fragt sie zurück.

„Ist vielleicht nur Apfelsaft."

Sie lacht und ich atme durch. Ich darf ihr Lachen nicht mögen. Ich darf den Klang ihrer Stimme nicht als angenehm empfinden. Ich darf einfach nicht. Ich denke an die Abhängigkeiten, die das Netzwerk schafft, an die Loyalitäten, die es dir einflößt, als würde es ein Stück von dir selbst beanspruchen. Es beginnt unscheinbar, kleine Gefälligkeiten, die nach und nach wie unsichtbare Fäden deine Handlungen lenken. Du gibst ihnen Vertrauen – dann fordern sie deine Verschwiegenheit, dann deine Loyalität, dann deine Seele. Die Projekte, die ich einmal idealistisch gesehen habe, wurden zu Strategien, die über Leben und Zukunft entschieden haben, ohne jemals die ganze Wahrheit zu enthüllen. Ich bin zu einer Figur in diesem Spiel geworden, und die Hand, die mich führt, ist längst nicht mehr meine eigene.

„Du siehst nicht so aus, als würdest du Apfelsaft trinken, *Cole*."

Ich hebe überrascht den Kopf und meine Pupillen weiten sich. Fuck. Grayson muss ihn ihr verraten haben. *Scheiße, scheiße, scheiße.* Das ist nicht gut. Das schafft Nähe und das will ich auf jeden Fall tunlichst vermeiden. „Wie sehe ich denn aus, Livia?"

„Als ob du einen harten Tag hattest."

„Möglich." Meine Stimme ist so leise, dass sie sich näher zu mir lehnt. Sie ist warm, und als ihr Oberarm meinen berührt, geht ein Kribbeln von ihr aus, dass bis in meinen Magen ausströmt. „Es wäre klüger für dich, wenn du dich da hinten hinsetzt", sage ich dann und hoffe, dass sie geht. Sie darf nicht hier sein. Das ist nicht gut für sie.

„Wäre es das?", fragt sie zurück. Die Rauheit ihrer Stimme fährt mir direkt in meinen Schwanz. Scheiße. Das ist nicht gut. Das ist gar nicht gut. „Du bist sehr klug, Liv...", flüstert er. *Liv.* „Du weißt, wenn es kompliziert wird für dich." Das hoffe ich zumindest. Und jetzt gerade, mit ihr neben mir, ist es schon komplizierter, als sie je ahnen könnte.

„Woher willst du wissen, dass ich klug genug bin, das alles zu erkennen?", flüstert sie und ich spüre, dass sie nicht merkt, dass sie mit dem Feuer spielt.

Ich schaue in Livias Augen, ihre Neugier, ihre Entschlossenheit, ihre Naivität. Sie ist hier, weil sie glaubt, die Dinge ändern zu können, weil sie denkt, sie hätte Kontrolle über das, was sie tut. Ich war auch einmal so – überzeugt davon, dass ich die Welt durch meine Entscheidungen gestalten könnte, dass ich die richtigen Fragen stelle und damit jede Wahrheit finde. Doch das Netzwerk um THE VEIL hat eine Art, dich zu verbiegen, dich zu brechen, ohne dass du es bemerkst, bis es zu spät ist.

Das Netzwerk weiß, wie man Abhängigkeiten schafft, wie man genau den Druckpunkt findet, an dem du zerbrichst. Sie geben dir Macht, aber diese Macht gehört nie wirklich dir. Sie ist das Netz, in dem du dich verfängst, ein Netz, das du anfangs nicht einmal siehst.

Ich will sie warnen, und gleichzeitig weiß ich, dass das nicht reicht. Ich sehe, dass sie es selbst verstehen will, dass sie glaubt, anders sein zu können. Und vielleicht ist sie es – vielleicht könnte sie es schaffen. Aber ich kenne die Welt des Netzwerks zu gut, um darauf zu vertrauen.

Als ich die Augen öffne, sehe ich Livia an, und ich weiß, dass sie nicht hier ist, um sich davon abhalten zu lassen. Etwas in ihr durchschaut die Fassade, hinter der ich mich verstecke, sieht die Schatten, die ich in mir trage. Für einen Moment ist sie mein Spiegel – sie versteht die Dunkelheit, die uns beide gefangen hält. Und das Verstehen in ihrem Blick trifft mich tief, tiefer, als ich mir je erlaubt hätte, zu fühlen.

Ich streiche mir eine Haarsträhne aus der Stirn, eine Geste, die ich nicht wahrnehme, bis ich sehe, dass ihr Blick meiner Bewegung folgt. Etwas zwischen uns bricht auf, ein Verlangen, das ich lange unterdrückt habe. Doch in ihren Augen liegt etwas, das mich gleichzeitig anzieht und fernhalten sollte. Livia ist so viel mehr als ein Spielzeug für THE VEIL – sie ist jemand, der noch an etwas glaubt. Und ich? Ich habe diese Fähigkeit längst verloren.

„Woher willst du wissen, dass ich klug genug bin, das alles zu erkennen?" Ihre Stimme ist leise und voller Fragen, die sie nur halb ausspricht. Die Worte hängen zwischen uns, und plötzlich ist die Luft schwer, fast greifbar.

Ich sehe sie an, und für einen Herzschlag vergesse ich alles – die Kälte des Netzwerks, die Zerrissenheit, die mein Leben durchdringt. Sie ist so nah, dass ich den Duft ihres Parfüms wahrnehmen kann, und das Kribbeln auf meiner Haut fühlt sich fremd und vertraut zugleich an.

Ihre.

Lippen.

Auf.

Meinen.

Verdammt.

Für einen Moment ist alles still, nur der dumpfe Klang von Stimmen im Hintergrund, die an Bedeutung verlieren. Ihr Blick fängt meinen, und ich sehe darin etwas, das mich innehalten lässt – eine Mischung aus Sehnsucht und einem Schmerz, der nicht geheilt werden kann. Nicht an diesem Ort.

„Livia", sage ich leise- so leise, dass meine Worte wie eine Warnung klingen. Doch bevor ich weitersprechen kann, sind sich unsere Gesichter bereits so nah, dass ich ihren Atem auf meiner Haut spüre. Bevor ich nachdenken kann, neige ich mich zu ihr, und dann spüre ich ihre Lippen auf meinen.

Dann berühren sich unsere Lippen. Es ist kein zaghafter, unsicherer Kuss – es ist ein Sturm, eine Flutwelle aus Emotionen, die über mich hereinbricht und mir für einen kurzen Moment den Boden unter den Füßen wegreißt. Doch in diesem Sturm spüre ich auch die Dunkelheit, die ihn umgibt, und sie zieht mich hinunter, tiefer als ich wollte.

Für einen kurzen Moment gehören wir nur uns selbst, - gehöre ich mir selbst – bin frei von den Schatten, die mich verfolgen. Liv ist warm und sanft, doch in mir tobt ein Sturm aus Zärtlichkeit und Verzweiflung. Es ist ein Kuss, der all das sagt, was ich sonst nie aussprechen könnte – all das, was ich selbst kaum begreife.

Ich ziehe mich langsam zurück, und als ich in ihre Augen sehe, spüre ich die Schwere der Entscheidung, die ich treffen muss. Wenn ich in ihrem Leben bleibe, wird sie unweigerlich in die Dunkelheit gezogen, die mein ganzes Sein verschlingt.

Langsam stehe ich auf, und meine Hand gleitet von ihrer Wange, die Berührung löst sich wie ein flüchtiger Traum. Sie sieht mich an, und ich möchte etwas sagen, etwas, das erklären könnte, warum ich gehe – doch die Worte bleiben mir im Hals stecken. Ohne ein weiteres Wort drehe ich mich um, gehe hinaus in die Nacht und lasse die Dunkelheit mich wieder verschlucken.

Ich sitze mit Leyla an einem kleinen Tisch in der Uni-Cafeteria und starre in meinen schwarzen Kaffee. Die vergangenen Tage waren ein Strudel aus Recherchen, Besprechungen mit Grayson und der anhaltenden Spannung, die sich in meinem Kopf wie eine unsichtbare Hand festgesetzt hat. Mein Körper fühlt sich müde an, doch meine Gedanken rasen, und ich habe kaum gemerkt, dass Leyla mich schon eine Weile beobachtet.

„Livi," sagt sie schließlich und zieht die Augenbrauen zusammen. Ihr Skript legt sie auf den Tisch und seufzt schwer. „Du bist total abwesend. Ich hab das Gefühl, du bist seit Tagen in deiner eigenen Welt, und langsam frage ich mich echt, was da los ist."

„Nur ein Projekt," antworte ich vage und versuche, sie mit einem Lächeln abzuwimmeln. Doch in dem Moment, als ich meine Notizen zurück in die Kladde schiebe, rutscht ein Stapel Zettel heraus und landet direkt vor Leylas Tasse. Bevor ich sie greifen kann, hebt Leyla einen der Zettel auf und überfliegt ihn flüchtig. Ihre Augen weiten sich.

„Livia… was zur Hölle ist das? Wieso beschäftigst du dich mit so was?" Sie sieht mich entsetzt an und hält das Papier hoch, auf dem Verbindungen von Politikern und Geschäftsleuten zu verschiedenen Organisationen skizziert sind. Es ist eines der Papiere, die ich von Grayson erhalten habe.

„Das ist nur Recherche, Leyla," sage ich schnell und greife nach den Zetteln. Doch sie gibt nicht so leicht auf.

„Recherche für was? Seit wann arbeitest du an einem solchen... Projekt?" Sie sieht mich forschend an und ich spüre, wie mein Herz schneller schlägt. Wie kann ich ihr erklären, dass ich selbst kaum verstehe, was hier passiert? Dass ich seit Tagen Material sichte, das so undurchsichtig ist, dass ich nicht verstehe, womit ich es eigentlich zu tun habe? Ich atme tief durch und zwinge mich zu einem neutralen Ton.

„Ich versuche nur, das größere Bild zu verstehen," sage ich und zucke mit den Schultern, als wäre das alles halb so wild. „Einfach mal die Dinge ein bisschen hinterfragen. Nichts, worüber du dir Sorgen machen musst."

Leyla schaut mich an, als hätte ich nicht mehr alle Tassen im Schrank. „Du hinterfragst du Gehaltszahlungen der Stadträte in den vergangenen 24 Monate?"

Ich zucke mit den Schultern. „Foster verdient 20 Prozent weniger als Michaelson. Foster ist eine Frau", sage ich schlicht und sehe Leyla fest an. Würde sie mich durchschauen, würde sie weiterfragen, doch schließlich gibt sie mir schulterzuckend den Zettel zurück und schüttelt langsam den Kopf. „Schreibst du das für den Kurs von Carter?"

Ich nicke langsam und spüre, dass sie doch noch weitere Fragen hat. Ob ich mein ursprüngliches Essay-Thema verworfen habe zum Beispiel. Warum ich so ein brisantes Thema habe. Aber auch diese Fragen stellt sie nicht. Sie nimmt stattdessen ihren Markierstift und streicht schweigend etwas in ihrem Skript an, ohne noch einmal aufzusehen.

Die Stille zwischen uns zieht sich, nur das leise Kratzen ihres Markierstifts auf dem Papier unterbricht die Geräuschkulisse der Cafeteria. Leyla sagt nichts mehr, aber ich merke, wie ihre Gedanken hinter ihrer Stirn arbeiten. Ihr Blick bleibt starr auf ihr Skript gerichtet, doch ich kenne sie gut genug, um zu wissen, dass sie mich längst nicht aus ihren Überlegungen entlassen hat. Ihr Schweigen ist lauter als Worte, und ich kann spüren, dass sie mich noch lange nicht verstanden hat – vielleicht auch nicht verstehen kann. Wie auch? Ich verstehe ja selbst kaum, was ich hier tue.

Was ich getan habe.

Flimmernd taucht wieder dieses Bild in meinem Kopf auf. Ein paar grüner Augen in einem Pub. Und dieser Kuss. *Dieser unfassbare Kuss...*

Ich umklammere meine Tasse mit beiden Händen, die Wärme des Kaffees ist längst verflogen, und versuche, die Fassade zu wahren. Ich habe mich gehen lassen, mich von Cole küssen lassen. Und es hat mir gefallen.

Vermutlich war das nicht klug. Dieses Projekt für Grayson ist wichtig, sage ich mir. Ich sollte mir jetzt nicht den Kopf verdrehen lassen. Aber... das tue ich ja auch nicht. Ich will nur... verstehen.

Wälder. Wölfe. Jäger.

Ich mir Vorwürfe, dass ich so unvorsichtig war. Ich hätte die Papiere niemals in die Cafeteria mitnehmen sollen, nicht bei all den neugierigen Augen und schon gar nicht bei Leyla, die jede Regung von mir lesen kann wie ein offenes Buch.

„Du bist anders, Livia," sagt Leyla plötzlich, ihre Stimme ist sanft, fast verletzlich. Sie schaut mich an, ihre Stirn leicht in Falten gelegt. „Früher... warst du immer die Erste, die Dinge offen angesprochen hat. Jetzt bist du wie ein Buch, das verschlossen bleibt, obwohl ich es schon so oft gelesen habe."

Sie lehnt sich zurück, aber ihre Augen lassen meinen Blick nicht los. „Ich weiß, du glaubst, du kannst alles allein bewältigen. Aber, Livi, du musst es nicht. Verstehst du das?"

„Anders?", frage ich vorsichtig, mein Tonfall absichtlich leicht, obwohl ich ahne, worauf sie hinauswill.

Jetzt hebt sie den Blick und sieht mich direkt an. Ihre braunen Augen funkeln im kalten Licht der Cafeteria. „Du warst früher viel... zugänglicher. Offener. Jetzt bist du so verschlossen, so vorsichtig. Als ob du ständig etwas verstecken musst."

Ich schlucke hart und zwinge mich, ihrem Blick standzuhalten. „Das bildest du dir ein", sage ich leichthin und ziehe meine Notizen enger an mich heran. „Ich bin nur ein bisschen gestresst wegen der ganzen Projekte. Das Semester ist bald vorbei, und ich will einfach vorbereitet sein."

„Hm", macht sie und nickt, aber ich sehe ihr an, dass sie mir nicht glaubt. Leyla war immer gut darin, meine Lügen zu erkennen, aber sie war auch immer zu loyal, um sie wirklich zu hinterfragen. Das Problem ist, dass ich dieses Mal nicht weiß, wie weit ich sie damit noch vertrösten kann.

Eine Weile schweigen wir wieder, bis Leyla sich schließlich nach vorne lehnt, ihre Ellbogen auf den Tisch stützt und mich mit einem nachdenklichen Ausdruck mustert. „Weißt du, Livi, du kannst mir alles erzählen, oder? Ich meine... wenn du irgendwas auf dem Herzen hast... Ich bin hier. Das weißt du, oder?"

Ihre Worte treffen mich mehr, als sie sollten. Ein Teil von mir will ihr alles erzählen. Dass ich einen Artikel für THE VEIL schreibe, geheime Treffen mit einem Mann in einer Villa hatte – und vor zwei Tagen einen quasi fremden im Pub geküsst habe. Ich zwinge ein Lächeln auf meine Lippen und nicke. „Danke, Leyla. Ich weiß das zu schätzen."

Sie mustert mich noch einen Moment länger, bevor sie schließlich seufzt und sich zurücklehnt. „Na gut", sagt sie leise, doch ihre Augen verraten, dass sie noch immer nicht überzeugt ist. Sie nimmt wieder ihren Markierstift und widmet sich ihrem Skript, aber ich weiß, dass unser Gespräch längst nicht beendet ist.

Als ich meinen Kaffee austrinke und mich schließlich entschuldige, um zurück in die Bibliothek zu gehen, bleibt ein schweres Gefühl in meinem Brustkorb zurück. Leyla ist nicht dumm – früher oder später wird sie versuchen, herauszufinden, was ich wirklich tue. Und wenn sie es tut, könnte das alles noch viel komplizierter werden.

Ich greife nach meiner Tasse, die längst leer ist, und lehne mich ein wenig vor, um Leyla direkt anzusehen. Ihre Stirn ist in Falten gelegt, und ihr Markierstift ruht in ihrer Hand, während sie auf die Seiten ihres Skripts starrt, ohne wirklich zu lesen. Ich lächle ein wenig und lege eine Hand leicht auf ihren Arm.

„Hey, Leyla", sage ich leise, sodass sie aufschaut. „Es tut mir leid, wenn ich in letzter Zeit ein bisschen... abwesend war. Du hast recht, ich war viel in meinem eigenen Kopf gefangen. Aber es bedeutet mir echt viel, dass du dir Sorgen machst."

Ihr Gesicht entspannt sich etwas, und ein schwaches Lächeln huscht über ihre Lippen. „Natürlich mache ich mir Sorgen. Wir sind Freunde, Livi. Ich will nur, dass du mir sagst, wenn was nicht stimmt."

„Ich weiß", sage ich ehrlich und drücke leicht ihren Arm, bevor ich mich zurücklehne. „Und ich verspreche dir, wenn es wirklich wichtig wird, bist du die Erste, mit der ich rede, okay? Im Moment ist es einfach nur viel Stress mit dem Semester und ein paar Recherchen, die mich mehr fordern, als ich gedacht hätte."

Leyla mustert mich kurz, als ob sie meine Worte auf die Goldwaage legt, und dann nickt sie. „Okay. Aber denk dran: Ich bin immer für dich da, egal was ist."

„Ich weiß", sage ich mit einem echten Lächeln und fühle, wie ein Teil der Spannung in meiner Brust sich löst. „Und das schätze ich mehr, als du denkst."

Leyla grinst jetzt und lehnt sich wieder in ihrem Stuhl zurück. „Gut. Aber wenn du dich noch einmal so komisch verhältst, dann komm ich einfach in dein Zimmer und zwinge dich, mir alles zu erzählen, klar?"

Ich lache leise. „Deal."

Sie hebt ihren Stift wieder auf und beginnt, in ihrem Skript zu markieren, aber dieses Mal ist ihre Haltung lockerer. Die Stimmung zwischen uns hat sich geklärt, und während ich meine Sachen zusammenpacke, fühlt es sich so an, als hätte ich zumindest für den Moment die Brücke zwischen uns repariert.

Als ich aufstehe, wirft sie mir einen letzten Blick zu. „Vergiss nicht, dass du am Wochenende mit mir auf diese Party im Seaport District wolltest."

„Wollten wir am Wochenende nicht Pizza bestellen?" Ich könnte einen ruhigen Abend auf der Couch wirklich brauchen.

„Keine Ausreden", sagt sie und grinst. Ich winke ihr zu, bevor ich mich auf den Weg zurück in die Bibliothek mache. Während ich durch den Campus gehe, fühle ich ein warmes Gefühl der Erleichterung. Leyla ist wichtig für mich, und auch wenn ich ihr nicht alles sagen kann, habe ich das Gefühl, dass ich sie für den Moment beruhigen konnte. Und das ist mehr, als ich erwartet hatte.

Am nächsten Tag herrscht in der Cafeteria eine geschäftige Atmosphäre. Der Duft von frischem Kaffee und warmem Gebäck hängt in der Luft, und die Gespräche um mich herum vermischen sich zu einem leisen Summen. Ich sitze mit meinem Laptop an einem der Tische, viel zu lange schon, denn die Buchstaben auf dem Bildschirm verschwimmen bereits, als ich ein lautes Lachen höre – Leylas Lachen.

Ich blicke auf und entdecke sie an einem Tisch ein paar Meter entfernt. Neben ihr sitzt Ethan, mit dem Leyla immer mal wieder auf Partys... abstürzt. Er beugt sich zu ihr hinüber, während sie beide über etwas lachen, und für einen Moment scheint Leyla völlig unbeschwert. Ich versuche mich wieder auf meine Arbeit zu konzentrieren, doch ihre Unterhaltung dringt unweigerlich an mein Ohr.

„Ich schwöre, Leyla, ich hab wirklich alles versucht", sagt Ethan und fährt sich mit einer Hand durch sein zerzaustes braunes Haar. Sein Gesichtsausdruck ist entschuldigend, aber er wirkt auch ein bisschen amüsiert, als hätte er selbst nicht ganz geglaubt, dass es klappen könnte. „Aber es gibt einfach keine Tickets mehr für die Club-Eröffnung. Ausverkauft, komplett."

„Nein!" Leyla schlägt dramatisch die Hände vors Gesicht, doch ihr Grinsen verrät, dass sie die Sache nicht ganz so ernst nimmt. „Ethan, du warst meine letzte Hoffnung. Ich dachte, du hast immer eine magische Verbindung zu diesen exklusiven Veranstaltungen."

„Normalerweise schon", erwidert er mit einem gespielten Seufzen und breitet die Arme aus. „Aber das hier? Der neue Club hat anscheinend alle Erwartungen übertroffen. Keine Chance, reinzukommen, es sei denn, du kennst jemanden, der jemanden kennt."

Leyla lacht und schüttelt den Kopf. „Ich kann nicht glauben, dass ich das sage, aber ich dachte wirklich, du würdest es irgendwie schaffen. Das ist total untypisch für dich, Ethan!"

„Hey!", protestiert er mit einem gespielten empörten Gesichtsausdruck. „Ich bin phänomenal und hab mein Bestes gegeben, okay? Selbst meine Kontakte sind diesmal machtlos."

„Na gut", sagt Leyla und wirft ihm einen spöttischen Blick zu. „Aber das bedeutet, dass du mir das nächste Mal mindestens drei Getränke ausgeben musst, um das wieder gutzumachen."

„Deal", sagt Ethan mit einem schelmischen Grinsen, während er seine Faust ausstreckt, und Leyla schlägt lachend ein.

Ich beobachte die Szene mit einem leichten Lächeln, bevor ich mich wieder meinem Bildschirm zuwende. Leyla scheint wenigstens für den Moment in ihrer eigenen Welt zu sein, unbeschwert und sorglos, während ich weiter darüber nachdenke, wie tief ich inzwischen in etwas verwickelt bin, das ich ihr nie erklären könnte. Ihre Leichtigkeit ist fast ansteckend, und ich frage mich, wie es wäre, wenigstens einen Moment lang wieder in einer Welt zu leben, in der Clubtickets und Getränke mein größtes Problem sind.

Ethan lehnt sich mit verschränkten Armen auf den Tisch, seine Augen funkeln vor Neugier, als er Leyla ansieht. „Aber mal ehrlich, was ist so besonders an diesem Club? Ist das nur der übliche Hype, oder gibt's da tatsächlich was, das ich verpasst habe?"

Leyla legt den Kopf schief, ihre Haare fallen dabei locker über ihre Schulter. „Der Club gehört diesem neuen Typen in der Stadt, wie hieß er noch gleich...?" Sie schnippt mit den Fingern, als wolle sie den Namen heraufbeschwören.

„Vale?", ergänzt Ethan schnell. „Roman Vale? Der, über den alle reden?"

Leyla schnippt triumphierend. „Genau der! Angeblich hat er irgendeinen Ruf aus London mitgebracht, total exklusiv, total geheimnisvoll. Und dann gibt's da wohl noch diese verrückten Themenabende – heute Abend soll es was mit Masken sein. Stell dir das mal vor: Du bist in diesem mega schicken Club, alle tragen Masken, und keiner weiß, wer wer ist." Sie breitet ihre Arme aus, als würde sie ein großes Geheimnis enthüllen.

Ethan schnaubt. „Das klingt, als wäre es nur ein Grund, überteuerte Getränke zu verkaufen und reiche Kids spielen zu lassen, dass sie in einem James-Bond-Film sind. Seit wann sind die guten Uni-Partys nicht mehr gut genug für dich?"

„Sind sie doch", gibt Leyla zu und grinst, „aber du kannst mir nicht sagen, dass du nicht auch ein kleines bisschen neugierig bist."

Ethan zuckt mit den Schultern, aber sein Lächeln verrät ihn. „Vielleicht. Aber selbst wenn ich da reinkäme, würde ich mich die ganze Zeit fragen, wer mir mein Getränk über den Kopf kippen könnte. Masken machen mich nervös."

Leyla lacht und stupst ihn mit ihrem Ellbogen an. „Du bist unmöglich. Aber ich hätte trotzdem gern mal gesehen, wie dieser Club wirklich ist. Das ist bestimmt mehr als nur der übliche Kram."

„Tja, dann bleibt uns wohl nur, die Insta-Stories der Leute zu stalken, die es reingeschafft haben", sagt Ethan augenzwinkernd. „Oder du wartest auf die zweite Eröffnungsparty."

„Zweite?" Leyla zieht eine Augenbraue hoch.

„Ja, Clubs wie dieser haben doch immer ein Follow-up-Event für die Leute, die nicht beim ersten Mal reingekommen sind", erklärt Ethan mit einem gespielt belehrenden Ton. „Glaub mir, bis dahin kennst du schon jemanden, der jemanden kennt, und du bist drin."

Leyla rollt mit den Augen, doch sie lacht dabei. „Du bist so ein Schwätzer, Ethan."

„Aber du magst mich trotzdem," erwidert er mit einem breiten Grinsen und lehnt sich zurück.

Ihre Unterhaltung klingt ab, und ich bemerke, wie Leyla sich entspannt in ihren Stuhl zurücklehnt. Sie wirkt jetzt völlig gelöst, als hätte die Aussicht auf ein ausgelassenes Wochenende alle anderen Gedanken verdrängt. Für einen Moment überlege ich, mich in das Gespräch einzuklinken, doch ich bleibe still und lasse sie in ihrem Moment der Leichtigkeit.

Während ich sie beobachte, frage ich mich, was sie sagen würde, wenn sie wüsste, dass ich vielleicht Zugang zu etwas ganz anderem habe – nicht zu einem angesagten Club, sondern zu einer Welt, die genauso exklusiv und geheimnisvoll ist, nur auf eine viel gefährlichere Art. Ich schüttle den Gedanken ab und widme mich wieder meinen Notizen, doch Leylas Lachen hallt noch lange in meinen Gedanken nach.

Cole

Ich sitze an meinem Schreibtisch und starre auf den blinkenden Cursor auf dem Bildschirm. Die Notizen für meine Pathophysiologie-Klausur leuchten mir entgegen, doch ich habe keinen klaren Gedanken, um sie zu ordnen. Mein Blick verschwimmt, und die Wörter verschwinden hinter dem Nebel, der sich in meinem Kopf breitgemacht hat. Stattdessen denke ich an sie. *Livia.* Schon wieder.

Meine Finger trommeln unruhig auf die Tischplatte, und ich werfe einen flüchtigen Blick zur Jacke, die achtlos über der Lehne meines Stuhls hängt. Es ist die, die ich im Pub getragen habe. Ich kann immer noch das schwache Aroma von Bier und diesem holzigen Duft wahrnehmen, der in der Luft lag, während ich mit ihr geredet habe. Und dann dieser Kuss. Ich sehe ihren Ausdruck genau vor mir: diese Mischung aus Überraschung, Wärme und... etwas anderem. Etwas, das mich bis jetzt nicht loslässt. Vielleicht war es Angst. Oder Zweifel. Sie hatte sich zurückgezogen, und ich... ich habe es zugelassen.

Ich fahre mir mit einer Hand durch die Haare, versuche, den Gedanken abzuschütteln, aber es funktioniert nicht. Es war kein gewöhnlicher Kuss. Es war mehr – zumindest für mich. Ein Moment, in dem ich geglaubt habe, dass vielleicht, nur vielleicht, etwas in meinem Leben wieder normal werden könnte. Doch wie sollte das möglich sein, wenn alles, was mich umgibt, auseinanderfällt?

Mein Handy vibriert leise auf dem Schreibtisch. Ohne hinzusehen, weiß ich, von wem die Nachricht ist. Grayson. Natürlich. Wer sonst? Ich nehme das Handy in die Hand, aber meine Finger zögern, bevor ich den Bildschirm entsperre. Die Nachricht ist kurz und unmissverständlich: *Wir müssen reden. Heute Abend. Keine Ausreden.*

Ich starre auf die Worte, als könnten sie sich auflösen, wenn ich sie lange genug ansehe. Doch sie bleiben, fest und unausweichlich, genau wie Grayson selbst. Meine Brust zieht sich zusammen, und ich lege das Handy mit einem dumpfen Geräusch zurück auf den Tisch. Der Druck, den er auf mich ausübt, ist allgegenwärtig, wie eine unsichtbare Kette, die sich immer enger um meinen Hals legt. Ich weiß, dass ich nicht absagen kann, genauso wie ich weiß, dass jedes Treffen mit ihm mich nur noch tiefer in das zieht, woraus ich eigentlich fliehen will.

Ich lehne mich zurück und lasse meinen Kopf gegen die Stuhllehne fallen. An der Wand vor mir hängt ein altes Poster von einem Segeltörn – eine Erinnerung an die Zeit, bevor alles aus dem Ruder lief. Damals waren die Tage einfach, klar. Es gab keine Netzwerke, keine Lügen, keine Schuldgefühle, die ich jeden Morgen wie eine zweite Haut überziehen musste. Nur das Meer, die Stille und die Freiheit. Jetzt fühlt sich selbst der Gedanke daran wie ein ferner Traum an, der zu jemand anderem gehört.

Und dann ist da noch Livia. Ihr Bild drängt sich wieder in meine Gedanken, unaufhaltsam wie eine Flutwelle. Der Kuss war keine Flucht. Es war ein Moment, in dem ich versucht habe, etwas Echtes zu greifen, etwas, das nicht von Grayson oder dem Netzwerk kontrolliert wird. Aber ich habe mich geirrt. Sie ist genauso verstrickt wie ich. Vielleicht sogar noch mehr, und das macht es nur schwieriger.

Ich denke daran, wie sie mich ansieht – diese Mischung aus Stärke und Unsicherheit, die sie umgibt wie eine Aura. Ich wollte sie beschützen, ihr zeigen, dass sie mir vertrauen kann.

Aber wie soll ich das tun, wenn ich selbst nicht weiß, ob ich derjenige bin, dem sie vertrauen sollte?

Das Handy vibriert erneut, und ich schnappe es mir, bevor ich es überhaupt bewusst registriere. Eine zweite Nachricht von Grayson: *Vergiss nicht, wem du alles verdankst.*

Als könnte ich das vergessen, wenn er mich nahezu täglich daran erinnert.

Mein Magen zieht sich zusammen, und ich beiße die Zähne zusammen. Alles, was ich ihm „verdanke", fühlt sich wie ein Fluch an. Ich schiebe das Handy weg, als könnte ich seine Existenz damit verleugnen, und stehe abrupt auf. Mein Stuhl kippt ein Stück zurück, und ich gehe ein paar Schritte durch den kleinen Raum.

Die Wände kommen mir plötzlich viel zu eng vor, die Luft zu stickig. Ich brauche Platz, frische Luft – irgendetwas, das den Knoten in meiner Brust lockert. Aber ich weiß, dass ich nicht entkommen kann. Nicht wirklich. Nicht, solange Grayson mir immer wieder klar macht, dass er über mein Leben bestimmt.

Ich bleibe vor dem Fenster stehen und sehe hinaus auf die Straße, die von Autos und Menschen belebt ist, die alle so viel freier wirken, als ich mich gerade fühle. Für einen Moment denke ich daran, alles hinzuschmeißen. Einfach zu verschwinden. Aber dann denke ich an Livia – und daran, dass sie vielleicht die einzige Person ist, die versteht, wie sich das alles anfühlt.

Livia

Die Wohnung ist still, als ich nach Hause komme. Nur das leise Ticken der Küchenuhr begleitet meine Schritte, während ich meine Tasche auf dem Tisch abstelle. Mein Kopf brummt von den Vorlesungen des Tages, und ein Teil von mir sehnt sich danach, einfach die Schuhe von mir zu werfen, eine Decke zu nehmen und mich auf dem Sofa zu verkriechen. Doch dann fällt mein Blick auf ein Paket, das vor der Wohnungstür liegt.

Es ist in dunkles, edles Papier eingewickelt, und eine goldene Schleife hält es zusammen. Mein Name steht auf einer kleinen Karte, geschrieben in einer geschwungenen, eleganten Handschrift, die mir sofort bekannt vorkommt. Ein Knoten bildet sich in meinem Magen. Ich schiebe die Tür mit dem Fuß auf, nehme das Paket und gehe damit in die Wohnung.

„Leyla?", rufe ich in die Stille, doch keine Antwort. Wahrscheinlich in ihrem Zimmer, mit Kopfhörern auf, wie so oft. Ich stelle das Paket vorsichtig auf den Tisch, schließe die Tür hinter mir und mustere es noch einmal. Es sieht viel zu kostbar aus, als dass es von jemandem aus meinem Umfeld kommen könnte – außer von Grayson.

Ich setze mich, schiebe die Schleife zur Seite und öffne die Verpackung. Die erste Schicht Papier weicht zurück, und darunter kommt ein Kleid zum Vorschein. Nicht irgendein Kleid. Es ist aus tiefgrünem Satin, so glänzend, dass es fast im Licht zu schimmern scheint. Der Stoff fühlt sich kühl und weich unter meinen Fingern an, als ich ihn vorsichtig aus der Schachtel nehme. Es ist kurz, die Linien makellos geschnitten, und der Rückenausschnitt ist so tief, dass er fast die Hüfte erreicht.

Unter dem Kleid finde ich eine passende venezianische Maske mit Pfauenfedern.

Mein Atem stockt, als ich sie hochhalte. Sie ist wunderschön. Atemberaubend, wie das Kleid. Und so gar nicht ich. Neben dem Kleid liegt eine kleine Karte.

> Für die Eröffnung im SeaP.
> Ich erwarte dich dort. – D.

Natürlich. Es konnte nur von ihm sein. Mein Herz schlägt schneller, als ich die Worte lese, und ich lasse die Karte sinken. Eine Einladung zu einem Event, das viel zu exklusiv klingt, um für jemanden wie mich gedacht zu sein. Warum schickt er mir ein Kleid? Warum…?

Ich bin noch in Gedanken versunken, als Leylas Zimmertür aufschwingt. Sie kommt mit einer Tasse Tee in der Hand ins Wohnzimmer geschlendert und bleibt abrupt stehen, als sie das Kleid in meinen Händen sieht. „Was… ist das?", fragt sie, ihre Augen weiten sich, und sie kommt näher. „Oh mein Gott, Liv, ist das… deins?"

„Es… ist ein Geschenk", sage ich vorsichtig, immer noch unsicher, wie ich die Situation einordnen soll.

„Von wem?" Sie stellt ihre Tasse auf dem Tisch ab und sieht mich mit großen Augen an. „Gott, hast du jemanden kennengelernt und es mir nicht erzählt?!"

Bevor ich antworten kann, schnappt sie sich die Karte aus der Schachtel und liest laut: „*Für die Eröffnung im SeaP. Ich erwarte dich dort. – D.*" Ihr Blick springt zu mir zurück, und ihr Mund klappt auf. „Moment. Moment. Du bist eingeladen? Zu *der* Eröffnung? Im Seaport District? Ins SeaP?! Sag bitte, dass das nicht das ist, wovon ich denke, dass es ist!"

„Was meinst du?", frage ich vorsichtig, obwohl ich bereits ahne, worauf sie hinauswill.

„Liv! Das ist *die* Party! Die Eröffnung des neuen Clubs im Seaport District! Alle reden davon! Influencer, Models, Promis! Und du bist eingeladen?!" Ihre Stimme wird immer höher, und sie wirkt, als könnte sie jeden Moment anfangen zu springen.

Ich schüttele den Kopf, versuche, ihre Begeisterung ein wenig zu bremsen. „Es ist nicht... was du denkst. Es ist nur ein berufliches Ding. Eine Einladung von... jemandem, den ich kenne."

„Beruflich?" Sie sieht mich an, als würde ich versuchen, ihr einen schlechten Witz zu erzählen. „Beruflich? Das Kleid schreit nicht gerade nach ‚beruflich', Livi. Wer ist dieser D? Und warum lädt er dich zu einer der angesagtesten Partys der Stadt ein?"

„Es ist kompliziert", murmle ich, und ich weiß, dass das eine schwache Antwort ist. Doch ich kann ihr nicht alles erzählen. Nicht jetzt.

„Kompliziert bedeutet *wir vögeln.*" Sie zieht eine Augenbraue hoch, dann beginnt sich ein breites Grinsen auf ihrem Gesicht auszubreiten. „Heißt das, du gehst hin?"

„Ich weiß nicht", sage ich und lege das Kleid vorsichtig zurück in die Schachtel. „Ich bin mir nicht mal sicher, ob ich überhaupt hingehen soll. Das ist... nicht wirklich mein Ding."

„Nicht dein Ding?" Sie klingt, als hätte ich gerade gesagt, ich würde Pizza hassen. „Livi, das ist *die* Gelegenheit! Und schau dir dieses Kleid an!" Sie deutet dramatisch darauf. „Es wäre ein Verbrechen, das nicht zu tragen. Das schreit nach Sex! Sex mit D!"

Ich schüttele den Kopf und setze mich zurück in meinen Stuhl. „Es ist nicht so einfach, Leyla."

Sie starrt mich einen Moment lang an, bevor sich ihr Gesicht plötzlich erhellt. „Denkst du, ich könnte mitkommen? Ich meine, du weißt doch, wie sehr ich da hinwollte! Bitte, Livi! Vielleicht darfst du ja jemanden mitbringen?" Ihre Augen leuchten vor Hoffnung, und ich spüre, wie meine Entschlossenheit ins Wanken gerät.

„Ich... weiß nicht", sage ich schließlich. „Es steht nichts davon in der Einladung."

„Dann frag nach!" Sie greift nach meinem Handy auf dem Tisch und hält es mir hin. „Frag ihn! Jetzt!"

Ich seufze, schnappe mir das Handy und tippe eine Nachricht:

> Grayson, danke für die Einladung. Ist es in Ordnung, wenn ich eine Freundin mitbringe?

Ich starre auf den Bildschirm, während die Nachricht abgeschickt wird, und versuche, die Nervosität in mir zu unterdrücken. Wenige Minuten später vibriert das Handy in meiner Hand. Seine Antwort ist knapp, präzise:

> Ich schicke euch den Wagen um 21 Uhr.

Ich lese die Worte und sehe Leyla an. „Er hat ja gesagt", murmle ich, bevor ich dazu komme, es wirklich zu begreifen.

Leyla springt von der Couch auf und quietscht vor Freude. „Oh mein Gott! Liv, das wird so episch! Ich muss sofort mein Outfit planen!" Sie rennt in ihr Zimmer, und ich bleibe allein mit dem Kleid und Graysons Worten zurück.

Die Freude in Leylas Augen war echt, aber für mich fühlt sich diese Einladung nicht nur wie eine Gelegenheit an. Es ist eine Schwelle, die ich nicht überschreiten will und doch mit jeder Faser meines Körpers möchte.

Der Seaport District von Boston erstreckt sich wie ein funkelndes Juwel entlang des Hafens. Tagsüber reflektieren die Glasfassaden der modernen Hochhäuser das glitzernde Wasser des Boston Harbor, während die historischen Lagerhäuser aus rotem Backstein stille Zeugen der alten Schifffahrtsgeschichte sind. Die Straßen sind breit, von frischer Meeresluft durchzogen, und belebt von einer bunten Mischung aus Spaziergängern, Geschäftsleuten und Künstlern, die zwischen schicken Galerien, hochkarätigen Restaurants und innovativen Start-up-Büros pendeln.

Mit Einbruch der Dämmerung verwandelt sich der Seaport District in ein Kaleidoskop aus Licht und Leben. Die Brücken über das dunkle Wasser sind mit Lichterketten geschmückt, die sich in den sanften Wellen spiegeln, während die Musik aus den Rooftop-Bars wie ein leises Echo zwischen den Gebäuden widerhallt.

Graysons Limousine gleitet mit uns an Bord durch das Lichtermeer, immer näher auf das SeaP zu, vor dem sich eine immense Menschenschlange gebildet hat. Der Fahrer hält direkt vor dem Eingang und öffnet zuerst Leyla, dann mir die Tür. Wir müssen nicht anstehen, wir stehen auf der Gästeliste. Leyla versucht, sich zusammenzureißen und cool zu sein, doch spätestens, als der bärtige Türsteher uns einlässt, flippt sie aus.

Der Club ist noch exklusiver und luxuriöser, als ich es erwartet hätte. Der Empfangsbereich ist in ein warmes, goldenes Licht getaucht, und der dumpfe Bass empfängt uns wie eine Woge eines Pulsschlags. Als wir durch den orange und lilafarben beleuchteten Tunnel ins Innere des Clubs treten, befinden wir uns in einer anderen Welt. Grayson begrüßt mich an der Tür, sein Blick streift prüfend über das Kleid, das er mir geschickt hat, und seine Zufriedenheit ist unübersehbar.

Ich schiebe meine grüne Maske zurecht und sehe mich um.

Das Innere des Clubs ist ein sinnliches Spektakel, dominiert von leuchtenden Orangetönen, die wie glühende Abendsonnen wirken, und sattem Lila, das an die Dämmerung über einem tropischen Dschungel erinnert. Die gesamte Atmosphäre ist elektrisierend, geheimnisvoll und überwältigend zugleich. Der Raum ist durchdrungen von exotischer Pflanzenwelt: Riesige Monstera-Blätter, rankende Philodendren und filigrane Palmen ragen aus den Wänden, scheinen von der Decke zu wachsen und bilden einen dichten, fast überirdischen Dschungel.

Im Barbereich schimmern die Theken in tiefem Lila, beleuchtet von LED-Streifen, die sich wie feurige Lianen entlang der Kanten ziehen. Gläser in ungewöhnlichen Formen reflektieren das orangefarbene Licht, das wie flüssiges Gold den Raum durchflutet. Über der Bar hängen große Glasinstallationen, die an überdimensionale, leuchtende Blüten erinnern, deren Inneres sanft pulsiert, als atme der gesamte Raum. Die Getränke, farbenfroh und extravagant garniert, passen perfekt zur lebendigen Farbpalette des Clubs.

„Wow", haucht Leyla neben mir. „Allein das ist es wert..."

Ich kann ihr nicht widersprechen. Es ist atemberaubend.

Die Tanzfläche ist ein immersiver Dschungel aus Licht und Bewegung. Der Boden besteht aus halbtransparentem Glas, unter dem ein sanft fließender Bach aus lila Licht durchzogen von glühend orangefarbenen Funken fließt – eine Illusion, die den Eindruck erweckt, über einen leuchtenden Urwald zu tanzen. Um die Tanzfläche herum stehen dichte Pflanzenarrangements, aus denen golden beleuchtete Nebel streifenweise emporsteigen und sich mit den Bewegungen der Gäste verweben.

„Komm, lass uns was trinken!" Sie greift energisch nach meiner Hand und zieht mich zur Bar, wo noch nicht viel los ist. Wir bestellen einen alkoholfreien Cocktail und sind für ein paar Minuten sprachlos. „Da!" Leyla kreischt auf. „Das ist Maggie Stone!" Sie zeigt auf die VIP-Lounge. Dort steht eine rothaarige Schönheit, die mit vage bekannt vorkommt. „Die Schauspielerin!" Sie nennt mir bestimmt vier Filme, die ich alle nicht gesehen habe und schnaubt. „Du musst mehr leben, Hase."

„Und der Typ neben ihr?"

Leyla reckt den Hals. „Ähm... ich glaube ein Baseballer-Spieler. Laut diverser Klatsch-Seiten daten sie. Und oh lala, wer ist denn das?" Sie blinzelt und und reckt sich.

Ich stocke. Neben Maggie Stone und ihrem vermeintlichen Date steht unverkennbar Grayson. Auch wenn er keinen seiner typischen Anzüge trägt, sondern nur ein dunkles Hemd und eine schwarze Hose, und dazu die heute zum Dresscode gehörende silberfarbene Maske – es ist eindeutig er. Ich spüre, wie mir die Röte in die Wangen schießt, und ich bin froh, selbst diese Maske zu tragen.

Leyla bemerkt es dennoch. „Ist *er* das etwa? Dein D? Heiß!" Sie leckt sich über die Lippen und lacht. „Komm, wir gehen hin! Sagen hallo!"

„Nein!" Ich stemme die Füße in den Boden.

„Das muss dir doch nicht unangenehm sein", sie kichert. „Der Typ ist...", setzt sie an, aber da spüre ich bereits ein Kribbeln im Nacken.

„Livia."

Graysons dunkle, charmante Stimme macht, dass sich die feinen Härchen in meinem Nacken aufstellen, als ich mich langsam zu ihm umdrehe. Im Hintergrund höre ich Leyla aufgeregt kichern. „Du siehst hinreißend aus", sagt er mit einem Lächeln und küsst sanft meinen Handrücken. „Das Kleid steht dir ausgezeichnet..." Dann hebt er den Blick über mich hinweg und lächelt einnehmend. „Und das ist..."

„Meine Freundin Leyla", vervollständige ich den Satz mit trockenem Mund.

Leyla strahlt ihn an und schiebt ihre bunte Maske ein Stück hoch, so, dass er ihr Gesicht ganz sehen kann. „Und du bist..."

„Grayson Rutherford, angenehm." Er nimmt ebenfalls ihre Hand und gibt ihr einen Handkuss. „Die Ladies, darf ich euch mit in die VIP-Lounge einladen?"

„Selbstverständlich darfst du das!", grinst Leyla und tanzt vor uns her.

Mir schwirrt der Kopf.

Grayson führt uns, ohne den Blick von mir abzuwenden, durch den dichten Dschungel der Tanzfläche. Die glühenden Orangetöne und das pulsierende Lila der Lichter tauchen alles in eine surreal-lebendige Farbwelt. Seine Hand liegt federleicht an meinem unteren Rücken, gerade fest genug, um mich zu lenken, aber so subtil, dass es fast unmerklich ist. Mein Herz schlägt schneller – nicht nur wegen der scharfen Blicke, die ich von anderen Gästen spüre.

Leyla wirbelt vor uns her, als wäre sie in ihrem Element. Ihre Maske funkelt im Schein der kinetischen Spiegelkugeln über uns, während sie zwischen den Pflanzen hindurchtanzt. „Das hier ist unglaublich", ruft sie begeistert zurück, ihre Stimme kaum hörbar über den tiefen Bass der Musik.

Wir erreichen die VIP-Lounge, abgeschirmt durch riesige, dicht bepflanzte Wände aus Monstera-Blättern und Orchideen. Grayson hebt eine Ecke der weichen, goldschimmernden Kordel, die den Eingang markiert, und lässt uns eintreten. Der Raum öffnet sich zu einer intimen, beinahe unwirklichen Szene. Inmitten der violett glühenden Sitzecken plätschert ein kleiner Wasserfall aus goldenem Licht. Pflanzen, die wie lebendig wirken, rahmen die luxuriösen Sofas ein, während von der Decke Lampen in Form tropischer Blüten herabhängen, die warmes Licht spenden.

„Macht es euch bequem." Grayson deutet auf eine der gepolsterten Sitzgruppen und winkt einem Kellner, der sofort in der Nähe auftaucht. „Champagner?", fragt er mit einem anziehenden Lächeln. Leyla nickt begeistert, und obwohl ich unsicher bin, finde ich mich wieder dabei, ebenfalls zu nicken.

Dann stellt er uns die Menschen in der Lounge vor: Maggie Stone, was Leyla fast zum Hyperventilieren bringt, ihren Freund Max Garret, den Baseballspieler, und zum Schluss Roman Vale, den Besitzer des SeaP. Leyla ist hin und weg. Ich nur einmal mehr... beeindruckt.

„Ich habe gehofft, dich hier zu sehen, Livia", sagt Grayson, während er sich neben mich setzt. Sein Blick ist schwer, unausweichlich, als ob er all meine Gedanken lesen könnte. Leyla, völlig eingenommen von der Umgebung, spielt mit einer schimmernden Orchideenblüte auf dem Tisch und scheint nicht zu bemerken, wie die Spannung zwischen uns sich verdichtet.

„Du scheinst oft zu hoffen, mich irgendwo zu sehen", murmele ich, bemüht, die Kontrolle über meine Stimme zu bewahren. Mein Blick wandert zu seinen Händen, die lässig auf seinen Knien ruhen, und ich zwinge mich, ihn wieder anzusehen. Ich weiß nicht, ob ich mich geschmeichelt fühlen soll, oder bedrängt. Er hat etwas so Einnehmendes an sich, aber auch etwas, das mich auf der Hut sein lässt.

Seine Antwort kommt schnell, als hätte er sie schon längst parat. „Manchmal lohnt es sich, hartnäckig zu sein", sagt Grayson mit einem leisen Lächeln, das nicht ganz die Augen erreicht. „Aber Hartnäckigkeit ist nur ein Teil. Es braucht auch Geduld – und die Fähigkeit, andere von ihren Möglichkeiten zu überzeugen."

Leyla unterbricht uns, ihre Augen strahlen. „Livi, das ist wie im Film! Ein Wasserfall aus Licht, diese Pflanzen – ich schwöre, ich bin in einer anderen Dimension!" Leylas Augen leuchten, und sie dreht sich einmal um ihre eigene Achse, die Arme ausgestreckt, als wolle sie den ganzen Raum umarmen.

Sie lacht, trinkt einen Schluck Champagner und schwenkt ihr Glas. „Du hast eindeutig die besten Connections, Grayson."

„Das kommt mit der richtigen Gesellschaft", antwortet er charmant, seine Aufmerksamkeit kurz auf Leyla gerichtet, bevor sie sich wieder vollständig mir zuwendet. „Und die habe heute Abend eindeutig ich."

Die Musik dröhnt durch den Club, eine hypnotische Mischung aus Beats und sphärischen Klängen, die den Raum in Vibration versetzen. Leyla, ihre Wangen von der Aufregung gerötet, hat ihre Maske leicht angehoben und tanzt im Takt der Lichter, die wie pulsierende Sonnen in Orange und Lila die Tanzfläche fluten. Neben ihr steht ein Mann, Mitte dreißig vielleicht, mit perfekt sitzender Kleidung und einem Lächeln, das genauso glatt wirkt wie seine Bewegungen. Er beugt sich zu ihr und sagt etwas, das sie laut lachen lässt, bevor er ihre Hand nimmt und sie auf die Tanzfläche führt.

„Deine Freundin scheint ihren Spaß zu haben", bemerkt Grayson mit einem schiefen Lächeln, während er einen weiteren Schluck Champagner nimmt. Sein Blick gleitet über die Menge, bleibt jedoch bei mir hängen, als würde er nur auf meine Reaktion warten.

Ich spüre die Wirkung des Champagners, ein sanftes Schwindelgefühl, das meine Gedanken verschwimmen lässt. „Leyla hat ein Talent dafür, überall die Aufmerksamkeit auf sich zu ziehen", murmle ich und versuche, meinen Blick von ihm abzuwenden.

Grayson rückt ein Stück näher, sein Arm ruht lässig auf der Rückenlehne meines Sitzplatzes. Ich halte die Luft an. „Vielleicht liegt das in der Familie?" Seine Stimme ist tief, vertraulich, und ich spüre, wie mein Puls ein wenig schneller schlägt.

Ich lache kurz, unsicher, was ich sagen soll – Leyla und ich sind schließlich nur Freunde, keine Schwestern - und greife erneut nach meinem Glas, nur um festzustellen, dass es leer ist. Just in diesem Moment kommt Roman Vale persönlich mit einem Tablett Champagner-Gläser zurück in die Lounge. „Für meine strahlenden Gäste", sagt er und lächelt mich an, bevor er Grayson zuzwinkert. „Dein Gast ist bezaubernd, D."

Grayson nimmt ihm eines der Gläser ab und reicht es mir. „Oh, Livia ist mehr als bezaubernd, Roman."

Die Wärme des Champagners kriecht meine Kehle hinauf und hinterlässt ein benommenes Gefühl, das mich dazu bringt, tief durchzuatmen. Die Luft im Club ist schwer, gefüllt mit Parfüm, feuchtem Erdduft von den Pflanzen und der elektrischen Hitze der Menschenmenge. Leyla ist längst auf der Tanzfläche verschwunden, ihr Lachen vermischt sich mit den Bässen, die durch den Raum pulsieren. Grayson sitzt entspannt in der Lounge, ein leises Lächeln spielt um seine Lippen, während er mich beobachtet. Mir schwirrt der Kopf.

„Ich… ich gehe kurz auf die Toilette", sage ich und erhebe mich und spüre, wie ich leicht wanke. *Bin ich betrunken?*

Ich drehe mich um und bahne mir eilig einen Weg durch die dichten Pflanzenwände, vorbei an glitzernden Tier-Masken und fremden, eindringlichen Blicken.

Die Farben verschwimmen zu einem kaleidoskopischen Wirbel, der an meinen Sinnen zerrt. Das Orange wirkt wie brennender Sand, das Lila wie tiefe Schatten, die alles verschlucken. Menschen bewegen sich in einem trägen Rhythmus, ihre Masken glitzern wie geisterhafte Fratzen im Dunst.

Der Boden scheint unter meinen Füßen zu schwanken, als ich den Gang erreiche, der zu den Toiletten führt. Es ist hier stiller, das Dröhnen der Musik gedämpft.

Ich bin so mit meinen Gedanken beschäftigt, dass ich ihn fast übersehe. Der Zusammenstoß ist sanft, kaum mehr als ein Streifen, doch ich halte inne und blicke auf. Der Mann vor mir weicht ebenfalls zurück, sein Martini schwappt leicht über den Rand des Glases.

„Entschuldigung," murmle ich, aber meine Stimme klingt fremd, hohl.

Er sieht mich an, seine glasigen Augen blitzen kurz auf, als hätte er mich erkannt. Etwas an ihm kommt mir vertraut vor – vielleicht seine Haltung, die müde Art, wie er sein Glas hält, oder die feinen Linien um seine Augen. Doch ich kann ihn nicht einordnen.

„Kein Problem", sagt der Mann mit einem schwachen Lächeln, das mehr Schatten als Wärme hat. „Das passiert hier ständig."

Ich will weitergehen, aber etwas in seiner Stimme hält mich zurück. „Kennen wir uns?", frage ich schließlich, obwohl ich die Antwort nicht wirklich wissen will.

Er lacht leise, ein Geräusch, das mehr nach Bitterkeit klingt als nach Belustigung. „Vielleicht", sagt er und sieht mich direkt an. „Oder vielleicht weißt du einfach nicht, worauf du dich eingelassen hast."

Die Worte lassen mich innehalten. „Was meinen Sie damit?", frage ich, mein Puls beschleunigt sich. Ich kenne sein Gesicht. Aber woher? Mein Kopf arbeitet so langsam, als wäre er mit Kaugummi gefüllt.

„Ich meine, dass es in diesem Club keine Zufälle gibt." Er hebt sein Glas, die Flüssigkeit darin schimmert im Licht wie geschmolzenes Gold. „Sieh dich um. Alles hier – das Ambiente, die Leute, die Gespräche, die Einladungen – ist geplant. *Wie THE VEIL*. Ein Spiel, das nur ein paar wenige wirklich verstehen."

Ich spüre, wie mein Magen sich zusammenzieht, doch ich bleibe stehen. „Warum erzählen Sie mir das?"

Er mustert mich einen Moment schweigend, dann nimmt er einen langen Schluck seines Martinis. „Weil ich einmal war, wo du jetzt bist", sagt er schließlich. „Weil ich dachte, ich hätte die Kontrolle." Seine Augen blitzen kalt auf, während er das Glas dreht. „Die Wahrheit ist: Niemand hat hier Kontrolle. Nicht wirklich." Seine Stimme ist leise, fast verschwörerisch. „Weil ich dachte, ich könnte sie durchschauen. *Aber sie sind besser. Viel besser.*"

Ich will etwas entgegnen, doch er hebt die Hand, ein stummes Zeichen, dass das Gespräch beendet ist. „Pass auf, wem du vertraust", murmelt er noch, bevor er an mir vorbeigeht und in der Menge verschwindet. Die schweren Schritte seiner Schuhe hallen in meinem Kopf nach, während ich allein im gedämpften Licht des Gangs stehe. Der Drang, Grayson zurück in der Lounge zur Rede zu stellen, ist überwältigend, doch eine leise, innere Stimme warnt mich davor. Stattdessen zwinge ich mich weiter, den Gang hinunterzugehen, obwohl ich spüre, wie sich die Luft um mich herum dichter anfühlt, wie ein Netz, das sich langsam zusammenzieht.

Meine Schritte werden schwerer, je weiter ich den Gang entlanggehe. Das gedämpfte Licht scheint sich in Wellen zu bewegen, die mich noch stärker aus dem Gleichgewicht bringen. Mein Atem wird flacher, und meine Hand streift die Wand, während ich mich nach vorne taste. Irgendetwas stimmt nicht. Der Champagner war stark, ja, aber das hier fühlt sich anders an – wie ein Nebel, der sich unbarmherzig über meinen Geist legt.

Als ich die Tür zur Toilette erreiche und sie aufstoße, schwankt die Welt vor meinen Augen. Die grellen Lampen über den Spiegeln tauchen den Raum in kaltes Licht, das meine Sinne weiter reizt. Ich schaffe es gerade noch, mich am Waschbecken festzuhalten, und stütze mich schwer darauf. Mein Spiegelbild sieht fremd aus – mein Gesicht ist blass, meine Augen glasig, und ein Schweißfilm glänzt auf meiner Stirn.

„Reiß dich zusammen", murmele ich, meine Stimme schwach und brüchig.

Ich drehe den Wasserhahn auf und spritze mir hastig kaltes Wasser ins Gesicht. Der kühle Schock hilft für einen Moment, doch das Gefühl der Benommenheit bleibt, zieht mich immer tiefer in seine Umklammerung. Meine Gedanken sind wie Treibsand; ich versuche, sie zu greifen, aber sie rutschen mir durch die Finger. *Was hat der Mann gesagt? Was hat er gemeint? Und warum kann ich kaum noch gerade stehen?*

Ich greife nach einem Papierhandtuch, aber meine Hände zittern so stark, dass es mir entgleitet und zu Boden fällt. Ich schließe die Augen, atme tief durch, aber die Übelkeit bleibt, und die Stimmen aus dem Club dringen wie durch Watte an meine Ohren.

Schließlich zwinge ich mich in die Höhe, die Hände fest um den Rand des Waschbeckens geklammert, und schleppe mich zur Tür. Jeder Schritt fühlt sich an, als würde ich durch einen dichten Sumpf waten. Als ich die Tür aufstoße und den Gang betrete, verschwimmt die Welt erneut vor meinen Augen. Die Dunkelheit des Clubs scheint mich zu verschlucken, und die Lichter tanzen vor mir wie lebendige Wesen.

Ich schwanke, mein Gleichgewicht versagt, und bevor ich den Boden unter mir spüre, prallen starke Arme gegen mich. Ein vertrauter Duft, der mich sofort innehalten lässt. Meine

Hände klammern sich reflexartig an die Brust des Mannes vor mir.

„Livia?"

Cole.

Seine Stimme ist durchdrungen von Sorge, und ich blinzle auf, doch mein Blick bleibt verschwommen. „Was ist los? Bist du verletzt?" Seine Hände halten mich fest, verhindern, dass ich zu Boden sinke.

„Liv?" Cole klingt, als hätte er schon eine Weile nach mir gesucht. Seine Hände stützen mich, während er mich eindringlich ansieht. „Was ist passiert? Was machst du hier?"

Ich klammere mich an sein Hemd, versuche zu antworten, aber meine Zunge ist wie gelähmt. Ein Schatten von Angst flackert in seinen Augen, und ich spüre, wie er mich vorsichtig gegen sich zieht. „Alles okay, ich bin hier. Du bist nicht allein," murmelt er, mehr zu sich selbst als zu mir. Mein Kopf fällt schwer gegen seine Schulter, und ich spüre, wie er mich noch fester hält.

„Hey, bleib bei mir", sagt er, und seine Stimme ist jetzt dringlicher. „Hast du zu viel getrunken?" Er bricht ab, und ich spüre die Spannung in seinem Körper. Sein Griff wird fester, als wolle er mich vor einer unsichtbaren Gefahr schützen.

Ich öffne den Mund, um zu antworten, aber alles, was herauskommt, ist ein unzusammenhängendes Murmeln. Meine Finger krallen sich in sein Hemd, während mein Bewusstsein immer weiter in einen Nebel aus Licht, Wärme und Dunkelheit abdriftet.

Cole

Schon den ganzen Abend beobachte ich sie. Livia zieht die Aufmerksamkeit auf sich, ohne es zu wollen, ohne es zu merken. Sie bewegt sich durch den Club wie ein Licht, das alle Blicke einfängt, und ich hasse, wie sie von ihm eingefangen wurde. Von Grayson. Seine Stimme, seine Gesten, sein verdammtes Lächeln – alles ist genau kalkuliert, um sie näher an sich zu ziehen. Und sie? Sie lacht, lächelt zurück, trinkt seinen Champagner. Es ist, als würde sie nicht sehen, wer er wirklich ist. Was er wirklich ist.

Ich bin nicht freiwillig hier. Er hat mich hierher gebeten, wie alle, die sich in seinem Inneren Kreis bewegen. Für Roman Vale. Roman ist in etwa vom gleichen Schlag wie Grayson Rutherford. Nach außen hin eine glänzende Fassade aus Erfolg und darunter? Gärt es.

Ich lehne an der Bar, den Blick immer noch auf Livia gerichtet, während ich an meinem Bier aus der Flasche nippe. Es schmeckt bitter, aber nicht wegen des Alkohols, sondern wegen der Szene vor mir. Grayson sitzt neben ihr, zu nah, sein Arm über der Lehne ihrer Couch, als hätte er sie bereits für sich gewonnen. Es ist ein Schauspiel, und sie ist die Hauptfigur, ohne zu ahnen, dass die Fäden längst gezogen sind.

Ein Teil von mir will eingreifen. Ich will zu ihr gehen, sie wegziehen von ihm, ihr ins Gesicht sagen, dass sie vorsichtiger sein soll, dass er nicht der ist, der er vorgibt zu sein. Aber was würde es ändern? Sie vertraut mir nicht. Nicht wirklich. Und vielleicht hat sie recht – warum sollte sie mir trauen?

Ich sehe, wie sie das Glas zum Mund führt, das ihr Vale über Grayson gereicht hat. Wie sie sich leicht vorbeugt, um ihm zuzuhören. Sein Blick bleibt an ihr haften, gleitet über sie, als wäre sie bereits sein Besitz. Es lässt etwas in mir auflodern, eine Wut, die ich nur mit Mühe unter Kontrolle halte. Aber dann merke ich, wie sie sich bewegt, wie sich ihr Kopf leicht zur Seite neigt, als wäre ihr schwindelig. Ihre Haltung ändert sich, ihre Schultern sacken ein wenig.

Ein Alarm geht in meinem Kopf los.

Fuck.

Sie steht ruckartig auf, sagt etwas zu Grayson, das ich nicht hören kann, und beginnt, sich durch die Menge zu schieben. Sie wirkt unruhig, schwankend, und ich weiß, dass etwas nicht stimmt. Grayson lässt sie gehen, ohne eine Miene zu verziehen, aber ich bleibe nicht stehen. Meine Beine setzen sich von selbst in Bewegung, und ich folge ihr, halte dabei genügend Abstand, um nicht aufzufallen.

Mein Blick bleibt an ihrem Rücken haften, während sie den Gang zu den Toiletten erreicht. Irgendetwas läuft hier gewaltig schief, und ich werde nicht zusehen, wie sie in etwas hineingezogen wird, aus dem sie vielleicht nicht wieder herauskommt. Nicht, solange ich hier bin.

Ich sehe sie schon, bevor sie die Tür zur Lounge verlässt. Livia. Ihre Bewegungen sind unkoordiniert, fast taumelnd, und etwas an ihrem Gesichtsausdruck lässt mich sofort in Alarmbereitschaft versetzen. Sie hält sich kurz an der Wand fest, als würde sie versuchen, einen klaren Gedanken zu fassen, aber sie sieht verloren aus, als würde sie jeden Moment umkippen. Ich schiebe mich durch die Menge, ignoriere die verwirrten Blicke der Gäste und halte meine Augen nur auf sie gerichtet.

Als sie die Tür zum Flur erreicht, scheint sie mich nicht einmal zu bemerken. Ihr Kopf ist leicht gesenkt, und sie wirkt, als würde sie gegen eine unsichtbare Last kämpfen. Sie stößt die Toilettentür auf, verschwindet dahinter, und ich folge ihr, bleibe aber einige Schritte zurück. Sie braucht vielleicht nur einen Moment für sich, um durchzuatmen. Oder vielleicht doch nicht.

Unschlüssig bleibe ich im Schatten des Gangs stehen. Sekunden dehnen sich zu Minuten. Als sie schließlich wieder herauskommt, weiß ich sofort, dass etwas nicht stimmt. Ihre Schritte sind noch unsicherer als zuvor, und bevor sie auch nur einen Meter weit kommt, schwankt sie heftig zur Seite. Ich bin bei ihr, bevor sie fällt.

Sie prallt gegen mich, so leicht, dass es sich fast wie ein Reflex anfühlt, sie zu halten. Ihre Hände greifen nach meiner Brust, um Halt zu finden, und als sie den Kopf hebt, trifft mich ihr Blick – glasig, unklar, völlig verloren.

„Livia?" Meine Stimme klingt dringlicher, als ich es beabsichtige, aber die Sorge in meinem Kopf ist zu laut, um sie zu ignorieren. Ihr Name verlässt meine Lippen wie eine Beschwörung, und ich hoffe, dass sie darauf reagiert, dass sie sich wieder fängt. Aber sie blinzelt nur, langsam, als hätte sie mich nicht ganz gehört.

„Was ist los? Bist du verletzt?" Ich halte sie fester, fühle das Zittern, das durch ihren Körper geht. Ihr Kopf sinkt schwer gegen meine Schulter, und ich merke, wie ihre Beine nachgeben.

„Cole...", flüstert sie, kaum mehr als ein Hauch. Es reicht, um meine Brust enger zu machen.

„Hey, bleib bei mir," sage ich eindringlich, obwohl ich weiß, dass sie kaum die Kraft hat, mir zuzuhören. Ihre Finger krallen sich in mein Hemd, ein verzweifelter Versuch, sich festzuhalten, als würde sie sonst ganz verschwinden.

„Hast du etwas getrunken?", frage ich, obwohl ich die Antwort kenne. Das war mehr als nur Champagner. Es muss mehr sein. Der Gedanke bringt meine Gedanken zum Rasen, aber ich zwinge mich, ruhig zu bleiben. „Oder hat dir jemand..." Ich breche ab, weil die Worte schwer auszusprechen sind, die Möglichkeit zu schrecklich, um sie auszuformulieren.

Ich sehe Roman Vale mit dem Tablett vor mir. Wie er Grayson das Champagner-Glas reicht und mir wird nicht nur schlecht, ich werde stinkwütend.

Ich spüre, wie sie wieder zusammensackt, und ziehe sie noch näher an mich. Mein Griff wird fester, während ich sie halte, als könnte ich sie allein mit meiner Stärke wieder ins Hier und Jetzt holen. Ihr Flüstern versiegt, und ich merke, dass sie immer weiter abdriftet.

„Scheiße." Das Wort entkommt mir leise, ein Fluch gegen die Situation, gegen die Dunkelheit in ihren Augen, die ich nicht durchbrechen kann. Ich sehe mich um, aber hier ist niemand, dem ich vertrauen könnte. Niemand, der ihr helfen würde, außer mir.

Ich ziehe sie näher an mich, während ich einen Weg aus diesem Labyrinth aus Licht, Schatten und Masken suche.

Ich richte sie vorsichtig auf, halte ihren Kopf mit einer Hand, während ich sie mit der anderen stütze. Ihr Körper ist schlaff, und jeder Atemzug, den sie nimmt, ist flach und unregelmäßig. Ihr Haar kitzelt meine Wange, und ich spüre die Wärme ihrer Haut, doch die Besorgnis überlagert alles.

„Liv, bleib wach", murmele ich und suche verzweifelt in ihrem Gesicht nach einem Zeichen von Reaktion. Doch ihre

Augen sind halb geschlossen, und ihr Griff an meinem Hemd wird schwächer.

Die Musik dröhnt hinter uns, ein basslastiger Puls, der die Szenerie noch surrealer macht. Ich blicke zurück in Richtung der Lounge, doch der Gedanke, sie zurück zu Grayson zu bringen, löst eine Welle von Ablehnung in mir aus. Nein. Das kommt nicht in Frage. Niemals.

Mit einem tiefen Atemzug richte ich meinen Blick auf den Hinterausgang des Flurs. Mein Herz schlägt schneller, während ich mich durch die verworrene Mischung aus Sorge und Adrenalin zwinge, einen klaren Plan zu schmieden. Ich muss sie hier rausbringen, irgendwohin, wo sie sicher ist. Sie hier zu lassen – mitten in diesem verdammten Spielplatz aus Macht und Intrigen – ist keine Option.

Ich hebe sie ein Stück höher, damit sie sicher in meinen Armen liegt, und beginne, mich durch den Gang zurück in Richtung der Hauptbereiche des Clubs zu bewegen. Die Lichter blenden mich, spiegeln sich in den glänzenden Wänden, während ich sie so festhalte, als könnte ich sie allein dadurch beschützen.

Jede Bewegung fühlt sich endlos an, jeder Schritt bringt neue Blicke auf uns. Maskierte Gesichter drehen sich um, einige neugierig, andere gleichgültig, als hätte ich ein Requisit dieses Spiels in den Armen. Doch ich ignoriere sie, ignoriere alles, außer der dringenden Notwendigkeit, Livia in Sicherheit zu bringen.

„Bleib bei mir, Livi", flüstere ich erneut, obwohl ich nicht sicher bin, ob sie mich hören kann.

Ich schaffe es durch den Flur zur Notausgangstür und verlasse mit ihr den Club. Das grelle Licht der Straßenlaternen flackert durch die Dunkelheit, als wir aus dem Club treten. Die kalte Nachtluft schlägt mir entgegen, doch für Livia scheint sie wie ein Schock zu wirken. Ihre schwachen Bewegungen verstärken sich für einen Moment, und ein unruhiges Geräusch entweicht ihrer Kehle.

„Liv?", frage ich leise, mein Blick wandert zu ihrem Gesicht. Sie blinzelt, und ihre Augenlider flattern, bevor sie den Kopf leicht von meiner Schulter hebt. Dann verzieht sie plötzlich das Gesicht, und ich erkenne den Ausdruck sofort.

„Warte, ich hab dich", sage ich schnell, drehe sie leicht zur Seite, während ich sie noch immer stütze, und führe sie einige Schritte zum Straßenrand. Ihre Beine wanken, doch ich halte sie fest, stütze sie mit einer Hand an der Taille und lege die andere sanft auf ihren Rücken, um sie nach vorne zu beugen.

Es dauert nur einen Augenblick, bevor sie sich heftig übergibt. Ich halte sie stabil, sorge dafür, dass ihr Kopf leicht nach unten geneigt bleibt, und warte geduldig, bis die Wellen nachlassen. Ihr ganzer Körper zittert, und ich spüre die Spannung in ihren Muskeln.

„Alles okay", murmele ich leise, meine Hand bleibt beruhigend an ihrem nackten Rücken. „Atme tief durch."

Als der Würgereiz schließlich schwächer wird, richte ich sie langsam auf, lasse sie gegen mich lehnen. Ihr Atem ist schwer, ihre Haut klebrig, aber sie reagiert besser als zuvor. Ihr Körper scheint den plötzlichen Ausbruch zu verarbeiten, und ich spüre ein leises Aufatmen in mir.

„Alles okay?", höre ich plötzlich eine Stimme hinter mir. Ich drehe mich um und sehe eine Frau aus der Warteschlange des Clubs, die uns besorgt ansieht. In ihrer Hand hält sie eine geöffnete Wasserflasche.

„Kann ich helfen?", fragt sie, ihre Augen wandern zwischen mir und Livia hin und her.

„Wasser wäre großartig, danke", sage ich, nehme die Flasche und öffne sie weiter, bevor ich mich wieder zu Livia drehe. Sie sieht aus, als wolle sie protestieren, doch ich schüttele den Kopf. „Nur ein kleiner Schluck, okay?"

Ich halte die Flasche an ihre Lippen, und sie nimmt einen vorsichtigen Schluck, bevor sie zurückweicht. Ich helfe ihr, den Mund auszuspülen, und reiche der Frau die Flasche zurück. „Vielen Dank."

„Kein Problem", sagt sie und tritt wieder in die Schlange zurück, wirft uns jedoch weiterhin einen neugierigen Blick zu.

Ich wende meine Aufmerksamkeit erneut Livia zu, richte sie vorsichtig auf und wische eine Haarsträhne aus ihrem Gesicht. „Besser?", frage ich und ertappe mich dabei, wie besorgt und sanft meine Stimme klingt. Sie nickt schwach, ihre Augen wirken klarer, auch wenn sie immer noch erschöpft aussieht.

Ein Taxi hält in diesem Moment am Straßenrand, und treffe eine vermutlich leichtsinnige Entscheidung. Ich nutze die Gelegenheit, um uns ins Taxi zu manövrieren. „Zu mir", sage ich zum Fahrer und nenne ihm die Adresse, bevor ich Livia vorsichtig neben mich setze. Sie lehnt sich schwer gegen meine Schulter, ihre Atmung ist ruhiger, aber ich bleibe wachsam.

Während das Taxi durch die Straßen von Boston fährt, halte ich ihren Kopf stabil und lasse meine Hand leicht auf ihrer Schulter ruhen. „Wir sind bald da", flüstere ich, auch wenn ich mir nicht sicher bin, ob sie mich hört. Vermutlich sage ich es auch mehr zu mir, weil ich hoffe, dass niemand unseren − meinen, ihren, unseren gemeinsamen Aufbruch − mitbekommen hat. Falls ja... könnte das fatale Folgen haben.

Aber so weit darf ich gerade nicht denken.

Ihr Körper wirkt schwächer, aber ihr Puls ist stabiler, und das beruhigt mich ein wenig.

Als wir an meiner Wohnung ankommen, zahle ich schnell den Fahrer und trage Livia vorsichtig die Treppen hoch. In diesem Moment ist sie mein einziger Gedanke. Ich werde nicht zulassen, dass ihr irgendetwas passiert.

Die Tür zu meiner Wohnung schwingt auf, und die vertraute Stille des Raums umfängt uns. Ich trage Livia vorsichtig hinein, achte darauf, sie nicht zu ruckartig zu bewegen. Sie murmelt etwas Unverständliches, der Klang kaum mehr als ein Schatten ihrer Stimme. Ich spüre, wie sie sich ein wenig an mich klammert, als hätte sie Angst, loszulassen.

„Fast geschafft", flüstere ich, mehr, um mich selbst zu beruhigen. Ich bringe sie ins Wohnzimmer, wo ich sie auf das Sofa lege. Ihre Haut fühlt sich kühler an als zuvor, aber ihr Gesicht ist immer noch blass. Die Erleichterung, die ich nach dem Erbrechen gefühlt habe, verflüchtigt sich schnell. Sie braucht mehr als Ruhe – sie braucht Flüssigkeit, Wärme, engmaschige Überwachung.

Ich eile in die Küche, fülle ein Glas mit Wasser und suche nach etwas Zucker. Während ich das Wasser umrühre, rasen meine Gedanken. Die Symptome, ihr Zustand, was auch immer sie im Club aufgenommen hat – alles muss ich im Kopf zusammenfügen. Ich schnappe mir eine Schüssel und ein feuchtes Handtuch, bevor ich zurück zu ihr gehe.

„Livia." Ich knie mich neben sie, halte das Glas an ihre Lippen. „Nur ein kleiner Schluck. Es wird dir helfen." Sie öffnet langsam die Augen, blickt mich müde an, und ich sehe einen Hauch von Klarheit darin. Mit meiner Hilfe nimmt sie einen kleinen Schluck, dann noch einen, bevor sie den Kopf leicht schüttelt.

„Das reicht", murmelt sie schwach, ihre Stimme rau, aber ein Hauch von Entschlossenheit schwingt mit. Ich nicke und stelle das Glas ab.

Dann mustere ich das derangierte Kleid, das sie trägt, und schlucke schwer. „Warte hier", sage ich und verschwinde kurz im Nebenraum. Ich komme mit einem Sweatshirt von mir zurück und knie mir vor sie hin. „Ich würde dir das Kleid ja ausziehen, aber ich weiß nicht, ob du das möchtest...“

Sie murrt etwas und streckt mir die Arme entgegen.

„War das ein Ja?“, frage ich und kneife die Augen zusammen, als sie müde nickt. *Verdammt...*

Ich knie vor ihr, meine Hände ruhen kurz auf dem Sofa, während ich sie ansehe. Das grüne Kleid, das sich um ihren Körper schmiegt, wirkt fehl am Platz, zu elegant, zu strahlend in dieser stillen, nüchternen Wohnung. Ihre Haut sieht blass aus dagegen, fast durchsichtig, und ich merke, wie mein Atem schnell und unruhig geht. Ich kann nichts dagegen tun. Sie ist so unfassbar schön.

Ich bewege mich vorsichtig, taste nach dem Reißverschluss an der Seite ihres Kleides. Der Stoff fühlt sich kühl und glatt unter meinen Fingern an, als ich den Reißverschluss langsam nach unten ziehe. Das leise Surren des Zippers scheint in der stillen Luft lauter, als es sollte, und ich halte unwillkürlich den Atem an, als ich spüre, dass sie Gänsehaut unter meiner Berührung bekommt.

„Liv...“, flüstere ich, doch sie sagt kein Wort.

Der Stoff löst sich, das Kleid lockert sich um ihre Schultern, und ich ziehe es mit bedachten Bewegungen weiter nach unten. „Es tut mir leid“, murmle ich, meine Stimme kaum mehr als ein Flüstern, während ich ihr helfe, die Arme aus den Trägern zu lösen. Schließlich streife ich ihr das Kleid über den Kopf ab, der weiche Stoff fällt in einer Welle zu Boden.

Darunter ist sie fast nackt. Ihre Haut wirkt weich und ungeschützt, die Linien ihrer Schultern zart, ihr Körper zerbrechlich in der Dunkelheit. Sie trägt nur ein schlichtes Höschen, und ich zwinge mich, meinen Blick nicht wandern zu lassen. Doch es gelingt mir nicht. Meine Augen gleiten über sie, über ihre kleinen, festen Brüste, die sich bei jedem Atemzug leicht heben und senken. Meine Kehle schnürt sich zu, und ich starre einen Moment auf die Wand hinter ihr, versuche, einen klaren Gedanken zu fassen.

„O...kay", sage ich schließlich leise, mehr zu mir selbst, und greife nach dem grauen Sweatshirt, das über der Sofalehne hängt. Es ist mein altes Uni-Sweatshirt, weich und ausgeleiert, und es fühlt sich vertraut an. Ich ziehe es ihr vorsichtig über den Kopf, schiebe ihre Arme in die Ärmel, während sie leicht gegen meine Hände lehnt. Ihre Augen flackern, als würde sie etwas sagen wollen, aber sie bleibt still.

Das Sweatshirt ist viel zu groß für sie. Die Ärmel hängen über ihre Hände, der Saum reicht bis knapp über ihre Hüften. Es umhüllt sie fast vollständig, und für einen Moment sieht sie aus, als wäre sie darin verschwunden. Aber es fühlt sich besser an, als sie so zu sehen – sicherer, geschützt.

Ich hebe ihr Kleid vom Boden auf, lege es beiseite und blicke wieder zu ihr hinunter. Sie atmet ruhiger jetzt, ihre Augen schließen sich, als würde sie in einen unruhigen Schlaf fallen. Ich bleibe neben ihr, lasse meinen Blick über ihr Gesicht wandern. Sie sieht verletzlich aus, und in diesem Moment wird mir klar, wie nah ich ihr gekommen bin. Ich spüre die Schwere dessen, was ich getan habe – sie aus dem Club zu holen, sie in meine Welt zu ziehen.

Der Drang, sie zu küssen, ist überwältigend in diesem Moment. Aber ich tue es nicht. Es wäre nicht richtig.

Doch während ich sie so ansehe, spüre ich auch etwas anderes. Etwas, das mich daran erinnert, warum ich überhaupt hier bin. Ich bin hier, weil ich sie schützen muss. Und auch wenn ich weiß, dass das ein Fehler war, weiß ich noch viel sicherer, dass ich sie nicht allein lassen kann.

Ich lege das feuchte Handtuch auf ihre Stirn, streiche ihr sanft eine Haarsträhne aus dem Gesicht. „Du ruhst dich aus, okay? Ich bin hier."

Sie murmelt etwas, das wie „Danke" klingt, bevor ihre Augenlider wieder schwer werden. Ich bleibe neben ihr sitzen, meine Hand auf ihrem Arm, während ich ihren Atem beobachte. Regelmäßig, stabil – ein gutes Zeichen. Doch ich kann die Unruhe in mir nicht abschütteln.

Ich lasse sie nicht aus den Augen, beobachte jede Bewegung, jedes Flüstern. Ihre Farbe scheint langsam zurückzukehren, aber ich weiß, dass das nicht bedeutet, dass sie außer Gefahr ist. Ich ziehe mein Handy aus der Tasche, mache mir weitere Notizen zu ihren Symptomen, während ich meinen Blick ständig auf sie gerichtet halte.

Die Stunden ziehen sich, doch ich bleibe wachsam. Die Nacht vergeht, die Schatten in meiner Wohnung werden länger, bis die ersten Strahlen des Sonnenaufgangs durch die Fenster dringen. Livia bewegt sich schließlich, ihre Lider flackern, und sie sieht mich an – immer noch müde, aber wacher als zuvor.

„Cole?" Ihre Stimme ist kaum mehr als ein Flüstern, aber das reicht, um mich aus meiner Anspannung zu reißen. Ich beuge mich näher zu ihr, meine Stimme sanft.

„Ich bin hier. Wie fühlst du dich?"

Sie blinzelt langsam, als würde sie ihre Gedanken sammeln, bevor sie leise antwortet: „Besser... glaube ich."

Livia hebt langsam die Hand und nimmt das kühle Handtuch von ihrer Stirn. Ihr Blick wandert durch den Raum, bleibt dann an mir hängen, während ich noch immer neben ihr sitze. Ihre Augen sind klarer, wenn auch noch müde, aber in ihrem Blick liegt etwas, das mich innehalten lässt.

„Was ist passiert?", fragt sie und schaut mich offen an.

„Ich glaube, dir hat jemand was in den Drink getan." Ich beobachte ihre Reaktion, wie sich ihre Pupillen langsam weiten, sie versucht, das zu verdauen. Ihre Lippen formen stumm ein „Was zum...", doch sie spricht es nicht aus.

Ich zucke nur mit den Schultern. „Ich weiß es nicht." Auch wenn ich eine Vermutung habe, die ich jedoch nicht ausspreche.

Livi schlingt die Arme um sich und schweigt zunächst. „Wie..." Ihre Stimme ist heiser, und sie hält inne, bevor sie weiterspricht. „Wie kann es eigentlich sein, dass du immer zufällig da bist? In der Galerien, im Pub, im Club... hier..." Ihre Augen blinzeln, versuchen, meine zu fixieren.

Ich schlucke. Die Worte stecken mir fest im Hals, eine Mischung aus Wahrheit und all dem, was ich ihr nicht sagen kann. Statt einer direkten Antwort lasse ich meinen Blick für einen Moment auf ihr Gesicht gleiten, dann lehne ich mich ein Stück näher zu ihr.

„Wer weiß, ob das wirklich Zufälle sind", erwidere ich leise, ohne den Blickkontakt zu brechen. Meine Stimme klingt ruhiger, als ich mich fühle, aber die Spannung zwischen uns schwingt deutlich mit. „Aber... das ist meine Wohnung. Also sollte ich wohl hier sein?" Ihre Stirn zieht sich leicht zusammen, als würde sie in meinen Worten etwas suchen, das ich nicht ausspreche.

Für einen Moment herrscht Stille, nur das leise Ticken der Wanduhr und unser beider Atem. Ich kann spüren, wie mein eigener schneller wird, unmerklich, als ihr Blick sich in meinem verhakt. In ihren Augen sehe ich etwas Fragiles, Zerbrechliches, das sie vielleicht nicht zeigen will – und etwas anderes, das mich dazu zwingt, zu bleiben.

„Liv", setze ich schließlich an, leiser jetzt, als würde ich eine Grenze übertreten. „Es gibt Dinge, die du über das Netzwerk nicht weißt."

Ihre Augen weiten sich leicht, und ich sehe die Mischung aus Angst und Misstrauen, die über ihr Gesicht huscht. „Was meinst du?", fragt sie, ihre Stimme leiser, aber immer noch fest.

Ich lehne mich zurück, fahre mir durch die Haare und suche nach den richtigen Worten. „Das Netzwerk…" Ich halte kurz inne, bevor ich weiterspreche. „Es ist nicht das, was es zu sein vorgibt. Es geht nicht nur um die Wahrheit oder darum, die Welt besser zu machen. THE VEIL ist wie ein schwarzes Loch, Livia. Es verschlingt alles – deine Entscheidungen, deine Überzeugungen, sogar deine Erinnerungen daran, wer du mal warst. Es lässt dich glauben, dass du die Fäden ziehst, während du längst eine Marionette bist."

„Eine Marionette?" Sie hebt leicht den Kopf, aber ich drücke sie sanft zurück auf die Couch. Ihre Augen funkeln, als sie meine Hand kurz fixiert, bevor sie wieder meinen Blick sucht. „Was soll das heißen?"

„Sie haben ihre Finger überall", sage ich und halte dabei ihren Blick. „Du glaubst, du bist eine Journalistin, die die Wahrheit ans Licht bringt. Aber in Wirklichkeit bist du nur das Mittel. Sie benutzen dich, Liv."

Sie schweigt, starrt mich an, und ich kann die Unsicherheit in ihrem Blick sehen. Ich weiß, dass sie kämpft – mit meinen Worten, mit ihren eigenen Gedanken. Und ich spüre, wie das Gewicht dessen, was ich gesagt habe, sie erreicht.

„Warum…" Sie schluckt, ihre Stimme zittert leicht. „Warum erzählst du mir das jetzt? Warum hast du mir überhaupt geholfen?"

Ich öffne den Mund, schließe ihn dann wieder. „Hätte ich dich im Club liegen lassen sollen?"

Liv wendet den Blick ab von mir und presst die Lippen aufeinander. „Und warum hast du mich neulich geküsst?"

Die Wahrheit? Ich weiß es selbst nicht genau. Aber in diesem Moment, als ihr Blick wieder den meinen sucht, weiß ich nur eines: Es fühlt sich unmöglich an, sie allein zu lassen. Ihre Nähe, die Art, wie sie mich ansieht, als könnte ich sie retten, lässt etwas in mir auflodern.

„Weil du wichtig bist", sage ich schließlich leise, das eine Wort zum Glück noch verschluckt. „Und weil ich nicht zulassen kann, dass sie dich kaputtmachen."

Ihre Lippen öffnen sich leicht, als wollte sie etwas erwidern, aber sie bleibt stumm. Und in dieser stillen Sekunde spüre ich es klarer als je zuvor: Livia ist mehr als nur jemand, den ich schützen will. Sie ist jemand, der mich verändert, ohne es zu wissen.

Aber ich weiß auch, dass ich einen Fehler gemacht habe. Mit ihr aus dem Club zu verschwinden, war ein Bruch der Regeln – Regeln, die das Netzwerk eisern durchsetzt. Ich hätte sie dort lassen müssen, so schwer es mir gefallen wäre. Aber es ist zu spät, und jetzt gibt es kein Zurück mehr.

„Im Netzwerk gibt es niemanden, dem man voll und ganz vertrauen kann Livia", sage ich schließlich, und weiß, was meine Worte anrichten können. „Und du darfst ihnen niemals alles zeigen, was du weißt."

Seine Worte treffen mich hart. Ich starre ihn an, versuche, etwas zu sagen, irgendetwas, aber ich finde keine Worte. Der Raum fühlt sich plötzlich zu klein an, die Luft zu schwer. „Nicht einmal dir?", flüstere ich schließlich.

Cole schüttelt den Kopf, langsam, fast bedauernd. „Nicht einmal mir."

Die Wände scheinen sich um mich zusammenzuziehen, und ich schließe die Augen, versuche, die Gedanken zu ordnen, die durch meinen Kopf rasen. „Ich weiß nicht, wem ich trauen kann", flüstere ich schließlich, mehr zu mir selbst als zu ihm. Meine Stimme bricht, meine Hände zittern leicht.

Cole seufzt schwer. „Liv..."

„Niemand nennt mich, Liv", sag ich und sehe ihn an. „Nur meine Familie."

Er schluckt schwer. „Stört es dich?"

Ich weiß nicht.

Ich weiß es einfach nicht.

Er hat mich geküsst. Weil du wichtig bist. Wem? Ihm? Warum?

Ich liege hier auf seinem Sofa, eingewickelt in seine Decke, seinen Pullover, und habe die Worte in den Ohren, dass ich ihm nicht vertrauen darf.

Ich sehe ihn an, spüre, wie mein Atem schwerer wird. Sein Ton ist ruhig, aber die Bedeutung seiner Worte rast durch meinen Kopf, hinterlässt Spuren auf meinem Herzen, die ich nicht ignorieren kann. „Warum bist du immer da, Cole?" Meine Stimme zittert, und ich merke, wie mein Herzschlag schneller wird. „Im Club, im Pub... überall. Warum tauchst du immer genau dann auf, wenn etwas passiert?" Meine Worte sind keine echte Anklage, eher ein Versuch, Klarheit zu finden, wo keine ist.

Sein Blick wird weicher, fast entschuldigend, doch ich sehe, wie schwer es ihm fällt, mir zu antworten. „Weil du wichtig bist", wiederholt er schließlich, seine Stimme so leise, dass ich sie fast nicht höre. „Und weil ich nicht zulassen kann, dass sie dich kaputtmachen."

Die Stille, die folgt, ist überwältigend. Ich weiß nicht, ob ich ihm glauben soll, ob ich ihm überhaupt glauben *kann*.

Ich will mich zu ihm hinüberlehnen und ihn küssen. „Wer bist du, Cole?", flüstere ich stattdessen, meine Stimme zittert vor Verwirrung und Wut auf mich, ihn und das, was gestern Nacht geschehen ist. Vor Wut auf THE VEIL. „Bist du einer von ihnen?"

Er sieht weg, nur für einen Moment, bevor er mich wieder ansieht. „Ich bin mitten im Zentrum", sagt er matt, und seine Ehrlichkeit ist schlimmer, als wenn er gelogen hätte. „Ich gehöre dazu – aber ich habe schon lange das Gefühl, dass ich keinen Ausweg mehr habe. Ich bin wie ein Teil des Netzwerks, ob ich es will oder nicht. Und wenn ich ehrlich bin, Livia... ich weiß nicht mehr, wo ich selbst aufhöre und wo sie anfangen."

Meine Brust zieht sich zusammen, und die Worte, die ich sagen will, bleiben mir im Hals stecken. Alles, was ich dachte, zu wissen, fällt in sich zusammen. „Also sollte ich aufstehen und gehen", sage ich fest, obwohl ich die Antwort wahrscheinlich nicht hören will.

Seine Schultern sinken leicht, und er sieht mich an, mit einer Schwere, die ich nicht deuten kann. „Vielleicht solltest du das", sagt er schließlich.

Ich liege auf meinem Bett, starre die Decke an, und die Stille meines Zimmers fühlt sich erdrückend an. Die Schatten, die von den Straßenlaternen durch die Vorhänge tanzen, scheinen lebendig zu sein, sie bewegen sich, als würden sie mich beobachten.

Ich bin von Cole mit dem Taxi nach Hause gefahren. Mein Handy-Akku war leer. Als ich es zurück in der Wohnung ans Netz gehängt habe, hatte ich 18 Anrufe in Abwesenheit von Grayson und etwa eben so viele von Leyla. Zahlreiche Nachrichten von beiden. Leyla war nicht hier, als zu zurückkkam, also schickte ich ihr eine Mail: *Mir gehts gut. Hatte Migräne, ein Freund hat mich heimgebracht. Hab dich lieb. Livia.*

Ob ich Grayson antworten soll, weiß ich nicht. Eigentlich will ich nicht, aber da ist eine innere Unruhe, die mich nicht durchatmen lässt.

> Livia. Wo bist du?
> Ich mache mir Sorgen?
> Wo steckst du?!
> Melde dich!

In der Art sehen alle seine Nachrichten aus. Ich antworte ihm letztlich das Gleiche wie Leyla. Ohne das *Hab dich lieb.* Das scheint mir nicht angemessen.

Dann starre ich wieder an die Decke. Mein Atem geht flach, mein Kopf ist schwer, und meine Gedanken laufen wie ein endloser Strom, den ich nicht abschalten kann.

Coles Worte. Sie hallen in mir nach, wie eine Melodie, die sich nicht vertreiben lässt. *THE VEIL ist nicht das, was es vorgibt zu sein. Es geht um Macht. Um Kontrolle.* Die Ehrlichkeit in seinen Augen, als er es gesagt hat, hat mich getroffen. Und jetzt – jetzt weiß ich nicht mehr, was ich denken soll.

Ich drehe mich auf die Seite, presse die Stirn in die Kissen, doch das ändert nichts. Alles kommt zurück, in grellen, wirren Bildern. Der Club, die Musik, die Lichter, die stickige Wärme der Tanzfläche. Und der Champagner. *Der verdammte Champagner.*

Etwas war anders. Es fühlte sich falsch an. Nicht wie bei einem normalen Rausch. Es war, als hätte jemand einen Schalter umgelegt. Mein Kopf fühlte sich schwer an, meine Gedanken waren wie Watte. Alles, was blieb, war die dumpfe, instinktive Angst, die mich auffressen wollte. Und Graysons Gesicht. Immer wieder Graysons Gesicht.

Ich versuche, mich an die Details zu erinnern, aber alles ist verschwommen. Ich sehe nur Graysons Gesicht. Sein Lächeln. Diese glatte, höfliche Art, die mir plötzlich wie eine Maske vorkommt. Hat er etwas damit zu tun? Hat er… hat *er* etwas in mein Glas getan? Warum sollte er das tun?

Ich setze mich abrupt auf, mein Herz schlägt schneller. Mein Magen zieht sich zusammen bei dem Gedanken, dass Grayson – jemand, den ich kaum kenne, der aber so selbstsicher in meiner Nähe war – absichtlich versucht haben könnte, mich zu manipulieren. Aber warum? Welchen Zweck hätte das gehabt? War es ein Test? Wollte er mich schwächen? Oder war es etwas Schlimmeres, etwas, das ich noch gar nicht begreifen kann?

Ich atme tief ein, schlage die Decke zurück und gehe zum Fenster. Die kühle Nachtluft prickelt auf meiner Haut, aber sie beruhigt mich nicht. Meine Finger trommeln auf dem Fenstersims, während mein Blick ziellos in die Dunkelheit wandert. Und dann denke ich wieder an Cole.

Warum war er da? Immer ist er da, wenn etwas passiert. Im Club, als ich zusammenbrach, war er zur Stelle, hat mich aufgefangen, mich herausgebracht, mich in Sicherheit gebracht. Aber warum? Ich vertraue ihm – oder ich *will* ihm vertrauen. Doch er hat mir selbst gesagt, dass ich das nicht tun sollte. *Nicht einmal mir.*

Die Gedanken schwirren wie Mücken durch meinen Kopf, jedes Flüstern eine neue Frage, jeder Schlag ein neues Bild. Grayson mit seinem Lächeln, Cole mit seiner verzweifelten Fürsorge, das Netzwerk mit seinen unsichtbaren Fäden. Und dann der Artikel – diese verdammten Unterlagen, die ich immer noch nicht verstehe. Bin ich ihre Schachfigur? Oder ihr Schachbrett?

Was ist mit dem Artikel? Mein Blick fällt auf den Laptop, der offen auf meinem Schreibtisch liegt. Die Unterlagen sind da, fein säuberlich sortiert, alle Informationen, die ich gesammelt habe. Ich war so stolz darauf, hatte das Gefühl, dass ich etwas Bedeutendes tue, etwas, das zählt. Doch jetzt frage ich mich: *Wozu?*

Wenn das Netzwerk wirklich so zwielichtig ist, wie Cole behauptet, wenn es wirklich um Kontrolle und Manipulation geht, dann… dann könnte mein Artikel genau das sein, was sie wollen. *Ein Werkzeug. Ein Mittel.* Die Wahrheit ist vielleicht gar nicht das Ziel. Sie haben mich benutzt, so wie sie offenbar jeden benutzen.

Ich ziehe die Knie an meinen Körper, lege die Stirn darauf. Der Druck in meiner Brust wird stärker. Wenn ich den Artikel nicht schreibe, werde ich in Misskredit geraten. Ich werde nie wieder eine Chance bekommen. Noch bevor meine Karriere richtig begonnen hat, werde ich verbrannt sein. Aber wenn ich ihn schreibe… dann mache ich mich vielleicht mitschuldig. Ich könnte etwas veröffentlichen, das Schaden anrichtet, ohne es zu wissen. Und wenn das ans Licht kommt, werde ich erst recht alles verlieren.

Die Angst zieht sich in mir zusammen wie ein Netz, das mich langsam einwickelt. Ich weiß, dass ich nicht einfach aussteigen kann. THE VEIL lässt Menschen nicht gehen. Und selbst wenn sie mich gehen ließen – was dann? Was bleibt von mir, wenn ich meine Integrität, meine Arbeit, meinen Glauben an die Wahrheit verliere?

Ich stehe auf, gehe im Zimmer auf und ab, lasse meine Finger durch die Haare fahren. Die Fragen werden immer lauter. *Was war in diesem Drink? War es Grayson? Oder... und das scheint mir noch abwegiger: Roman Vale? Und warum Cole? Warum hat er mich gerettet? Ist er wirklich auf meiner Seite – oder hat er seine eigene Agenda?*

Ich bleibe stehen, schaue wieder zum Laptop. *Was mache ich jetzt mit diesen Unterlagen?* Die Daten von Grayson habe ich überprüft, sie sind solide, gut recherchiert. Ich könnte mich an die Tastatur setzen und den Artikel schreiben. Doch etwas hält mich ab. Es ist zu glatt. *Zu sauber. Zu einfach.*

Meine Brust zieht sich zusammen, meine Hände zittern leicht. Ich will weinen, schreien, alles loslassen, aber nichts davon kommt über meine Lippen. Stattdessen starre ich auf den Bildschirm, der mich fast höhnisch anleuchtet. Mein Herz rast.

Ich lege meine Hände auf den Schreibtisch, beuge mich vor und schließe die Augen. „Was mache ich jetzt?", flüstere ich in die Stille. Aber die Antwort kommt nicht. Sie bleibt irgendwo in diesem Netz aus Lügen, Angst und Misstrauen hängen, das mich umgibt. Und ich weiß nicht, wie ich es durchbrechen soll.

8

Livia

Ich sitze am Fenster im „The Roost" und starre in meine Kaffeetasse. Die warme Luft ist erfüllt vom Duft von frisch gemahlenen Bohnen und süßem Gebäck, und die gedämpften Gespräche der anderen Gäste bilden einen beruhigenden Hintergrund. Normalerweise liebe ich es hier – der perfekte Ort, um meine Gedanken zu sortieren, einen Blick in die Nachrichten zu werfen und mich auf meine Arbeit zu konzentrieren. Den Artikel. Doch heute fühlt es sich anders an. Die vertraute Umgebung wirkt fremd, als hätte sie in den letzten Tagen ihre Farbe verloren.

Ich hatte Benzodiazepame im Blut.

Nachdem ich von Cole nach Hause gefahren bin, habe ich mir im Krankenhaus Blut abnehmen lassen. Der Alkohol war kaum noch nachweisbar, allerdings die Konzentration des Beruhigungsmittels.

Ich verstehe nicht, warum.

Warum hatte ich Benzos im Blut?

Warum ist mir das passiert?

Wer hat sie mir verabreicht – und warum?

Warum war ausgerechnet wieder Cole da?

Warum hat er mich zu sich gebracht und nicht ins Krankenhaus.

Warum?

Warum.

Vor mir steht mein Laptop, aufgeklappt und bereit, daneben liegt ungelesen der *Globe*. Der leere Bildschirm scheint mich anzustarren, wie ein stummer Vorwurf. Mein Finger schwebt über dem Touchpad, aber ich kann mich nicht dazu bringen, etwas zu tun. Mein Kopf ist schwer, meine Gedanken gehetzt. *THE VEIL ist nicht das, was es vorgibt zu sein.* Coles Worte lassen mich nicht los, seit er sie ausgesprochen hat. Sie sind wie ein Schlüsselloch, durch das ich eine Realität sehe, die ich nicht verstehen will.

Benzos in meinem Blut.

Ich nehme einen Schluck von meinem Kaffee, aber er ist längst kalt geworden. Die Bitterkeit bleibt auf meiner Zunge zurück, während ich meinen Blick wieder auf den Bildschirm richte. Ich versuche, den Artikel für Grayson zu schreiben, über die fast schon korrupte Vergabe von Wohnraum, den Fluss von Schmiergeldern, die den Weiterbau stoppen. So liest es sich aus den Unterlagen heraus. Die Frist rückt näher, aber nichts in mir fühlt sich bereit an, den Text zu vollenden.

Rohypnol ist ein Benzodiazepam. Rohypnol ist als Verwaltigungsdroge bekannt. Warum? Immer wieder warum.

Ich starre in den leeren Becher vor mir. Stattdessen jagen sich die Informationen in meinem Kopf, wie lose Puzzlestücke, die noch kein klares Bild ergeben.

Da ist dieses Wohnbauprojekt. Groß angekündigt, medial gefeiert – und jetzt ein gescheitertes Vorhaben, das nichts weiter hinterlassen hat als leere Gerüste und offene Fragen. Die Gelder sind spurlos verschwunden, und keiner scheint wirklich zu wissen, warum.

Trevis & Partner. Eine Firma, die niemand zu kennen scheint und dennoch Millionen aus dem städtischen Haushalt erhalten hat. Angeblich für Materialkosten. Doch alles, was ich bisher gefunden habe, deutet darauf hin, dass diese Gelder in völlig andere Kanäle geflossen sind. Irgendwohin, wo sie nicht hätten landen dürfen. Ich habe versucht, mehr über die Firma herauszufinden, aber mehr als eine Website mit Impressum gab es nicht.

Und dann ist da diese Liste, die in der Mappe war. Stadträte, Beamte, einflussreiche Persönlichkeiten. Ich habe immer noch keine Ahnung, was die Kürzel daneben bedeuten sollen. Wer erstellt so etwas? Und warum? Es sieht aus wie eine Art Plan, eine Strategie, bei der gezielt Einfluss auf politische Entscheidungen genommen wird.

Warum? Wieder warum.

Je länger ich darüber nachdenke, desto klarer wird mir: Hier geht es nicht nur um ein gescheitertes Bauprojekt. Es steckt mehr dahinter. Ein Netzwerk, das größer ist, als ich anfangs vermutet habe. Aber was genau ist ihr Ziel? Und wie passt alles zusammen?

Ich könnte den Artikel schreiben, denke ich, die Fakten habe ich. Aber irgendetwas sagt mir, dass ich noch nicht tief genug gegraben habe. Da sind noch Verbindungen, die ich nicht sehe. Noch Fragen, die unbeantwortet sind. Zu viele Warums.

Sie benutzen dich, Livia. Coles Stimme schleicht sich in meinen Verstand, schärfer, als ich sie im Moment ertragen kann.

Wer? Warum?

Ich öffne die Dateien auf meinem Laptop, die ich bereits zusammengestellt habe, doch die Informationen darin fühlen sich falsch an, als hätte ich sie nicht selbst recherchiert. *Weil sie mir von Grayson präsentiert wurden. Deshalb.* Irgendetwas stimmt da nicht.

Ich scrolle durch die Namen, die Berichte – alles scheint sauber und perfekt, aber ich weiß, dass irgendwo dahinter eine Lüge steckt. Ich weiß nur nicht, welche. Noch nicht.

Ich nehme mir noch einmal die Unterlagen vor. Versuche, mich darauf zu konzentrieren, was ich lese. Es fällt mir unglaublich schwer, in meinem Kopf kreisen zu viele Warums. *Zu grüne Augen. Zu wackelige Beine nach Champagner.*

Trevis & Partner haben gewaltige Zahlungen kassiert für ein Bauprojekt, das nie zu Ende gebracht wurde. Von wem? Von der Stadt Boston, so steht es in dem Zeitungsartikel aus Graysons Unterlagen. Wer hat das beauftragt? Kann man das nachlesen, denke ich.

Ich trommle auf dem Tisch herum und gebe einige Stichwörter in der Googlesuche ein, kombiniere die Suchanfragen einige Mal, bis...

Ich stutze.

Vor mir tut sich der Haushaltsplan der Stadt auf.

William Merrick. Vorsitzender des Finanzausschusses der Stadt Boston. Der Stadtrat William Merrick hat die finalen Auszahlungen unterzeichnet.

Merrick war damals in Back Bay auf der Party in Graysons Stadthaus.

Etwas zieht in mir. Reißt in mir. Ein Gefühl, so brennend wie Zeitungspapier im Fegefeuer.

Ich tippe ein paar weitere Suchbegriffe ein und dann... Ein Artikel der Boston Sun. *Soziales Bauprojekt gestoppt*, so lautet die Überschrift. Ich überfliege den Online-Artikel hastig. Im ersten Abschnitt steht nichts Neues, dass die Firma „Trevis & Partner" im Zentrum der immensen Zahlungen steht und gewaltige Summen kassiert hat. Der Autor schreibt, die Geldflüsse wären undurchsichtig. Große Teile der Beträge wurden fast sofort auf andere Konten weitergeleitet – darunter auf ein

Konto, das zu „Sax Investments" gehöre, einer Tochtergesellschaft der Sax-Media Group.

Ich richte mich auf.

Ist das Zufall? Merrick, Clint Sax – beide waren auf den Partys, die ich mit Grayson besucht habe. Auf Partys des Netzwerkes.

Zufall?

Ich trommle wieder auf dem Tisch herum, nervös und aufgeregt diesmal. Was, wenn... oh mein Gott: Was, wenn Merrick, Sax... wenn die Gelder geflossen sind um.... Vorteile für das Netzwerk zu schaffen?

Welche Vorteile? Warum? Welchen Vorteil hat es, ausgerechnet ein soziales Wohnungsbauprojekt zu stoppen?

Mein Körper kribbelt, auch wenn ich nicht genau sagen kann, weshalb. Irgendetwas stimmt hier nicht. Und das hat nichts mit dem gestoppten Projekt an sich zu tun, da bin ich mir sicher.

Mein Blick schweift ab und bleibt plötzlich an der Zeitung neben meinem Laptop hängen. Eine Schlagzeile erregt meine Aufmerksamkeit, vielmehr das grobkörnige Bild eines Mannes, das auf der Titelseite abgebildet ist. Ich kenne ihn. Ich habe ihn im SeaP gesehen. Als ich auf die Toilette gegangen bin. Mein Herz setzt einen Schlag aus.

„Tragischer Unfall: Ehemaliger Rennfahrer Erik van Houten stirbt auf dem Heimweg von Club-Eröffnung. "

Ich starre auf das Foto, das ihn zeigt, als er noch mitten im Leben stand – das Gesicht eines Mannes, den ich noch klar vor Augen habe.

Und jetzt weiß ich auch woher. Er war auf der Party in der Galerie. Ich stand bei ihm, neben ihm und Clint Sax, der CEO der Sax-Media Group.

Sax. Wieder Clint Sax.

Zufall?

Und van Houten, der mir vertraulich zugeraunt hat, dass THE VEIL die Skandale inszeniert, die ich aufzudecken glaubte. Jetzt ist er tot.

Ich fasse es ist. Mir wird schlecht.

Das können doch keine Zufälle sein. Das sind zu viele.

Draußen läuft jemand mit einem schweren Schritt am Fenster vorbei, das dumpfe Geräusch seiner Schuhe auf dem Asphalt dringt in meine Gedanken. Mein Blick hebt sich kurz, doch ich sehe nur eine verschwommene Gestalt, die im nächsten Moment schon verschwunden ist. Ein Hauch von Unruhe zieht durch mich, aber ich schiebe ihn beiseite.

Ich schließe den Laptop mit einem leisen Klick, ziehe meinen Mantel über und verlasse eilig das Café. Die kühle Luft trifft mich, und ich ziehe die Schultern hoch, als wollte ich mich vor der Welt verstecken. Mein Weg nach Hause ist kurz, aber er fühlt sich heute länger an, als ob die Straßen sich dehnen würden, um mich festzuhalten. Jede Bewegung, jedes Geräusch scheint schwerer, bedeutungsvoller, doch vielleicht bildet mein Kopf sich das alles nur ein.

Es sind viel zu viele Zufälle.

Ich muss Cole sehen. Er ist der Einzige, der etwas über das, was hier passiert, wissen könnte – oder der mir zumindest helfen kann, die Wahrheit zu finden.

Als ich mich zur Charles Street wende, überkommt mich das Gefühl, beobachtet zu werden. Vielleicht ist es nur der Wind, der in den kahlen Ästen rauscht, oder die Art, wie das Licht der Straßenlaternen die Schatten tanzen lässt. Doch ich drehe mich um – nichts. Keine Schritte, keine Gestalt. Nur mein eigener Atem, der in der Kälte sichtbar wird.

Die Fahrt im Taxi zu seiner Wohnung fühlt sich endlos an. Meine Gedanken drehen sich im Kreis, immer wieder lande ich bei den gleichen Fragen: *Warum? Wer? Wieso?*

Ich versuche, das mulmige Gefühl in meinem Bauch zu ignorieren, aber es frisst sich tief in meine Gedanken.

Als ich ankomme, renne ich fast zur Haustür seines Gebäudes. Mein Finger zittert, als ich den Klingelknopf drücke. Aber nichts. Kein Geräusch, keine Bewegung. Ich drücke erneut, länger diesmal und lausche angestrengt. Immer noch nichts. Die Kälte kriecht unter meine Jacke, und ich beiße mir auf die Lippe, während ich ein drittes Mal klingele, diesmal fester, verzweifelter.

„Cole, bitte…", flüstere ich, obwohl ich weiß, dass er mich nicht hören kann.

Die Sekunden ziehen sich, bis ich schließlich aufgebe. Meine Schultern sacken herab, und ich drehe mich langsam um, bereit zu gehen. Doch in dem Moment höre ich Schritte hinter mir, und eine Stimme, die mich aus meinen Gedanken reißt.

„Liv?"

Ich wirble herum, und da steht er. Cole. Aber nicht so, wie ich ihn kenne. Kein makelloses Hemd, keine dunklen Anzüge, keine perfekte Fassade. Stattdessen trägt er einen grauen Hoodie, die Kapuze halb zurückgeschoben, darüber eine abgewetzte Lederjacke, die ihn überraschend leger wirken lässt. Seine Jeans sind heller, als die, die er für gewöhnlich trägt, und an den Füßen hat er Air Jordans die – ich weiß nicht... nicht zu ihm passen?

Es ist, als sähe ich ihn zum ersten Mal wirklich.

Er wirkt jünger, menschlicher, als all die anderen Versionen, die ich bisher von ihm gesehen habe. Und das macht alles nur noch verwirrender.

„Was machst du hier?" Seine Stimme ist leise, fast überrascht, aber da ist auch etwas anderes in seinem Ton – eine Vorsicht, die mich stutzig macht.

„Ich musste dich sehen", sage ich, meine Stimme klingt brüchig, als könnte sie jeden Moment brechen. „Cole, es ist wichtig."

Er mustert mich einen Moment, sein Blick ist schwer zu lesen. Dann nickt er langsam. „Okay. Komm rein."

Ich folge ihm zur Tür, und er zieht sie für mich auf, doch bevor wir eintreten, sieht er sich über die Schulter um. Einmal, dann ein zweites Mal, sein Blick wandert die Straße entlang, die Hauseingänge, die Fenster über uns. Es ist eine unauffällige Bewegung, aber sie lässt mein Herz schneller schlagen.

Als wir drinnen sind, schließt er die Tür hinter uns, dreht den Schlüssel zweimal um und bleibt für einen Moment stehen, die Hand immer noch auf dem Schloss. Dann dreht er sich zu mir um, und da ist diese Vorsicht in seinen Augen, die ihn fast fremd wirken lässt.

„Was ist passiert?", fragt er, seine Stimme ruhig, aber angespannt. „Warum bist du hier?"

Ich ziehe die Tageszeitung aus meiner Tasche, halte sie ihm hin, meine Finger zittern leicht. „Das ist passiert", sage ich. „Und ich weiß nicht, was ich tun soll."

Er nimmt den Globe, überfliegt die Schlagzeile und schaut mich verwirrt an: *„Boston bereitet sich auf einen stürmischen Oktober vor - Politische Debatten vor der Wahl, steigende Heizkosten und die Rückkehr des Marathon-Weekends.* Was zum-", liest er und runzelt die Stirn.

„Das hier." Ich zeige auf den kleineren Artikel, der von van Houtens Tod berichtet, und beobachte Cole genau.

Seine Miene wird härter, seine Augen verengen sich, und er presst die Lippen zusammen, als hätte er etwas geahnt, das sich jetzt bestätigt. „Und das beschäftigt dich, weil...?", fragt er leise, ohne den Blick von dem Bild von van Houten zu nehmen.

„Weil er im SeaP mit mir gesprochen hat, bevor ich... Bevor du...", stammle ich und sehe ihn an. „Und weil er auf einer der Partys von Grayson war. Das kann doch kein Zufall sein."

Er sieht mich an, und in seinem Blick liegt jetzt etwas, das ich nicht deuten kann – eine Mischung aus Besorgnis und Entschlossenheit. „Liv", sagt er langsam, seine Stimme klingt schwer. „Das hier", er zeigt auf den Artikel, „war ein Autounfall."

„Vielleicht war das Auto manipuliert? Du hast mir gesagt-"

„Ich weiß, was ich dir gesagt habe", zischt er und gibt mir die Zeitung zurück. „Du solltest nicht hier sein."

Mein Magen zieht sich zusammen, als ich ihn anstarre. „Ich soll für Grayson einen Artikel schreiben über dieses gescheiterte Bauprojekt von Trevis & Partner. Es sind Millionen geflossen. William Merrick hat das durchgewunken – und die Gelder sind auf dem Konto einer Tochterfirma der Sax-Group gelandet. Merrick und Sax waren auf der gleichen Party wie van Houten."

Ich sehe zu, wie Cole die Augen schließt und tief durchatmet. Alles an ihm, jeder Körperteil, wirkt nun angespannt. „Du solltest jetzt wirklich gehen, Livia."

„Warum?"

„Weil ich dir nichts dazu sagen kann."

„Kannst du nicht oder willst du nicht? Oder... darfst du nicht?"

„Es gibt Dinge, die du nicht verstehst, Livia", sagt er schließlich. Sein Ton ist hart, aber ich erkenne darin einen Anflug von Müdigkeit. „Und glaub mir, du willst sie nicht verstehen." Er sieht auf die Fotos in seiner Hand, und ich sehe, wie sich sein Kiefer anspannt. „Manchmal ist es sicherer, unwissend zu bleiben."

Sein Blick trifft meinen, schärfer jetzt, seine Augen wirken wie eine Waffe, die er gleichzeitig schwingt und zurückhält. Dann ist er mit zwei langen Schritten an seiner Wohnungstür und hält sie mir mit hartem Blick auf. „Geh jetzt, Liv..."

Ich schlucke schwer. Und gehe.

Die Tür schlägt hinter mir zu, und ein scharfer, kalter Windhauch erfasst mich, als ich zurück auf die Straße trete. Mein Herz pocht laut, jeder Schritt hallt wie ein Echo in meinem Kopf, während ich mich von Coles Wohnung entferne. Seine Worte – oder besser, das, was er nicht gesagt hat – bohren sich tief in meine Gedanken.

Es sind zu viele Zufälle. Zu viele Fragen. Und ich bin entschlossener denn je, Antworten zu finden.

Die Tage vergehen, aber die Unruhe in mir lässt nicht nach. Stattdessen treibt sie mich an, noch tiefer zu graben. Die Daten von Trevis & Partner führen zu einer Kette von Subunternehmen, von denen jedes undurchsichtiger wirkt als das vorherige. Immer wieder stoße ich auf Namen und Firmen, die irgendwie mit den Projekten verbunden sind – und immer wieder taucht die Sax Group auf, wie ein stiller Puppenspieler im Hintergrund.

Ich verbringe Stunden in Archiven, durchforste alte Artikel und Ratsprotokolle. Es ist, als würde ich einen Faden ziehen, der immer weiter reicht, bis ich erkenne, dass das Netzwerk größer ist, als ich mir je vorgestellt habe. Immer wieder tauchen Namen von Menschen auf in diesen Protokollen, die ich auf den Partys getroffen habe. Immer wieder Merrick, Sax, aber auch Judge Irving. Ich bin mir noch nicht sicher, wie alles zusammenhängt, aber der Skandal, den ich glaubte, aufzudecken, ist kein Zufall, sondern präzise geplant. Das Bauland liegt derzeit brach, es gibt verschiedene Interessenten für den Bereich, auf dem die Wohnungen entstehen sollten.

Aber je mehr ich entdecke, desto schwerer wiegt das schlechte Gewissen auf meinen Schultern. Es ist nicht nur die Angst davor, was passieren könnte, wenn das Netzwerk herausfindet, dass ich tiefer grabe, als ich sollte. Es ist auch die Erkenntnis, dass ich ein Teil ihres Spiels bin. Grayson hat mich ausgewählt – und ich frage mich immer häufiger, ob ich nicht genau die Geschichte schreibe, die sie wollen.

Der Flur ist still, bis auf das gedämpfte Knarren der Dielen unter meinen Schritten. Die Luft riecht nach abgestandenem Staub und Reinigungsmittel, ein Geruch, der mir sonst kaum auffällt. Doch heute bin ich angespannt. Jeder Schatten wirkt tiefer, jedes Geräusch lauter. Als ich um die letzte Ecke zu meiner Wohnung biege, sehe ich ihn: einen braunen Umschlag, der direkt vor meiner Tür liegt.

Ich bleibe stehen, mein Herzschlag beschleunigt sich. Für einen Moment denke ich, ich könnte mich täuschen – vielleicht hat jemand etwas für einen Nachbarn abgelegt. Doch dann sehe ich meinen Namen darauf. In einer klaren, scharfen Handschrift, die keinen Zweifel daran lässt, dass dieser Umschlag für mich bestimmt ist.

Langsam gehe ich näher, meine Schritte jetzt vorsichtig, leise. Es ist ein ganz gewöhnlicher Umschlag, schlicht und unscheinbar. Aber mein Bauchgefühl sagt mir, dass nichts daran gewöhnlich ist.

Mit zittrigen Fingern hebe ich ihn auf. Das Papier fühlt sich rau an, ein seltsamer Kontrast zu der Kälte, die meine Handflächen durchzieht. Ich sehe mich um – den Flur entlang, die verschlossenen Türen der anderen Wohnungen, die leeren Wände. Nichts. Niemand. Doch das Gefühl, beobachtet zu werden, lässt meine Nackenhaare sich aufstellen.

Ich schließe die Wohnungstür hinter mir, verriegele sie sofort. Zwei Mal. Drei Mal. Mein Atem ist flach, mein Herz pocht noch immer zu schnell. Vorsichtig lege ich den Umschlag auf den Küchentisch, als hätte er das Potenzial, mich zu verletzen. Eine Minute lang starre ich ihn nur an, die Welt um mich herum wie ausgeblendet.

Ich setze mich, öffne ihn schließlich. Die Lasche gibt unter meinem Daumen nach, und das Rascheln des Papiers ist viel lauter, als es sein sollte. Langsam ziehe ich den Inhalt hervor – ein Stapel Fotos. Mein Magen verkrampft sich, noch bevor ich richtig hinsehe.

Das erste Bild zeigt mich. Ich stehe vor Coles Wohnung, meine Hand auf dem Klingelknopf. Ich weiß sofort, welcher Moment das war – die Kälte, die Dunkelheit, das flackernde Straßenlicht. Ein weiteres Foto zeigt uns beide. Cole, wie er in der Tür steht, mich ansieht, während wir miteinander sprechen. Es sind genau die Szenen von jenem Abend.

Die Qualität der Bilder ist erschreckend gut. Die Winkel zu perfekt. Das war kein Zufall, kein Vorbeigehen mit einem Handy in der Hand. Jemand war dort. Ganz nah.

Ein Schauer läuft mir über den Rücken, und ich lege die Bilder zittrig zurück auf den Tisch. Mein Atem geht schwer, mein Kopf dröhnt, und eine bohrende Unruhe breitet sich in mir aus. Wer hat das gemacht? Und warum?

Ich greife nach dem letzten Bild. Es zeigt Cole und mich, diesmal näher herangezoomt, unser Gespräch deutlicher zu erkennen. Auf der Rückseite steht etwas. Ein einziges Wort, sauber und präzise geschrieben: *Vorsicht.*

Ich lasse die Fotos auf den Tisch fallen und stütze mich an der Stuhllehne ab, während die Erkenntnis in mir einsickert. Das hier ist keine Drohung, es ist eine klare Botschaft. Jemand beobachtet mich. Nicht nur aus der Ferne, nicht abstrakt – ganz konkret, direkt in meinem Leben.

Ich bin nicht länger nur eine Journalistin, die eine Geschichte recherchiert. Ich bin Teil der Geschichte. Und irgendjemand stellt sicher, dass ich das nicht vergesse.

Ich spüre, wie sich die Luft in der Wohnung plötzlich schwer anfühlt, als hätte sie sich verändert, ohne dass ich es bemerkt habe. Mein Blick wandert zu den Fenstern. Die Gardinen sind halb zugezogen, doch die Dunkelheit dahinter scheint undurchdringlich, wie ein stiller Zeuge. Mein Herz schlägt schneller, ein unregelmäßiger Rhythmus, der mir durch den Kopf hämmert.

Ich zwinge mich, ruhig zu atmen, während ich die Fotos erneut ansehe. Jedes Detail, jeder Schatten darauf fühlt sich an wie ein Vorwurf. Es ist, als wäre mein Leben in ein Puzzlespiel verwandelt worden, doch ich bin diejenige, die die Teile nicht mehr kontrolliert.

„Okay", flüstere ich, als könnte das Wort mich zurück ins Gleichgewicht bringen. Doch es bringt nichts. Meine Hände zittern immer noch, und mein Atem will sich nicht beruhigen. Wer immer das geschickt hat, wollte mich warnen – oder einschüchtern. Vielleicht beides.

Ich muss ihm davon erzählen. Ihm. Cole. Ich sehe zu meinem Handy auf dem Tisch. Soll ich ihn anrufen? Ihm die Bilder zeigen? Doch was, wenn ich ihn damit in Gefahr bringe? Oder schlimmer – was, wenn er mehr weiß, als er zugibt?

Der Gedanke trifft mich wie ein Schlag. Seit dem Abend vor seiner Tür habe ich immer wieder an seinen Blick denken müssen, diese Mischung aus Entschlossenheit und Vorsicht. Was, wenn er mich bewusst fernhalten wollte, weil er weiß, was hier passiert? Und wenn ja, auf welcher Seite steht er?

Ich lege das Handy zurück auf den Tisch. *Ich habe seine Nummer sowieso nicht.* Soll ich nochmal zu ihm gehen? Mein Stolz brüllt mir lauthals nein entgegen. Er hat mich rausgeworfen, als ich neulich bei ihm war und unangenehme Fragen gestellt habe.

Mein Blick fällt wieder auf die Fotos. Ich ziehe meinen Laptop näher und starte ihn, während ich die Bilder auf dem Tisch ausbreite. Es gibt keine Zeit für Angst. Ich muss wissen, wer mich beobachtet, und warum. Vielleicht gibt es auf den Bildern Hinweise – Reflexionen, Winkel, irgendetwas.

Ich verbringe eine ganze Weile damit, die hochauflösenden Bilder zu betrachten, reinzuzoomen, doch da ist nichts.

Ich bin nervös, unruhig, und schließlich gebe ich meinen inneren Widerstand gegen meinen Stolz auf und verlasse meine Wohnung.

Als ich vor seiner Wohnung ankomme, schlüpfe ich mit einem Nachbarn ins Haus und klopfe. Ein leises, rhythmisches Klopfen, das durch die Stille des Treppenhauses hallt. Mein Herz bleibt für einen Moment stehen. Was, wenn ich beobachtet wurde, als ich herkam? Was, wenn -

Ich halte den Atem an, starre auf die verschlossene Tür, unfähig, mich zu bewegen.

Ich höre Schritte, das Entriegeln des Türschlosses – und sehe Dan in sein perplexes Gesicht.

„Livia?" Er verschluckt sich fast, als er mich sieht.

Mein Atem flach. Er hat mich nicht angerufen, nicht geschrieben. Warum ist er hier?

Seine Haare sind feucht, als ob er gerade aus der Dusche gestiegen ist. Sein dunkles T-Shirt spannt über der Brust und seine graue Jogginghose hängt ein wenig tief auf den Hüften. Er ist barfuß. Er hat mit allem gerechnet, aber nicht, dass ich jetzt vor seiner Türschwelle auftauche, wird mir bewusst.

„Was zum-", setzt er an und fährt sich mit einer Hand durch den Nacken. „Ich hatte dir gesagt, dass du-"

Doch ich unterbreche ihn. Stattdessen ziehe ich den Umschlag aus meiner Tasche und drücke ihn ihm in die Hand.

Er blinzelt überrascht, öffnet die braune Tasche und zieht den Stapel Bilder heraus. „Fuck", sagt er nur und tritt zur Seite.

„Setz dich", sagt er schließlich, mit einer Stimme, die keine Widerrede zulässt. Er führt mich ins Wohnzimmer, das das komplette Gegenteil seines Outfits darstellt – clean, aufgeräumt, lediglich auf dem Couchtisch liegen zwei dicke aufgeschlagene Bücher und ein Haufen Karteikarten.

Er studiert, schießt es mir durch den Kopf.

Ich weiß nicht, was ich erwartet habe. Vielleicht, dass er hauptberuflich eine Art... Söldner von Grayson ist? Aber ein Student? Das ist nicht der Cole, den ich kenne. Und doch scheint es derjenige zu sein, der jetzt vor mir steht.

Ich lasse mich langsam auf das Sofa sinken, das Leder fühlt sich kühl und fremd unter meinen Händen an, und doch vertraut. Mein Blick schweift über die beiden Bücher und ich lese eine seiner Karteikarten.

„Epithelgewebe besteht aus eng aneinanderliegenden Zellen mit minimaler extrazellulärer Matrix, die eine Barriere- oder Transportfunktion erfüllen. Ihre Polarität, charakterisiert durch eine apikale, laterale und basale Domäne, sowie die Basalmembran, an der sie verankert sind, bestimmen ihre morphologische und funktionelle Spezialisierung."

„Biologie?", frage ich.

Cole räuspert sich verlegen. „Ähm... fast. Medizin..." Er weicht meinem Blick aus, bevor er sich abrupt umdreht und in die Küche geht.

Ist ihm es ihm unangenehm, dass ich das nun über ihn weiß? Dass er studiert? Dass er nebenbei studiert? Wo studiert er? Auch an der Boston University? Oder in Harvard? Der Gedanke daran versetzt mir einen Stich, dass er vielleicht meinen Traum leben darf.

Stattdessen höre ich das Geräusch von fließendem Wasser, dann das dumpfe Klirren einer Tasse. Als er zurückkommt, reicht er mir ein Glas, gefüllt mit Wasser, und setzt sich dann auf die Kante des Sessels gegenüber.

„Wie lange lagen die Fotos in deinem Briefkasten?", fragt er, sein Ton ist sachlich, fast klinisch, aber da ist ein Unterton, der mich unruhig macht.

„Ich weiß es nicht", antworte ich ehrlich. „Ich habe vorhin erst nachgeschaut. Es könnte gestern gewesen sein... oder früher." Meine Stimme zittert, und ich hasse es, wie schwach ich klinge. „Leyla geht nie an den Briefkasten. Sie hat Angst vor Rechnungen."

Er nickt langsam, seine Finger trommeln gegen die Armlehne des Sessels. „Hast du irgendjemandem von den Fotos erzählt?"

„Nur dir", sage ich schnell. „Ich wusste nicht, wohin sonst. Cole..." Ich schlucke, spüre, wie meine Kehle sich zuschnürt. „Was bedeutet das? Warum schicken sie mir das?"

Er lehnt sich zurück, seine Hände verschränkt, und für einen Moment sagt er nichts. Sein Blick bleibt auf mich gerichtet, und ich habe das Gefühl, er wägt jedes Wort ab, bevor er es ausspricht.

„Als Warnung", sagt er schließlich, leise, aber eindringlich. „THE VEIL beobachtet seine Leute. Immer." Er tippt mit dem

Finger auf den Umschlag. „Das ist eine Botschaft. Sie wollen, dass du weißt, dass sie dich sehen. Und dass sie wissen, was du tust. Und mit wem."

Meine Finger umklammern das Glas, und ich spüre, wie die Panik in mir hochkriecht. „Mit wem", plappere ich ihm nach und merke, dass meine Augen sich weiten. „Warum ist es ein Problem, wenn ich mit dir Kontakt habe? Ich arbeite an dem Artikel, ich…"

„Liv." Sein Ton schneidet durch meine Worte, bringt mich zum Schweigen. „Es tut dir nicht gut, wenn wir miteinander gesehen werden."

Ich starre ihn an, mein Atem beschleunigt sich. „Was heißt das? Man, warum drückst du dich immer so kryptisch aus?! Das macht mich wahnsinnig!"

Cole seufzt schwer. „Ich weiß. Aber es ist besser für dich, wenn du nicht mehr weißt. Es wäre klüger, wenn du einfach deinen Artikel schreibst und dann-"

„Du meinst ernsthaft, ich kann diesen Artikel jetzt noch schreiben? Was hat Merrick mit Trevis & Partner zu tun? In welcher Beziehung steht Clint Sax zu dem ganzen Mist? Hat er auch mit den Zahlungen an Sax Invest zu tun? Und Judge Irv-"

„Du stellst zu viele Fragen, Livia...", flüstert er. Er sieht mich an, und für einen Moment wirkt er müde, älter als er ist.

„Ich", beginne ich fest, „habe den Artikel fast fertig, aber da sind Sachen, über die ich bestimmt noch einen zweiten schreiben könnte, wenn-" Ich breche ab, spüre, wie meine Worte sich wie eine Peitsche anfühlen.

Cole steht auf, läuft langsam durch den Raum, seine Bewegungen wirken unruhig, als könnte er selbst nicht stillsitzen. Er setzt an, etwas zu sagen, bricht aber ab. Er scheint mit dem, was er eigentlich sagen will, zu hadern. „Deshalb hast du die Bilder bekommen. Du bist klüger, als sie anfangs gedacht haben", sagt er schließlich, seine Stimme ist leise. „Und das macht dich gefährlich."

„Gefährlich?" Ich schüttle den Kopf, meine Stimme überschlägt sich fast. „Ich bin nur eine Studentin."

Er bleibt stehen, sieht mich an, und seine Augen wirken dunkler, härter. „Du hast die Verbindungen entdeckt. Hast du das Grayson erzählt?"

Ich hole tief Luft. „Nein." Ich sehe ihn fest an. Dann fällt mein Blick auf die Fotos auf dem Tisch. Auf einem hält Cole mich fest, seine Hand auf meinem entblößten unteren Rücken, mein Gesicht gegen seine Brust gedrückt. Es sieht intim aus. Wenn ich nicht wüsst, dass ich nahezu bewusstlos war, könnte man meinen...

Ich halte inne. Man könnte meinen, er und ich, wir wären sehr, sehr vertraut miteinander.

Dunkel schiebt sich eine andere Erinnerung in mein Gedächtnis. Grayson, der mir charmante Worte zu flüstert. Grayson, der mir dieses Kleid schenkt. Grayson, der mich durch das SeaP führt, seine Finger, die mich immer, wie zufällig, streifen.

„Cole?", flüstere ich.

„Hm?"

„In welcher Verbindung stehst du zu Grayson Rutherford?"

Er starrt mich an, als ob ich ihm eine Ohrfeige verpasst hätte. Seine Augen haben sich geweitet und seine Wangen werden blass. „Wie kommst du darauf?"

„Ich war von ihm eingeladen zu dieser Club-Eröffnung... Und dann... bin ich mit dir abgehauen. Ich weiß nicht? Vielleicht hat ihn das... angepisst?"

Cole reibt sich die Schläfen, bevor er aufsteht und wie ein Tiger auf und abgeht. „Oh, mit ziemlicher Sicherheit hat ihn das angepisst. Grayson pisst so ziemlich alles an was ich tue – oder auch nicht tue."

„Also... ist das eine persönliche Sache zwischen Grayson und dir?!" Ich starre ihn an. „Diese Fotos, die unausgesprochene Drohung? Ich gerate wegen einer Privatfehde ins Vidier von", ich ringe nach Worten, „Paparazzi?"

Cole verharrt in der Bewegung. „Ja, sowas in der Art."

Ich spüre, wie mir schlecht wird. Alles, was ich geglaubt habe – meine Arbeit, meine Recherchen, mein Traum, etwas zu bewirken – fühlt sich plötzlich an wie ein Kartenhaus, das jederzeit umfallen könnte. Ich schaue auf meine Hände, die das Glas so fest umklammern, dass meine Knöchel weiß werden. „Du ziehst mich echt in eure Privatfehde rein?"

„Nein, Liv, nein... so ist das nicht. Ich könnte nicht-" Er bleibt stehen und rauft sich die Haare. „Ich wollte an dem Abend nur, dass du in Sicherheit bist. Du warst ja nicht mehr bei Sinnen..."

„Und das soll ich dir glauben. Du hättest einen Krankenwagen rufen können."

„Hätte ich."

„Oh, mit ziemlicher Sicherheit! Ich hatte Benzos im Blut."

Er starrt mich an, als ob ich ihn geohrfeigt hätte. „Was?" Er schluckt.

„Ich bin nicht dumm, Cole. Ich weiß, dass ich von zwei Champagner nicht besinnungslos durch die Gegend taumle."

„Warst du", setzt er an, „Hast du dir-"

„Ich bin an dem Morgen von dir in die Notaufnahme."

„Warum hast du nichts gesagt?", fragt er.

„Weil du mich rausgeworfen hast. Ich zitiere: *Geh jetzt.*"

Cole setzt sich wieder auf den Sessel und nickt. „Das tut mir leid. Beides."

„Außerdem hast du hast gesagt, ich soll niemandem im Netzwerk vertrauen."

Cole lässt die Schultern sinken. „Ja, das hab ich wohl."

Stille breitet sich zwischen uns aus. Seine Worte hängen schwer im Raum, und ich merke, wie sie in mir nachhallen, wie sie meine Angst in etwas anderes verwandeln. Etwas, das ich noch nicht benennen kann. Vielleicht Wut. Vielleicht Entschlossenheit. Vielleicht beides.

„Was soll ich jetzt tun?", frage ich leise, meine Stimme brüchig. „Wenn ich den Artikel schreibe, so, wie Grayson es will, spiele ich ihr Spiel. Ich will mich aber nicht erpressen lassen."

„Die Bilder werden nur das erste Druckmittel sein, um dafür zu sorgen, dass du machst, was sie wollen", sagt er, ohne zu zögern. „Sie wollen ihr Ergebnis. Zu ihren Gunsten. Wenn sie herausfinden, dass du tiefer gräbst... Sie lassen niemanden unbeaufsichtigt, der gefährlich sein könnte."

Ich sehe ihn an, spüre, wie sich Tränen in meinen Augen sammeln, doch ich blinzele sie weg. „Also gibt es nichts, was ich tun kann?"

Cole schweigt einen Moment und faltet die Hände ineinander. Sein Gesicht ist ernst, seine Schultern gesenkt, als würde auch er das Gewicht dessen spüren, was er sagt. „Es gibt immer einen Ausweg", murmelt er. „Aber du musst bereit sein, alles zu riskieren."

Die Straßen von Boston sind kühl und still, als ich Coles Wohnung verlasse. Der Herbst hat sich endgültig durchgesetzt, mit seinem scharfen Wind, der meine Wangen beißt und mir die Haare ins Gesicht peitscht. Ich ziehe die Jacke enger um mich, doch die Kälte kommt nicht nur von außen. Coles Worte hängen in der Luft wie Atemwolken, die ich nicht abschütteln kann.

„Du hast alles, was du brauchst, um sie zu zerschlagen. Aber du musst bereit sein, alles zu riskieren." Das hat er noch gesagt.

Alles. Das bedeutet meine Familie. Mein Studium. Meine Freunde. Meine Sicherheit. Meine Zukunft als Journalistin. Alles, was ich mir jemals erhofft habe. Sein Blick war ernst, fast flehend, als er das gesagt hat, aber er hat nicht versucht, mich zu überreden. Er hat es wie eine Tatsache in den Raum gestellt. Eine Wahrheit, die ich nicht mehr ignorieren kann.

Als ob er auf mich zählen würde.

Ich biege in die Charles Street ein, wo die alten Gaslaternen flackern und die Auslagen der Antiquitätengeschäfte im warmen Licht schimmern. Eine Frau kommt mir entgegen, ihre Einkaufstasche voll mit Äpfeln und Kürbissen, und für einen Moment beneide ich sie um ihre Normalität. Mein Kopf ist ein Sturm, ein chaotisches Durcheinander aus Coles Vorschlag, Graysons Drohungen und den Bildern meiner Schwestern, die auf unserem alten Sofa herumalbern, so unschuldig, so weit weg von all dem.

Ich weiß nicht genau, warum ich zum Boston Common abbiege. Vielleicht, weil der Park der einzige Ort in dieser Stadt ist, an dem ich manchmal vergessen kann, wie kompliziert die Welt manchmal ist. Ich gehe weiter, lasse mich von den hohen Bäumen und den schmalen Wegen umhüllen. Der Geruch von feuchtem Laub ist so intensiv, dass er beinahe alles andere aus meinem Kopf drängt.

Die Bank am Rand des Frog Pond ist frei, also lasse ich mich darauf sinken. Vor mir glitzert das Wasser, eingerahmt von Bäumen, deren Blätter in allen möglichen Farben leuchten – Gold, Rot, Orange. Der Wind raschelt durch die Zweige, und für einen kurzen Moment stelle ich mir vor, wie es wäre, einfach hierzubleiben. Nichts zu tun. Keinen Plan zu haben. Keine Entscheidungen zu treffen.

Aber Coles Stimme holt mich zurück.

Es gibt keinen anderen Ausweg.

Coles Worte dröhnen in meinem Kopf, als hätte er sie direkt in mein Ohr geflüstert. Ich weiß, dass er recht hat. Er und diese Fehde mit Grayson, in deren Zentrum ich geraten bin. Er hat sich bedeckt gehalten, um was es dabei geht.

Ich verstehe immer noch nicht, in was ich hineingeraten bin. Aber es ist... groß. Es ist nur so ein Gefühl, die subtilen Drohungen von Grayson... Es muss mehr dahinterstecken als Korruption im Stadtrat. Wie viel beeinflusst das Netzwerk wirklich?

Sie lassen niemanden leben, der sich gegen sie stellt. Ich schlucke, als ich an den Artikel über Erik van Houten denke. Ich weiß ganz sicher, dass er es war, der mich im SeaP angesprochen hat. Er hat mich gewarnt. Ein paar Stunden später war er tot.

Eine Gänsehaut läuft meinen Rücken hinunter.

Vielleicht war das nur ein Zufall. Unfälle passieren.

Ich halte inne und starre auf das Entenpaar, das seine Kreise auf dem Teich zieht. War da nicht Stadtrat Harris auf dieser Ausstellung? Ich krame in meiner Erinnerung. Als ich mit Emilia Voss gesprochen habe... Lief da nicht der Stadtrat an uns vorbei – gemeinsam mit Merrick und dem Richter?

Was, wenn... Was, wenn Harris auch Teil des Netzwerks ist? Was, wenn das nur ein Zufall war?

Mein Puls beginnt zu rasen.

Was, wenn die Stadträte die Bostoner Politik wirklich zu Gunsten THEVEILs beeinflussen?

Oh, mein Gott.

Ich hole tief Luft und blicke in die Baumwipfel. Die letzten Sonnenstrahlen des Tages brechen durch die Äste und tanzen auf dem Wasser. Es sieht friedlich aus, und doch fühle ich mich, als würde ich plötzlich auf einem Pulverfass sitzen.

Ich muss nach Hause. Ich muss das in meinen Unterlagen nachschauen. Ich habe weiterrecherchiert. Ich könnte tatsächlich alles haben, was ich brauche. Beweise. Namen. Kontakte.

Ein Summen reißt mich aus meinen Gedanken. Mein Handy. Ich ziehe es aus der Jackentasche, der Bildschirm leuchtet grell in der Dämmerung. Eine Nachricht.

Ich erwarte Dich um 18 Uhr in meinem Büro. Es gibt Dinge, die wir besprechen müssen.
- D

Mir wird schlecht. Als ob er einmal mehr meine Gedanken erraten hätte.

Ich starre auf die Nachricht, mein Daumen schwebt über dem Bildschirm. Die Worte sind wie eine kalte Hand um meinen Hals. Ich erwarte Dich. Kein Raum für Verhandlungen. Keine Flucht. Natürlich weiß er, dass ich kommen werde. Er weiß alles. Oder er glaubt es zumindest.

Ich stecke das Handy zurück in die Jackentasche und balle die Hände zu Fäusten. Cole hat recht – es gibt keinen anderen Ausweg. Ich muss den Artikel schreiben. Und zwar die Wahrheit. *Aber was, wenn ich verliere? Was, wenn ich scheitere und sie mich zerstören? Was, wenn sie...*

Ich schüttele den Kopf und zwinge mich, tief durchzuatmen. Die Entscheidung wird nicht leichter, je länger ich sie hinausschiebe. Ich blicke auf das glitzernde Wasser des Teichs und wünschte, ich könnte darin versinken, ganz verschwinden.

Stattdessen stehe ich auf. Der Wind zerrt an meiner Jacke, als wollte er mich zurückhalten, doch meine Schritte führen mich nach vorn. In diese Nacht. In diese Entscheidung.

Um 18 Uhr sitze ich an einem dunklen Holztisch in der alten Stadtvilla in Back Bay. Die Atmosphäre im Raum ist drückend und förmlich. Grayson sitzt mir gegenüber, neben ihm Victor Moreau. Er hat mir Moreau als ein hochrangiges Mitglied des Netzwerks vorgestellt, aber ich kenne ihn aus den Medien. Moreau ist Ende sechzig und besitzt neben einer Reederei mehrer Verlagshäuser in New York. Er ist ein Mann mit kühler Ausstrahlung und ruhiger, kontrollierter Stimme. Jeder Satz, den er sagt, strahlt eine tiefe Autorität aus.

Verlagshäuser. Medien. Sax-Media Group. Stillgelegte Bauprojekte. Mein Verstand fährt Achterbahn.

„Loyalität ist die Essenz unseres Kreises," erklärt Moreau, während er mich mit einem intensiven Blick mustert. „Wer hier sitzt, versteht, dass dieser Weg keine Zögerlichkeit duldet. Wir sprechen nicht von Prinzipien oder von Werten, sondern von Verpflichtungen, die keiner infrage stellt. Niemand."

Ich spüre, wie diese Worte schwer auf mir lasten. Moreaus Präsenz ist kühl und bedrohlich, und während er spricht, habe ich das Gefühl, als könnte er mich durch und durch sehen. Graysons Hände ruhen locker auf dem Tisch, doch seine Augen beobachten jede meiner Reaktionen.

Während ich Moreau und Grayson zuhöre, drängt sich ein Gedanke immer stärker in mein Bewusstsein: Erik van Houten. Der Mann auf der Party, der mir betrunken zugeraunt hat, dass THE VEIL die Skandale selbst inszeniert. Seine glasigen Augen, das bittere Lächeln und seine leise Warnung. Er hat seine Loyalität nicht bewiesen, indem er mich gewarnt hat. Jetzt ist er tot. War er selbst nur ein gefangenes Zahnrad in diesem System? Und was hatte seine Warnung wirklich zu bedeuten?

„Dein Artikel muss bald erscheinen, Livia", unterstreicht Grayson Moreaus Worte. „Wir... verlassen uns auf deine Worte."

Moreau nimmt einen Schluck aus seinem Glas, stellt es mit bedächtiger Präzision zurück auf die Unterlage. „Jeder, der seinen Wert für den Kreis beweist, wird nicht nur belohnt – er wird geschützt." Seine Stimme ist ruhig, aber seine Worte hallen in mir wider. Sie klingen mehr wie ein Versprechen und eine Drohung zugleich.

Sonst. Das unausgesprochene Wort hängt wie eine dunkle Drohung im Raum. Mein Herz klopft heftig gegen meine Brust. In meinem Kopf tobt ein Sturm aus Gedanken.

Korruption.

Manipulation.

Van Houten. Tot.

Stadträte. Korrupt.

Bauprojekte benötigen Bauland.

Sax-Media Group.

Zerschlagung des Netzwerks.

Loyalität.

Gefahr.

Ich zittere leicht und hoffe, dass das weder Grayson noch Moreau bemerken. Das hier ist gefährlich. Sehr gefährlich. *Ich hätte nie auf diese Party gehen sollen.*

Als das Treffen endet, wirkt Moreau selbstzufrieden und Grayson kühl wie immer. Er bringt mich nach unten, seine Hand wieder auf meinem unteren Rücken und es fühlt sich unangemessen an. Ich würde gerne etwas dagegen sagen, aber etwas hält mich zurück.

Als ich das Gebäude verlasse, fühle ich einen Luftzug im Nacken, der mich innehalten lässt. Ich drehe mich um, doch der Gehweg hinter mir ist leer. Das flackernde Licht einer Straßenlaterne wirft meinen Schatten auf den Boden. Doch dann sehe ich es – einen zweiten Schatten, direkt hinter meinem.

Ich fühle mich, als würde die Last der letzten Tage erdrückender als je zuvor auf mir lasten. Die Erwartungen, die sie an mich stellen, sind klar – Loyalität und Gehorsam. Doch in meinem Inneren brodelt ein Widerstand, den ich kaum unterdrücken kann. Ich kann nicht einfach alles hinnehmen, was sie verlangen, ohne zu wissen, worauf ich mich wirklich einlasse.

Ich schließe die Tür zu meiner Wohnung hinter mir, schalte das Licht an und lasse mich erschöpft auf das Sofa fallen. Gerade als ich versuche, meine Gedanken zu ordnen, bemerke ich eine Notiz auf dem Boden vor meiner Tür, als wäre sie unauffällig darunter hindurchgeschoben worden. Mein Herzschlag beschleunigt sich. Zögernd hebe ich den Zettel auf und sehe, dass es ein Umschlag ohne Absender ist, nur mit meinem Namen darauf. Die Schrift ist ordentlich und gezielt anonym – als hätte der Absender großen Wert darauf gelegt, keine Spuren zu hinterlassen.

Mit zittrigen Fingern öffne ich den Umschlag und ziehe ein Blatt Papier heraus. Die Worte darauf sind knapp, aber präzise und hinterlassen einen tiefen Eindruck:

Sie erwarten, du würdest „die Wahrheit" aufdecken, doch die Geschichte, die sie dir erzählen, ist nur eine Rolle in ihrem Spiel. Die Wahrheit, die sie dir bieten, ist nichts weiter als eine Waffe, um ihre eigenen Ziele zu erreichen. Vertrau niemandem – nicht einmal denen, die dir nahe sind.

Ich starre auf die Worte, lese sie wieder und wieder. Drehe das Blatt, den Umschlag, entdecke aber keinen Absender. Nichts. Ich lasse das Blatt sinken und starre darauf, mein Verstand rast.

Es bestätigt das, was ich auf dem Heimweg von Cole im Boston Common bereits geahnt habe. Alles, was ich für den Artikel recherchiert habe, muss inszeniert sein. Grayson hat es mir oft genug gesagt. Die Ziele THE VEILs sind Macht und Erfolg. Diese Skandale und Enthüllungen, die ich für echte Missstände hielt, waren Teil eines Plans – eine Show, die das Netzwerk in Szene setzt, um ihre eigenen politischen und gesellschaftlichen Ziele zu fördern. Ich bin nur eine Spielfigur in einem riesigen, manipulierten System, das weit über mich hinausgeht.

Wer auch immer der anonyme Schreiber ist: *Es passt.*

Ein bitteres Gefühl steigt in mir auf, und die Realität, die ich bisher für feststehend hielt, bricht wie ein Kartenhaus zusammen. Wenn das alles wahr ist, dann habe ich nie die Wahrheit gesehen, sondern nur das, was sie mich sehen lassen wollten. Der Gedanke, dass alles, woran ich geglaubt habe, eine Illusion ist, lässt mich erschaudern.

Und dann schleicht sich ein anderer Gedanke ein, eine Furcht, die ich bisher verdrängt habe: Cole. Ist er tatsächlich auf meiner Seite? Oder spielt er auch nur eine Rolle in diesem Spiel, die ich nie in Betracht gezogen habe?

Vertraue niemandem.

Auch er hat mir das gesagt. Nicht nur einmal.

Was, wenn er von Anfang an dafür da war, mich zu überwachen, mich in das Netz hineinzuziehen und in den Bahnen zu halten, die das Netzwerk für mich vorgesehen hat? Sein ständiges Auftauchen, die Warnungen, die kryptischen Bemerkungen – es fügt sich plötzlich wie ein Puzzle zusammen. Ich spüre, wie sich mein Herz verkrampft. Was, wenn Cole tatsächlich ein Teil dieses Plans ist? Ein Spion, der sicherstellt, dass ich nur das erfahre, was ich erfahren soll?

Früher dachte ich, Wahrheit sei das höchste Gut. Meine Mutter, die Journalistin, sagte immer: „Egal, wie schmerzhaft sie ist, Wahrheit heilt Wunden." Doch jetzt frage ich mich, ob Wahrheit nicht auch eine Waffe sein kann – eine Waffe, die andere nutzen, um Macht zu erlangen.

Die Unruhe in mir wächst, mein Herz klopft schneller. Ich schließe die Augen, doch die Gedanken lassen mich nicht los. Kann ich ihm noch vertrauen? Oder ist er nur ein weiteres Mittel des Netzwerks, um mich zu kontrollieren? Ich weiß nicht mehr, wem ich glauben kann, nicht einmal mehr mir selbst.

Die Wohnung ist still, bis auf das gelegentliche Knarren der Dielen unter meinen Füßen und das Surren meines Laptops. Ich habe das Wohnzimmer in ein Chaos verwandelt: Auf dem Couchtisch stapeln sich Papiere, Ausdrucke und Notizbücher. An der Wand hängen Karten, die ich mit Klebezetteln und roten Fäden miteinander verbunden habe. Jeder Faden ist eine Spur, jeder Zettel ein Puzzlestück. Es sieht aus wie die Arbeit einer Verrückten – aber genau das muss ich sein, um THE VEIL zu Fall zu bringen.

Ich starre auf die Liste, die ich seit Stunden überarbeite. Die Namen brennen sich in mein Gedächtnis ein.

Mitglieder des Netzwerks:
- Grayson Rutherford
- Victor Moreau
- Erik van Houten +
- Prof. Carter
- Emilia Voss (Relevanz?)
- Judge Irving
- Clint Sax
- Diane Hargrove
- Phillipp Harris?

Ich starre auf die Liste, die noch einige weitere Namen umfasst und schreibe dann mit einem großen Seufzen einen weiteren Namen auf die Liste.

- Cole

Ich schließe die Augen. *Vertraue niemanden. Nicht einmal mir.* Ich will das nicht glauben. Ich will nicht, dass er so ist. Dass er manipuliert und korrupt ist und in diesem Netz aus Lügen, Erfolg und Macht verfangen ist.
Ich mag ihn.
Neben der Liste notiere ich die Ziele des Netzwerks. Bisher ist mir klar, dass es darum geht, Macht und Einfluss zu sichern, sowohl in der Politik als auch in der Wirtschaft. Aber warum? Warum so eine massive Organisation, wenn es doch schon so viel einfacher wäre, die üblichen Bestechungen und Lobby-arbeit zu nutzen? Was ist ihr langfristiges Ziel?

Meine Gedanken rasen, und ich merke nicht einmal, wie sich die Zeit hinzieht. Die Dunkelheit draußen hat das Wohn-zimmer verschluckt, nur der Lichtkegel meiner Schreibtisch-lampe hält mich wach. Die Motivation des Netzwerks bleibt mir ein Rätsel. Ist es nur Gier? Oder steckt noch etwas anderes dahinter – eine Ideologie, ein Plan, den ich noch nicht sehe?

Ich höre den Schlüssel im Schloss, ein dumpfes Klicken. Ein Moment der Panik durchzuckt mich, bevor mir klar wird, dass es Leyla sein muss. Ich raffe hastig die wichtigsten Doku-mente zusammen und schiebe sie unter einen Stapel unauffälli-ger Skripte.

„Livia?" Leylas Stimme dringt in meine Gedanken. Sie klingt müde, aber auch besorgt. Sie tritt ins Wohnzimmer und bleibt im Türrahmen stehen, die Augen auf das Chaos gerich-tet. „Was machst du hier?"

Ich atme tief durch und zwinge ein Lächeln auf mein Gesicht. „Ich arbeite an einem Artikel. Es ist kompliziert."

„*Kompliziert?*" Leyla hebt eine Augenbraue und wirft einen Blick auf die Karte an der Wand. „Das sieht aus wie ein Thriller-Plot."

„Könnte man so sagen." Ich versuche, meinen Ton leicht zu halten, aber mein Herz hämmert in meiner Brust. Sie darf nicht zu tief nachfragen. Sie darf nicht in Gefahr geraten.

Leyla lässt sich auf das Sofa sinken und wirft ihre Tasche achtlos neben sich. „Du überarbeitest dich. Hast du überhaupt gegessen heute?"

„Nicht wirklich." Ich ziehe einen Ausdruck aus dem Stapel, um beschäftigt zu wirken, doch Leyla starrt mich mit ihren durchdringenden Augen an.

„Livi." Ihr Tonfall wird ernster. „Ich meine es ernst. Du machst mir Sorgen. Was auch immer das ist – pass auf dich auf, okay?"

Ich nicke langsam, mehr aus Pflichtgefühl als Überzeugung. Wie könnte ich ihr erklären, was das hier alles ist? Dass ich, wenn ich das hier nicht mache, nicht nur mich, sondern auch sie und alle anderen in meinem Leben gefährde, wie Cole angedeutet hat? Ich lasse meine Finger über den Rand eines USB-Sticks gleiten, der neben meinem Laptop liegt. Ich sollte ein Backup machen von meinen Recherchen. Als Schutz, falls alles schiefgeht.

Leyla steht auf und drückt mir die Schulter. „Ich mach uns was zu essen. Du brauchst einen klaren Kopf."

Als sie in der Küche verschwindet, lasse ich mich gegen die Rückenlehne sinken und starre auf die Liste vor mir. Es wird nicht leichter, aber ich bin ein Stück weiter. Und ich weiß, dass ich heute Nacht nicht schlafen werde.

Der Morgen beginnt mit einem Knoten in meinem Magen, der sich auch nach zwei Tassen Kaffee nicht lösen will. Das Chaos im Wohnzimmer habe ich gestern Nacht halbherzig beseitigt, doch die Fetzen meiner Gedanken sind geblieben. Die Liste der Namen, die Verbindungen, Coles Worte – alles schwirrt wie ein Schwarm wütender Bienen in meinem Kopf.

Ich schnappe mir meine Tasche und eile aus der Wohnung. Die kühle Herbstluft schlägt mir entgegen, während ich mich auf den Weg zur Uni mache. Die U-Bahn ist überfüllt, und ich klammere mich an die Haltestange, während ich versuche, meine Gedanken zu ordnen. Es gelingt nicht. Immer wieder höre ich Coles Stimme: *„Du hast alles, was du brauchst, um sie zu zerschlagen."* Aber ich höre auch Graysons kühlen Bariton: *„Ich erwarte Dich um 18 Uhr."* Ich spüre noch seine Hand in meinem Rücken, als er mich nach diesem Gespräch zur Tür gebracht hat. Diesen Druck dabei in meiner Brust, den Knoten in meinem Magen...

In der Uni angekommen, lasse ich mich auf einen der hinteren Plätze im Hörsaal sinken. Die Vorlesung von Professor Carter über politische Manipulation und Lobbyismus ist normalerweise mein Lieblingskurs, aber heute rauscht alles an mir vorbei. Ich versuche, mich zu konzentrieren, doch meine Gedanken driften immer wieder ab.

Erst heute fällt mir auf, welche Ironie dem Titel der Vorlesung beiwohnt, dass ausgerechnet ich in diesem Kurs sitze. Politische Manipulation. Lobbyismus. Als ob mich THE VEIL aus dem Kurs heraus ausgesucht hätte.

Als die Vorlesung endet, packe ich meine Sachen zusammen und hoffe, unauffällig verschwinden zu können. Doch Professor Carter fängt mich am Ausgang ab. Ihr Lächeln ist wie immer freundlich, aber ihr Blick scharf.

„Livia, einen Moment", sagt sie und hält mich mit einer leichten Handbewegung zurück.

Ich bleibe stehen, das Herz schlägt mir bis zum Hals. „Ja, Professor?"

„Wie läuft es mit Ihrem Artikel?" Sie verschränkt die Arme, ihr Interesse ehrlich, aber drängend.

Ich spüre, wie sich meine Kehle zuschnürt. Wie viel kann ich ihr sagen, ohne zu viel zu verraten? Sie steckt ebenfalls im Netzwerk. Sie kennt Grayson, ist auf diesen Veranstaltungen präsent. „Es... läuft", sage ich schließlich und zwinge ein Lächeln auf mein Gesicht. „Ich bin noch dabei, die Details zusammenzubringen."

Sie mustert mich einen Moment, ihre Stirn in Falten gelegt. „Sie wirken angespannt. Zu viel Druck? Wenn Sie Unterstützung brauchen, wissen Sie, dass Sie mich jederzeit fragen können."

Ich nicke hastig. „Danke, aber ich komme klar. Es ist nur... viel Recherche."

Die Dozentin scheint nicht ganz überzeugt, doch sie lässt es darauf beruhen. „Gut. Aber denken Sie daran, Livia, ein Artikel ist nicht nur Fakten. Er ist auch ein Risiko."

Die Worte treffen mich wie ein Schlag. Ich schlucke schwer, lächle aber weiterhin gezwungen. „Das werde ich bedenken. Danke, Professor."

Sie nickt langsam und geht dann weiter, während ich mich zum Ausgang schleiche. Ihre Bemerkung hallt in meinem Kopf nach, als ich die Universität verlasse. *Er ist auch ein Risiko.* Was war das? Eine Warnung? Eine Drohung? Ein Kommentar? Eine Ermutigung, alles zu erzählen? Denn das ist definitiv ein Risiko.

Die Bahn rattert mit einem dumpfen Dröhnen durch den Tunnel, während ich mich auf den Bahnsteig zubewege. Ich ziehe die Jacke enger um mich, obwohl die Kälte nicht von der Luft kommt, sondern tief aus meinem Inneren. Die Worte von Professor Carter und die unaufhörlichen Gedanken an Grayson und das Netzwerk halten meinen Kopf in einem eisernen Griff.

Ich steige in die U-Bahn, den Blick starr auf die vorbeiziehenden Tunnel gerichtet. Meine Finger umklammern den Gurt meiner Tasche, als könnten sie mich vor dem Gewicht dieser Entscheidung bewahren. Doch ich weiß, dass ich es nicht länger hinausschieben kann. Grayson wird bald den fertigen Artikel haben wollen – und ich muss vorbereitet sein. Auf was, weiß ich noch nicht.

Ich fahre drei Stationen, bis meine Haltestelle kommt. Ich steige mit ein paar wenigen weiteren Fahrgästen aus und laufe langsam über den Bahnsteig. Immer an der Kante entlang. *Mind the Gap*, flüstert die Stimme in meinem Kopf.

Ich bin fast am Ausgang angelangt, als ich ihn sehe.

Cole steht ein paar Meter entfernt und schaut auf sein Smartphone, die Hände in den Taschen seiner Lederjacke vergraben. *Verfolgt er mich? Warum treffe ich ihn zur Hölle immer zufällig?* Sein Blick ist düster, seine Schultern angespannt. Es ist nicht der Cole, den ich vor ein paar Tagen so entspannt in seiner Wohnung angetroffen habe, sondern jemand, der sich in seiner eigenen Haut nicht wohlzufühlen scheint.

Als die Bahn abfährt, hebt er den Kopf, und unsere Blicke treffen sich. Einen Moment lang wirkt er fast erschrocken, dann schiebt sich eine Maske aus Gleichgültigkeit über sein Gesicht. Trotzdem merke ich, wie er seine Haltung verändert – wachsam, fast nervös.

Ich nähere mich ihm, mein Herzschlag beschleunigt sich. „Hi," sage ich, gerade laut genug, um das Rattern der Bahn zu übertönen.

Er hebt eine Hand, als wollte er mich abwehren. „Das ist kein guter Moment, Liv."

„Wann ist es das jemals?" Ich trete näher, lasse mich nicht abschütteln. „Ich muss mit dir reden. Über das Netzw-"

Er wirft einen Blick über meine Schulter, dann zur Seite, wo die Menge der Pendler dicht gedrängt steht. „Nicht hier", zischt er und greift plötzlich nach meinem Arm. Ehe ich protestieren kann, zieht er mich Richtung Ausgang, die Treppe hinauf und ein Stück die Straße entlang in eine dunkle Seitenstraße, weg von den Menschenmassen.

Die kalte Wand des Backsteinhauses hinter mir verstärkt das Gefühl, in die Enge getrieben zu werden. Cole steht dicht vor mir, sein Blick prüft die Umgebung, bevor er sich mir zuwendet. „Bist du wahnsinnig?", zischt er, „Über sowas redet man nicht in der Öffentlichkeit."

„Über was?", frage ich spitz, obwohl wir beide wissen, was ich meine. „THE VEIL? *Grayson*? Oder die Tatsache, dass du gesagt hast, ich hätte alles in der Hand, um es zu-"

„Psst", zischt er und schaut wieder über seine Schulter. Dann atmet er aus und seine Haltung entspannt sich ein wenig. Er verengt die Augen und zieht den Kopf ein wenig zurück. „Das habe ich so nicht gemeint."

„Ach, nein?" Ich verschränke die Arme vor der Brust, trotz der Enge der Gasse und der Nähe zwischen uns, die dadurch entsteht. „Wie hast du es dann gemeint, Cole? Weil ich glaube, es war ziemlich eindeutig. *Es gibt immer einen Ausweg, aber du musst bereit sein, alles zu riskieren.* Deine Worte, nicht meine."

Cole schnaubt, fährt sich mit einer Hand durch die Haare und schaut erneut über seine Schulter. Sein Verhalten macht mich nervös. Es ist, als würde er etwas oder jemanden erwarten. „Du hast keine Ahnung, auf was du dich da einlässt," zischt er schließlich. „Das Netzwerk – das ist nicht nur irgendeine korrupte Organisation, Livia. Die sind gefährlich. Lebensgefährlich."

„Ich weiß", antworte ich kühl, doch Cole schüttelt vehement den Kopf.

„Du hast keine Ahnung, zu was die fähig sind!"

„Van Houten", erwidere ich ruhig und sehe zu, wie er zusammenzuckt, als hätte ich ihn gerade geohrfeigt.

„Was?", flüstert er.

„Der Rennfahrer. Erik van Houten", sage ich wie zur Erklärung und beobachte ihn aufmerksam. Sehe zu, wie seine Iris sich weitet, seine dichten Wimpern blinzeln und sich dann um seinen Mund eine harte Linie bildet. „Er ist tot", füge ich hinzu.

Und dann ist sie zurück: die Maske aus Gleichgültigkeit in seinem Gesicht. Cole zuckt gleichgültig mit den Schultern. „Ja, kann sein. War in den Nachrichten, glaube ich."

„Van Houten war bei der Eröffnung des SeaP. Und das weißt du vermutlich so gut wie ich." Ich erwidere seinen starren Blick und hoffe, dass ich dieser Intensität zwischen uns standhalte. Er versucht, hart zu bleiben, mir vorzumachen, dass er keine Ahnung hat, von was ich rede, doch dann bricht er den Kontakt ab. „Du hast es eben doch selbst gesagt: Das Netzwerk ist nicht nur eine korrupte Organisation. Sie sind lebensgefährlich."

Cole stöhnt laut und fährt sich fahrig durch die Haare. „Liv..." Wieder der Kosename. „Was ich da gesagt habe... das war dumm... Du darfst nicht-"

„Was darf ich nicht?"

Er atmet geräuschvoll aus. „Du bringst dich in Gefahr, wenn du gegen sie in den Krieg ziehst. Sie wissen, was du vorhast."

„Woher willst du das wissen?"

Cole tritt einen Schritt zurück und lässt die Schultern sinken. „Vertraue niemandem...", flüstert er.

„Von dir?", meine Stimme wird schrill. „Was hast du getan?!"

„Nichts. Ich habe gar nichts getan", flüstert er und hebt den Kopf.

„*Vertraue niemandem*", wiederhole ich stumpf und mir wird ein wenig übel. Was, wenn er wirklich-

Doch ich nehme all meinen Stolz und Mut zusammen und sehe ihn fest an. „Dieses Netzwerk... es strotzt vor politischer Manipulation. Das hat nichts mit gegenseitigem Support zu tun, wie Grayson mir weismachen wollte. Ich kann nicht dabei zusehen, wie sie sich in die politischen Strukturen der Stadt – des Landes – reinzecken, nur um ihre Zwecke zu verfolgen." Ich spüre, wie die Wut in meiner Stimme mitschwingt. „Was glaubst du, was passiert, wenn ich nichts tue? Die zerstören Leben, Cole. Mein Leben, vermutlich das meiner Familie. Und ich bin verdammt nochmal die Einzige, die etwas tun kann."

„Nein." Seine Stimme wird schärfer, eindringlicher. „Du bist nicht die Einzige. Jeder, der über sowas wie Ethik oder Moral verfügt, kann das. Aber du bist diejenige, die sie am leichtesten treffen können. Und glaub mir, wenn sie auch nur ahnen, was du vorhast, bist du tot."

Seine Worte lassen mich erstarren, aber ich lasse nicht locker. „Warum? Warum bist du so sicher? Was weißt du, das ich nicht weiß?"

Er steht reglos vor mir, als ob alle Energie aus ihm weicht. „Ich weiß, zu was Grayson fähig ist", sagt er leise, und es klingt, als würde jedes Wort ihn etwas kosten.

„Wieso?" Ich trete näher, mein Blick sucht seinen. „Was weißt du über ihn, das ich nicht weiß?"

Er schweigt, aber seine Kiefermuskeln spannen sich deutlich an. Sein Blick ist rastlos, huscht von meiner Schulter zur Bahn und zurück. Ich sehe, wie er kämpft – mit sich selbst oder mit mir, ich bin mir nicht sicher.

„Cole," dränge ich, meine Stimme jetzt fast flehend. „Warum tust du das alles? Warum bist du so sicher, dass er gefährlich ist?"

Es dauert eine Ewigkeit, bis er spricht. Und als er es tut, kommt es so leise, dass ich mich vorlehnen muss, um es zu hören.

„Weil er mein Bruder ist", flüstert er schließlich.

Die Worte treffen mich wie ein Schlag. Ich starre ihn an, unfähig zu sprechen, unfähig zu denken. Alles, was ich wusste – oder glaubte zu wissen – verschiebt sich plötzlich, als hätte jemand die Landkarte meines Lebens in Brand gesetzt.

Livia starrt mich an, und ich weiß, dass es zu spät ist, den Satz zurückzunehmen. Ihr Gesichtsausdruck ist eine Mischung aus Schock, Verwirrung und etwas, das ich nicht ganz deuten kann – Enttäuschung, vielleicht. Oder ist es Zorn? Mein Magen zieht sich zusammen, aber ich halte ihrem Blick stand, weil ich weiß, dass ich es ihr schuldig bin. Auf eine verdrehte Art – wie alles verdreht ist.

„Was hast du gerade gesagt?" Ihre Stimme ist leise, aber sie schneidet durch den Lärm des Verkehrs, der in die Seitengasse dringt.

Ich presse die Lippen zusammen, bevor ich mich zwinge, die Worte zu wiederholen. „Grayson ist mein Bruder."

Sie sagt nichts. Ihr Blick bleibt auf mich geheftet, während ihre Gedanken offensichtlich rasen. Ich spüre, wie mein Puls schneller wird. Die Enge dieser verdammten Gasse, die Menschenmassen, die Richtung U-Bahn strömen – alles drängt auf mich ein, als würde die Welt um mich herum schrumpfen.

Und ich weiß, dass überall in der Nähe des Bahnhofs Kameras sind. Dass Liv und ich nicht unsichtbar sind.

„Wie..." Sie hält inne, sucht nach den richtigen Worten. „Wie ist das möglich? Du hast mir nichts davon gesagt."

„Was hätte ich denn sagen sollen?", sage ich, meine Stimme schärfer, als ich beabsichtige. *Und warum hätte ich es dir sagen sollen*, fügt die Stimme in meinem Kopf hinzu. „Aber es ist nicht so einfach, Livia."

„Nicht so einfach?" Ihre Stimme wird lauter, ein gefährliches Zittern schleicht sich ein. „Du hast zugesehen, wie er mich manipuliert, wie er mich bedroht, und hast kein Wort gesagt?"

Ich trete einen Schritt zurück, zwinge mich, tief durchzuatmen. „Du verstehst es nicht. Es geht hier nicht nur um dich. Grayson ist... Er ist kein gewöhnlicher Mensch, okay? Er denkt, er ist unantastbar. Und meistens hat er recht."

„Das erklärt nichts." Sie kommt einen Schritt näher, ihre Augen lodern vor Wut. „Du hast mir gesagt, ich soll alles riskieren, Cole. Und jetzt, wo ich Tag und Nacht über nichts anderes nachdenken kann, als es wirklich zu tun, sagst du, das wäre nicht so gemeint? Was bist du? Sein Spion? Oder einfach nur ein Feigling?"

Das Wort trifft mich wie ein Schlag, und für einen Moment spüre ich, wie meine Fassade bröckelt. Ich sehe mich um, prüfe die Umgebung ein weiteres Mal, suche nach jemandem, der uns zu genau beobachtet. Es ist ein Reflex, ein Überbleibsel aus Jahren des Lebens in Graysons Schatten.

„Liv, schrei bitte nicht so rum...", zische ich. „Du hast keine Ahnung, wie gefährlich es ist, allein hier zu stehen und darüber zu reden. Wenn Grayson auch nur den Hauch einer Ahnung hat, dass du etwas gegen ihn planen könntest..."

„Dann was?" Sie verschränkt die Arme, ihre Augen bohren sich in meine. „Sag's mir, Cole. Was passiert dann? Bringt er mich um wie van Houten?"

Ich spüre, wie die Panik in mir aufsteigt, aber ich zwinge mich, sie zu unterdrücken. Sie verdient die Wahrheit, auch wenn sie wehtut. „Er wird dich umbringen, Liv. Ohne zu zögern. Und nicht nur dich. Deine Familie, deine Freunde – jeden, der ihm gefährlich werden könnte. jeden, der vielleicht davon weiß."

Ihre Lippen öffnen sich leicht, aber sie sagt nichts. Sie blinzelt, und ich sehe, wie sich die Realität ihrer Situation in ihrem Gesicht widerspiegelt. Es tut mir weh, das zu sehen, aber ich kann sie nicht in falscher Sicherheit wiegen.

„Das ist der Grund, warum ich dich gewarnt habe," sage ich leise. „Warum ich dir gesagt habe, dass es gefährlich ist, etwas zu unternehmen. Du denkst, du bist vorbereitet, hast alle Fäden in der Hand, aber Grayson spielt in einer anderen Liga. Ich weiß das, weil ich mein ganzes Leben damit verbracht habe, das zu beobachten."

„Und du?" Ihre Stimme ist brüchig, aber sie hält meinem Blick stand. „Bist du einfach nur ein Teil von all dem? Oder stehst du auf meiner Seite?"

Ich öffne den Mund, aber die Worte bleiben mir im Hals stecken. Die Wahrheit ist kompliziert, und ich weiß, dass Liv eine einfache Antwort will.

„Ich versuche, dich zu beschützen", gebe ich ihr resigniert zurück. „Das ist... alles."

Ihre Augen verengen sich, und sie schüttelt den Kopf. „Okay. Ein Beschützer, der mich in Bars küsst, und der Bruder von Darth Vader ist. Vermutlich hast du das gemacht, weil Grayson dich dazu angestachelt hat."

„Nein, so war das nicht", will ich protestieren, ihr sagen, dass Grayson mit dem Kuss im *Three Oaks* sie es nicht allein schaffen kann, dass sie sich in Gefahr begibt. Aber die Entschlossenheit in ihrem Blick lähmt mich. Sie ist bereit, alles zu riskieren – und ich weiß nicht, ob ich sie davon abhalten kann. Oder es will.

Ich renne fast durch die Straßen, mein Atem geht stoßweise, und die Kälte der Nacht beißt in meine Haut. Doch die wahre Kälte, die ich spüre, kommt von innen. Es ist, als hätte ich die Kontrolle über mein Leben längst verloren. THE VEIL zieht an den Fäden, und ich bin nichts weiter als eine Marionette in ihrem Spiel. Und Cole... Cole hat gerade alles noch viel schlimmer gemacht.

Grayson ist mein Bruder.

Die Worte hallen in meinem Kopf wider, schärfer und lauter, als ich sie verdrängen will. Cole und Grayson. Familie. Wie konnte ich das nicht sehen? Die Nähe zwischen ihnen, die geheimnisvollen Andeutungen, der innere Zwiespalt, der wie ein Schatten zwischen uns hing. Doch jetzt frage ich mich: Ist

Cole wirklich ein Verbündeter? Oder ist er nur eine weitere Schlinge, die Grayson um mich gelegt hat? Ist er auf meiner Seite? Will er mich wirklich schützen? Oder ist es nur eine weitere Manipulation seines Bruders?

Vertraue niemandem.

Also auch nicht Cole. Auf gar keinem Fall Cole.

Ich bleibe an einer Straßenlaterne stehen, versuche, ruhig zu atmen, doch mein Herzschlag donnert wie ein Trommelwirbel in meinen Ohren. Jede Warnung, die Cole mir gegeben hat, jeder Blick über die Schulter – war das echt? Oder alles inszeniert, ein geschickter Plan, um mich zu kontrollieren? Oder wird er... beschattet?

Ein paar Menschen gehen an mir vorbei, die Köpfe tief in die Kragen ihrer Mäntel gezogen, während ich einfach stehenbleibe, als hätte die Welt um mich herum angehalten. Ich will nicht glauben, dass Cole ein Teil von Graysons Spiel ist. Ich denke an seinen Blick, als er mich gewarnt hat. Da war Angst – echte Angst. Aber auch Sorge. Und... etwas anderes. Etwas, das ich nicht greifen kann.

Und trotzdem. Warum hat er mir nie gesagt, dass Grayson sein Bruder ist? Was hat ihn davon abgehalten, mir diese Wahrheit zuzumuten?

Ich presse die Hände an meine Schläfen, als könnte ich die wirbelnden Gedanken in meinem Kopf zur Ruhe zwingen. Die Antworten liegen so nah und doch so unerreichbar. Cole hat mir gesagt, dass Grayson gefährlich ist. Dass ich mich nicht einmischen soll, weil ich nicht verstehe, mit wem ich es zu tun habe.

Ich setze mich auf eine niedrige Mauer am Straßenrand, vergrabe das Gesicht in den Händen. Grayson. Sein eiskalter Blick, seine manipulativen Worte.

Und ich denke immer wieder an Cole. An seine abweisende Haltung, seine ständigen Blicke über die Schulter. War das echte Sorge – oder hat er nur dafür gesorgt, dass ich nicht zu nah an die Wahrheit komme? Ich will ihm vertrauen. Aber was, wenn er mich nur lenkt? Was, wenn er wirklich ein Teil von Graysons Plan ist?

Doch dann sehe ich wieder seinen Blick vor mir, diese Wärme, als er mich „Liv" nannte. Es fühlte sich so echt an, so ungeschützt, als hätte er in diesem Moment für einen winzigen Augenblick den Schutzwall um sich eingerissen. War das eine Lüge? Oder das Einzige, was in all dem Chaos echt ist?

Ich schließe die Augen, versuche die Kälte des Abends in meine Lungen zu ziehen, um das Chaos in mir zu beruhigen. Doch nichts beruhigt sich. Ich stehe am Abgrund, spüre die Fäden, die sich immer enger um mich ziehen, und weiß, dass eine Entscheidung unausweichlich ist.

Ich atme tief ein und sehe auf. Die Straßenlaterne über mir wirft ein kaltes Licht auf den Gehweg, auf die Menschen, die gedankenlos weiterlaufen. Für sie bin ich nur ein weiterer Schatten, der in der Dunkelheit verloren ist. Aber ich weiß, dass ich es nicht bleiben werde – ein Schatten. Ich werde eine Entscheidung treffen. Und diesmal werde ich die Kontrolle zurückholen.

Ich bleibe noch eine Weile auf der Mauer sitzen, während die Stadt um mich herum ihren unaufhaltsamen Rhythmus fortsetzt. Das Murmeln von Gesprächen, das Surren der Autos, das entfernte Bellen eines Hundes – all das verblasst in meinem Kopf, während ich versuche, Klarheit zu finden.

Schließlich zwinge ich mich, aufzustehen. Meine Beine fühlen sich schwer an, als ich die Straße überquere und mich in Richtung meines Apartments bewege. Der Weg ist vertraut, und doch scheint jede Ecke, jede Schattenlinie verdächtig. Ich spüre, wie die Paranoia in mir wächst. Ist es das, was Grayson wollte? Mich in einen Zustand ständiger Angst zu versetzen?

Mein Handy vibriert in der Tasche. Ein kurzes Summen, das meinen Herzschlag beschleunigt. Ich ziehe es heraus, sehe den Absender und spüre, wie sich meine Kehle zuschnürt.

> Morgen: 18 Uhr. Back Bay.
> Wir haben einiges zu besprechen.
> – D

Die nüchternen Worte reichen aus, um die Luft um mich herum dünner werden zu lassen. Ich starre auf die Nachricht, während mein Daumen unentschlossen über dem Display schwebt. Soll ich antworten? Ignorieren? Absagen?

Ich weiß, dass keine dieser Optionen wirklich existiert. Grayson hat mir klargemacht, dass es keine Möglichkeit gibt, ihm auszuweichen. Dieses Treffen wird stattfinden, ob ich es will oder nicht.

Ich schiebe das Handy zurück in die Tasche und richte meinen Blick nach vorn. Die Entscheidung ist gefallen – oder besser gesagt, sie wurde mir abgenommen. Ich werde zu diesem Treffen gehen. Doch diesmal werde ich nicht unvorbereitet sein.

Die Dunkelheit der Nacht breitet sich wie ein Vorhang über der Stadt aus, und mit jedem Schritt in Richtung meines Apartments sammle ich meine Gedanken. Wenn Grayson Antworten will, dann werde ich sie ihm geben – aber nicht ohne selbst welche zu bekommen. Es wird ein gefährliches Spiel, doch ich habe keine Wahl.

Das gedämpfte Licht im Konferenzraum taucht alles in einen seltsam düsteren Schein. Die schweren, dunklen Vorhänge und die Holzvertäfelungen wirken wie eine Inszenierung – ein Schauplatz, in dem Grayson jeden Aspekt seines Auftritts perfekt kontrolliert. Ich atme tief ein und richte meine Schultern auf, während ich mich aufrecht hinsetze.

Grayson sitzt mir gegenüber am anderen Ende des Tisches. Seine Haltung ist entspannt, beinahe beiläufig, aber der kühle Blick, den er mir zuwirft, lässt keinen Zweifel daran, wer hier die Oberhand hat – oder glaubt, sie zu haben. Er schenkt mir ein Lächeln, knapp, fast gönnerhaft.

„Livia,“ sagt er mit dieser seltsamen Sanftheit in der Stimme, die nie beruhigend wirkt. Sie ist das Messer, das er in Samt gehüllt hat.

Ich schaue auf, mein Herz hämmert in meiner Brust. Meine Hände sind kalt, also presse ich sie zusammen, um sie zu verbergen. Die Wahrheit, die ich über ihn erfahren habe – über Cole – sitzt mir wie ein Stein im Magen. Doch ich werde nicht diejenige sein, die zuerst spricht. Das soll er tun.

Grayson lehnt sich leicht zurück, seine Finger berühren sich an den Spitzen, als würde er sich Zeit nehmen, seine Worte zu wählen. „Ich habe mich gefragt, wie es dir geht. Du wirkst abgelenkt.“

Ein Zucken geht durch meinen Körper, doch ich zwinge mich, neutral zu bleiben. „Tue ich das? Ich bin konzentriert. Recherchen können intensiv sein.“

Er lächelt, dieses dünne, kalkulierte Lächeln, das mir immer das Gefühl gibt, dass er einen Schritt vor mir ist. „Das hoffe ich. Ablenkung kann... nun ja, problematisch sein. Vor allem in deinem *speziellen* Fall.“

Die unterschwellige Drohung in seinen Worten ist nicht zu überhören, und ich spüre, wie sich mein Magen zusammenzieht. Ich will ihm entgegnen, etwas sagen, das seine Selbstsicherheit ins Wanken bringt. Doch ich halte mich zurück. Grayson darf nichts wissen. Noch nicht.

„Ich habe den Artikel fast fertig", sage ich schließlich, und mein Ton ist so kühl, wie es meine Anspannung zu lässt.

„Du hast den Artikel fast fertig." Grayson wiederholt die Worte, als würde er sie wie ein Testobjekt prüfen. „Interessant."

Ein unbehagliches Schweigen legt sich über den Raum, während er mich weiter mustert. Sein Blick ist durchdringend, so intensiv, dass ich mich fast zurücklehnen will. Doch ich bleibe starr sitzen, wie eine Statue, die unter diesem kalten Blick bestehen muss.

Dann greift er plötzlich nach seiner Aktentasche, und ich zucke leicht zusammen. Langsam und mit bedrohlicher Gelassenheit zieht er einen Umschlag hervor und legt ihn vor mir auf den Tisch. Er sagt nichts, sondern neigt leicht den Kopf, eine stumme Aufforderung.

Ich strecke die Hand aus, doch er zieht den Umschlag zurück. „Es ist erstaunlich, wie leicht es ist, Dinge zu finden, wenn man weiß, wo man suchen muss", sagt Grayson leise, während ich noch versuche, meine Gedanken zu ordnen. „Menschen, Orte, Erinnerungen. Manche sind tief vergraben, aber nichts bleibt wirklich verborgen."

Ich sehe auf, spüre, wie mein Herz rast. „Was soll das bedeuten?", frage ich, und meine Stimme klingt brüchiger, als ich es wollte. Es ist ein A4-Umschlag, in den mühelos Dokumente passen. Mir wird schlecht. Hat er tatsächlich gefunden, was ich seit Jahren zu vergessen hoffe?

„Es bedeutet, dass ich alles weiß, Livia. *Alles.*" Seine Stimme wird kälter, während er sich leicht nach vorne beugt. „Ich weiß, dass du klug bist. *Ambitioniert.* Eine aufrichtige, mustergültige *Studentin*.", Er betont jede Silbe des Wortes. „Aber Klugheit kann auch gefährlich werden, wenn man nicht weiß, wann man sie zügeln muss."

„Ich habe nichts getan", erwidere ich schnell, doch ich höre selbst, wie schwach meine Worte klingen. Spüre, wie mir schlecht wird.

Ich weiß alles, Livia.

Ambitioniert.

Der Raum dreht sich.

Was wenn er wirklich *alles* weiß?

„Na na," sagt er milde, ein zufriedenes Lächeln auf den Lippen. „Ich habe das Gefühl, dass du darüber nachdenkst. Du überlegst, welche Möglichkeiten dir offenstehen. Lass mir dir einen Rat geben: Es gibt nur eine Möglichkeit, die für Sie sicher ist, und das ist Loyalität. Und damit sehen dir alle Möglichkeiten offen."

Loyalität. Wieder dieses Wort

Ich schlucke schwer, unfähig, zu antworten. Ich sehe noch immer auf den Umschlag und versuche, mir vorzustellen, was sich darin befindet. Sein Blick bleibt auf mir haften, und ich weiß, dass er meine Angst sieht. Doch ich spüre auch etwas anderes in mir aufsteigen: Wut. Er glaubt, mich unter Kontrolle zu haben. Aber ich werde nicht zulassen, dass er gewinnt.

Grayson lehnt sich zurück und betrachtet mich mit einer Art siegreicher Genugtuung. „Das war alles. Du kannst gehen. Aber denke daran, Livia, ich bin immer einen Schritt voraus. *Immer*."

Ich erhebe mich, meine Beine fühlen sich wie Blei an. Der Umschlag, und das, was wie ein modriger Haufen darin sein könnte, verfolgt mich auf dem Weg aus der Villa. Als ich die Tür hinter mir schließe, höre ich Graysons Stimme in meinem

Kopf widerhallen, doch ich verdränge sie. Ich kann mir keine Angst leisten. Nicht jetzt.

Ich weiß alles.

Als ich die Tür hinter mir schließe, kehrt eine unnatürliche Stille ein. Grayson hat mir seine Drohung klargemacht, aber das Letzte, was er von mir erwarten wird, ist, dass ich diese Angst in Stärke verwandle. Ich gehe direkt in mein Schlafzimmer, ziehe eine alte Schachtel unter meinem Bett hervor und öffne sie. Darin liegen Notizen, Aufnahmen und ein kleiner USB-Stick – Beweise, die ich über Monate hinweg gesammelt habe.

Ich greife nach dem Stick und schließe ihn an meinen Laptop an. Der Bildschirm leuchtet auf, und mit zitternden Fingern öffne ich die Dateien. Hier ist alles. Jeder Name, jeder Hinweis. Und plötzlich weiß ich, was ich tun muss.

Grayson mag mich in die Enge treiben wollen, aber ich werde nicht stehenbleiben. Ich werde meine Geschichte erzählen. Und wenn ich dabei alles verliere, dann zumindest zu meinen Bedingungen.

Mit einem tiefen Atemzug beginne ich zu tippen. *Die Wahrheit. Unzensiert.*

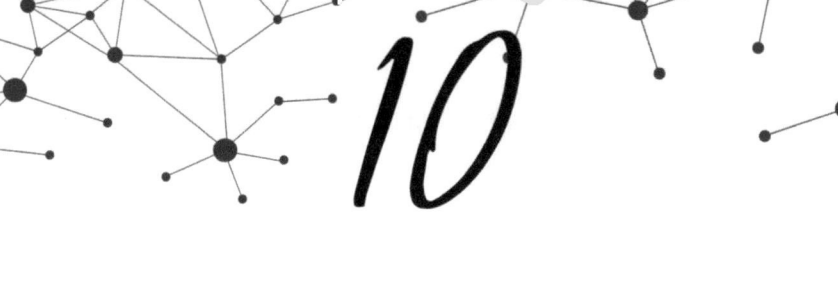

10

Livia

Zurück in meiner Wohnung fühle ich mich leer und erschöpft. Alles, was Grayson gesagt hat, schwebt wie ein Schatten in meinem Kopf. Ich wollte stark sein, wollte mich nicht einschüchtern lassen, doch seine Worte, seine Nähe – all das hat eine Angst in mir geweckt, die ich kaum verstecken kann.

Existenzangst.

Ich denke an Cole, an die Möglichkeit, ihm erneut alles zu erzählen, und doch... etwas hält mich zurück. Ich kann ihm nicht vertrauen, nicht jetzt. In mir drängt sich der Gedanke auf, dass ich jemanden brauche, der außerhalb dieses Netzes steht.

Etwas zupft an meinem Ohr.

Unabhängig.

Ein unabhängiger Journalist.

Ich brauche jemanden, der sich in der Materie auskennt, aber sicher nicht mit dem Netzwerk zu tun hat. Professor Carter scheidet klar aus. Und Diane Hargrove ebenfalls. Beide stehen in enger Verbindung mit THE VEIL, beide kann ich nicht um Hilfe bitten.

Ich könnte... meine Mum fragen. Sie hat jahrelang als Journalistin gearbeitet. Sie genoss die Hochachtung ihrer Kollegen und Kolleginnen. Aber nein. Ich kann sie nicht in diese Sache mit reinziehen. Aber ich könnte sie zumindest fragen...

Das Telefon klingelt dreimal, bevor eine helle, fröhliche Stimme am anderen Ende antwortet.

„Hallo?"

„Laura?", frage ich, ein Lächeln auf meinen Lippen. Es ist immer schön, ihre Stimme zu hören, auch wenn ich sofort das leise Schuldgefühl spüre, dass ich so lange nicht angerufen habe.

„LIVIA!" Ihre Freude ist ansteckend. „Du rufst ja endlich mal an! Weißt du, wie oft Mum gefragt hat, ob du dich gemeldet hast? Ich hab schon fast 'ne Strichliste angefangen."

„Entschuldige", sage ich und lasse meinen Kopf auf die Rückenlehne meines Sofas sinken. „Es war viel los in der Uni, wirklich."

„Das sagst du immer." Sie lacht, und ich stelle mir ihr Gesicht vor, diese Mischung aus Spott und Ernsthaftigkeit, die sie so gut beherrscht. „Aber okay, ich verzeih dir. Für heute. Was machst du so? Willst du Mum sprechen?"

„Ja, bitte", sage ich, bevor ich anfüge: „Aber nur, wenn du mir vorher erzählst, was bei dir so los ist. Wie läuft's in der Schule?"

„Langweilig", sagt sie mit einem dramatischen Seufzen. „Aber weißt du, was cool war? Wir hatten ein Schulfest, und ich hab im Chor gesungen. Mum hat gefilmt, also keine Ausreden, du musst es dir ansehen."

„Das klingt toll, Laura. Ich will das Video unbedingt sehen." Und das meine ich auch ernst. Es ist einer der Momente, in denen ich merke, wie weit weg ich von zuhause bin – und wie viel ich verpasse.

„Warte, ich hol Mum", sagt sie schließlich, und ich höre das Rumpeln des Telefons, als sie es vermutlich auf den Küchentisch knallt.

Ein Moment Stille, dann die vertraute Stimme meiner Mutter: „Livi! Endlich."

„Hi, Mum", sage ich, ein leises Lächeln auf meinen Lippen. „Tut mir leid, dass ich mich so lange nicht gemeldet habe. Ich wollte schon letzte Woche anrufen, aber... naja, du kennst mich."

„Du und deine Zeitpläne", sagt sie mit diesem sanften Vorwurf, der mich immer ein bisschen klein fühlen lässt. „Wie läuft's an der Uni? Isst du genug? Schläfst du ordentlich?"

„Alles gut, wirklich", sage ich schnell. „Ich hab viel zu tun, aber ich komme klar. Und bei euch? Was gibt's Neues? Laura hat schon vom Schulfest erzählt."

„Oh, ja", sagt Mum, ihre Stimme wird wärmer. „Sie hat wunderschön gesungen. Und erinnerst du dich an Mrs. Miller aus der Nachbarschaft? Die hat endlich ihr Haus renovieren lassen. Es sieht jetzt aus wie aus einem Magazin. Ich sag dir, der Garten allein ist eine halbe Sehenswürdigkeit."

Ich lache. „Mrs. Millers Garten war immer schon deine geheime Konkurrenz, oder?"

„Ha! Ich geb's zu. Aber ich arbeite dran, nächstes Jahr gewinne ich wieder den Gemeindepreis." Sie lacht mit mir, und für einen Moment fühle ich mich, als wäre ich wieder zuhause.

Doch dann holt mich meine eigentliche Frage ein. Ich nehme einen tiefen Atemzug, bevor ich sie stelle. „Mum, ich wollte dich etwas fragen."

„Was denn, Liebes?"

„Ich... brauche einen Kontakt zu einem investigativen Journalisten. Für ein Referat", sage ich schnell, bevor sie Zeit hat, nachzufragen. „Wir haben ein Seminar über Investgativ-Journalismus, und ich will eine Expertenmeinung einfließen lassen. Es soll über investigative Recherche gehen."

„Ein Referat?" Ihre Stimme klingt skeptisch.

„Mum, bitte. Es wäre wirklich hilfreich. Du hast doch früher so viele Journalisten gekannt. Gibt es jemanden, dem du vertrauen würdest?"

Sie schweigt einen Moment, und ich halte unbewusst die Luft an. Dann spricht sie, langsamer diesmal. „Da fällt mir einer ein. Alexander Falk. Er ist nicht mehr so aktiv wie früher. Wenn jemand dir helfen kann, dann er. Soweit ich mich erinnere, wohnt er in der Nähe von New Haven."

Das ist ein Stück von Boston entfernt, aber keine Weltreise. „Alexander Falk", wiederhole ich, als ob ich den Namen einprägen müsste. „Danke, Mum. Das hilft mir wirklich."

Sie lacht, aber ich spüre die leichte Spannung in ihrem Ton. „Du bist manchmal wie deine Mutter. Zu neugierig für dein eigenes Wohl."

„Ich hab's von dir geerbt", sage ich leichthin, obwohl mein Inneres sich anspannt. „Danke, Mum. Ich melde mich bald wieder, okay?"

„Das will ich auch hoffen", sagt sie und fügt leiser hinzu: „Pass auf dich auf, Livi."

„Immer", sage ich und lege auf. Doch während ich das Telefon sinken lasse, fühlt es sich an, als hätte sie mehr durchschaut, als ich zugeben will.

Alexander Falk. Ich klappe meinen Laptop auf und sichte all meine Unterlagen. Falk taucht in keinem meiner Schriftstücke über das Netzwerk auf. Ich atme auf.

Wenn er keine Bindung an das Netzwerk hat, dann hat er vielleicht auch keine Nähe zu Grayson oder Cole. Ich kann die Wahrheit mit ihm teilen und vielleicht – vielleicht einen Ausweg finden.

Der Gedanke gibt mir neue Entschlossenheit, und ich richte mich auf. Ich nehme mein Handy und arrangiere das Treffen mit ihm für den nächsten Tag, anonym, so sicher wie möglich. Für einen Moment hoffe ich, dass dies die Antwort ist, die ich gesucht habe.

Am nächsten Abend treffe ich Alexander Falk in einem kleinen, belebten Café in Brookline. Der Ausflug hierher, in diesen Vorort mit seinen charmanten Backsteinbauten und historischen Straßenzügen, fühlt sich wie eine Flucht aus meiner stickigen Welt an. Ich schlendere durch die Straßen, spüre den kühlen Abendwind auf meiner Haut und habe zum ersten Mal seit Tagen das Gefühl, frei atmen zu können.

Das Café liegt in einer ruhigen Ecke, nur wenige Blocks vom Larz Anderson Park entfernt. Ich finde einen Tisch am Fenster und bestelle einen Tee, während ich warte. Mein Blick wandert zu den anderen Gästen, ich lasse die Umgebung auf mich wirken, als die Tür sich öffnet und ein Mann eintritt. Alexander Falk.

Er trägt eine Cordjacke und einen gelben Schal, der ihn sofort sympathisch und ein wenig unkonventionell wirken lässt. Sein Gesicht ist schmal, aber warm, seine Augen ein waches Blau, das an einem Moment hängen bleibt, als er mich entdeckt. Mit einem offenen Lächeln geht er auf mich zu, streckt mir die Hand entgegen.

„Livia, richtig?" Seine Stimme ist angenehm, ruhig, aber fest. „Ich habe Ihre Mutter sehr geschätzt. Sie war eine außergewöhnliche Journalistin."

Ich erröte leicht, überrascht, wie schnell er das Gespräch auf meine Mutter lenkt. „Danke. Sie hat Sie erwähnt, als ich nach einem investigativen Journalisten gefragt habe, dem sie vertraut."

Er lächelt schief. „Ihre Mutter war eine der besten in der Branche. Es ehrt mich, dass sie mich in so einer Situation empfohlen hat." Er setzt sich, nimmt seinen Schal ab und legt ihn lässig über die Rückenlehne seines Stuhls. „Was kann ich für Sie tun?"

Ich hole tief Luft, wäge einen Moment lang ab, wie ich anfangen soll. Doch als er mich mit geduldigem, fast ermutigendem Blick ansieht, finde ich die Worte. „Ich habe Informationen über eine Gruppe, die Medien und politische Systeme kontrolliert. Es ist... größer, als ich anfangs dachte. Und ich glaube, dass ich unwissentlich ein Teil davon geworden bin."

Er neigt den Kopf leicht zur Seite, sein Blick ist scharf, aber nicht unangenehm. Es fühlt sich an, als würde er mir seine ganze Aufmerksamkeit schenken, ohne mich dabei zu durchbohren. „Was genau wissen Sie darüber?", sagt er leise.

Ich schiebe ihm einen kleinen Stapel Notizen und Dokumente zu, die ich am Abend zuvor zusammengestellt habe. Er nimmt sie entgegen, zieht seine Brille aus der Jackentasche und setzt sie auf. Dann blättert er sorgfältig durch die Papiere, ohne ein Wort zu sagen. Ich beobachte ihn, spüre, wie sich die Anspannung in meinem Körper aufbaut, während ich auf eine Reaktion warte.

Nach einer Weile legt er die Papiere zur Seite, nimmt seine Brille ab und sieht mich direkt an. „Das ist ernst, Livia." Sein Ton ist ruhig, aber bestimmt. „Sie haben hier etwas, das Aufmerksamkeit verdient. Aber ich muss ehrlich sein – es wird gefährlich sein, damit weiterzumachen. Haben Sie sich darauf vorbereitet?"

Seine Offenheit überrascht mich, und ich merke, dass ich die Luft anhalte. „Ich weiß nicht", sage ich schließlich. „Ich weiß nur, dass ich nicht zurückkann. Nicht mehr."

Er lehnt sich zurück, seine Hände ruhen auf der Tischkante. „Das ist der richtige Ansatz", sagt er nachdenklich. „Aber Sie sollten wissen, dass Sie jemanden brauchen, der Ihnen den Rücken stärkt. Dieses Netzwerk, von dem Sie sprechen – wenn es so groß ist, wie Sie glauben, dann wird es alles tun, um zu verhindern, dass die Wahrheit ans Licht kommt."

„Deshalb bin ich hier", sage ich und versuche, die Unsicherheit in meiner Stimme zu unterdrücken. „Ich dachte... vielleicht könnten Sie mir helfen."

Ein warmes Lächeln breitet sich auf seinem Gesicht aus. „Livia, ich habe Ihre Mutter immer bewundert, weil sie eine Kämpferin war. Und ich sehe, dass Sie das von ihr geerbt haben. Natürlich helfe ich Ihnen."

Seine Worte beruhigen mich, und zum ersten Mal seit Tagen spüre ich, wie ein Teil der Last von meinen Schultern fällt. Alexander Falk wirkt ehrlich, aufrichtig – jemand, der weiß, was er tut, und der mir wirklich helfen will.

Als wir uns verabschieden, drückt er mir leicht die Hand. „Schicken Sie mir alles, was Sie haben. Ich werde es prüfen. Und Livia... wenn Sie jemals Zweifel haben, rufen Sie mich an. Egal wann."

Ich nicke, ein wenig überwältigt von seiner Freundlichkeit. „Danke", sage ich, meine Stimme leise, aber dankbar.

Als ich das Café verlasse, fühle ich mich sicherer, ruhiger. Zum ersten Mal seit Langem habe ich das Gefühl, dass ich nicht allein bin. Alexander Falk hat mir Hoffnung gegeben, und obwohl der Weg noch unklar ist, weiß ich, dass ich einen Schritt weiter bin.

Zurück in meiner Wohnung merke ich sofort, dass etwas nicht stimmt. Das Licht in meinem Zimmer wirkt kälter als sonst, und auf meinem Schreibtisch liegen einige der Unterlagen nicht so, wie ich sie hinterlassen habe. Ein Foto von meiner Familie, das sonst auf meinem Nachtschrank steht, wurde verstellt. Ein Schauder läuft mir über den Rücken, und ich gehe

näher, sehe die feinen Abdrücke auf meinem Notizbuch –
jemand hat meine Sachen durchsucht.

Mein Atem geht schneller, und ich schaue mich in meinem
eigenen Zimmer um, als könnte der Eindringling sich noch
irgendwo verbergen. Die Stille ist erdrückend, und die Luft
fühlt sich schwer an, fast stickig. Es ist, als hätte jemand nicht
nur meine Privatsphäre verletzt, sondern auch etwas von mir
mitgenommen, etwas, das ich nicht wieder zurückbekommen
kann.

Ich versuche, die Kontrolle zu behalten, mein Herz zu
beruhigen, doch jeder Blick auf die verschobenen Dinge auf
meinem Schreibtisch bringt das Gefühl der Bedrohung zurück.

Die Markierungen auf meinen Papieren, die Verschiebungen
der Gegenstände in meinem Zimmer, die kühle Erinnerung an
Graysons unausgesprochene Drohung – alles drängt sich wie
eine unsichtbare Mauer um mich. Ich spüre die Enge meines
Zimmers, als wären die Wände dichter als gewöhnlich, und das
unheimliche Wissen, dass ich beobachtet werde, lässt meine
Hände zittern. Mein Herz schlägt so laut, dass es kaum Raum
für einen klaren Gedanken lässt.

In einem Impuls greife ich nach meinem Handy und scrolle
zu Coles Nummer. Er hat sie mir gestern, nach unserem Treffen
im U-Bahnhof, eingespeichert. *Für alle Fälle.*

Ein Teil von mir wehrt sich, will ihm nichts von meiner
Angst zeigen, doch ein anderer Teil weiß, dass ich in diesem
Moment niemand anderen habe.

Vertraue niemandem.

Bevor ich es mir anders überlegen kann, drücke ich auf
„Anrufen". Das Freizeichen scheint ewig zu dauern, bis endlich
seine Stimme in der Leitung ertönt. „Liv?"

Ich spüre, wie mir ein Kloß im Hals steckt, doch ich schaffe es, meine Stimme in Griff zuhalten. „Cole... ich... hier war jemand in meiner Wohnung. Alles ist verstellt."

Er ist kurz still, und dann höre ich, wie seine Stimme leiser wird, beruhigend, fast vertraulich. „Geht es dir gut?"

Ich schließe die Augen, versuche, den Kloß herunterzuschlucken. „Ich weiß es nicht. Es sind Dinge in meinem Zimmer, die verschoben wurden, Unterlagen fehlen – oder sind nicht da, wo ich sie hingelegt habe. Ich weiß nicht, ob ich mir das alles einbilde, aber... hier war jemand."

Sein Schweigen hält an, und ich kann das leise Rascheln von Stoff hören, als ob er sich gerade aufrichtet. „Liv, bleib dort, wo du bist. Ich komme vorbei."

In dem Moment, als er das sagt, merke ich, wie die Spannung in mir ein wenig nachlässt, als hätte ich eine winzige Insel der Sicherheit gefunden. Ich murmle nur ein leises „Danke", bevor das Gespräch endet. Doch auch als die Verbindung unterbrochen ist, höre ich noch seine Stimme, und frage mich, ob es ein Fehler war, ihn anzurufen – ob es nur eine trügerische Hoffnung ist, die ich in meiner Verzweiflung zu ergreifen versuche.

Während ich warte, ziehe ich mir eine Jacke über, um die Kälte zu vertreiben, die durch die Nervosität nur stärker wird. Jeder Schatten an den Wänden scheint eine andere Form anzunehmen, und ich halte den Atem an, als ich endlich Schritte auf der Treppe höre. Sekunden später klopft es leise an meiner Tür. Ich öffne, und dort steht er, groß und in seinem Mantel gehüllt, mit einer Mischung aus Sorge und Entschlossenheit im Blick.

Er tritt ein und schließt die Tür hinter sich, mustert die Umgebung wie ein aufmerksamer Beschützer. „Erzähl mir genau, was passiert ist", sagt er, die Stimme ruhig, aber seine Augen sind scharf, aufmerksam.

Ich führe ihn zum Schreibtisch und zeige ihm die Papiere, die Notizbücher. „Ich habe alles hier ordentlich zurückgelassen, ich bin mir sicher", flüstere ich und merke, dass meine Stimme noch immer leicht zittert. „Das Notizbuch... es war nicht aufgeschlagen. Und die Unterlagen... Ich spüre einfach, dass jemand hier war."

Cole bleibt einen Moment stumm, geht mit einem ernsten Blick durch den Raum und lässt seinen Blick über alles gleiten, als wolle er jede Ecke des Zimmers in sich aufnehmen. Dann dreht er sich zu mir und sieht mich aufmerksam an. „Hast du jemanden im Verdacht?" Seine Stimme ist sanft, aber die Frage lässt mich kurz zusammenzucken.

Ich merke, dass ich darauf keine klare Antwort habe. Meine Gedanken fahren Achterbahn – eine Kette an Mutmaßungen, die kein Ende findet. Als ich ihm in die Augen sehe, ist da eine neue Wärme, ein stilles Verständnis, das für einen Moment alle Zweifel erstickt.

„Ist die Frage ernst gemeint?", murmele ich und spüre, wie sich die Anspannung in mir langsam auflöst, jetzt, wo er hier ist. Ich atme tief ein und merke, wie seine Gegenwart die beklemmende Stille in meinem Zimmer vertreibt. „Vielleicht ist es auch alles nur Paranoia, aber-"

„Aber?"

„Er hat... etwas gegen mich in der Hand."

Ich muss Cole nicht sagen, wer er ist. Er verzieht kurz das Gesicht. „Und was?"

Ich schlucke. Ich kann es nicht aussprechen. „Etwas, was mich... Meine Familie wird mich hassen, wenn das rauskommt. Meine Zukunft steht auf dem Spiel."

Er sieht mich forschend an, nickt dann aber. Er nimmt meine Hand und führt mich zum Bett, lässt mich auf die Bettkante sinken und kniet sich vor mich. „Okay. Verstehe. Du bist nicht paranoid. Er... fühlt sich bedroht." Seine Worte und die Wärme seiner Hand auf meinem Knie lassen mich in der Dunkelheit aufatmen.

„Ich wollte dich damit nicht nerven, aber ich wusste nicht, wen ich anrufen soll", sage ich leise, senke den Blick und merke, dass ich unbewusst seine Hand fester halte.

„Livi", murmelt er, seine Stimme ist weich und nah. „Du kannst mich immer anrufen. Immer." Ich spüre seinen Blick, warm und aufrichtig, und als ich meinen Kopf hebe, sind seine Augen auf mein Gesicht gerichtet. Da ist etwas, das mich wie ein Feuer durchzieht, das mich in diesem Moment zu ihm hinzieht.

Mein Blick bleibt an seinen Lippen hängen, dann sehe ich in seine Augen, die dunkel und schwer auf mir ruhen. „Aber du hast gesagt, ich soll dir nicht trauen", flüstere ich, die Worte sind kaum hörbar, doch die Stille, die folgt, spricht Bände.

„Ich weiß...", flüstert er und ich habe das Gefühl, dass seine Stimme bricht. Er bewegt sich langsam, eine Hand an meiner Wange, und ich spüre die Vertrautheit seiner Nähe. In der Dunkelheit, die uns umhüllt, gibt es kein Netzwerk, keine Bedrohung, nur das, was zwischen uns beiden liegt – das, was unausgesprochen immer da war.

Ich sehe, wie er sich langsam zu mir hinunterbeugt. Seine Lippen sind dicht vor meinen.

Ich will ihn küssen.

Unbedingt.

Dennoch drehe ich den Kopf zur Seite.

Cole sieht mich an, sucht meinen Blick. Dann schließt er die Arme um mich. Ewig stehen wir so da: Sein Kopf auf meinen gestützt, mein Gesicht an seiner Brust verborgen.

„Komm", sagt er und zieht mich zu meinem Bett. Er legt sich bequem hin und zieht mich neben sich. Einfach so. Ohne etwas zu fordern oder zu verlangen. Er ist einfach da und... gibt mir Sicherheit.

Die Sicherheit, die ich vorhin glaubte, verloren zu haben.

„Ich bin froh, dass du mich angerufen hast", murmelt er und legt sanft eine Hand auf meine Schulter. Die Wärme seiner Berührung lässt mich innehalten, doch ein Teil von mir will ihn wegstoßen – die Stimme in meinem Kopf flüsterte immer wieder: *Vertraue niemandem.*

Aber ich kann ihn nicht wegschieben. Unsere Körper sind miteinander verwoben, als wäre es schon immer so gewesen und die Stille ist auf eine neue, tiefere Weise wohltuend. Mein Kopf ruht an seiner Brust, und ich kann seinen Herzschlag spüren – gleichmäßig und beruhigend. Es ist, als würde seine Nähe mir Sicherheit geben, die ich schon verloren geglaubt hatte.

Cole fährt mir mit einer Hand sanft durch das Haar, und wir liegen so da, ohne ein Wort zu sagen. Die Dunkelheit um uns ist plötzlich nicht mehr bedrohlich, sondern fühlt sich wie ein Schutzschild an, etwas, das uns eine kurze Pause in dieser endlosen Jagd erlaubt. Dann spüre ich seine Lippen auf meinem Scheitel und seine Hände, die mich ein kleines Stück näher an sich heranziehen.

Ein kleines, unsicheres Lächeln huscht über mein Gesicht und ich küsse ihn noch einmal, langsamer diesmal. „Es tut gut, dich hier zu haben."

Er sieht mich an, und sein Blick hat etwas Unergründliches, fast Schmerzvolles. Er atmet tief ein und scheint einen Moment zu zögern. „Du weißt, dass ich... dass ich das nicht wollte. Dass du diesen Albtraum erlebst."

„Ich weiß," sage ich leise und drücke meine Hand leicht in seine. „Es ist ja nicht deine Schuld." Hoffe ich.

Er holt tief Luft und ein dunkler Schatten huscht über sein Gesicht. „Grayson und ich... wir hatten nie eine Wahl." Seine Stimme bricht fast, doch er fängt sich wieder, bevor die Worte verklingen. „Nach dem Tod unserer Eltern hatte Grayson das Gefühl, er müsse für uns beide stark sein. Er wollte, dass ich eine Zukunft habe, dass ich nie in Unsicherheit leben muss."

„Wann sind sie gestorben?", frage ich leise.

„Grayson war fünfzehn, ich fünf."

Ich richte mich ein wenig auf und sehe ihn schockiert an. „So jung?"

Er zuckt mit den Schultern. „Es war ein Segelunfall. Es ist lange her."

„Grayson... Er hat dich dann großgezogen", frage ich leise und spüre die Bedeutung seiner Worte. Ich ahne, wie viel Verantwortung Grayson auf sich genommen hat, wie sehr er in die Fußstapfen der Eltern treten wollte.

Cole nickt langsam. „Ja und nein. Victor Moreau war ein Freund meiner Eltern. Er ist Graysons Pate. Er hat die Vormundschaft für uns übernommen. Grayson war... mein Anker, mein Schutz. Doch dann... dann hat sich alles verändert." Er schweigt eine Weile und erst durch die Stille bemerke ich, dass es draußen vor den Fenstern regnet. Regen klatscht gegen die Scheibe und der Wind pfeift leise. „Moreau hat Grayson... geformt. Nach seinen Vorstellungen. Und Grayson hat sich nur zu gern formen lassen. THE VEIL, seine Pläne, all das fand er anziehend und er war schon immer ambitioniert."

„Und du?"

„Ich wollte sein wie er", sagt er schlicht. „Es hat lange gedauert, bis ich verstanden habe, was sie tun."

Seine Worte hängen in der Luft, und ich sehe die Last, die auf ihm liegt. Die Jahre der Loyalität, der Bindung an seinen Bruder und die dunklen Pflichten, die damit einhergehen. Für einen Moment schweigen wir, und ich lasse meinen Kopf wieder an seine Brust sinken.

Dann beginne ich zu sprechen, leise und vorsichtig und erzähle ihm von meiner eigenen Familie. Von meinen beiden kleinen Schwestern, die für mich der Inbegriff von Reinheit und Liebe sind. Von meinem Vater, der immer für mich da war und mir beibrachte, was es heißt, bedingungslos geliebt zu werden. Und von meiner Mutter – der starken, brillanten Frau, die als Journalistin gearbeitet hat, bis ein furchtbarer Unfall ihr das Augenlicht nahm. „Mein Berufswunsch... hat wohl auch etwas mit ihr zu tun," gestehe ich. „Vielleicht wollte ich all das sein, was sie nicht mehr sein kann."

Cole hört mir aufmerksam zu, und ich sehe Verständnis in seinen Augen. „Das ergibt Sinn", sagt er leise und drückt meine Hand, als könnte er mir seine eigene Stärke geben. „Du hast viel von ihrem Mut geerbt."

Wir liegen noch eine Weile so nebeneinander, nackt und verletzlich, und ich fühle mich, als hätte ich einen Teil von mir preisgegeben, der sonst tief verborgen ist. Die Dunkelheit in meinem Zimmer scheint weniger bedrohlich, und ich weiß, dass dieser Moment, so vergänglich er auch sein mag, uns beide verändert hat.

Wir liegen weiter still nebeneinander, eingehüllt in die Dunkelheit und das sanfte Licht, das von draußen in mein Zimmer fällt. Coles Hand ruht warm auf meiner Hüfte, und ich merke, wie sich meine Anspannung Stück für Stück löst. Hier, in diesem Augenblick, gibt es keine Masken, keine Geheimnisse – nur die Wahrheit, die wir beide aus tiefen Wunden heraus geteilt haben. Ich hätte nie gedacht, dass er mir seine Geschichte anvertrauen würde, dass er überhaupt so eine Geschichte hat.

Doch je mehr ich über seine Worte nachdenke, desto stärker wird der bittere Nachgeschmack. Ich weiß, dass dieser Moment wie ein Fenster ist, das sich bald wieder schließen könnte. Kaum jemand in meinem Leben hat je Zugang zu dieser Seite von mir gehabt, und ich weiß, dass es für Cole wohl ähnlich ist. Doch was passiert, wenn morgen alles wieder so ist wie vorher? Wenn die Bedrohung des Netzwerks und Graysons Kälte zurückkehren und wir wieder wie Schachfiguren auf einem Spielbrett sind?

Ich drehe mich leicht zu Cole, beobachte den Schatten auf seinem Gesicht, der ihm etwas Abwesendes, fast Zerbrechliches verleiht. „Was denkst du jetzt?", frage ich leise, versuche, nicht die Wärme zu stören, die sich zwischen uns ausgebreitet hat.

Er blinzelt kurz, scheint aus Gedanken aufzutauchen, die ihn weit weggeführt haben. „Ich denke, dass ich nicht hier sein dürfte," murmelt er und hebt eine Hand, um sie sanft durch mein Haar gleiten zu lassen. „Wenn er davon erfährt..."

Ich spüre den Schmerz in seiner Stimme, den Zwiespalt, der ihn zu zerreißen scheint. „Und dennoch bist du hier." Mein Flüstern ist kaum mehr als ein Hauch, aber die Wahrheit darin schmerzt.

Er nickt. „Ja. Ich glaube, ich war immer hier. Vielleicht mehr, als ich sein sollte." Dann sieht er mich an, und in seinen Augen spiegelt sich all das, was unausgesprochen bleibt. Die Nähe, die sich zwischen uns aufgebaut hat, aber auch das Wissen, dass diese Nähe alles nur noch komplizierter macht.

„Liv..." Seine Stimme klingt ernst, fast traurig. „Wir sollten vorsichtig sein. Grayson wird früher oder später herausfinden, was hier zwischen uns ist. Und wenn das passiert..."

Ich ziehe mich leicht zurück und versuche, die Realität nicht aus den Augen zu verlieren, doch der Gedanke daran lässt mich frösteln. „Also ist das, was hier zwischen uns passiert... ein Risiko?" Die Worte kommen stockend, und ich merke, wie meine Kehle trocken wird. Was, wenn das hier tatsächlich alles nur eine flüchtige Illusion ist?

„Ja, ein gewaltiges Risiko", antwortet Cole, und für einen Moment denke ich, er würde sich weiter zurückziehen. Doch dann sehe ich in seinen Augen etwas, das ich nicht erwartet habe: Entschlossenheit. „Aber nicht alles im Leben kann man kontrollieren, Liv. Es gibt Dinge, die man einfach tun muss, auch wenn sie gefährlich sind."

Er zieht mich wieder in seine Arme, hält mich fest, als könnte er all meine Zweifel und Ängste wegwischen. In diesem Moment entscheide ich, dass ich ihm glauben will – dass ich mich fallen lassen will, auch wenn die Welt um uns herum zusammenzubrechen droht.

Am nächsten Morgen wache ich allein auf. Das Licht, das durchs Fenster fällt, ist blass und kühl, und die Bettdecke neben mir ist leer. Ein Anflug von Ernüchterung breitet sich in mir aus. Ich erinnere mich an den gestrigen Abend, an unsere Nähe, unsere Gespräche, und kann nicht fassen, dass er nun fort ist, als wäre er nur ein Schatten gewesen.

Ich streiche mit der Hand über das zerwühlte Laken, und ein Gefühl der Leere zieht sich durch meinen Magen. Vielleicht war das, was gestern zwischen uns passiert ist, nur ein kurzer Moment, den ich zu ernst genommen habe – ein kurzes Flackern der Menschlichkeit in einer Welt, die kaum Raum dafür lässt.

Doch bevor ich mich tiefer in diesen Gedanken verlieren kann, fällt mein Blick auf meine Tasche, und mein Herz setzt einen Schlag aus. Meine Kladde, in der ich die brisanten Dokumente aufbewahre, Papiere und Notizen, steckt nicht mehr in der Tasche, sondern aufgeschlagen auf dem Tisch. Sie sind durcheinander, mein Notizbuch ist offen aufgeschlagen, als hätte jemand darin gelesen. Sofort schleicht sich ein ungutes Gefühl in mir hoch, und ich spüre, wie sich mein Herzschlag beschleunigt.

Cole.

Vertraue niemandem.

War es Cole? Hat er, während ich schlief, in meinen Unterlagen gesucht? Oder war jemand anderes hier? Nein, das ist total abwegig! Wer soll das gewesen? Leyla?

Ich schaue mich in meinem Zimmer um, als könnte ich Hinweise darauf finden, dass hier jemand war, aber natürlich ist da nichts, keine Spur außer dem Durcheinander auf meinem Schreibtisch. Trotzdem ist es, als würde ein kalter Schatten über mir schweben, ein unbehagliches Gefühl, das ich nicht abschütteln kann.

Mein Blick bleibt auf dem Notizbuch hängen, und eine leise Panik steigt in mir auf.

Habe ich mich so in Cole getäuscht? Seine ganzen Worte von gestern Nacht nichts als Lügen?

Der Gedanke trifft mich mit unerwarteter Wucht, und plötzlich fühle ich mich wie eine naive Figur in einem Spiel, dessen Regeln ich nie wirklich durchschaut habe. *Hat er mich benutzt?*

Mein erster Impuls ist, ihn damit zu konfrontieren, aber das wäre nicht klug. Ich atme tief durch und drücke die Finger an meine Schläfen. Nein. Ich kann nicht zulassen, dass ich jetzt unbedacht handele. Ich brauche mehr Informationen. Wenn Cole mich verarscht, mir nicht die ganze Wahrheit sagt, werde ich sie selbst herausfinden. Grayson und Cole – beide bleiben für mich zu großen Teilen ein Rätsel.

Diese Erkenntnis lässt mir keine Ruhe. Ich muss handeln, muss THE VEIL entlarven, bevor es mich endgültig gefangen nimmt. Meine Gedanken schweifen zu Alexander Falk, dem Journalisten, den meine Mutter mir empfohlen hat. Ein Mann, der sich seinen Ruf erarbeitet hat, unbestechlich und unabhängig zu sein.

Mit zittrigen Händen tippe ich eine Nachricht an ihn, kurz und präzise. Ich brauche seine Hilfe, brauche jemanden, der sich außerhalb des Netzwerks bewegt, der nichts von seinen dunklen Machenschaften ahnt. Ich bitte ihn um ein zweites Treffen und hoffe, dass dies der erste Schritt in die Freiheit sein könnte – auch wenn ich innerlich ahne, dass selbst dieser Plan risikoreich ist.

Die Nachricht an Alexander Falk ist abgeschickt, und ich kann den Kloß in meinem Hals kaum hinunterschlucken. Es fühlt sich an, als hätte ich einen Abgrund überquert – kein Weg zurück, keine Möglichkeit mehr, all das ungeschehen zu machen. Eine Antwort von ihm kommt schnell, und mein Herz schlägt schneller, als ich die Nachricht öffne:

Treffpunkt morgen, 15 Uhr, Jamaica Pond, Boatshouse. Wir können dort sprechen.

Ich atme tief durch, doch ein mulmiges Gefühl bleibt. Obwohl Falk den Ruf hat, sich gegen die Mächtigen zu stellen, weiß ich nicht, ob ich ihm wirklich trauen kann. Die Möglichkeit, dass er – wie so viele – auch Teil des Netzwerks ist, schleicht sich in meinen Kopf und lässt mich nicht los. Aber es bleibt mir keine Wahl. Wenn ich die Kontrolle über mein Leben zurückgewinnen will, muss ich dieses Risiko eingehen.

Die Stunden ziehen sich endlos hin, und ich kann nicht schlafen, nur unruhig von einer Seite auf die andere rollen.

Immer wieder denke ich an Cole, an seine Berührung, seine Worte und an den leeren Platz neben mir, als ich heute Morgen aufgewacht bin. Ein Teil von mir will ihn anrufen, ihm sagen, dass ich nicht sicher bin, dass ich ihn brauche. Doch ein anderer Teil weiß, dass ich ihm nicht alles anvertrauen kann, dass er mich vielleicht betrügt und hintergeht. Ich will diese Sache selbst in die Hand nehmen, ohne die Gefahr, dass Grayson oder irgendjemand sonst mich erneut manipuliert.

Am nächsten Tag fühle ich mich wie betäubt, doch eine seltsame Entschlossenheit treibt mich an. Ich mache mich früh auf den Weg, halte die Tasche mit den Unterlagen, die ich Falk zeigen möchte, fest umklammert. Der Jamaica Pond ist voll von Menschen, Eltern mit Kindern, Spaziergänger, Leute, die sich im kühlen Herbstlicht entspannen. Ich suche einen ruhigen Platz in der Nähe der Bäume, wo die Menschenmenge mir ein Gefühl der Sicherheit gibt, und beobachte von hier aus das Boatshouse.

Es dauert nicht lange, bis ich den Journalisten sehe. Er ist mittelgroß, mit einem kurzen Bart und scharfen Augen, die mich mustern, als ich ihm entgegengehe. Sein Blick ist aufmerksam, aber nicht bedrohlich – jedenfalls hoffe ich das.

„Hallo Livia", sagt er, und ich nicke leicht, während ich seine Hand schüttle.

„Danke, dass Sie sich erneut die Zeit nehmen", murmle ich und merke, dass ich mich kaum traue, ihn anzusehen. Doch er lächelt nur leicht und führt mich zu einer Bank, die ein wenig abseits steht. Wir setzen uns und das Blätterrauschen in den Bäumen über uns vermischt sich mit dem Murmeln der Stadt in der Ferne.

„Was Sie mir geschrieben haben, klang... ernst." Er beugt sich leicht zu mir und spricht mit gedämpfter Stimme, ohne den Blick von mir abzuwenden. „Erzählen Sie mir mehr."

Ich hole tief Luft und beginne, ihm von den Drohungen zu erzählen, die sie nutzen, um ihre Macht zu sichern. Emotionale und psychische Erpressung. Ein Teil von mir fragt sich, ob ich zu viel sage, doch Falk hört aufmerksam zu, ohne zu unterbrechen. Dennoch spare ich den Teil mit Grayson und seinem Bruder aus.

„Das ist eine sehr gefährliche Position, in der Sie sich befinden, Livia", sagt er schließlich und sieht mich eindringlich an. „Sind Sie sicher, dass Sie das durchziehen wollen? Dass Sie die Wahrheit wirklich ans Licht bringen können, ohne sich selbst zu gefährden?"

Seine Frage trifft mich ins Mark, aber ich nicke. „Ich habe keine Wahl. Ich bin bereits zu tief drin, und ich... ich kann nicht zurück."

Er betrachtet mich noch eine Weile schweigend, und dann sehe ich, wie sich ein leichtes Lächeln auf seine Lippen schleicht. „Gut. Dann werden wir das zusammen angehen."

Er legt eine Hand beruhigend auf meine Schulter, und obwohl die Geste vertrauensvoll wirkt, durchzuckt mich ein leiser Zweifel. Ist das hier tatsächlich so, wie es scheint? Oder ist auch das nur eine neue Falle? Doch ich habe keine Zeit, darüber nachzudenken, keine Möglichkeit, noch einmal alles zu hinterfragen.

„Ich melde mich bald bei Ihnen", sagt er und erhebt sich langsam von der Bank. „Bleiben Sie vorsichtig, Livia. Diese Leute verstehen keinen Spaß."

Ich sehe ihm nach, wie er in der Menschenmenge verschwindet, und mein Herz pocht schneller. Der Hauch eines Erfolgsgefühls mischt sich mit der Angst, die mir unaufhörlich im Nacken sitzt. Aber wenn es einen Weg gibt, das alles hinter mir zu lassen, dann ist es dieser.

Auf dem Weg nach Hause halte ich meinen Kopf gesenkt und merke, dass jeder Schatten, jedes flüchtige Gesicht in der Menge sich wie eine Bedrohung anfühlt. Das Gefühl, beobachtet zu werden, wird immer stärker, und als ich endlich in meine Wohnung zurückkehre, schließe ich die Tür hinter mir und lehne mich mit einem erleichterten Seufzen dagegen.

Doch mein Blick fällt sofort auf den Schreibtisch, und meine Erleichterung schwindet im Bruchteil einer Sekunde. Ein DinA4-Umschlag liegt dort – groß und mit meinem Namen beschriftet. Vermutlich hat Leyla ihn dort hingelegt. Mein Herz schlägt mir bis zum Hals, während ich langsam darauf zugehe und ihn mit zitternden Händen öffne.

Kein Absender.

Da ist auch nicht nötig.

Ich erkenne es bereits daran, als ich die Papierbögen herausziehe und die Überschrift lese.

Answer Sheet for...

SAT Test

Ein Foto meiner Schwestern auf dem Weg in die Schule.

Cole und ich in meiner Wohnung, unscharf und körnig durchs Fenster aufgenommen.

Scheiße.

Er weiß alles.

Er weiß wirklich alles.

In dieser Nacht liege ich wach und starre an die Decke, das Bild meiner Familie immer wieder vor Augen. Sie sind in Gefahr. Die Erkenntnis lähmt mich – doch gleichzeitig weiß ich, dass es nun kein Zurück mehr gibt.

Cole

Ich stehe auf der Dachterrasse, die Hände fest um das kalte Geländer geklammert, und lasse meinen Blick über die Stadt gleiten. Die Lichter glimmen im Dunkel wie ferne Sterne, doch der kalte Wind bringt keine Klarheit, nur eine beklemmende Stille, die sich um mich legt. Die Schritte hinter mir sind leise, doch ich erkenne sie sofort. Grayson.

Ich drehe mich nicht um. Ich weiß, dass er sich neben mich stellt, fast lässig, den Blick auf die Stadt gerichtet. Wir stehen eine Weile schweigend da, die Stille zwischen uns schwer, angespannter als jedes Wort. Schließlich spricht er, die Stimme leise, beinahe genüsslich.

„Eine schöne Aussicht, findest du nicht?", fragt er. „Von hier oben sieht alles so klein aus. So kontrollierbar." Er lässt die Worte sacken, doch sie bringen mir keine Ruhe. „Es kann helfen, Dinge mit Abstand zu betrachten, Cole. Das solltest du vielleicht auch mal versuchen."

Ich merke, wie sich meine Finger um das Geländer krampfen. Etwas an seinem Ton lässt mich frösteln, doch ich bleibe still. Mein Atem geht ruhig, doch in mir tobt ein Sturm, den er nur zu gut zu kennen scheint.

„Besonders, wenn es um Leute geht, denen man zu nahe kommt", fährt er fort, seine Stimme wie eine kalte Klinge. „Menschen wie... Livia." Er lässt ihren Namen auf eine Art in der Luft hängen, dass mir sofort klar ist, was er meint. „Ich weiß es, Cole. Ich weiß genau, was du mit ihr... in ihrem Bett... gemacht hast."

Die Worte treffen mich wie ein Schlag, und ich kämpfe darum, meine Fassung zu bewahren. Mein Herz pocht schneller, mein Atem wird flacher. Grayson weiß alles. Er hat mich beobachtet – uns beobachtet – und das Wissen darum brennt in mir wie Gift.

Er fährt fort, ohne mir Zeit zu lassen, mich zu fassen. „Es war deine Aufgabe, sie unter Kontrolle zu halten", sagt er kühl. „Nicht mit ihr ins Bett zu gehen."

Mein erster Impuls ist, ihm zu widersprechen. Ihm zu sagen, dass ich nicht mit ihr geschlafen habe. Ich spüre, wie eine Mischung aus Wut und Erniedrigung in mir aufsteigt, doch ich halte den Kopf gesenkt. Die Worte bohren sich tief in mich, und ich merke, dass sie etwas in mir auslösen, das ich nicht länger leugnen kann. Kontrolle – das war mein Auftrag, doch was ich für Livia empfinde, hat längst diese Grenze überschritten. Aber ich sage nichts. Ich kann nichts sagen. Grayson sieht es mir an, bemerkt jede kleine Regung in meinem Gesicht.

„Du willst dich doch nicht etwa von so etwas armseligen wie Gefühlen leiten lassen, oder?" Sein Ton ist fast spöttisch, voller Verachtung. „Das wäre ziemlich unprofessionell. Ich dachte, du wärst besser ausgebildet als das."

Ich zwinge mich, ruhig zu bleiben. „Natürlich bin ich loyal", sage ich leise, aber mein Mund fühlt sich trocken an, die Worte wirken hohl. „Ich mache, was du verlangst."

Er sieht mich lange an, lässt die Stille zwischen uns anwachsen. Seine Augen funkeln im schwachen Licht, und ich spüre die Kälte in seinem Blick, die Verachtung, die in jeder seiner Gesten mitschwingt. „Loyal." Er spricht das Wort langsam aus, lässt es in der Luft schweben, als hätte es nie weniger Gewicht gehabt. „Loyalität bedeutet, dass du das tust, was notwendig ist. Und was notwendig ist, Cole, ist, dass du von jetzt an deine Finger von ihr lässt. Wenn du nicht aufpasst, Cole", sagt er kalt, „wird sie genauso verschwinden wie alle anderen, die mir im Weg stehen."

Ich schließe die Augen für einen Moment, doch ich kann die Wut nicht mehr zurückhalten. Ich wende mich ihm zu, treffe seinen Blick und höre, wie die Worte mir entgegenbrechen, schärfer, als ich es will. „Und was passiert, wenn ich das nicht tue?"

Er lächelt, ein scharfes, kaltes Lächeln, das nichts Gutes verheißt. „Ich habe damit gerechnet, dass du das fragst."

Mir schnürt es die Kehle zu, und plötzlich fühlt es sich an, als hätte der Boden unter mir nachgegeben. „Was hast du getan?", höre ich mich flüstern, die Worte belegt, als würde ich einen unausweichlichen Abgrund hinabsehen.

Grayson bleibt still, doch sein Blick spricht Bände, und mir wird klar, dass ich viel zu spät merke, wie tief ich in diesem Spiel gefangen bin.

11

Livia

Die Stimme von Professor Ritter klingt wie durch dichten Nebel zu mir durch. Ich sitze im Hörsaal, den Stift in der Hand, der Blick auf die Notizen gerichtet, aber die Worte verschwimmen vor meinen Augen. „Journalismus ist die Waffe der Wahrheit", sagt sie, und der Satz hallt in mir wider, ohne dass er an Bedeutung gewinnt. Mein Kopf ist leer – und gleichzeitig erfüllt von einem dumpfen Rauschen, das nichts anderes zulässt als Gedanken an Cole und die unerbittliche Nähe des Netzwerks, die ich einfach nicht abschütteln kann.

Professor Ritter doziert weiter. „Wir sind die Stimmen derer, die keine Macht haben, und die Augen derer, die im Dunkeln gehalten werden. Unsere Aufgabe ist es, das Licht in die Schatten zu tragen, doch das bedeutet, dass wir uns oft am Rand des Abgrunds bewegen." Er pausiert, und ich spüre ihren Blick durch den Raum wandern, während sie die Worte in unsere Köpfe hämmert. „Und mit der Wahrheit kommt Verantwortung. Die Frage, die ihr euch stellen müsst, ist: *Welchen Preis seid ihr bereit zu zahlen?*"

Ein Schauer läuft mir über den Rücken, als er die Frage stellt. Normalerweise sitze ich gebannt und aufmerksam in seinen Vorlesungen, sauge jede seiner Aussagen auf. Heute jedoch scheint jede Silbe ein Gewicht zu haben, das mich niederdrückt. Mein Blick wandert zurück zu meinen Notizen, doch da ist kein Faden, an den ich mich klammern kann. Immer wieder frage ich mich: *Warum, Cole? Warum hast du das getan? War es wirklich Grayson, der dich dazu gebracht hat, oder… bist du ein Teil von diesem Netz aus Manipulationen, aus dem ich nicht mehr entkommen kann?*

Die Vorlesung geht zu Ende, und um mich herum packen alle ihre Sachen ein, Stimmen murmeln, Taschen werden geschlossen, und ich spüre Leyla neben mir aufstehen. Sie wirft mir einen schnellen Blick zu. „Hey, alles okay? Du warst heute irgendwie… abwesend."

Ich zwinge mich zu einem schwachen Lächeln und nicke. „Ja, alles gut. Bin nur müde."

Leyla sieht mich einen Moment länger an, als hätte sie meine Lüge durchschaut, sagt aber nichts weiter. Ich strecke mich, beginne meine Hefte und Stifte in die Tasche zu räumen, als etwas von meinem Tisch rutscht und leise auf dem Boden landet. Ein schmaler, brauner Umschlag. Mein Herz bleibt für einen Moment stehen, als ich ihn anstarre, als könnte ich ihn allein durch meinen Blick verscheuchen.

Leyla ist bereits losgegangen, und ich sehe mich hektisch um. Der Raum ist so gut wie leer, die letzten Kommilitonen drängen sich zur Tür, und alles scheint wie immer. Doch als ich den Umschlag aufhebe, schleicht sich eine beklemmende Kälte in meine Hände.

Ich atme tief durch, blicke noch einmal zur Tür, bevor ich langsam den Rand des Umschlags öffne und die Fotos herausziehe. Mein Atem stockt, als ich erkenne, was sie zeigen. Meine Familie. Doch diesmal sind es keine einfachen Bilder – es sind Momentaufnahmen aus ihrem Alltag. Meine kleinen Schwestern vor der Schule, lachend und plaudernd. Mein Vater, wie er sich zu meiner Mutter über die Tischkante beugt, ein liebevolles Lächeln auf den Lippen. Meine Mutter, allein im Park auf einer Bank, den Blindenstock neben sich, den Kopf nachdenklich geneigt.

Und dann wird mir schlecht. Ich kenne diese Bilder. Jedes Einzelne.

Ich habe sie selbst gemacht.

Sie sind auf meinem Handy.

Mir ist eiskalt. Noch kälter als das letzte Mal, als ich das Foto bei Grayson gesehen habe. Sie beobachten mich. Ich weiß, dass dies nicht einfach nur eine Botschaft ist. Es ist eine Drohung. Ein Hinweis, dass sie jeden meiner Schritte kontrollieren können und dass jede falsche Entscheidung Konsequenzen hat, die weit über mich hinausreichen.

Der Gedanke, meine Familie zu kontaktieren, pocht in meinem Kopf, aber ich schiebe ihn sofort beiseite. Ich kann sie nicht gefährden. Was würde ich ihnen überhaupt sagen? Dass ich in ein korruptes Netzwerk geraten bin? Ich wische mir den kalten Schweiß von der Stirn und stecke die Fotos zurück in den Umschlag. Sie dürfen nichts erfahren. Ich muss einen anderen Weg finden.

Die Stille im Flur ist bedrückend, als ich vor Livias Wohnung stehe. Alles in mir drängt mich, einfach zu klopfen, sie zu sehen, ihr zu erklären, was mich hierhergetrieben hat. Doch ein leiser Zweifel nistet sich ein, ein Gedanke, der mir keine Ruhe lässt: Grayson. Er hatte mich wortlos entlassen, ohne mir zu erklären, was Livia über mich denken könnte, was sie möglicherweise erfahren hat. Er will mich von ihr fernhalten, das war klar.

Ich atme tief durch und klopfe leise an die Tür. Sekunden verstreichen, und dann höre ich Schritte. Sie öffnet, doch ihr Gesichtsausdruck ist anders als erwartet: eine Mischung aus Misstrauen und Enttäuschung. Das sanfte Glühen, das zwischen uns in dieser einen Nacht aufgeflammt war, ist verschwunden. Stattdessen schlägt mir eine Welle der Verachtung entgegen, die mir die Kehle zuschnürt.

„Was willst du?" Ihre Stimme ist kühl, fast unnahbar.

„Ich… ich wollte sehen, ob alles in Ordnung ist", beginne ich, meine Worte zögerlich und tastend, aber sie starrt mich an, ohne die geringste Regung von Vertrauen. „Livia, warum… was ist los?"

Ihr Blick verengt sich, als hätte sie nur auf diese Frage gewartet. „Sag du es mir, Cole. Wie lange hast du gewartet, bis du meine Wohnung durchwühlt hast?"

Ich spüre, wie die Kälte sich durch meine Brust frisst. „*Was*? Ich habe deine Wohnung nicht durchsucht. Warum glaubst du das?"

„Weil alles in meinem Zimmer durcheinander war! Meine Notizen, meine Sachen – alles!" Sie kämpft gegen die Tränen an, die ihre Augen zum Glänzen bringen. „Ich dachte, zwischen uns…" Sie bricht ab und wendet sich ab, als wollte sie nicht zulassen, dass ich ihre Verletzlichkeit sehe.

Ich ringe mit den Worten, möchte etwas sagen, das alles erklärt, das ihren Schmerz lindert. Doch in diesem Moment wird mir klar, wie weit die Manipulation des Netzwerks reicht – wie sehr Grayson uns beide in den Griff genommen hat. „Liv… Ich habe dir gesagt, dass du niemandem bei THE VEIL vertrauen kannst-" Ich will weitersprechen, doch es gelingt mir nicht.

Ihre Lippen beben, und ich sehe, wie sehr sie gegen sich selbst ankämpft, wie tief die Wunde ist, die sich zwischen uns geöffnet hat. Sie schluckt schwer, und ihr Blick trifft den meinen, so kalt und distanziert, dass ich kaum erkenne, dass dies die Frau ist, die in meinen Armen gelegen hat.

„Geh, Cole," murmelt sie. „Geh und lass mich einfach in Ruhe."

Ihre Worte treffen mich tiefer, als ich erwartet hatte, und ich drehe mich langsam um, während der Schmerz mir die Brust zuschnürt. Als ich die Tür hinter mir schließe, wird mir klar, dass Grayson bekommen hat, was er wollte. Er hat die zarten Bande, die sich zwischen Livia und mir entwickelt haben, auf brutalste Weise zerrissen. Der Gedanke, dass sie mich für jemanden hält, der sie verraten hat, tut mir mehr weh, als ich es mir je hätte vorstellen können. Doch ich kann es nicht so stehen lassen – das weiß ich jetzt. Für sie, für dieses letzte bisschen Vertrauen, das sie mir vielleicht noch entgegenbringen könnte, muss ich einen Weg finden, aus Graysons Netz zu entkommen.

Als ich auf die Straße trete, umfängt mich die kalte Luft wie eine Mahnung. Die Kälte draußen ist nichts im Vergleich zu der Kälte, die sich in mir ausbreitet. Alles in mir will umkehren, an ihre Tür klopfen und die Dinge richtigstellen – aber wie soll ich das, solange Grayson wie eine dunkle Wolke über allem hängt?

Ich gehe weiter, und in meinen Gedanken tauchen die Momente der letzten Nacht auf. Die Küsse, ihre Haut auf meiner. Die Nähe zwischen uns, ihre Wärme, die unerwartete Vertrautheit, die ich nie erwartet hatte. Was wir teilten, schien für einen Augenblick echt zu sein, wie ein Lichtschimmer, der all die Dunkelheit um uns herum durchbrach. Und jetzt? Nichts davon übrig, weil mein Bruder seine Macht demonstrieren musste.

Der Wunsch, aufzuhören, und Grayson den Rücken zu kehren, brennt in mir wie ein Feuer. Ich habe das alles lange genug ertragen. Die Lügen, das Misstrauen, die Spiele, die ich spielen musste – irgendwann muss es ein Ende geben. Ich möchte Livia beweisen, dass ich nichts getan habe, dass ich es ernst meine und dass sie mir vertrauen kann. Aber wie? Jeder Schritt, den ich gegen Grayson unternehme, wird nur eine neue Konsequenz für uns beide nach sich ziehen.

Ich lasse meine Schritte langsamer werden, bleibe schließlich stehen und blicke zur grauen Fassade eines verlassenen Gebäudes, als könnte sie mir eine Antwort geben. Ich muss mir einen Plan überlegen, einen Weg, wie ich Livia und mich aus diesem Netz befreien kann. Ich kann nicht einfach weitermachen, als wäre alles wie zuvor.

Ich bin es leid, Graysons Marionette zu sein.

Als ich die Tür hinter Cole schließe, bleibt eine Kälte zurück, die nichts mit der Temperatur in meinem Apartment zu tun hat. Die Enttäuschung zieht sich wie ein Gewicht durch meine Brust. Ich weiß nicht, was ich gehofft hatte, dass er sagen würde, oder warum ich ihn überhaupt hereingelassen habe. Doch in dem Moment, als ich ihn vor der Tür sah, war alles, was in jener Nacht zwischen uns geschehen war, wieder da –

die Nähe, die Wärme. Jetzt fühlt es sich an, als hätte das alles nie wirklich existiert, als wären es nur leere Versprechen gewesen, die im Morgengrauen verpufft sind.

Ich gehe zum Schreibtisch und gehe in Ruhe noch einmal alle Unterlagen durch. Insgeheim bin ich erleichtert, denn ich habe nichts verloren, kein einziges Dokument, keine einzige Seite. Es ist, als hätte jemand nur die Details durchgesehen, vielleicht in der Hoffnung, etwas Bestimmtes zu finden. Aber warum? Warum sollte Cole – oder wer auch immer das war – sich die Mühe machen, meine Recherchen durchzusehen, wenn ich ohnehin regelmäßig mit Grayson zusammentreffe? Jede Information, die ich habe, teile ich sowieso schon unter Graysons prüfendem Blick. Warum diese Durchsuchung, warum dieser Aufwand?

Mein Kopf schwirrt vor Fragen, und keine einzige Antwort will sich finden lassen. Also schließe ich die Notizbücher, lege die Papiere beiseite und entscheide, den Kopf freizubekommen – selbst wenn es nur für einen Abend ist.

Leyla sitzt auf dem Sofa, eingerollt in eine kuschelige Decke und eine große Schüssel Chips in der Hand. Sie grinst mich an, als ich mich neben sie setze, und reicht mir die Fernbedienung.

„Also, wir schauen einen der Klassiker", sagt sie bestimmt und schaltet den Film ein, bevor ich etwas entgegnen kann. Ich erkenne den Titel sofort. Es ist Clueless, einer dieser alten Romantikfilme, ein „Chickflick" mit Liebe, Drama und all den üblichen Klischees. Genau das Richtige, um den Kopf auszuschalten und einfach im Sog der Geschichte zu verschwinden.

Der Film läuft, und wir knabbern an Chips und Schokolade, tauschen Blicke und Kommentare, lachen über die kitschigen Dialoge und die völlig unrealistischen Szenen. Doch zwischendurch beobachte ich Leyla, die mich immer wieder prüfend ansieht, als hätte sie auf eine Frage gewartet, die ich noch nicht gestellt habe.

Schließlich bricht sie das Schweigen. „Hey... Livi... was ist eigentlich los bei dir? Du wirkst seit Tagen total anders. Du siehst müde aus, und wenn ich ehrlich bin... mache ich mir langsam wirkliche Sorgen."

Ich wende den Blick ab und zwinge mich zu einem leichten Lächeln. „Es ist einfach die Uni, Leyla. Viel zu tun, wenig Schlaf. Nichts, worüber du dir Gedanken machen musst."

Sie zieht die Augenbrauen hoch und grinst, als hätte ich sie gerade bei einer Lüge erwischt. „Ja klar. Nichts, worüber ich mir Gedanken machen muss. Ich sehe doch, dass dich irgendwas bedrückt."

Ich überlege kurz, ob ich ihr wenigstens einen Teil der Wahrheit erzählen sollte, doch bevor ich etwas sagen kann, kommt die Szene, auf die Leyla insgeheim gewartet hat – die Liebeserklärung, das große Finale, in dem sich die beiden Hauptcharaktere endlich küssen. Ich sehe den sehnsuchtsvollen Ausdruck in Leylas Augen und spüre, wie sie mich mit einem Seitenblick ansieht.

„Livi... hast du vielleicht... Liebeskummer?", fragt sie, die Stimme gedämpft, als wolle sie die Frage nicht aufdringlich klingen lassen.

Ein schwerer Seufzer entfährt mir, und ich schüttle den Kopf. „Weißt du, Leyla, um Liebeskummer zu haben, müsste es doch wenigstens etwas gewesen sein, das angefangen hat, oder?"

Sie mustert mich lange und nickt schließlich, ein leichtes Lächeln auf den Lippen. „Vielleicht. Aber manchmal... ist es das, was nicht begonnen hat, das uns am meisten wehtut." Sie schweigt und lässt das Thema für den Rest des Films ruhen, aber ihre Worte hallen in mir nach, bis der Abspann läuft und ich mich müde und schwerfällig ins Bett sinken lasse.

Die nächsten Tage vergehen in einer seltsamen Trägheit. Ich versuche, meinen Artikel zu überarbeiten und zu finalisieren, sitze in Vorlesungen, beantworte Nachrichten, aber nichts fühlt sich mehr normal an. In der Bibliothek fällt mir plötzlich auf, dass einige meiner digitalen Notizen verschwunden sind, als hätte jemand sie gelöscht oder verändert. *Als ob jemand mitliest...* Manchmal sehe ich mich auf der Straße um, und es ist, als würde mir ein unbekanntes Gesicht zu lange nachsehen. Und dann sind da diese kurzen, knappen Telefonate, die mitten im Satz abbrechen, als würde jemand zuhören. All diese leisen Veränderungen beginnen sich wie ein unsichtbares Netz um mich zu legen, und bald wird mir klar, dass es kein Zufall ist. Ich komme mir beobachtet vor, paranoid.

Die seltsamen Vorkommnisse schleichen sich immer mehr in meinen Alltag ein, bis ich kaum noch zwischen Paranoia und Realität unterscheiden kann. In der Bibliothek sitze ich über meinen Notizen, doch etwas stimmt nicht – einzelne Zeilen, die ich gestern noch eingefügt habe, sind verschwunden. Ich versuche, die Dateien wiederherzustellen, klicke mich durch Verzeichnisse, aber die Worte sind einfach weg.

Es ist... irre.

In den Vorlesungen sehe ich mich um, und jeder Blick, der auf mir ruht, fühlt sich bedrohlich an. Professor Carter hält heute eine Diskussion über journalistische Integrität und die Risiken der Wahrheit. Normalerweise sind ihre Worte wie Balsam, erinnern mich daran, warum ich diesen Beruf wählen will. Doch heute treffen sie mich nur, weil mir klar wird, wie wenig Kontrolle ich über mein eigenes Leben habe. Das Netzwerk weiß, was ich tue, es sieht mich, und je mehr ich darüber nachdenke, desto deutlicher wird mir, dass ich kaum noch Privatsphäre habe.

Ein Teil von mir will schreien, das Ganze herausfordern und dem Netzwerk zeigen, dass ich weiß, was sie tun. Doch ein anderer, leiser Teil weiß, dass das die Kontrolle, die ich noch habe, nur noch weiter einschränken würde. Sie haben mich in der Hand, und sie wissen, dass ich keine andere Wahl habe, als ihnen zu folgen – oder die Konsequenzen zu tragen. Dagegen anzugehen, würde mich mein Studium kosten.

Die letzten Tage sind ein Alptraum. Ich sehe das Foto meiner Schwestern immer wieder vor mir. Die Drohung ist klar und scharf, und ich spüre die Verzweiflung, wie sie in mir wächst.

Irgendwann, als ich wieder allein in meinem Zimmer sitze und die Dunkelheit sich wie eine Decke um mich legt, komme ich zu einem Entschluss. Ich kann nicht still sitzen und warten, dass das Netzwerk jeden meiner Schritte kontrolliert. Ich *muss* endlich etwas tun.

Doch meine Gedanken drehen unentwegt Kreise. Sie schweifen immer wieder zu Cole. Er war der Einzige, der mir in letzter Zeit ein Gefühl von Nähe gegeben hat, von Vertrautheit – und das trotz allem, was zwischen uns steht. Ein Teil von mir will ihn anrufen, ihm erzählen, was ich vorhabe, aber ich verwerfe den Gedanken. Er hat mich enttäuscht, und wer weiß, ob er nicht auch ein Teil dieser Überwachung ist?

Ich atme tief durch und schalte meinen Laptop an. Mit zitternden Fingern tippe ich eine Nachricht an Alexander Falk, kurz und unauffällig. *Ich brauche Ihre Hilfe. Treffen wir uns. Bitte.*

Die Nachricht ist knapp, aber sie trägt all meine Hoffnung in sich. Ich klicke auf „Senden" und sehe die Nachricht verschwinden.

Die Sekunden nach dem Absenden der Nachricht scheinen sich zu dehnen, als hätte die Zeit aufgehört, in einem normalen Takt zu vergehen. Das Summen meines Laptops ist das einzige Geräusch im Raum, aber selbst das scheint zu laut, fast unerträglich.

Ich gehe auf und ab, blicke immer wieder zur Uhr und frage mich, ob ich einen Fehler gemacht habe. Doch tief in meinem Inneren weiß ich, dass ich keine andere Wahl habe. Ich muss einen Weg finden, dieses Netz zu durchbrechen, das sich enger und enger um mich legt, mich erstickt.

Dann vibriert mein Handy. Eine neue E-Mail ist eingegangen, und mein Herz setzt einen Schlag aus, als ich den Absender sehe: Alexander Falk.

Morgen, 15 Uhr. Treffpunkt wie beim letzten Mal.

Ich atme erleichtert auf, doch das Gefühl der Erleichterung währt nur kurz. Das Risiko bleibt hoch, und die Drohung durch THE VEIL ist eine dunkle Wolke, die über mir hängt. Zu groß ist die Angst, dass ich beschattet werde. Da sind die Nachrichten, die plötzlich von meinem Laptop verschwunden sind. *Vielleicht ist mein Laptop gehackt. Vielleicht lesen sie mit.* Ich schließe den Laptop und gehe zu Bett. Ich versuche zu schlafen, doch die Nacht bringt mir keinen Frieden. Immer wieder sehe ich die Gesichter meiner Familie vor mir, die Bedrohung, die über ihnen schwebt, wie eine ständige Mahnung, dass ein einziger Fehltritt alles zerstören könnte.

Am nächsten Tag sitze ich um 14:30 Uhr auf einer Bank am Jamaica Pond und beobachte die Menschen, die vorbeigehen.

Ich halte den Atem an, suche in der Menge nach einem vertrauten Gesicht, aber niemand sticht hervor. Die Minuten ziehen sich, bis ich schließlich Alexander Falk entdecke – er trägt einen schlichten Mantel, die Hände in den Taschen, und wirkt ruhig und konzentriert. Ohne zu zögern geht er auf mich zu, setzt sich neben mich, ohne mich anzusehen.

„Hallo Livia", raunt er, die Augen geradeaus gerichtet, als würde er auf etwas in der Ferne blicken. „Sie sagten, Sie brauchen Hilfe."

Ich nicke, die Worte kommen nur stockend über meine Lippen. „Meine Familie... ich glaube, sie sind in Gefahr."

Er mustert mich aus dem Augenwinkel, seine Miene bleibt ernst. „Sie haben sich hiermit auf ein gefährliches Spiel eingelassen."

Ich nicke und das flaue Gefühl in meinem Bauch verstärkt sich. „Sie haben das Material gesehen. Ich könnte... vermutlich einen Schlag gegen THE VEIL auslösen. Man kann ihnen nachweisen, dass Gelder geflossen sind, um das Bauvorhaben zu stoppen." Ich schlucke. „Es ist offensichtlich, dass Sax-Media davon profitiert. Zum einen bezüglich der exklusiven Berichterstattung, die nur über Sax lief, zum anderen... wird das Bauland wieder freigegeben und Sax-Media sucht Bauland im Bostoner Umland."

Falk wägt meine Worte ab und nickt schließlich. „Das könnte eine Story sein...", sagt er zögerlich. „Quellen?"

„Ist alles belegt." Ein Teil von mir zögert, doch dann denke ich an die vergangenen Tage, die ständige Überwachung, die Drohungen, die mir kaum noch Luft lassen. Ich nicke. „Ich kann nicht mehr zurück. Ich muss etwas gegen diesen... Verein tun, um meine Freiheit wiederzuerlangen."

„Und meine Rolle?"

„Ich glaube, der Globe ist unter Netzwerk-Kontrolle. Diane Hargrove ist auf diesen Veranstaltungen regelmäßig zu Gast... Sie sind unabhängiger Journalist mit hervorragender Reputation. Die meisten Blätter stehen auch unter Einfluss von Sax-Media. Entweder ist Sax Haupteigner oder stiller Teilhaber." Ich zucke hilflos mit den Schultern. „Ich brauche Hilfe, diesen Artikel zu platzieren. In einem Blatt, das genug Reichweite hat, um THE VEIL zu zerschlagen. Ich bin nur eine Studentin. Ich kann nicht-"

Falk betrachtet mich eine Weile schweigend, dann klopft er leicht auf die Bank. „Gut. Lassen Sie mir Ihren fertigen Text zukommen. So viele Details wie möglich. Quellen. Alles. Wir werden das durchziehen – aber ich hoffe, Sie wissen, dass es nicht ohne Konsequenzen bleiben wird."

Ich atme tief durch. Dann greife ich in meine Tasche und reiche ihm den Umschlag mit meinen Recherchen, alle Kopien und Sicherungen, die ich bisher anlegen konnte. Er verstaut ihn in seiner Tasche und nickt mir zu, ein fast unmerkliches Zeichen, das mir für einen Augenblick Trost spendet. Ich sehe ihm nach, wie er den Park verlässt und in der Menge verschwindet. Doch kaum bin ich allein, überfällt mich ein Hauch von Zweifel, eine beklemmende Angst: Habe ich wirklich den richtigen Schritt getan? Ist Falk wirklich loyal?

Der Zweifel kriecht mir in die Glieder, je weiter Alexander Falk sich von mir entfernt. Das Gefühl, dass ich gerade ein unauslöschliches Band zu diesem ganzen Albtraum geknüpft habe, wird stärker. Ich sitze noch eine Weile auf der Bank, starre auf den Weg vor mir und lasse die Worte, die ich Falk gesagt habe, immer wieder in meinem Kopf kreisen. Ich hoffe, dass er jemand ist, der sich der Macht des Netzwerks entgegenstellen kann, aber wie sicher kann ich mir wirklich sein?

Vertraue niemandem.

Als ich endlich aufstehe und den Park verlasse, ist die Luft kühl, doch meine Hände sind warm und feucht. Der Gedanke an das, was ich riskiert habe, drückt schwer auf meine Schultern, aber ich versuche, ihn abzuschütteln. Ich habe die Entscheidung getroffen. Jetzt gibt es kein Zurück.

In den darauffolgenden Tagen kehrt eine bedrückende Routine ein, aber ich weiß, dass nichts mehr normal ist. Ich gehe zur Uni, sitze in den Vorlesungen und versuche, mich auf die Themen zu konzentrieren, die mir einst so wichtig waren – investigative Ethik, das Aufdecken von Machtmissbrauch, die Kunst, die Wahrheit zu enthüllen. Doch die Worte meiner Professoren wirken plötzlich fern und hohl. Alles, was ich lerne, scheint lächerlich im Vergleich zu dem Netz aus Drohungen, Manipulation und Überwachung, in dem ich mich verfangen habe.

Und ich bemerke wieder subtile Anzeichen, dass das Netzwerk mich im Auge behält. Meine Nachrichten löschen sich immer wieder, und mehrmals ertappe ich mich dabei, wie ich über die Schulter schaue, weil ich das Gefühl habe, dass jemand in meiner Nähe ist. Jedes Gespräch, das abrupt abbricht, jeder leere Blick, den ich in der Menge wahrnehme, verstärkt meine Paranoia. Die Überwachung ist allgegenwärtig, wie ein unsichtbarer Schatten, der mich auf Schritt und Tritt begleitet.

Dann, an einem Abend, als ich in meinem Apartment sitze und meine Unterlagen noch einmal durchsehe, finde ich einen weiteren Umschlag auf dem Boden – direkt vor meiner Tür. Meine Hände zittern, als ich ihn aufhebe, und ich habe das Gefühl, dass mein Herz für einen Moment stillsteht.

Langsam öffne ich ihn und ziehe die Fotos heraus. Es sind Aufnahmen von mir. Ich erkenne die Orte sofort: Ich gehe durch die Straßen Brooklines. Ich sitze in einem Café, vor Tagen. Ich, wie ich am Jamaica Pond auf der Bank sitzend warte.

Mich und Falk beim Reden.

Fuck.

Sie haben wirklich jede meiner Bewegungen festgehalten. Eine unterschwellige Panik steigt in mir auf, und ich lasse die Fotos fast fallen, während mir die Realität meiner Situation mit der Faust ins Gesicht schlägt.

Das Netzwerk hat kein Problem, mich daran zu erinnern, dass ich keine Geheimnisse vor ihnen haben kann. Jeder Schritt, jeder Blick wird vermerkt. Der Abgrund, vor dem ich stehe, ist tief und finster.

Und er reißt mir den Boden unter den Füßen fort.

Sie wissen von Falk.

Sie wissen von unseren Treffen.

Sie wissen, dass er Informationen von mir bekommen hat.

Mechanisch greife ich zu meinem Handy, wähle Falks Nummer. Die Mailbox geht ran. Ein zweites Mal, wieder nur die Mailbox.

Ein stumpfes Gefühl der Ohnmacht breitet sich in mir aus. Er ist nicht mehr da. Das spüre ich.

Er wird nicht mehr zurückkommen.

Er war ein zu großes Risiko.

Alexander Falk ist fort. Vermutlich tot.

Ich könnte Falk nicht mehr zurückholen, selbst wenn ich wollte – die Informationen waren bei ihm, das Netzwerk wusste das – und nun ist er fort.

Sie haben mir meine Hoffnung auf einen Verbündeten genommen.

12

Nachruf: Alexander Falk (1980–2024)

Alexander Falk, einer der führenden Enthüllungsjournalisten seiner Generation, verstarb unter bislang ungeklärten Umständen. Mit Mut und Hingabe widmete er sein Leben der Aufdeckung von Korruption und Machtmissbrauch, oft unter persönlichem Risiko. Seine Berichte über politische Intrigen und wirtschaftliche Verflechtungen brachten ihm nicht nur Anerkennung, darunter den George Polk Award, sondern auch Feinde.

Die Polizei schließt Suizid derzeit nicht aus.

Falks Tod wirft Fragen auf, doch sein Vermächtnis lebt weiter: eine Stimme für die Wahrheit, die nicht so leicht zum Schweigen gebracht werden kann.

Mein Laptop liegt vor mir, der Bildschirm flackert kurz, bevor er endgültig schwarz wird. Ich starre auf das Gerät, meine Hände verharren über der Tastatur, meine Gedanken rasen. Es fühlt sich an, als hätte jemand einen Stecker gezogen – nicht nur bei meinem Laptop, sondern auch bei mir selbst. Jede Verbindung, jede Sicherheit, die ich hatte, scheint mit einem Schlag ausgelöscht.

Alexander Falk ist wirklich tot. Der Mann, dem ich vertraut habe, den ich als Verbündeten gesehen habe, ist nicht mehr da. Ich weiß nicht, wie es passiert ist, aber ich weiß, dass es kein Zufall war. Menschen wie Falk sterben nicht einfach so.

Ich habe es gespürt.

Ich wusste es, in dem Moment, als Falk nicht an sein Handy ging, dass er nicht mehr war.

Der Druck, schuld an seinem Tod zu sein, lastet schwer auf meinen Schultern. Er starb, weil ich ihn darum gebeten habe, mir beim Schreiben des Artikels zu helfen, weil ich ihm das Material gegeben habe – Beweise gegen THE VEIL.

Ich atme schwer aus und zwinge mich, einen klaren Gedanken zu fassen. Der Druck in meiner Brust ist erdrückend, doch gleichzeitig lodert etwas in mir auf. Eine Wut, ein Entschluss, der nicht mehr ignoriert werden kann. Sie haben ihn getötet, da bin ich sicher. Sie werden auch mich nicht verschonen, wenn ich nicht aufpasse. Aber ich bin nicht wie Falk. Ich habe noch die Chance, mich zu schützen. Und ich werde nicht einfach warten, bis sie mich auslöschen.

Meine Augen wandern über den Schreibtisch. Die Originalunterlagen liegen dort, sorgfältig sortiert und in einem einfachen, unscheinbaren Ordner verstaut. Die Dokumente, die ich Falk gegeben habe, waren Kopien. Ich habe von Anfang an gewusst, dass ich mich absichern muss. Auch von den digitalen Dateien habe ich ein Backup gemacht – auf einem USB-Stick, der gut versteckt ist. Sie mögen alles andere kontrollieren, aber diese Informationen gehören noch mir.

Ich stehe auf, gehe zum Fenster und schiebe den Vorhang ein kleines Stück beiseite. Draußen sieht alles normal aus – zu normal. Die Straßenlaternen werfen ihr blasses Licht auf die gepflasterten Gehwege, ein paar Autos fahren vorbei, doch das Gefühl, beobachtet zu werden, lässt mich nicht los. Sie könnten überall sein. Hinter einem dieser Fenster, in einem geparkten Auto. Vielleicht sogar in der Wohnung gegenüber, von wo aus sie jede meiner Bewegungen verfolgen könnten.

Ich lasse den Vorhang los und wende mich wieder dem Raum zu. Mein Kopf arbeitet fieberhaft. Meine elektronischen Geräte sind wahrscheinlich verwanzt. Jede meiner Suchanfragen, jede Nachricht, die ich verschicke, könnte von ihnen mitgelesen werden. Der Gedanke ist wie ein eisiger Griff um mein Herz, doch ich zwinge mich, nicht in Panik zu verfallen.

Ich schließe den Laptop, nehme die Unterlagen und packe sie in eine unauffällige Tasche. Der USB-Stick folgt, ich schiebe ihn tief in die Innentasche meiner Jacke. Es ist, als würde ich für einen Kampf rüsten, auch wenn ich keine Ahnung habe, wie ich diesen Kampf führen soll. Doch eines weiß ich: Ich kann nicht hierbleiben. Sie wissen, wo ich bin. Und wenn sie Falk gefunden haben, werden sie auch mich finden.

Mein Blick fällt auf den Kalender an der Wand. Ein Gedanke schießt mir durch den Kopf, ein Plan, der vage und riskant ist, aber zumindest ein Anfang. Die öffentliche Bibliothek. Dort gibt es Computer, die nicht mit meinem Namen verbunden sind. Dort kann ich nach Antworten suchen, ohne dass sie jede meiner Bewegungen kontrollieren.

Ich schnappe mir meine Jacke und ziehe sie an, meine Hände zittern leicht, doch in meinem Inneren wächst eine Entschlossenheit, die alle Zweifel übertönt. Sie haben Falk getötet, um mich zum Schweigen zu bringen. Aber ich werde nicht schweigen. Ich werde ihre Geheimnisse ans Licht bringen, koste es, was es wolle.

Während ich die Tür hinter mir abschließe, weiß ich, dass ich mit jedem Schritt, den ich mache, tiefer in Gefahr gerate. Aber es gibt keinen Weg zurück. Nicht mehr. Sie wollten mich einschüchtern, wollten mich brechen – doch sie haben das Gegenteil erreicht.

Die kühle Abendluft schlägt mir ins Gesicht, als ich die Haustür hinter mir schließe. Die Straßen wirken still, zu still, als ob die Dunkelheit selbst jeden Laut geschluckt hätte. Mein Atem bildet kleine Wolken, während ich schnellen Schrittes zur nächsten Bushaltestelle gehe. Der USB-Stick in meiner Jackentasche fühlt sich schwerer an, als er ist – ein Symbol für all das, was ich jetzt noch in der Hand habe.

In der Bibliothek ist es ruhig, nur das leise Klicken von Computertastaturen und das gelegentliche Flüstern zwischen den Besuchern durchbricht die Stille. Ich suche mir einen Platz an einem der älteren PCs in der Ecke, weit genug entfernt von anderen, um nicht beobachtet zu wirken. Mein Blick wandert kurz über die anderen Anwesenden. Ein älterer Mann liest Zeitung, zwei Studierende sind tief in ihre Notizen vertieft. Niemand scheint auf mich zu achten, und trotzdem fühlt sich jeder Schritt wie ein Drahtseilakt an.

Ich stecke den USB-Stick in den Computer und öffne die gespeicherten Dokumente. Die meisten Informationen habe ich bereits durchgesehen, aber ich brauche mehr.

Und dann... dann läuft mir ein kleiner Schauer über den Rücken. *Natürlich...* Warum habe ich nicht vorher daran gedacht?

Die flimmernden Lichter des Bibliotheksbildschirms werfen einen bläulichen Schein auf mein Gesicht, während ich zögere, die Worte einzugeben. Meine Finger schweben über der Tastatur, als könnte das Eingeben der Namen der ungleichen Brüder irgendeine unsichtbare Grenze überschreiten. Aber ich weiß, dass ich keine Wahl habe. Ich muss herausfinden, was hinter all dem steckt – hinter Cole, hinter Grayson. Hinter dem Unfall, von dem Cole gesprochen hat.

Mit einem tiefen Atemzug beginne ich zu tippen: *Grayson Rutherford.*

Die Suchergebnisse sind zahlreich, wie erwartet. Artikel über seine Zeit als gefeierter College-Sportler und Yale-Absolvent – *Magna cum laudae.* Berichte über ihn, der in der Wirtschaftskanzlei Moreau & Weathers zum jüngsten Partner aufsteigt. Interviews, in denen er über Disziplin und Ehrgeiz spricht, und Fotos, die ihn in makellosen Anzügen zeigen. Er wirkt selbstbewusst, charmant, unerschütterlich.

Alles, was ich finde, wirkt wie auf Hochglanz poliert. Makellos. *Zu makellos.*

Ich speichere die Links, lese weiter. Es gibt keine Erwähnung THE VEILs, nichts, was ihn direkt mit etwas Verdecktem verbindet. Aber vielleicht ist das auch das Ziel: Makellos wirken, während sich alles hinter einer perfekten Fassade verbirgt.

Dann gebe ich *Cole Rutherford* ein.

Die Ergebnisse sind spärlich bis nichtssagend. Kein Social media Profil, nur einige wenige Erwähnungen in Verbindung mit Grayson, ein Foto von ihnen als Kinder, aufgenommen kurz nach dem Unfall. Beide Jungen stehen am Ufer, hinter ihnen das zerstörte Segelboot. Der fünfzehnjährige Grayson hält Cole an der Schulter, sein Gesicht ernst, fast beschützend, während eine sehr viel jüngere Cole in die Kamera starrt, mit einem Ausdruck, den ich nicht deuten kann. Schmerz? Angst? Oder etwas anderes? Er ist winzig neben seinem großen Bruder. Erst fünf Jahre alt.

Ich scrolle weiter. Ein Artikel erwähnt, dass der jüngere Bruder des aufstrebenden Star-Anwalts studiert, ein Kommentar beschreibt ihn als „zurückhaltend". Es ist seltsam, wie wenig von ihm zu finden ist, als hätte er sich absichtlich aus der Öffentlichkeit herausgehalten. Oder als hätte jemand ihn daraus ferngehalten.

Ein Gedanke drängt sich mir auf, und ich gebe die beiden Namen zusammen ein: *Grayson und Cole Rutherford.*

Die Suchmaschine spuckt eine Handvoll Ergebnisse aus, einige alt, andere neu. Ich klicke auf einen Artikel, der über den Unfall berichtet, den ich bereits gelesen habe, und entdecke ein Detail, das mir zuvor entgangen war: *Die Jungen wurden unversehrt auf dem Boot gefunden, doch Augenzeugen berichteten von Bewegungen an Bord, bevor das Boot bei ruhiger See kenterte.*

Bewegungen. Ich schließe die Augen und versuche, mir ein Bild zu machen. Was könnte passiert sein? War es wirklich ein Streit, wie die Berichte andeuten? Oder war da mehr, etwas, das niemand gesehen hat – oder sehen sollte?

Ein anderes Ergebnis verweist auf einen Blog, der spekuliert, dass der Unfall kein Unfall war. Der Autor beschreibt Ungereimtheiten in den Berichten, den ungewöhnlichen Zustand des Bootes und die Tatsache, dass Benjamin Rutherford kurz vor dem Unfall eine beträchtliche Geldsumme verloren hatte – möglicherweise durch einen Geschäftspartner, dessen Name nicht erwähnt wird.

Ich speichere die Seite, mein Herz klopft schneller. Alles deutet darauf hin, dass dieser Unfall nicht so harmlos war, wie die offiziellen Berichte glauben machen wollen. Aber was genau ist passiert? Und wie hängt das mit dem Netzwerk zusammen?

Mein Blick wandert zur Uhr. Es ist spät, die Bibliothek wird bald schließen, aber ich kann nicht aufhören. Ich gebe einen letzten Suchbegriff ein: *Rutherford Segelunfall Spekulationen.*

Ein paar obskure Foren tauchen auf, und ich klicke auf eines, das über ungelöste Tragödien diskutiert. Ein anonymer Beitrag spricht von Gerüchten, dass das Boot sabotiert worden sein könnte. *„Die Familie Rutherford hatte viele Feinde"*, schreibt der Verfasser. *„Es gibt mehr daran zu entdecken, als der Öffentlichkeit gesagt wurde."*

Ich lese den Beitrag zweimal, dann dreimal, als würde sich die Bedeutung ändern, je länger ich ihn betrachte. Sabotage. Feinde. Und mitten in all dem: Cole und Grayson.

Das ergibt doch keinen Sinn...

Ich klicke mich weiter durch die Forenseiten, lese Verschwörungstheorien, lese vom beträchtlichen Privatvermögen von Mr. und Mrs. Rutherford.

Dann ein Kommentar: *„Augenzeugen wollen Schreie gehört haben, doch konkrete Details konnten nicht bestätigt werden. Die Polizei setzt ihre Ermittlungen fort, schließt aber ein Fremdverschulden derzeit aus. Die beiden Söhne befinden sich in der Obhut von Verwandten und stehen unter psychologischer Betreuung."*

Dazu ein Link, der ganz offensichtlich zu einer offiziellen Seite der Polizei führt. Ich klicke darauf und die Seite, die sich aufbaut, ist die des ermittelnden Police-Countys. Es ist eine PDF des Polizeipresseberichts.

Meine Gedanken rasen, während ich den Artikel lese. Das Zitat ist wortwörtlich dem Polizeibericht entnommen. Fragen über Fragen tauchen in meinem Kopf auf. Warum wurden die Aussagen der Augenzeugen nicht weiter verfolgt? Warum schließt die Polizei Fremdverschulden aus, wenn die Umstände so mysteriös sind? Der Bericht wirkt abrupt beendet, als wolle man das Thema schnell abschließen und keine weiteren Fragen zulassen.

Ich suche nach weiteren Artikeln, aber es gibt kaum Informationen. Keine Folgeberichte, keine Interviews, nichts. Es ist, als wäre der Vorfall nach diesem Artikel einfach aus dem öffentlichen Bewusstsein verschwunden.

Ein ungutes Gefühl breitet sich in mir aus. Könnte es sein, dass das Netzwerk bereits damals seine Finger im Spiel hatte? Dass der Unfall inszeniert wurde, um Kontrolle über Cole und Grayson zu erlangen? Wenn dem so ist, dann basiert ihr ganzes Leben auf einer schrecklichen Lüge.

Ich öffne ein neues Browserfenster und versuche, Zugang zu weiteren Ermittlungsakten zu bekommen. Nach einigen Umwegen stoße ich tatsächlich auf eine interne Seite, die offenbar nicht für die Öffentlichkeit bestimmt ist. Mein Herz schlägt schneller, als ich auf den Link klicke. Sie ist nicht Passwort geschützt. Was zum Teufel...?

Der Polizeibericht ist nüchtern und technisch, voller Fachjargon. Doch einige Passagen springen mir ins Auge:

„Die Verletzungen der Opfer sind nicht eindeutig mit einem Unfallgeschehen vereinbar. Die schweren Kopftraumata deuten auf stumpfe Gewaltanwendung hin. Es wurden jedoch keine Anzeichen von Fremdeinwirkung am Boot gefunden.“

Stumpfe Gewaltanwendung? Das passt nicht zu einem einfachen Unfall. Mein Atem geht schneller, während ich weiterlese.

„Die Aussagen der minderjährigen Söhne waren inkonsistent. Beide standen unter Schock und konnten keine klaren Angaben zum Hergang machen. Psychologische Betreuung wird empfohlen.“

Es ist verständlich, dass Cole und Grayson damals nicht in der Lage waren, genaue Aussagen zu treffen. Cole war keine sechs Jahre alt. Grayson schon fünfzehn. Aber es scheint, als hätte man sich damit zufriedengegeben, ohne weiter nachzuforschen.

Dann stoße ich auf eine Notiz am Rand des Dokuments:

„Fall geschlossen. Anweisung von höherer Stelle, keine weiteren Ermittlungen anzustellen."

Eine Anweisung von höherer Stelle? Mein Verdacht verhärtet sich. Jemand hat aktiv dafür gesorgt, dass dieser Fall nicht weiter untersucht wird. Jemand mit Einfluss und Macht – genau die Art von Person, die im Netzwerk agiert.

Ich mache Screenshots von allem, sichere die Dateien auf meinem externen Laufwerk. Mein Instinkt sagt mir, dass ich diese Informationen nicht auf dem öffentlichen Rechner lassen darf.

Ich stecke das Handy weg und beschließe, einen Umweg nach Hause zu machen, nur für den Fall. Meine Gedanken überschlagen sich. Die Informationen, die ich gefunden habe, sind brisant. Wenn THE VEIL herausfindet, dass ich ihnen auf der Spur bin, könnte das gefährlich werden – nicht nur für mich, sondern auch für Cole.

Ich muss einen Weg finden, ihn zu warnen, ohne uns beide in noch größere Gefahr zu bringen. Aber zuerst muss ich sicherstellen, dass ich unbehelligt nach Hause komme.

Als ich aufblicke, bemerke ich einen Mann, der ein paar Tische weiter sitzt. Er trägt eine unauffällige Kleidung, aber seine Augen sind fest auf mich gerichtet. Sofort schaue ich weg, versuche, ruhig zu bleiben. Vielleicht bilde ich mir das nur ein. Aber das Gefühl, beobachtet zu werden, wird stärker.

Ich schließe alle Fenster, lösche den Browserverlauf, logge mich aus und packe meine Sachen zusammen. Mein Herz pocht heftig, während ich zur Tür gehe.

Während ich weitergehe, fühle ich die Blicke in meinem Rücken. Ich weiß nicht, wie lange ich diesem Katz-und-Maus-

Spiel noch standhalten kann, aber eines ist sicher: Ich werde nicht aufgeben, bis ich die Wahrheit herausgefunden habe.

Ich schließe die Tür hinter mir, lasse die Stille meiner Wohnung auf mich wirken und lehne mich schwer gegen die kühle Wand. Die hastige Flucht aus der Bibliothek hallt noch immer in meinem Kopf wider, wie ein Schatten, der nicht weichen will. Aber in mir hat sich etwas anderes breitgemacht: eine Entschlossenheit, die stärker ist als die Angst. Ich setze mich an meinen Küchentisch, die Notizen, Screenshots und all die Details über den Segelunfall der Rutherfords breiten sich vor mir aus wie ein unheimliches Puzzle.

Ich gehe die Informationen noch einmal durch und spüre, wie ein bitterer Geschmack auf meiner Zunge zurückbleibt. Die Worte im Polizeibericht – *Ehedrama, stumpfe Gewalt, ruhige See... und dann diese Bewegungen eines schaukelnden Bootes, die vom Ufer aus beobachtet wurden* – ergeben zusammen ein Bild, das nur eine Antwort zulässt: Nichts an diesem Unfall war natürlich. Nichts an diesem Unglück war das, was die Öffentlichkeit glauben sollte.

Mein Blick fällt auf das letzte Detail des Berichts, das immer noch in meinem Kopf schwebt: *Anweisung von höherer Stelle, keine weiteren Ermittlungen anzustellen.* Der Unfall, die Vertuschung, die Macht, die dahintersteht – es schreit förmlich nach den Methoden des Netzwerks. In mir wächst der Verdacht, dass Cole nicht die Wahrheit kennt. Dass ihm THE VEIL, dass Grayson, möglicherweise ein Bild seiner Eltern und ihrer Vergangenheit gezeigt haben, das niemals stimmte.

Ein Schauer läuft mir über den Rücken, während ich überlege, was das für Cole bedeutet. Er ist Teil des Netzwerks, sei es aus Loyalität oder aus Verpflichtung, aber wenn er gewusst hätte, dass seine Eltern möglicherweise Opfer ebenjener Macht geworden sind, die er jetzt dient – würde er sich dann nicht wehren? Ich stelle mir vor, was für eine Last das für ihn sein muss. Die Erinnerungen an seine Eltern, die Trauer, die Wut... und die Möglichkeit, dass alles eine einzige Lüge war.

Ich schlucke schwer, schiebe meine Sachen zur Seite und zwinge mich, ruhig zu atmen. Ich habe keine Antworten, nur Fragen – und die einzige Person, die mir diese Fragen beantworten kann, ist Cole.

Langsam greife ich nach meinem Handy und sehe auf die Uhr. Es ist spät, aber das spielt keine Rolle. Die Unsicherheit über meine Recherchen, die ständige Überwachung durch das Netzwerk, die Drohungen... all das hat mir klar gemacht, dass ich nicht länger zögern kann. Cole verdient die Wahrheit – und ich brauche Klarheit über seine Rolle in diesem Albtraum.

Mit zitternden Händen schiebe ich das Handy in meine Tasche, werfe einen letzten Blick auf die verstreuten Papiere auf meinem Küchentisch und atme tief durch. Ich weiß, dass es gefährlich ist, Cole jetzt zu konfrontieren, aber wenn ich ihn nicht zur Rede stelle, werde ich nie erfahren, was er wirklich weiß.

Ich mache mich auf den Weg zu ihm, die Entschlossenheit und das unaufhaltsame Bedürfnis nach Antworten treibt mich voran. Die Fragen, die ich Cole stellen muss, brennen mir auf der Seele, und jede Minute, die ich verstreichen lasse, fühlt sich an wie ein weiterer Schritt in die Unsicherheit.

Ich greife mein Handy und schreibe ihm eine Nachricht, meine Hände zittern leicht, während ich die Worte eintippe: *Wir müssen reden. Es ist dringend.*

Der Moment, in dem ich auf „Senden" drücke, scheint ewig zu dauern, doch schließlich vibriert das Handy in meiner Hand. Seine Antwort ist kurz und knapp. Ich stecke mein Handy in die Tasche und atme tief durch, während ich mich auf den Weg mache.

Als ich später endlich vor dem Wohnhaus stehe, in dem sich seine Wohnung befindet, fällt mir auf, dass das Gebäude wie ein ruhiger Zufluchtsort, fernab von Graysons Macht, wirkt. Versteckt zwischen all den historischen, erhabenen Gebäuden, die nur so vor Macht strotzen. Es ist, als hätte Cole diesen Ort bewusst gewählt, um eine Distanz zu allem zu schaffen, was uns sonst umgibt.

Ich habe peinlich darauf geachtet, dass mir niemand folgt. Ja, das ist paranoid, aber die Vorkommnisse der letzten Tage bestätigen mir, dass es nötig ist. Ich gehe langsam die Stufen hinauf und klopfe an die Tür. Sekunden vergehen, und dann höre ich Schritte. Die Tür öffnet sich, und Cole steht da, sein Gesicht im sanften Licht der Innenbeleuchtung. Er sieht überrascht aus, aber auch erleichtert. Seine Augen mustern mich aufmerksam, und ich spüre, wie mein Herzschlag schneller wird.

Verdammtes Herz. Ich sollte ihn hassen. Er hat meine Sachen durchsucht, nachdem wir miteinander-

Aber es gelingt mir nicht. Ich kann ihn nicht hassen. Ich kann es einfach nicht.

„Hey", macht er leise, seine Stimme ist von einer unüberhörbaren Sorge durchzogen.

Ich schlucke und sehe ihn fest an. „Wir müssen reden, Cole. Es geht um deine Familie. Um die Wahrheit."

Cole hält die Tür einen Moment länger fest als nötig, als ob er die Bedeutung meiner Worte verarbeiten müsste. Dann tritt er zur Seite und lässt mich eintreten. Heute ist es im Inneren der Wohnung penibel aufgeräumt, keine herumliegenden Bücher, keine Tassen, die von durchgelernten Nächten zeugen.

Er schließt die Tür hinter mir und bleibt stehen, die Hände in die Taschen seiner Jeans geschoben, als müsse er sich irgendwie Halt geben. Seine Augen suchen meinen Blick, und ich sehe eine Mischung aus Neugier, Vorsicht und etwas, das wie Schmerz aussieht.

„Welche Wahrheit?", fragt er, seine Stimme leise und gedämpft. „Was hast du über meine Familie herausgefunden?"

Die Worte klingen schwer, als hätte er sie kaum herausgebracht, und ich spüre, dass er die Wahrheit bereits erahnt. Ich nehme einen tiefen Atemzug und versuche, meine Gedanken zu ordnen, die richtigen Worte zu finden.

„Ich habe... recherchiert", beginne ich, die Stimme etwas brüchig, während ich die Details in meinem Kopf durchgehe. „Über den Unfall, bei dem deine Eltern... ums Leben kamen. Es gibt... Dinge, die keinen Sinn ergeben. Dinge, die so nicht hätten geschehen dürfen."

Er sieht mich an, die Stirn in Falten gelegt, seine Augen bohren sich in meine, als wolle er jedes einzelne Wort aufsaugen. „Was meinst du damit?", fragt er leise, eine fast unmerkliche Anspannung in seiner Haltung.

Ich nehme einen tiefen Atemzug und konfrontiere Cole direkt mit den Informationen, die ich über den Unfall gefunden habe. „Der Bericht sagt, dass es ruhig war, keine gefährlichen Wetterbedingungen. Und trotzdem haben Zeugen das Boot schaukeln sehen. Trotzdem hatten deine Eltern schwere Kopfverletzungen, als ob sie bei Seegang gestürzt wären. Die Polizei hat das Ganze als einen Streit dargestellt, ein... ein ‚Ehedrama', und der Fall wurde ohne weitere Ermittlungen abgeschlossen."

Cole schweigt, und in diesem Moment beobachte ich jede Regung in seinem Gesicht, suche nach einem Zeichen, dass das ihn erschüttert, dass es ihn überrascht. Doch das erkenne ich nicht. Stattdessen sehe ich, wie seine Miene sich verschließt, wie er bewusst seine Augen von mir abwendet. Es scheint, als ob ihn meine Worte tief in seinem Inneren verletzen würden.

„Cole… ist das die Wahrheit?" Meine Stimme klingt schärfer, dringlicher, als ich es beabsichtigt hatte, doch die Unsicherheit in mir ist überwältigend.

Seine Augen flackern, und für einen Moment habe ich das Gefühl, dass er etwas sagen will, etwas, das ihn bedrückt. Doch im nächsten Moment verschwindet diese Spur der Offenheit, und seine Miene wird unnahbar.

„Liv," sagt er langsam, seine Stimme kontrolliert, doch nicht ohne einen Anflug von Gereiztheit, „warum versuchst du, in einer alten Geschichte herumzuwühlen, die nichts ändern kann? Meine Eltern…" Er bricht ab, als hätte er sich selbst überrumpelt, und korrigiert sich dann. „Der Unfall… Ich weiß nichts mehr von all dem."

Aber ich glaube ihm nicht. Seine Worte sind zu flach, zu routiniert. Das Gefühl, dass er die Wahrheit verschweigt, ist überwältigend, und ich spüre, wie meine Wut und mein Misstrauen wachsen.

„Du kannst mir nicht erzählen, dass du so wenig über das weißt, was mit deiner eigenen Familie passiert ist", sage ich leise, aber bestimmt. „Wenn es wirklich ein Unfall war – warum schweigst du dann? Warum siehst du mich nicht an?"

Er atmet tief durch, als müsse er sich selbst beruhigen, und dann fixiert er mich mit einem Blick, der zugleich verletzlich und abweisend wirkt. „Ich war fünf, als das passiert ist. Ich… ich habe gelernt, damit zu leben, besser nicht mehr zu fragen."

„Aber ich nicht!" Die Worte entweichen mir, bevor ich sie zurückhalten kann. „Ich kann nicht damit leben, in diesem Geflecht aus Halbwahrheiten und Geheimnissen. Ich will da raus. Ich will mein Leben zurück. Ich will nicht mehr Angst haben, dass fremde Menschen in meinen Sachen schüffeln. Und ich kann mir einfach nicht vorstellen, dass du gerne ein Teil davon bist. Bist du wirklich ein Teil von dem, was Grayson hier aufgebaut hat? Bist du wirklich... Teil dieses Netzwerks? Willst du das sein? Korrupt und manipulativ? Willst du wirklich in seinem Namen Sachen durchwühlen?"

Cole schließt die Augen, und ich sehe, wie meine Worte ihn treffen, wie ein winziges Riss in seiner Fassade aufblitzt. Doch noch immer gibt er mir keine Antwort, weicht meinen Blicken aus, und alles in mir zieht sich zusammen in der Erkenntnis, dass er entweder nicht die ganze Wahrheit kennt oder sich weigert, sie zu sehen.

„Ich war das nicht."

„Aber du warst da!"

„Soll ich dir zeigen, wie einfach es ist, ein handelsübliches Schloss aufzubrechen?", fragt er zurück und sieht mich offen an.

„Wenn du es nicht warst, wer dann?!" Ich weiß, dass ich verzweifelt klinge, paranoid.

„Ich weiß es nicht." Er holt tief Luft. „Du hast doch schon gesehen, dass Grayson keine Skrupel kennt. Du hattest Drogen im Drink. Er hat dir die Fotos von uns geschickt und-" Er zuckt die Schultern. „Er kennt Leute, die schlimmeres tun, als Türen aufbrechen." Schließlich wendet er sich ab, als könne er meine Anwesenheit kaum noch ertragen. „Du solltest nicht tiefer graben. Manche Dinge lässt man besser, wo sie sind. Und vielleicht... ist das alles, was ich darüber wissen will."

Seine Worte sind wie eine Mauer, und mir wird klar, dass ich ihn jetzt nicht dazu bringen werde, weiterzugehen, als er bereit ist. „Du gibst dich also damit zufrieden, dass deine Eltern bei ruhiger See einfach so gestorben sind? Mit stumpfer

Gewalteinwirkung? Wenn du das wirklich willst, Cole... dann bin ich vielleicht mutiger als du."

Er sieht mich an, seine Augen voller Reue, und flüstert leise: „Vielleicht."

Mit einem letzten Blick verlasse ich seine Wohnung, unsicherer als je zuvor, ob ich jemals die Wahrheit über die Nacht auf dem Boot erfahren werde – oder über die Rolle, die Cole darin spielt.

13

Livia

Die kommenden Tage verschwimmen miteinander, und mein Leben besteht nur noch aus einem ständigen Auf-der-Hut-Sein, und einem permanenten einem Misstrauen, das sich in jede Ecke meines Alltags geschlichen hat. Jede Routine, die mir früher ein wenig Normalität gab, scheint nun voller unausgesprochener Bedrohungen.

Mir liegt mein Gespräch mit Cole noch schwer im Magen. Ich kann noch immer nicht glauben, dass er freiwillig im Zentrum THE VEILs steht. Dass er gerne ein Teil davon ist. Dass er meine Unterlagen durchsucht hat.

Ich verstehe auch nicht, dass er keine Fragen zum Tod seiner Eltern hat. Dass er das einfach so annimmt.

Es ist, als gäbe es zwei Coles. Der andere Cole hat mich aus dem SeaP gerettet. Er hat mir all die Dinge über sich und Grayson erzählt, Dinge, die mir helfen, tiefer zu graben. Er lässt mich nicht näher an sich heran, hält mich weiter auf Abstand – aber gleichzeitig... Er verwirrt mich. Ich will ihm schreiben, ob wir uns noch einmal sehen können, nochmal über all das reden, aber ich zögere, überhaupt das Handy in die Hand zu nehmen.

Was, wenn er mich wegschickt? Was, wenn jemand mitliest?

Ich zögere auch, den Laptop aufzuklappen. Ich checke alle Nachrichten und durchforste meine Mails, selbst wenn da nichts ist außer Routinebenachrichtigungen und Werbemails – oder vielleicht gerade deswegen. Der Blick über meine Schulter, die leichte Gänsehaut beim Öffnen einer Tür – all das ist zur ständigen Begleitung geworden.

Das Misstrauen begleitet mich überall. In der Uni halte ich mich zurück und vermeide es, zu viel zu sagen. Selbst Leyla, die mir immer Halt gegeben hat, gegenüber werde ich schweigsamer, versuche, meine Gedanken und Sorgen vor ihr zu verbergen. Ein unsichtbares Netz scheint mich zu umspinnen, und die Vorstellung, dass mich das Netzwerk auf Schritt und Tritt beobachtet, wird fast greifbar. Ich gehe nicht mehr ohne einen prüfenden Blick durch die Flure, weiche Gesprächen mit Kommilitonen aus, als könnten auch sie Teil der Überwachung sein. Meine Tage sind voll von Fragen, doch Antworten finde ich keine.

Jeden Abend, wenn ich erschöpft in mein Apartment zurückkehre, beschleicht mich ein Gefühl der Beklemmung. Es ist, als würde mein Zuhause mir nicht mehr gehören, als wäre jeder Gegenstand, jedes kleine Detail um mich herum durch die Augen anderer gesehen worden. Manchmal habe ich immer noch den Eindruck, dass Dinge leicht verschoben sind, und da sind Dokumente auf meinem Schreibtisch, die durchwühlt wirken, selbst wenn ich versuche, mich daran zu erinnern, ob ich sie so abgelegt habe. Aber das ist Irrsinn. Hier war niemand.

In dieser gespannten Unruhe, die mein Leben bestimmt, erhalte ich an einem Nachmittag eine E-Mail – und mein Herzschlag beschleunigt sich sofort. Der Absender ist anonym und die Nachricht verschlüsselt, doch meine Hände zittern, als ich sie öffne und die ersten Zeilen lese:

Ich weiß, dass du die Wahrheit suchst, Livia. Und ich weiß, was du entdeckst, ist gefährlich. THE VEIL schützt seine Geheimnisse – aber wenn du weiter nach Antworten suchst, wirst du die Lügen durchschauen.

Ich starre auf die Worte und kann nicht fassen, was ich da lese. Die E-Mail wirkt wie ein geheimer Funkspruch, der mich aufwecken will, aus dem Zustand des Schocks reißen, in dem ich mich befinde. Der Absender hat die Nachricht sorgfältig verschlüsselt, die Sprache ist vage, und doch spricht aus jeder Zeile eine unmissverständliche Warnung.

Mit einem mulmigen Gefühl antworte ich vorsichtig, und mein Herz rast, als ich die Worte eintippe:

Wer bist du? Warum schreibst du mir das?

Ich denke an van Houten, an Alexander Falk. Aber van Houten ist tot und Alexander Falk? Warum sollte er mir anonym schreiben? Professor Carter? Ich weiß es nicht.

Die Antwort kommt schneller, als ich erwartet habe.

Ein ehemaliges Mitglied. Ich weiß, was es bedeutet, die Wahrheit zu suchen. Aber jede Antwort hat ihren Preis.

Ich lese die Nachricht mehrmals und frage mich, ob das nur eine Falle ist, eine Finte des Netzwerks, um mich in die Irre zu führen. Doch die nächsten Zeilen sprechen eine deutliche Sprache:

Beginne bei Grayson. Die Geheimnisse, die er hütet, sind nicht nur die des Netzwerks. Es gibt eine Vergangenheit, die er nie preisgegeben hat. Verfolge die Geschichte – und du wirst verstehen. Hier sind einige erste Spuren.

Ich spüre das Adrenalin, das durch meinen Körper schießt, als ich sehe, dass die Nachricht Links enthält.

Bereits bei meiner Recherche in der Bibliothek hatte ich das Gefühl, dass da etwas ist. Es war alles zu glatt...

Ich speichere die Links aus den Mails auf meinem USB-Stick. Ich will sie nicht hier öffnen. Irgendetwas sagt mir, dass das hier, auf meinem Rechner, nicht sicher ist.

Ich ziehe mir meine Jacke an und fahre in die Uni-Bibliothek. Im großen Lesesaal sind mehrere Computer, die man nutzen kann. Der Lesesaal ist um diese Uhrzeit gut gefüllt, aber ich finde einen Platz im ersten Stock. Ich zögere einen Moment, dann beginne ich, die Links zu öffnen, einen nach dem anderen.

Ich atme tief durch und klicke auf den ersten Link. Der PC summt leise, als der Bildschirm aufleuchtet und eine alte Nachrichtenseite öffnet. Der Artikel stammt aus Graysons Jugendzeit und beschreibt einen regionalen Sportwettbewerb, bei dem Grayson eine herausragende Leistung gezeigt hat. *„Ein begabter, ambitionierter Athlet"*, steht da, und weiter unten lobt der Bericht seine außergewöhnliche Disziplin und sein *unnachgiebiges Streben* nach Erfolg.

Ich scrolle weiter, und ein weiterer Artikel erscheint. Auch dieser hebt Graysons Erfolge hervor, nennt ihn *„einen geborenen Gewinner"*. Aber zwischen den bewundernden Zeilen entdecke ich kleine Details, die mir vorher entgangen wären. Zwischen Lob und Anerkennung gibt es Sätze wie: *„Grayson Rutherford zeigt bemerkenswerte Zielstrebigkeit, auch wenn* *seine Methoden manchmal von anderen in Frage gestellt werden"*. Ich bleibe an diesem Satz hängen und kann das Gefühl nicht abschütteln, dass diese „Methoden" etwas Dunkleres verbergen.

Und dann finde ich sie: die Dunkelheit. Da ist zum Beispiel der Link zu einem Vorfall während eines Rugby-Spiels: *„Rutherford wurde wegen eines Regelverstoßes suspendiert. Der Schiedsrichterbericht nannte sein Verhalten ‚unsportlich und aggressiv'. "*

Ein weiterer Artikel spricht über eine Schlägerei, in die er verwickelt war. *„Keine Anklage"*, steht da, *„aber mehrere Zeugen beschrieben ihn als ‚ungewöhnlich aufgebracht und schwer zu beruhigen'."* Mein Magen zieht sich zusammen. Grayson wirkt wie jemand, der seine Emotionen *immer* unter Kontrolle hat – vielleicht zu sehr. Aber diese Berichte erzählen eine andere Geschichte, eine von Wut und Unberechenbarkeit.

Ich öffne den nächsten Link, der wie gescannte Seiten aus einem internen Bericht aussehen. In dem Schreiben wird von einem gewalttätigen Zwischenfall berichtet. Der Artikel nennt es eine „Auseinandersetzung unter Jugendlichen", doch aus den Beschreibungen wird deutlich, dass Grayson während eines Wettkampfs die Kontrolle verloren hatte und einen Mitspieler schwer verletzte. *„Der junge Athlet verteidigt sein Verhalten als Impulsreaktion"*, steht da, *„doch Disziplinarmaßnahmen wurden angeordnet"*.

Das Bild, das sich allmählich zusammensetzt, lässt mich frösteln. Die nächsten Seiten, wieder gescannte Papiere, wie Protokolle aus einer Schülerakte, sprechen von wiederholten „Verfehlungen", und die Berichterstattung wird mit jedem Vorfall deutlicher: Graysons Taten sind nicht nur die eines ehrgeizigen Athleten, sondern die eines Menschen, der Gewalt als Lösung für seine Frustrationen betrachtet. Jeder Artikel, den ich lese, offenbart eine zunehmende Aggression, ein Verhalten, das die Grenze des Erlaubten überschreitet.

Als ich den nächsten Link öffne, schnappe ich laut nach Luft. Alexander Falk und Grayson Rutherford nebeneinander, beide in den Roben des Absolventen, die typischen Hüte auf dem Kopf. Arm in Arm. Was zum Teufel... Mein Kopf fährt Achterbahn, mir wird schlecht. Sie kannten sich. Scheiße, sie kannten sich! Und ich habe Falk alles mitgeteilt, was ich wusste! Ich hatte von vorneherein ein mieses Gefühl, aber das? Was bedeutet das... Scheiße. Scheiße, Scheiße, Scheiße.

Dann öffnet sich ein Dokument, das sich als psychologisches Gutachten herausstellt. Ich stocke und lese die ersten Zeilen vorsichtig. Es ist ein ausführlicher Bericht, der Grayson eine antisoziale Persönlichkeitsstörung bescheinigt. Die Diagnosen reichen von Manipulationsneigung bis hin zu kontrollierter Gewaltbereitschaft. Seine emotionalen Reaktionen seien oberflächlich, die Bindungen zu anderen Menschen „strategisch motiviert".

Ich schließe die Augen und lasse das Dokument für einen Moment auf mich wirken. Das Bild, das ich mir bisher von Grayson gemacht habe, war das eines kaltblütigen Machtmenschen – aber diese Texte zeigen mir, dass er gefährlicher ist, als ich mir vorgestellt habe.

Dann sehe ich den letzten Link. Ich klicke darauf, und ein altes Foto öffnet sich. Der Bildschirm zeigt ein Bild, das verblasst und verpixelt ist, aber zwei Gesichter sind deutlich zu erkennen: Grayson, etwa fünfzehn Jahre alt, mit einem selbstsicheren Grinsen, und neben ihm steht Victor Moreau. Sie blicken beide in die Kamera, der Ausdruck in ihren Augen fast identisch – entschlossen, stark. Sie wirken wie Vater und Sohn, obwohl Grayson doch... Benjamin Rutherfords Sohn ist. Der tot ist.

Coles Bruder.

Cole... Kann er mir die Mail geschickt haben? Warum? Warum sollte er das tun? Er könnte es mir auch selbst sagen...

Ein dumpfer Schmerz pocht in meinem Kopf, und ich fühle, wie meine Atmung flacher wird. Ich starre noch immer auf das Bild von Grayson und Moreau, die sich damals schon so ähnlich sahen, wie ein Spiegelbild von Kälte und Selbstsicherheit. Aber diese Ähnlichkeit.... sie ist erschreckend. Es ist ein Bild, das mir nun, nachdem ich diese Informationen kenne, mehr als nur Unbehagen bereitet – es entfacht eine echte Angst.

Ich greife nach meinem Handy, will Cole eine Nachricht schreiben, um ihm zu sagen, dass ich dringend mit ihm reden muss.

Doch ich zögere. Was, wenn das Netzwerk all meine Nachrichten überwacht? Wenn sie jede Bewegung, jede Kommunikation von mir beobachten?

Ich stecke das Handy zurück in meine Tasche und atme tief durch. Stattdessen versuche ich, mich zu sammeln. Ich stehe auf, gehe zu einem der hohen Bibliotheksfenster und sehe in die nächtliche Stadt hinaus. Die Dunkelheit draußen spiegelt sich in meinem Inneren wider. Ich kann das Gefühl nicht abschütteln, dass ich hier nicht unbeobachtet bin. Es ist fast so, als würde jemand mich beobachten, als würden unsichtbare Augen jede meiner Bewegungen verfolgen.

Ein Gedanke schleicht sich in mein Bewusstsein: Mein Laptop. Mein Handy. Mein ganzes technisches Equipment ist unter Garantie manipuliert. Jedes Wort, das ich tippe, wird direkt zu THE VEIL fließen. Nicht ohne Grund war ich in der Bibliothek recherchieren.

Ein Schauer läuft mir über den Rücken, als mir klar wird, wie angreifbar ich bin. Wenn das Netzwerk so mächtig ist, wie ich nun vermute, dann könnten sie alles über mich wissen, jeden meiner Schritte, jeden meiner Gedanken.

Der Raum scheint sich zu verdunkeln, als mein Handy klingelt und Graysons Name auf dem Display aufleuchtet. Ein vertrautes, kaltes Gefühl breitet sich in meinem Magen aus, eine Mischung aus Angst und Abscheu. Ich weiß, dass ich diesen Anruf nicht ignorieren kann. Also hole ich tief Luft, versuche, meine Stimme zu kontrollieren, und drücke auf „Annehmen".

„Livia", erklingt seine Stimme, glatt und beherrscht, als wolle er mich in Sicherheit wiegen. Doch ich höre die Strenge darin, die unterschwellige Drohung, die in jedem seiner Worte mitschwingt. „Wie läuft es mit deinem Artikel?"

Ich zwinge mich, ruhig zu bleiben, und schließe kurz die Augen. Der Artikel. Natürlich. Er will Ergebnisse, will Kontrolle, und er will sie jetzt. „Ich arbeite daran", sage ich, meine Stimme klingt leise, ein wenig brüchig. Ich hasse es, dass er merkt, wie viel Macht er über mich hat.

Grayson lacht leise, und das Geräusch ist wie Eiswasser, das sich mir in den Nacken gießt. „Vertrauen ist kein Geschenk, Livia. Es ist extrem zerbrechlich."

Die Bedeutung hinter seinen Worten trifft mich mit voller Wucht. Dieses „Vertrauen" ist eine Fassade, die jederzeit fallen könnte. Ein falscher Schritt, eine falsche Entscheidung, und ich wäre für das Netzwerk nichts weiter als eine verschwendete Ressource. Ich beiße die Zähne zusammen und bemühe mich, möglichst gefasst zu klingen. „Ich verstehe", flüstere ich.

„Ich hoffe es", erwidert er. Seine Stimme ist ruhig, und doch scheint er jedes Wort so zu wählen, dass es eine Nadel in meine Haut sticht. „Wir werden nicht ewig warten. Es gibt nur eine einzige Wahrheit, die THE VEIL akzeptiert. Solltest du erneut vom Pfad abweichen, werden die Konsequenzen... bedauerlich sein."

Ein Frösteln kriecht über meine Arme, und mein Herz pocht wie ein ungebändigtes Tier in meiner Brust. Ich weiß, dass ich seine Drohung ernst nehmen muss – Grayson ist nicht der Typ Mensch, der leere Worte macht.

Bevor ich etwas erwidern kann, legt er auf. Das Schweigen, das ihm folgt, ist überwältigend, als würde die Dunkelheit des Raums auf mich herabsinken.

Ich schließe die Augen, hole tief Luft und versuche, meine Gedanken zu ordnen. Das Netzwerk ist überall, ja – aber ich habe das Wissen, ich habe die Wahrheit. Und ich werde nicht zulassen, dass sie mich in die Enge treiben. Ich zwinge mich dazu, ruhig zu bleiben, konzentriert zu bleiben.

Langsam öffne ich meine Augen und atme aus. *Vertraue niemandem.* Coles Worte kehren zurück, und ich merke, dass sie mich stählen, dass sie wie ein Schutzschild gegen die Angst wirken. Wenn ich das Netzwerk zu Fall bringen will, darf ich mir keine Schwäche erlauben. Die Paranoia ist nicht mein Feind – sie ist mein Verbündeter, der mich aufmerksam macht, der mich wachsam hält.

Ich schnappe mir meine Unterlagen und mache mich daran, alles noch einmal zu prüfen. Dann gehe ich in einen der zahlreichen Copy-Shops in der Nähe der Uni und beginne, alles auf den USB-Stick zu scannen. Jedes handschriftliche Detail scanne ich ein; jedes Wort, das ich geschrieben habe, muss auf diesem Stick sein. Wenn etwas schiefgeht, dann wird mein letzter Trumpf dieser Stick sein, und er muss perfekt gesichert sein.

Als ich alles gescannt habe, verschlüssele ich den Stick mit einem Passwort. Den Stick fest in meiner Faust, verlasse ich den Copy-Shop. Es fühlt sich an wie ein kleines, unauffälliges Stück Plastik, doch es ist meine letzte Waffe gegen THE VEIL und gegen Grayson. Ich werde sie benutzen, wenn die Zeit reif ist – und niemand wird mich aufhalten.

Die langen Flure der Universität sind still, fast schon beruhigend. In der letzten Zeit habe ich diesen Ort als eine Art Rückzugsort empfunden, einen Platz, der mich kurzzeitig vergessen lässt, was mich außerhalb der Uni erwartet. Zwischen den Büchern, den Kommilitonen und den endlosen medizinischen Fachbegriffen finde ich eine Art Normalität, die mich vorübergehend von der dunklen Seite meines Lebens trennt. Aber selbst hier schwebt eine ständige Anspannung über mir. Die Medizin zu studieren war nie ein einfaches Unterfangen – aber für mich ist es nicht nur eine Leidenschaft, sondern auch ein Kontrast zu THE VEIL, ein Versuch, der Dunkelheit etwas Gutes entgegenzusetzen.

In den Pausen sehe ich meine Kommilitonen, die sich gegenseitig ihre Anatomiebücher vor die Nase halten, in der Mensa miteinander lachen oder über die nächste Prüfung stöhnen. Ihre alltäglichen Sorgen wirken fast fremd für mich, und doch wünschte ich, ich könnte so frei sein wie sie. Meine Gedanken kreisen zu oft um Liv, auch wenn ich es mir nicht eingestehen will. Wie es ihr wohl geht? Ob sie in diesem Moment noch tiefer ins Netz eintaucht? Ich wünsche mir, dass sie damit aufhört, damit sie eine Chance hat, auszusteigen – und doch hoffe ich, dass sie das Netzwerk zum Zusammenbruch führt. *Ich hoffe, dass ich sie noch einmal küssen kann.*

Ich verbringe den Rest des Tages im Anatomiesaal. Die weißen Kittel, die strengen Gerüche, die hellen Lampen, die Schatten auf die toten Körper werfen – alles wirkt unwirklich und klinisch und doch bedrückend. Passend zu meiner Stimmung. Ich gehe zu meinem Platz und beginne, die Anatomie eines Präparats zu studieren. Die Konzentration beruhigt mich, fokussiert meine Gedanken, und für einen Moment kann ich die Welt um mich herum ausblenden.

Die Stunden vergehen wie Minuten und schließlich bin ich allein. Meine Augen brennen, mein Kopf ist leer und ich sollte Schluss machen für heute. Ich packe das Präparierbesteck sorgfältig zurück in den Schrank und meine Unterlagen in meinen Rucksack. Ich verlasse den Saal und trete in den verlassenen Korridor hinaus. Der Geruch nach Formalin, Desinfektionsmittel und Verwesung hängt mir noch in der Nase, während mir in der Ferne eine Bewegung auffällt. Ich spüre, wie ich mich unwillkürlich anspanne. Grayson steht am Ende des Korridors und mustert mich mit einem harten Blick. Er trägt seinen Anzug, als wäre er hierher beordert worden, um eine Inspektion durchzuführen. Unbehagen beschleicht mich, und ich weiß, dass er etwas von mir will. Es muss wichtig sein, sonst hätte er mich zu sich bestellt.

Grayson nickt mir zu und deutet an, dass ich zu ihm kommen soll. Ich überlege kurz, ob ich ihn ignorieren soll, doch ich weiß, dass das keine Option ist. Langsam gehe ich zu ihm und bemerke den leichten Ausdruck der Missbilligung in seinen Augen, als er den Geruch wahrnimmt, der mir nach Stunden im Saal anhaftet. Das Licht spielt auf seinem Gesicht und lässt seine Züge noch härter und unnachgiebiger wirken.

„Du machst Fortschritte", beginnt er mit einem kaum merklichen, kühlen Lächeln. „Ein beeindruckendes Studium, Cole."

„Woher willst du das wissen?", frage ich gelangweilt. Er interessiert sich nicht für mein Studium. Er billigt es, aber er heißt es nicht gut.

„Ich habe mich mit deinem Dozenten unterhalten."

„Du weißt, dass das dem Datenschutz unterliegt?"

Er lächelt knapp. „Und du solltest wissen, dass Datenschutz für uns nicht viel zählt."

Natürlich. Ich versuche, meine Fassade der Gleichgültigkeit aufrechtzuerhalten. Doch dann fährt er mit einem ernsten Ton fort: „Aber ich hoffe, du verstehst, dass THE VEIL über allem steht. Menschen wie... Livia... dürfen keine Bedrohung für uns dartstellen."

Mein Herzschlag beschleunigt sich, doch ich versuche, mir nichts anmerken zu lassen. „Livia ist keine Bedrohung", sage ich und merke, wie schwach meine Worte klingen. „Sie macht ihre Arbeit."

„Arbeit?" Graysons Lächeln ist kalt, fast mitleidig. „Hast du wirklich so viel Vertrauen in ihre Loyalität? Ich habe meine Quellen, Cole. Und was ich weiß, lässt mich zweifeln."

Ich blicke ihn ungläubig an, doch seine Worte wirken wie Gift. Hat das Netzwerk Livia bereits so weit in den Fokus genommen, dass sie engmaschig überwacht wird? Weiß sie davon? Von wem? Ein brennendes Gefühl der Schuld überkommt mich. Sie hat es mir gesagt. Sie hat gesagt, dass ihre Wohnung durchwühlt wurde. Dass Dinge verschoben wurden, sie hat mich beschuldigt. Ich hätte es wissen müssen, dass Grayson nicht aufhört. Ich versuche, mich zu sammeln, doch Grayson fährt unbeirrt fort.

„Loyalität ist ein zweischneidiges Schwert, Cole. Das weißt du." Seine Stimme ist leise, aber unbarmherzig. Er blickt zu den Präparaten und dann zurück zu mir. „Du sollst sie im Auge behalten. Dokumentiere ihre Kontakte, ihre Schritte – und überzeuge mich, dass sie nicht dasselbe Schicksal ereilt wie diese hier." Sein Blick deutet auf die Körper im Anatomiesaal.

„Du weißt auch nicht, was du von mir willst", murmele ich. „Erst soll ich die Finger von ihr lassen und jetzt soll ich sie wieder im Auge behalten." Ich unterdrücke den Drang zu schlucken. Ich will gleichgültig klingen, aber insgeheim weiß ich bereits, dass er weiß, wie es um mich steht.

„Fick sie nicht wieder, Cole." Seine Stimme ist schneidend kalt. „Du hast dir keine Belohnung verdient. Und deine Wahl ist letztlich ein Risiko für das ganze Netzwerk."

Ein Kloß bildet sich in meinem Hals, und ich verstehe, was er mir wirklich sagen will: Wenn Livia ihre Loyalität nicht beweist, wird THE VEIL nicht zögern, sie auszuschalten. Dass er mir nicht auch offen droht, liegt vermutlich nur daran, dass ich noch nicht einundzwanzig bin und der Trustfond, den Mum und Dad eingerichtet haben, noch nicht ausgezahlt wurde.

Er braucht mich.

Als ich zwei Stunden später nach einer Runde im Gym zu Hause bin, hat die Anspannung etwas nachgelassen. Ich habe über meine Grenzen hinweg trainiert, meinen Kopf geleert und doch kehren meine Gedanken zurück zu meinem Bruder. Grayson hat mir unmissverständlich klargemacht, dass er in Livia in Gefahr sieht, und der Gedanke, sie überwachen und möglicherweise verraten zu müssen, ist unerträglich. Ich kann das nicht tun. Livia ist mehr als nur ein „Risiko" für das Netzwerk. Sie ist jemand, der mich an das erinnert, was *ich* sein könnte, wenn ich all das hinter mir lasse.

Doch was kann ich tun? Die Schuld und die Angst, dass ich sie in dieses Netz gezogen habe, sind übermächtig, und doch weiß ich, dass ich sie schützen muss – komme, was wolle.

Ich verschwinde im Bad, um die Mischung aus Formalin und Schweiß endlich von mir zu waschen, doch auch nach der

Dusche, bilde ich mir ein, dass der sterile, kalte Duft noch an meiner Haut haftet.

Meine Gedanken kreisen weiter, rastlos, unaufhörlich. Graysons Gesicht, sein Ton, seine Warnung – das alles verfolgt mich, wie ein Schatten, der selbst das hellste Licht in meiner Wohnung nicht vertreiben kann. Seine Worte waren ruhig, zu ruhig, als wir uns unterhalten haben. Es ist diese Art von Ruhe, die wie ein gespannter Bogen wirkt – eine Anspannung, die sich jeden Moment entladen könnte. Ich weiß, dass er bald explodiert. Er hasst es, die Kontrolle zu verlieren. Und Liv hat er schon lange nicht mehr unter Kontrolle. Das hat die Sache mit van Houten gezeigt – und diese kopflose Aktion mit Alexander Falk. Alexander war sein Freund. Sie kannten sich erst von der Uni, später von Berichterstattungen, der Alexander geschrieben hat – meistens über Prozess, die Grayson geleitet hat, als er noch aktiv als Jurist gearbeitet hat. Bevor das Netzwerk ihn absorbiert hat.

Alexander war nie Teil davon. Wollte nie Teil davon sein. Dass Grayson sich nun derart von ihm – und Liv – bedroht gefühlt hat, dass er in dieser dummen Kurzschlussreaktion Alex-

Ich schließe die Augen.

Er hat sich kaum noch unter Kontrolle. Das zeigen die Vorfälle mit van Houten und Falk. Dass er mich mit sowas belastet. Dass ich das immer erfahren muss. *Was er tut, wenn er die Kontrolle verliert.* Als ob er sich mir gegenüber profilieren muss.

Vermutlich spürt er, dass ich mich immer weiter von ihm entferne. Und je mehr ich versuche, mich zu lösen, desto stärker zieht er die Schlinge zu. Desto mehr versucht er, Druck auszuüben – und umso mehr will ich raus.

Loyalität ist ein zweischneidiges Schwert. Und dann die versteckte Drohung. *Fick sie nicht wieder, Cole.* Am liebsten hätte ich gefragt, was er tun würde, wenn ich es wieder tue. Wenn ich es nicht schaffe, Liv *nicht* noch einmal zu küssen oder zu berühren. Und ich schwöre, es fällt mir wirklich schwer an etwas anderes zu denken, als an das, wenn ich an sie denke. Sie fehlt mir. Ich will sie sehen. Aber ich weiß auch, dass es nicht klug ist. Das es wie eine tickende Zeitbombe ist, die Grayson zum Durchdrehen bringen wird.

Meine Schultern spannen sich an, und starre aus dem Fenster. Was ist mein nächster Schritt? Wie komme ich da raus, ohne dass ich... ohne dass ich jemanden mit in den Abgrund ziehe?

Der Wind bläst draußen heftig, Regen peitscht gegen die Scheiben. Es fühlt sich an, als würde ich in einem Nebel aus Fragen und Unsicherheit wandern, ohne zu wissen, wohin. Ich muss einen Plan entwickeln. Irgendetwas, dass mich aus dieser Falle bringt, bevor sie sich endgültig schließt.

Am nächsten Morgen halte ich mich absichtlich von Liv fern, obwohl ich sie „im Auge behalten soll". Graysons Anweisung war klar verständlich, aber gerade deshalb bin ich direkt Richtung Campus gefahren. In den letzten Wochen habe ich es mir zur Gewohnheit gemacht, den kleinen Umweg von anderthalb Meilen über die Boston U zu machen, um nach Liv zu schauen. Ich will nicht sagen, dass ich sie stalke. Aber ... ich schaue nach ihr. Ich... Ich will wissen, dass es ihr gut geht. Das hat nichts mit Grayson zu tun, eher damit, dass... *Ich will nicht, dass ihr etwas passiert.*

Aber an diesem Morgen fahre ich direkt Richtung Fakultät in der Huntington Avenue.

Ich sitze auf einer Bank am Rand des Campus, lasse meinen Blick in die Ferne schweifen, aber ich bin abwesend, in Gedanken versunken.

Und dann sehe ich sie. Normalerweise ist sie nie hier unterwegs. Warum heute? Sie läuft eilig über das Kopfsteinpflaster in Richtung des „The Roost", in ihren Händen hält sie Bücher, aber sie sieht anders aus als sonst. Sie wirkt, als würde sie mit einer Last kämpfen, die ich nicht ertragen kann, als könnte jeder Schritt sie in ein Netz aus Gefahren führen. Ich kann mich nicht davon abhalten, sie zu beobachten, doch dann erinnere ich mich an Graysons Worte, an die Drohung, die mitschwang, und zwinge mich, den Blick abzuwenden. Ich kann das alles nicht mehr.

Wenn jemand mein aufrichtiges Interesse an ihr bemerkt, könnte es uns beide in noch größere Gefahr bringen.

Meine Finger umschließen das Handy in meiner Tasche. Noch eine Nachricht, ein weiterer anonymer Hinweis? Doch ich weiß, dass jeder Versuch, sie erneut zu kontaktieren, das Risiko erhöht.

Ich brauche eine Exit-Strategie. Dringend.

Und dann wähle ich statt Livs Nummer eine vollkommen andere.

Später am Abend sitze ich in einem dunklen Pub am Stadtrand, einem dieser abgelegenen Orte, die nur diejenigen kennen, die aus guten Gründen im Schatten bleiben wollen. Der Raum ist in tiefes Rot getaucht, schwache Lampen hängen über dem Tresen, und ein alter Blues-Song läuft leise im Hintergrund. Vor mir steht ein halbvolles Glas, die Flüssigkeit darin schimmert im schummrigen Licht, und ich bin mit meinen Gedanken allein, bis Kent neben mir auftaucht. Er hat diese Art, einen Raum zu betreten, als gehöre er ihm, ohne dabei laut oder aufdringlich zu sein. Er scannt die Umgebung, sein Blick bleibt kurz an mir hängen – ein Nicken, kaum sichtbar. Dann bewegt er sich mit dieser lässigen Selbstsicherheit durch die Menge.

Er trägt eine abgewetzte Lederjacke, die so aussieht, als hätte sie schon alles mitgemacht, und Stiefel, die ihre besten Tage hinter sich haben. Sein Haar ist länger als früher, blonde Strähnen fallen ihm in die Stirn, als wäre er schon länger unterwegs und hätte vergessen, dass es ihn kümmern sollte.

„Du siehst aus, als hättest du gewartet," sagt er, als er sich setzt. Seine Stimme ist leise, mit einem Hauch von Spott. Typisch Kent. Keine Begrüßung, keine Erklärungen – nur dieser Ton, der gleichzeitig vertraut und gefährlich klingt.

Seine hellen Augen sehen alles, ohne dabei etwas preiszugeben. Ich spüre, wie mein Kiefer sich anspannt, als er näher kommt. Er ist älter geworden, schärfer in den Zügen, aber immer noch Kent. Jetzt wirkt er älter, als Grayson, aber ich weiß, dass beide im gleichen Monat geboren sind. Nicht, dass es Kent kümmern würde. Er ist immer noch der Typ, der mehr weiß, als er je sagen wird.

„Du bist zu spät", antworte ich knapp. Er zuckt nur mit den Schultern, zieht die Jacke aus und lehnt sich zurück, als würde er nicht gerade in einem Raum voller Schatten sitzen.

„Und doch bin ich hier", sagt er schließlich, und sein Blick trifft meinen. „Immer noch dieser Whisky aus Orkney?", fragt er, seine Stimme leise, fast beiläufig, während er sich an die Theke lehnt. Ein leichtes Lächeln huscht über sein Gesicht, aber ich sehe das Fragen in seinen funkelnden Augen.

Ich hebe mein Glas und nicke nur, bevor ich es wieder abstelle. „Manche Gewohnheiten bleiben. Andere... eher nicht."

„Du klingst viel älter, als du bist, Kleiner." Er zieht die Augenbrauen hoch und mustert mich aus dem Augenwinkel. „Dass du noch nicht trinken darfst... wissen die das hier?"

„Halt die Klappe, Kent." Ich muss allerdings grinsen. Er fehlt mir.

„Was bringt mich hierher? Grayson, nehme ich an?"

Es macht keinen Sinn, um das Thema herumzueiern. Das weiß er und ich weiß es auch. „Manchmal wünschte ich, ich hätte einen anderen Weg nehmen können", sage ich schließlich und starre ins Glas, den Blick fixiert, als könnte die Antwort auf all das irgendwo am Boden liegen.

Kent sieht mich lange an und nickt nur leicht. „Jeder kann entscheiden, welchen Weg er geht, Cole. Die Frage ist nur, ob du bereit bist, den unbequemen Pfad zu bestreiten, um in die andere Richtung gehen zu können."

Ich schlucke, seine Worte dringen tiefer, als ich zugeben will. Der Pub ist voller Stimmen, Gelächter und Klirren, doch all das verblasst in diesem Moment. Meine Finger umklammern das Glas fester. *Als ob ich die Wahl hätte.* Die anonymen Nachrichten, die ich Livia geschickt habe, die vertrackte Situation mit Grayson – das alles lässt mir kaum noch Luft. Aber ich weiß, dass ich nicht aufhören werde, solange es einen Weg gibt, sie zu schützen.

Ich nehme einen weiteren Schluck aus meinem Glas und spüre die Bitterkeit des Getränks, doch es ist nichts im Vergleich zu dem Gefühl, das in meiner Brust brodelt. Der Gedanke an Liv, die sich bereits in Graysons Fängen verheddert hat, lässt mir keine Ruhe. Sie wird nicht aufgeben, das, was sie herausgefunden hat, ans Licht zu bringen, das weiß ich genauso sicher, wie ich spüre, dass Grayson, es hinnehmen wird, wenn er auch nur einen Hauch von Verrat wittert.

„Wie hast du es damals geschafft, rauszukommen?", frage ich leise und sehe Kent an. „Von Grayson wegzukommen, meine ich."

Er lacht trocken, ohne die geringste Spur von Humor. „Von ihm wegzukommen..." Er dreht sein Glas in den Händen. „Das klingt, als ob es einfach gewesen wäre. Aber es war eine Höllenfahrt. Letztlich... hatte ich wohl nicht so viel Nutzen für ihn."

Ich nicke, während seine Worte in mir widerhallen. „Aber, wie bist du rausgekommen?"

Kent denkt lange, fast zu lange, nach. „Wie ich rausgekommen bin... Nun ja, ich habe mich zurückgehalten. Mich in eine Lage gebracht, in der ich unwichtig wurde. Grayson hatte... andere Protegés, die ihm mehr brachten."

„Aber... du *weißt* Dinge. Warum hat er es zugelassen, dass du trotz deines Wissens über ihn und das Netzwerk ausbrichst?"

Kent starrt blicklos in sein Glas. „Ich weiß Dinge, die nicht ans Licht kommen sollen, das ist richtig. Ich denke... THE VEIL hat irgendwann das Interesse an mir verloren. Ich war für Grayson nicht länger... von Belang." Er legt eine Hand auf meine Schulter und sieht mich mit einem Blick an, in dem eine Mischung aus Sorge und hartem Wissen liegt.

„Aber du-", setze ich an und er bringt mich mit einem Blick aus seinen blauen Augen zum Schweigen. Er weiß, was ich ihm sagen will. Dass er und Grayson lange Freunde waren, Vertraute.

„Nicht." Er schüttelt den Kopf. „Vielleicht hat Grayson einen... sentimentalen Moment."

Ich muss lachen. Grayson ist nicht sentimental. Niemals. „Ich glaube, er weiß noch nicht mal, was das Wort bedeutet."

Kent schweigt einen Moment, nippt an seinem Glas und holt dann Luft. „Er konnte auf mich verzichten. Aber auf dich, Cole? Dich wird er nicht gehen lassen."

Ich denke an den Trustfonds. Das Erbe unserer Eltern. Meine Kehle schnürt sich zu. „Also habe ich keine Wahl." Die Worte kommen brüchig über meine Lippen. Aber wenn das Geld ausgezahlt ist..."

„Wird es von dir abhängen, ob er weiter Nutzen in der sieht. Ob du ihm gegenüber – wie sagt er noch – loyal bist." Kent lachte sarkastisch. „Solange du glaubst, dass du keine Wahl hast, hat Grayson dich genau da, wo er dich haben will."

„Und... was würde mich das kosten?"

Kent schweigt. „Außer dem finanziellen Teil? Alles. Deine Vergangenheit, deine Gegenwart und deine Zukunft."

„Mein Studium."

„Meinst du, er lässt dich an der Medial School – oder an irgendeiner Uni weiter dein Ding machen? Du weißt, wie weit die Fäden des Netzwerks reichen. Du weißt alles. Über seine Neigungen, seine Geschäfte, seine Schwächen."

Ich schließe die Augen. „Ja... ja, ich weiß." Ich weiß zu viel. Ich weiß alles. Ich kann ihn und THE VEIL alleine zu Fall bringen. Und das weiß er. „Aber du kannst mich rausbringen?"

Für einen Moment scheint die ganze Welt um uns herum stillzustehen. Der Lärm des Pubs, die Gespräche und das Klirren von Gläsern verblassen, während ich in Kents Blick eine Verheißung sehe, die ich mir bisher nicht zugestanden habe: *Freiheit.*

Er nickt. Einmal, kurz, knapp. Dann nimmt er sein Glas und hebt es leicht. „Auf Entscheidungen, die uns frei machen." Seine Stimme ist ein raues Flüstern, doch die Worte haben eine Klarheit, die mir tief ins Mark schneidet.

Ich proste ihm zu, aber in Gedanken bin ich bei Livia und der Entscheidung, die vor mir liegt. Ich starre auf das Glas in meiner Hand, drehe es langsam zwischen den Fingern, als könnte ich damit meine Gedanken sortieren. Kent lehnt sich zurück und sieht in die Ferne, seine Finger tippen nachdenklich auf die Theke. „Es gibt einen einzigen Weg, Cole, und der ist gefährlich. Solange jemand auch nur die geringste Verbindung zu THE VEIL hat, wird es ihn verfolgen. Das heißt: Kontakte abbrechen, Identitäten wechseln, Alibis schaffen – und das alles ohne einen einzigen Fehler."

Ich schlucke und denke an Livia, daran, wie viel sie bereits weiß und wie tief sie in dieser Geschichte verstrickt ist. „Und was, wenn sie trotzdem nicht aufhören, zu suchen?"

Kent sieht mich fest an, und sein Blick ist so ernst wie sein Ton. „Dann brauchst du jemanden, der bereit ist, dir bei jedem Schritt zu helfen – jemanden, der nicht zögert, wenn es hart auf hart kommt." Er macht eine kurze Pause, als würde er jedes Wort abwägen. „Und du musst bereit sein, alles für diese Person zu riskieren."

Ich nicke langsam, die Bedeutung seiner Worte lastet schwer auf mir. Kent weiß, dass meine Frage mehr als nur hypothetisch war, und doch sagt er nichts weiter. Er lässt mir den Raum, den ich brauche, um über seine Worte nachzudenken, um den Entschluss zu fassen, der unausweichlich scheint.

14

Livia

Die Luft im Restaurant ist schwer von Stimmen und dem leisen Klirren von Gläsern. Kerzenlicht flackert auf den polierten Oberflächen der Tische, spiegelt sich in den Augen der Gäste wider, die sich in gedämpften Gesprächen verlieren. Es ist einer dieser Orte, an denen alles so schick und perfekt inszeniert wirkt, dass es fast unwirklich erscheint. Ein Ort, der nicht zu mir passt, und doch sitze ich hier, mit Grayson Rutherford gegenüber – und wünschte, ich wäre überall sonst.

Er lehnt sich lässig zurück, sein Blick auf mich gerichtet, als hätte er nichts anderes zu tun, als mich zu beobachten. Seine Anzugjacke sitzt perfekt an seinen muskulösen Schultern, und das schwache Lächeln auf seinen Lippen hat etwas Raubtierhaftes. Selbst in der entspannten Eleganz des Restaurants wirkt er wie ein Mann, der das gesamte Spielfeld kontrolliert – und genau das will er mir auch zeigen.

„Drei Tage, Livia", sagt er schließlich, während er mit dem Finger über den Rand seines Weinglases fährt. Seine Stimme ist weich, fast beiläufig, doch in jeder Silbe schwingt eine Drohung mit. „Ich hoffe, du bist bald fertig mit dem Artikel. Ich bin ein ungeduldiger Mann. Du hast noch drei Tage."

Ich verschränke die Hände in meinem Schoß, versuche, ruhig zu bleiben, auch wenn mein Puls mir das Gegenteil signalisiert. *Drei Tage.* Er sagt es, als wäre es nichts, aber für mich fühlt es sich an wie eine tickende Uhr, die jede Sekunde lauter wird. Der Artikel über die Stadträte – die erste Aufgabe, die mir das Netzwerk gegeben hat. Der Artikel, der beweisen soll, dass ich nützlich bin.

„Was passiert… wenn ich ihn nicht schreibe?" Meine Stimme ist leise, kaum mehr als ein Flüstern, aber ich zwinge mich, ihn direkt anzusehen. Es fühlt sich an, als würde ich in einen Abgrund blicken.

Grayson lächelt, als hätte er genau auf diese Frage gewartet. Er greift langsam in die Innentasche seiner Jacke und zieht einen weißen Umschlag hervor. Er legt ihn auf den Tisch zwischen uns, so beiläufig, als wäre es nur eine Notiz. Doch mein Magen verkrampft sich, bevor er überhaupt etwas sagt.

„Wir wissen, was du getan hast." Seine Stimme ist samtig, fast zärtlich, doch die Worte treffen mich wie ein Schlag. Er lehnt sich vor, stützt den Ellenbogen auf den Tisch, und sein Lächeln wird breiter, süßer, aber auch unnachgiebig. „Du warst ein böses Mädchen, Livia."

Die Worte hängen schwer in der Luft, und ich kann meinen Blick nicht von dem Umschlag lösen. Er weiß es. Sie wissen es. Meine SAT-Ergebnisse, der größte Fehler meines Lebens, die eine Lüge, die mich an die Spitze hätte bringen sollen und stattdessen wie ein Klotz an meinem Bein hängt. Ich spüre, wie das Blut aus meinem Gesicht weicht, doch ich zwinge mich, nicht zu reagieren. Nicht hier, nicht vor ihm.

„Öffne ihn", sagt Grayson fast spielerisch, als wolle er mir ein Geschenk überreichen. „Du wirst es faszinierend finden, wie gründlich wir sind."

Ich zögere, meine Hände zittern leicht, als ich nach dem Umschlag greife. Das Papier fühlt sich schwer an, glatter als es sollte, und ich öffne ihn langsam, ziehe die Kopie meiner SAT-Ergebnisse heraus. Er hat mir die Kopie schon einmal zukommen lassen. Den Test jetzt so überdeutlich vor mir zu sehen, ist wie ein Schlag mitten ins Gesicht. Die Zahlen springen mir entgegen, rot markiert, wie ein Beweisstück in einem Gerichtsverfahren. Ich brauche nicht mehr zu lesen – ich weiß genau, was dort steht.

Grayson beugt sich näher zu mir, seine Stimme ein leises Murmeln, das nur für sie bestimmt war. „Die SAT-Ergebnisse sind nur der Anfang, Livia. Wir haben alle Geheimnisse, nicht wahr? Deine kleine Schwestern... wie war noch gleich ihr Name?" Er lächelte kalt, und Livia spürte, wie ihr Herz zu rasen begann. „Ich frage mich nur, wie sie es fände, wenn sie wüsste, wie sehr du alles für deinen Erfolg riskiert hast." Grayson lehnt sich zurück, während er einen Schluck von seinem Wein nimmt. „Aber das Gute an Fehlern ist, dass sie sich wunderbar nutzen lassen, wenn die Zeit reif ist."

Mein Magen dreht sich, und ich spüre, wie der Raum um mich herum kleiner wird. Die Gespräche der anderen Gäste sind jetzt nur noch ein leises Rauschen, das sich in meinem Kopf verliert. Mein Blick bleibt auf dem Umschlag, auf diesen verdammten Zahlen, während Graysons Worte nachhallen.

„Du schreibst den Artikel, Livia", fährt er fort, seine Stimme wieder geschäftsmäßig, ruhig. „Und in drei Tagen erwarte ich, dass er perfekt ist. Ansonsten... nun ja, du weißt, wie schnell sich die Wahrheit verbreiten kann."

Ich sehe ihn an, versuche, etwas in seinem Gesicht zu finden, das mir Hoffnung geben könnte, aber da ist nichts. Nur diese Kälte, diese undurchdringliche Wand aus Macht und Kontrolle. Es fühlt sich an, als hätte er meine Seele in den Händen, und er weiß genau, wie fest er zudrücken muss, um mich zu brechen.

„Du verstehst mich, nicht wahr?", fragt er, und sein Ton ist so freundlich, als würde er mit einem Kind sprechen. Ich nicke stumm, unfähig, etwas zu sagen, weil ich weiß, dass es nichts gibt, was ihn umstimmen könnte.

Grayson lächelt zufrieden und steht auf. „Gut. Genieß dein Abendessen, Livia." Mit diesen Worten dreht er sich um und geht, lässt mich allein an diesem perfekt gedeckten Tisch, mit einem Umschlag voller Drohungen und einer Angst, die mich zu ersticken droht.

Ich sitze noch lange da, unfähig, mich zu rühren, unfähig, die Tränen zurückzuhalten, die jetzt langsam meine Wangen hinabrollen. Drei Tage. Drei Tage, um einen Artikel zu schreiben, der verschleiert, was wirklich läuft. Der aufzeigen soll, dass der Stadtrat korrupt gegen den sozialen Wohnungsbau vorgegangen ist – und dann den Weg freimacht, um dort für Sax-Media eine neue Firmanezentrale zu bauen. So wird es nämlich laufen. Drei Tage, bevor mein größter Fehler mein ganzes Leben zerstören könnte.

Ich starre auf den weißen Umschlag, der auf meinem Tisch liegt, als wäre er ein lebendiges Wesen, das mich auslacht. Die Worte darin sind wie Dornen, die sich in meinen Kopf bohren: *„Wir wissen, was du getan hast."* Die Kopie meiner SAT-Ergebnisse liegt daneben, der Beweis meiner größten Dummheit. Rot markiert, fett unterstrichen, als wollten sie mich demütigen, nur damit ich nie vergesse, wie tief ich gefallen bin.

Mein Atem geht flach, und ich schlinge die Arme um meinen Körper, während ich auf die Tischkante starre. Der Gedanke, dass das Netzwerk alles über mich weiß, dass sie sogar in meine Vergangenheit greifen können, schnürt mir die Kehle zu. Es fühlt sich an, als wären unsichtbare Hände um meinen Hals gelegt, die immer fester zudrücken.

Ich hätte es nie tun sollen. Die SAT-Ergebnisse manipulieren, um diese perfekte Punktzahl zu erreichen. Aber ich wollte es so sehr, wollte diesen Platz an Harvard, diesen

Traum, der sich damals an der High School so greifbar anfühlte. Es war so einfach... Aber gereicht hat es am Ende nicht. Ich hätte ein Vollstipendium gebraucht, es scheiterte am Schulgeld – nach Mums Unfall war das einfach nicht mehr drin.

Die Boston U hat mich mit Kusshand genommen – *bei den SAT-Ergebnissen. Eine der besten im ganzen Land.*

Und jetzt? Jetzt benutzen sie diesen einen Fehler, um mich zu kontrollieren. Und es funktioniert. Mein ganzer Körper zittert, die Scham und die Angst kämpfen darum, welche Emotion die Oberhand gewinnt.

Ich kann alles verlieren. Ich kann von der Uni fliegen, mein Studium, nicht zu schweigen davon, was meine Eltern sagen, wenn sie es herausfinden. Was meine Mum sagen wird...

Ich könnte mich fügen. Könnte den Artikel schreiben, den sie wollen. Könnte weiter lügen und so tun, als hätte ich alles im Griff. Aber tief in mir weiß ich, dass das keine Option ist. Es würde mich zerstören, Stück für Stück, bis nichts mehr von mir übrig ist. Und trotzdem… die Konsequenzen, die mir drohen, wenn ich nicht gehorche, sind überwältigend. Was, wenn sie die Ergebnisse veröffentlichen? Was, wenn sie meinen Ruf ruinieren? Oder schlimmer noch – was, wenn sie noch mehr von mir wissen, als ich ahne?

Die Gedanken wirbeln wie ein Tornado in meinem Kopf, und ich spüre, wie Tränen meine Sicht verschwimmen lassen. Aber ich lasse sie nicht fallen. Nicht jetzt. Stattdessen wische ich sie grob weg und laufe entschlossen aus dem Restaurant in die Bibliothek. Ich setze mich im ersten Stock an einen der Recherche-PCs, stecke meinen Stick ins Laufwerk und beginne mit zitternden Fingern zu tippen:

Ich habe Beweise für die Existenz eines Netzwerks, das Medien, Politik und das Leben gewöhnlicher Menschen kontrolliert. Sie nutzen Erpressung, Manipulation und Angst, um Macht auszuüben. Was ich hier veröffentliche, ist nur der Anfang. Mehr wird folgen.

Ich lese die Worte mehrmals, bis sie sich wie ein Mantra anfühlen. Dann füge ich Beweise hinzu – nicht alle, nur genug, um Aufmerksamkeit zu erregen, um ihre Existenz zu entlarven, ohne mich vollständig bloßzustellen. Es ist ein riskantes Spiel, und ich weiß, dass ich möglicherweise alles verliere. Aber wenn ich jetzt schweige, haben sie gewonnen.

Ich lehne mich zurück, meine Finger schweben einen Moment zögernd über der Tastatur, bevor ich den letzten Satz eintippe und auf dem Stick speichere.

Ich lese noch einmal alles durch. Langsam, Wort für Wort. Er ist gut. *On Point.* Geschriebenes Dynamit.

Ich bringe mich damit selbst in Gefahr. Aber ich will mich nicht von Grayson in der Hand halten lassen. Ich werde ihn veröffentlichen und zur Polizei gehen.

Ich öffne ein Programm, das hilft, die Herkunft der Daten zu verschleiern. Ich habe es bei meiner Recherche über Online-Sicherheit gefunden – ein simpler Schutz, aber vielleicht ausreichend, um das Netzwerk zumindest für eine Weile in die Irre zu führen. Der Boston U Chronicle ist nicht meine erste Wahl, doch ich kann hier anonym veröffentlichen – Dank Ethan.

Ich öffne die Seite des Boston U Chronicle, der Uni-News, und maile Ethan, der nicht nur 1a darin ist, Partys zu organisieren, sondern auch Sport-Redakteur der Uni-Zeitung, den Artikel. Es dauert keine fünf Minuten und er ruft mich an.

Keine zwei Stunden später leuchtet der Artikel auf meinem Handy-Display auf, jetzt anonym veröffentlicht – für alle sichtbar. Ich habe nicht alles offengelegt, nur die ersten, vorsichtigen Andeutungen – Graysons Namen habe ich tunlichst herausgehalten. Aber ich weiß, dass die Fakten auch so stark genug sind, um einige Fragen aufzuwerfen.

Es fühlt sich an wie ein erster Schlag gegen THE VEIL, und obwohl ich nur die Oberfläche angekratzt habe, spüre ich das Kribbeln einer unerwarteten Freiheit.

In dieser Stadt gibt es eine unsichtbare Machtstruktur, die Einfluss auf politische Entscheidungen und wirtschaftliche Abhängigkeiten nimmt. Eine Handvoll Namen kursieren in Gesprächen, Namen, die selten in die Öffentlichkeit treten und doch in höchsten Kreisen agieren. Ihre Ziele und Methoden bleiben unklar, doch der Einfluss, den sie auf die Entscheidungen unserer Stadt nehmen, wirft Fragen auf. Wer sind diese anonymen Mächte, und wie tief greifen sie in unser aller Leben ein?

Ich lächle zufrieden. Der Artikel ist kaum eine Stunde online, da trudeln schon die ersten Kommentare ein. Einige Leser bedanken sich, andere spinnen wilde Theorien, wer diese Leute sein könnten. Die Resonanz ist stärker, als ich erwartet habe.

Einer der Kommentare bleibt mir besonders im Gedächtnis – er ist anonym und kurz, aber beunruhigend präzise: *Schlampig recherchiert, unvorsichtig. Dein Leben fliegt dir um die Ohren in 3... 2... 1...*

Ich muss schlucken, der Kommentar bleibt mir wie ein Splitter im Kopf stecken.

Ist der Absender vom Netzwerk? Grayson selbst?

Ein weiterer Kommentar von einem Redakteur einer bekannten Stadtzeitung erreicht mich. Er lobt meine Arbeit, bietet mir eine Zusammenarbeit an. Die Worte schmeicheln mir, aber das Misstrauen, die Angst, setzt sich fest. Ich antworte ihm kurz und höflich, aber ich gebe nicht zu viel preis. Jeder Schritt muss jetzt bedacht sein.

Gegen Abend ist meine Anspannung so groß, dass ich kaum still sitzen kann. Gerade will ich mich mit einem Glas Wasser beruhigen, als es plötzlich an der Tür klingelt. Mein Herzschlag beschleunigt sich sofort. Ist das mein Leben, das mir nun um die Ohren fliegt? Ich gehe zur Tür und spioniere vorsichtig durch den Türspion – und da steht Cole.

Unwillkürlich flattert mein Herz, doch ich zwinge mich zur Ruhe und öffne die Tür.

„Bist du irre?!", zischt er anstelle einer Begrüßung. Er tritt aufgebracht ein und lässt seinen Blick durch die Wohnung schweifen, als würde er sicherstellen, dass wir alleine sind. Sein Gesichtsausdruck ist angespannt, und das Nächste, was er sagt, ist ein leises, aber unverhohlen vorwurfsvoller Ton: „Das war so fucking… leichtsinnig, Liv. Du weißt nicht, was du damit ausgelöst hast!"

„Ich weiß genau, was ich getan habe", entgegne ich schärfer als beabsichtigt.

Er verengt die Augen und reibt sich über das Gesicht, seine Hände ballen sich zu Fäusten, und seine Stimme klingt besorgt und hart zugleich. „Du verstehst nicht. Grayson wird das nicht ignorieren."

„Ich weiß, wozu Grayson fähig ist," antworte ich kühl, meine Stimme fester als ich mich fühle. „Ich weiß, dass er über Leichen geht, um an der Macht zu bleiben."

Für einen Moment steht Cole still, und ich sehe, wie sich sein Blick verändert. Seine Miene wirkt entsetzt, als ob ich ihm etwas völlig Unerwartetes gesagt hätte.

Die Nachricht hat mich schneller erreicht, als mir lieb war. Livias Veröffentlichung hat gewaltige Wellen geschlagen, gegen die ein Tsunami winzig erscheint, und das Netzwerk ist bereits in Alarmbereitschaft. Und das ist sehr vorsichtig ausgedrückt.

Mein Bruder hat den Artikel natürlich gelesen und mich sofort zu sich zitiert. Grayson hat mich angebrüllt. *Minutenlang.* Und er brüllt nie. Er hat sich viel zu sehr unter Kontrolle dafür.

Ich bin mir nicht sicher, ob Liv klar ist, dass ein wütender Grayson unberechenbar ist. Sie hat das Risiko auf sich genommen, hat die Wahrheit geteilt, ohne sich um die Konsequenzen zu kümmern. Und die werden... exorbitant sein.

Das war so dumm von ihr.

Ich spüre, wie mein Magen sich zusammenzieht, während ich Liv ansehe und nach Worten suche, die über mein herausgeplatztes „*Bist du irre?*" hinausgehen. Ich kenne das Netzwerk, ihre Methoden, die Skrupellosigkeit ihre Vergeltung. Und ich weiß, dass Liv jetzt in großer Gefahr ist. Nicht nur sie, auch ihre Familie. Der Gedanke, dass sie möglicherweise nicht versteht, wie weit sie gehen werden, hat mich zu ihr getrieben. Ich hatte sie gewarnt, hatte versucht, sie davon abzuhalten, einen offenen Angriff zu starten. Was hat sie nur geritten? Das war so leichtsinnig.

Aber ein Teil von mir bewundert sie – für ihren Mut, ihre Hartnäckigkeit. Sie will kämpfen, und das macht sie gefährlich. Für THE VEIL. Für Grayson. Und letztlich auch für mich.

„Du weißt gar nichts, Liv", sage ich leise. Sie zögert, mustert mich mit einem Blick, der zugleich ängstlich und entschlossen ist. Dann gehe ich entschlossen in ihr Zimmer, öffne meine Laptoptasche und ziehe den Frequenz-Detektor heraus. Livia beobachtet mich stumm dabei, wie ich das Gerät einschalte.

„Was tust du da?", fragt sie, doch ich lege den Zeigefinger auf die Lippen und sie verstummt erneut.

Es dauert nicht lange und das Gerät schlägt in der Nähe ihrer Nachttischlampe aus. Ich schalte das Licht ein, entferne die Abhörtechnik und lege die Wanze draußen aufs Fensterbrett. Liv setzt wieder an, etwas zu sagen, doch ich schüttele den Kopf, schalte den GPS-Störsender ein und warte einen Augenblick. „Wanzen", sage ich schlicht.

Liv sieht mich entsetzt an. „War die schon die ganze Zeit da?"

Ich zucke mit den Schultern.

„Und wie – wie, Cole – kommt das Ding da hin?! In mein Schlafzimmer?"

„Soll ich dir zeigen, wie man 'ne Wohnungstür knackt? Gar nicht so schwer." Ich versuche ein schiefes Grinsen, doch Liv starrt mich an, als ob ich sie geschlagen hätte.

„Wer bist du?", flüstert sie. „Was... zur Hölle..."

„Nicht jetzt. Nicht hier." Um ehrlich zu sein, will ich ihr nichts davon erzählen. Nichts von meiner Vergangenheit, nichts davon, wie ich aufgewachsen bin. „Grayson", hole ich sie zurück und hoffe, dass das reicht, um ihren Fokus auf die wichtigen Dinge zu lenken. Und es gelingt.

„Er hat dafür gesorgt, dass van Houten tot ist. Dass Alexander Falk tot ist", sagt sie, ihre Stimme zittert, aber sie versucht, es zu verbergen. „Vermutlich auch, dass eure Eltern gestorben sind."

Da ist er, der Schlag, den ich nicht abwenden kann. Sie ist gut... so verdammt gut. Das ist der Grund, warum ich sie vor Monaten ausgedeutet habe, als Grayson nach einer Studentin suchen ließ. Aber ich habe nicht gerechnet, dass Liv... Dass ich Liv... Dass sich alles so entwickelt?

Der sarkastische Teil in mir lacht mich aus, als sich dieser Gedanken formt. Ich hätte damit rechnen müssen. Livia ist viel zu sehr... sie, als dass sie in diese Organisation passen würde. Das hätte ich erkennen müssen.

Ich sehe sie fest an und spreche aus, was ich eigentlich nicht sagen will: „Und jetzt wird er dafür sorgen, dass du stirbst. Oder dass Menschen sterben, die dir etwas bedeuten."

Sie wird leichenblass, denkt vermutlich an ihre Eltern und ihre beiden Schwestern. Aber sie lässt es sich nicht anmerken. Sie ist im Kampfmodus. Sie will Grayson die Stirn bieten. Liv verschränkt die Arme vor der Brust, ihr Kinn trotzig nach oben gereckt. „Ich hatte keine Wahl."

„Natürlich hattest du die Wahl", schneide ich ihr das Wort ab, und meine Stimme klingt rasiermesserscharf. „Man hat immer eine Wahl. Du hättest mit mir reden können. Stattdessen hast du sie direkt herausgefordert." Schon als ich es ausspreche, weiß ich, dass das ein Fehler ist. „Das ist so-", ich stöhne auf und sehe sie dann offen an. „Dumm. Richtig dumm."

Liv lacht auf. „Mit dir reden? Weil du ja auch so auskunftsfreudig bist und dich sonst so unkryptisch ausdrückst." Ihre Stimme bricht, und ihre Augen funkeln wütend. „Was hätte ich tun sollen, Cole? Sie drohen, alles zu zerstören – mein Leben, meine Zukunft. Ich *musste* handeln." Sie reckt angriffslustig das Kinn vor und verschränkt die Arme vor der Brust. „Und ich soll dir ja auf gar keinen Fall trauen."

Touché. Das waren meine Worte. Nicht nur einmal habe ich das zu ihr gesagt. Wieder und wieder.

Ich sehe sie an, und für einen Moment weiß ich nicht, was ich sagen soll. Sie hat recht. Das Netzwerk hat sie in die Enge getrieben, und sie hat reagiert, wie es nur wenige tun würden. Mutig, ja. Aber auch gefährlich leichtsinnig. Für sich. Für ihre Familie. Für mich.

„Du verstehst nicht, was das bedeutet", sage ich schließlich, leiser jetzt. „Sie werden nicht einfach zusehen und dich in Ruhe lassen. Du hast sie dir zu Feinden gemacht. Du kannst nicht einfach dein Leben weiterleben. Gehst du weg... werden sie dich jagen."

Sie sieht mich an und der Augenblick dehnt sich aus wie warmer Teer. Es ist zu gefährlich, das Terrain weiter zu betreten, die möglichen Konsequenzen hängen zwischen uns und rauben uns schier den Atem. Und ihr Blick... eindeutig zu heiß, um ihr weiter in die Augen zu sehen.

„Dann hilf mir", flüstert sie, ihre Stimme brüchig, aber in ihren braunen Augen sehe ich etwas, das mich innehalten lässt. *Hoffnung.* Und etwas, das ich erst nicht benennen kann, aber es trifft mich tief. *Vertrauen.* Trotz allem vertraut sie mir.

Es ist nicht nur Livia, die ihn zurückhielt. Es ist das, wofür sie steht – etwas, das ich längst verloren habe. Freiheit. Hoffnung. Der Gedanke, dass sie dieses Netz aus Lügen und Kontrolle zerschlagen könnte, ist so verlockend wie gefährlich. Doch es ist auch mehr als das. Ich hatte sie gewarnt, sich fernzuhalten, doch sie hat es ignoriert. Sie war mutig – oder töricht genug, das zu tun, was ich selbst mich nie getraut hatte.

Ich schließe die Augen, atme tief durch. „Ich werde dir helfen", sage ich schließlich. „Aber du musst bereit sein, alles hinter dir zu lassen."

„Alles?" Sie sieht mich an, ihre Augen suchend, als wolle sie wissen, ob ich es ernst meine.

„Alles", wiederhole ich. „Pack, was du brauchst. Ich ruf jemanden an, der uns helfen kann."

Für einen Moment herrschte Stille. Livia sieht mich an, ihre Augen voller Fragen, doch sie sagt nichts. Stattdessen greift sie nach meiner Hand, ihre Finger zittern leicht. „Danke", murmelt sie, ihre Stimme ist kaum hörbar. Ich erwidere den Druck, haltet ihre Hand einen Moment länger, als nötig ist. „Wir kommen da zusammen raus", sage ich schließlich, leise, aber mit einer Entschlossenheit, die er selbst kaum verstand.

Während sie ihre Sachen zusammensucht, greife ich nach meinem Handy und wähle Kents Nummer. Sein Name auf dem Display fühlt sich an wie ein Schritt zurück in eine Welt, die ich längst hinter mir lassen wollte. Aber für Livia… Für sie gehe ich dorthin zurück.

15

Livia

Die Tasche auf meinem Bett sieht aus, als würde sie mich geradewegs auslachen. Sie ist halb gepackt, ein zerknülltes T-Shirt ragt über den Rand hinaus, und ich habe keine Ahnung, was ich mitnehmen soll – oder ob ich überhaupt mit Cole gehen will. Mein Blick wandert immer wieder zur Tür, als könnte sie sich gleich öffnen und mich aus diesem Albtraum befreien. Doch stattdessen stehe ich hier, die Hände in den Nacken gelegt, und unfähig, einen klaren Gedanken zu fassen.

„Ich kann nicht gehen", murmle ich schließlich, mehr zu mir selbst als zu Cole. Doch er hört mich natürlich. Er steht in der Tür, mit verschränkten Armen und dieser mühsam unterdrückten Unruhe, die er immer ausstrahlt, wenn er etwas Wichtiges durchsetzen will.

„Livi, sei nicht leichtsinniger als du bist." Seine Stimme ist ruhig, fast sanft, aber sie trifft mich genau so, als wenn er geschrien hätte. „Grayson hat dir eine klare Botschaft geschickt. Das Netzwerk wird dich nicht in Ruhe lassen, wenn du bleibst. Du musst gehen."

„Ich *muss* gar nichts", fahre ich ihn an und will am liebsten die Wand hochlaufen. Ich will das nicht mehr. Ich will raus aus diesem Albtraum. Ich will-

Ich atme durch und sehe ihn hilflos an. „Ich *kann* nicht...",
füge ich ruhiger hinzu und sehe ihn an. Er lächelt vorsichtig,
verständnisvoll – besorgt.

Ich stelle mir vor, was passiert, wenn ich nicht gehe. Wenn
ich bleibe. Wenn sie mir etwas antun – wenn sie weitergehen
und Louisa oder Laura etwas antun... oder meinen Eltern. Ich
dachte an letztes Weihnachten Sonntag. Wie Louisa mit ihren
dünnen Armen die Kekse aus dem Ofen ziehen wollte und sich
fast verbrannt hätte, hätte Dad sie nicht im letzten Moment
zurückgezogen. Ihr erschrockenes Gesicht, die Tränen in ihren
Augen – und dann ihr Lachen, als Dad sie hochhob und sagte,
sie sei seine kleine Küchenchefin. Diese kleinen Momente...
würde ich sie jemals wieder erleben?

„Meine Familie..." Meine Stimme bricht, und ich presse
eine Hand auf meine Brust, als könnte ich das Chaos in
meinem Inneren dadurch beruhigen. Mir wird übel bei dem
Gedanken. „Was ist mit ihnen, Cole? Sie haben Fotos von
meinen Schwestern geschickt. Sie wissen, wo meine Eltern
wohnen. Wenn ich gehe, dann... dann bin ich nicht mehr da,
um sie zu beschützen."

Cole sieht mich an, sein Blick ist hart, aber nicht ohne Verständnis. „Du bist jetzt auch nicht da, Liv. Du kannst sie jetzt
auch nicht beschützen." Er kommt näher und streicht mir vorsichtig, fast zaghaft, eine Locke aus dem Gesicht. Sein Blick
wandert über mein Gesicht, bleibt kurz an meinen Lippen
hängen, doch dann tritt er sich räuspernd zurück.

„Wenn du bleibst, setzt du sie - und dich - noch mehr in
Gefahr." Seine Stimme wird leiser, eindringlicher. „Das Netz-
werk wird dich zwingen, Dinge zu tun, die du nicht tun willst.
Und wenn du nicht gehorchst, dann werden sie Druck machen.
Sie werden sie benutzen, Livia. Genauso, wie sie dich
benutzen."

Ein Schauer läuft mir über den Rücken. Ich denke an die Drohungen, die Grayson mir gemacht hat, die Kopie meiner SAT-Ergebnisse, die er auf den Tisch gelegt hat wie ein As in einem Kartenspiel. Seine Stimme klingt noch in meinem Kopf nach: *„Du warst ein böses Mädchen, Livia."* Es war keine Metapher. Es war eine Drohung, eine Erinnerung daran, dass er alles hat, was er braucht, um mich zu zerstören.

„Wenn ich gehe, gebe ich ihnen trotzdem die Kontrolle", sage ich leise, mein Blick fixiert auf die Tasche. „THE VEIL hat schon gewonnen, Cole. Egal, was ich tue. Es gibt nichts, was ich dagegen tun kann. Wenn ich mit dir gehe... dann können sie mit meiner Familie tun, was sie wollen, um mich unter Druck zu setzen."

Er schüttelt den Kopf, und für einen Moment wirkt er fast wütend. Und dann... resigniert. Er weiß, dass ich Recht habe. „Mit der Veröffentlichung deines Artikel hast du ihnen gezeigt, dass du bereit bist, zu kämpfen. Das hat sie in Aufruhr versetzt. Aber jetzt musst du ihnen einen Schritt voraus sein, bevor sie reagieren können."

Ihnen.

Grayson.

Ich beiße mir auf die Lippe, spüre, wie die Tränen in meine Augen steigen, doch ich weigere mich, sie fallen zu lassen. *Ein Schritt voraus.* Es klingt so einfach, wenn er es sagt, aber in meinem Kopf ist es ein Labyrinth aus Angst, Schuld und Zweifeln. Ich denke an meine kleinen Schwestern, an Laura, die gerade erst die Schule gewechselt hat und versucht, Freunde zu finden. An meine Mum, die immer noch mit ihrer Erblindung kämpft, an meinen Dad, der uns immer wieder versichert, dass alles gut wird, auch wenn er selbst kaum an seinen Worten festhält. An Lou, die so gerne in den Ballettunterricht geht.

„Wenn sie ihnen etwas antun…" Ich sehe Cole an, und meine Stimme zittert, als ich weiterspreche. „Wenn sie meine Familie verletzen, werde ich das nicht überleben."

„Und genau deshalb musst du gehen." Cole kommt näher, seine Hände greifen sanft nach meinen Schultern, und ich spüre die Wärme seiner Berührung durch den Stoff meines Pullovers. „Wenn du bleibst, bist du eine laufende Zielscheibe. Sie werden dich benutzen, bis nichts mehr von dir übrig ist, und dann werden sie trotzdem zuschlagen. Wenn du gehst, kannst du zumindest versuchen, das zu verhindern."

„Ich will nicht, dass sie meinetwegen leiden", flüstere ich, und die Tränen laufen jetzt unaufhaltsam über meine Wangen. „Ich will das alles nicht, Cole."

„Ich weiß." Seine Stimme ist leise, fast brüchig, und er sieht mich an, als wolle er etwas sagen, das er sich nicht traut. Er zieht mich an sich, schließt die Arme fest um mich und ich schmelze in der Umarmung dahin. Ich verberge mein Gesicht in seinem schwarzen Hoodie und sauge seinen Duft in mich ein – diese Mischung aus Waschmittel und Zedernholz, die ihm anhaftet wie ein Fingerabdruck. „Nicht hierzubleiben bedeutet nicht, dass du aufgibst. Es bedeutet, dass du weiterkämpfst – auf deine Weise."

Ich schließe die Augen, versuche, die Worte auf mich wirken zu lassen. Es klingt so logisch, so klar, wenn er es sagt. Aber die Angst sitzt zu tief, sie ist ein Knoten in meinem Bauch, der sich nicht lösen lässt. „Und was ist mit dir?", frage ich schließlich, öffne die Augen und sehe ihn an. „Was ist mit dir, Cole? Bist du bereit, dich für mich in Gefahr zu bringen?"

Er zögert, nur einen Moment, doch ich sehe die Antwort bereits in seinen Augen, bevor er spricht. „Das bin ich doch schon längst", flüstert er. Im nächsten Moment legen sich seine Lippen sanft auf meine und ich spüre, wie seine Umarmung sich verstärkt. „Ich habe dich da reingebracht. Und ich werde alles tun, um dich da wieder rauszuholen."

Als seine Lippen meine berühren, ist es, als würde sich der Sturm in meinem Inneren für einen Moment legen. Alles, was ich fühle, ist Wärme – eine Wärme, die alle Schatten verdrängt, die sich in den letzten Wochen über mich gelegt hat. Ich spüre, dass der Moment nicht ewig halten kann, dass die Gefahr immer noch da draußen ist, aber für einen Augenblick lasse ich mich einfach fallen.

Der Kuss hallt in mir nach wie die Ouvertüre einer Oper. Ich hatte nie viel mit klassischer Musik zu tun, aber so – genau so – muss es sein, mit geschlossenen Augen auf einer Bühne zu liegen, wenn ein vollbesetztes Symphonieorchester spielt. Unglaublich.

Sie beendet den Kuss und wischt sich die Tränen aus den Augen. Ich sehe den Kampf in ihren Augen, und ich spüre, wie ein Teil von mir sich selbst hasst. Sie hat recht. Ich bin schuld, dass sie jetzt in dieser Situation steckt. Ich war derjenige, der sie für Grayson ausgesucht hat, *weil* sie klug ist, *weil* sie mutig ist. Weil ich mir sicher war, dass sie kein Risiko scheuen wird. Aber ich habe nicht damit gerechnet, dass sie mehr als das sein könnte. Dass sie... dass sie Livia ist. Und dass ich jetzt alles riskieren werde, um sie zu schützen.

Ich hatte sie ausgewählt. Ich, niemand sonst. Ich hatte sie in diese Hölle geführt, weil ich dachte, sie wäre stark genug, um

280

zu bestehen. Und jetzt? Jetzt steht sie vor mir, zerrissen zwischen Angst und Pflicht, und ich weiß, dass ich sie niemals hätte hineinziehen dürfen. Aber sie rauszuholen... das ist ein anderes Spiel. Ein Spiel, das ich nicht gewinnen kann, wenn ich auch nur einen Fehler mache.

Liv wendet sich ab und packt schweigend weiter. Energisch, wütend. Verzweifelt.

Ich gehe ins verlassene Wohnzimmer, wähle Kents Nummer, und mein Herz schlägt schneller, während ich warte, dass er abhebt. Als ich seine Stimme höre, sachlich und unbeeindruckt wie immer, spüre ich, wie ein Hauch von Erleichterung durch mich geht.

„Cole", sagt er, und ich höre den Hauch von Misstrauen in seiner Stimme. „Ich nehme an, das ist kein Höflichkeitsanruf."

„Ich habe dir neulich ja schon angedeutet um was es geht", sage ich umständlich. Ich habe Livs Schlafzimmer auf Überwachungstechnik abgesucht, aber nicht die anderen Räume. „Es... muss jetzt losgehen."

„Natürlich muss es das", erwidert Kent trocken. „Du hast sie selbst ins Netzwerk reingeholt, nicht wahr?"

Ich schließe die Augen, atme tief durch. „Kent... Ich... gebe mein Studium auf." Ich hoffe inständig, dass er sich an unser Treffen im Pub erinnert, an unser Gespräch über die Risiken und Kosten eines Ausstiegs. Dass er merkt, dass diese Floskel eigentlich heißt, dass er mich rausholen muss.

Am anderen Ende der Leitung herrscht eine Pause, die sich anfühlt wie eine Ewigkeit. Dann seufzt Kent, ein langgezogenes, schweres Geräusch, das seine Abneigung gegen alles, was ich gerade gesagt habe, deutlich macht.

„Wann?", fragt er schließlich, seine Stimme kühl und abgeklärt, wie immer.

„Sofort."

Kent ist einen Moment still. „Und du bist allein."

„Nein."

Wieder Schweigen. „Hat das etwas mit diesem... äußerst brisanten Artikel zu tun, der im Chronicle der Boston U erschienen ist?"

„Mh", mache ich vage.

„Cole, Alter. Das ist ein verficktes Hornissennest, in das das Mädchen gestochen hat, das weiß sie, oder?"

„Deshalb werfe ich das Studium hin."

Kents Schweigen ist fast beruhigend. „Ich schick dir eine Adresse."

„Danke." Meine Antwort kommt schnell, fast zu schnell. Meine Stimme klingt fester, als ich mich fühle. Vielleicht, weil ich es mir selbst einreden muss. „Ich habe keine andere Wahl mehr-"

Am anderen Ende höre ich ein leises Lachen, trocken und ohne jede Wärme. „Du hast immer eine Wahl, Cole. Du entscheidest dich nur immer für die schwierigste."

Ich schließe die Augen und presse die Lippen zusammen. Er hat recht. Ich habe mich schon immer für die schwierigsten Wege entschieden, egal, ob es um das Studium, Grayson oder das verdammte Netzwerk ging. Und jetzt Livia. Ich will ihm widersprechen, will sagen, dass ich wirklich nicht anders kann, aber die Worte bleiben mir im Hals stecken. Denn tief in mir weiß ich, dass Kent recht hat.

„Also geht das klar mit dem... Job?", frage ich schließlich, meine Stimme angespannt, aber beherrscht. Mit Job meine ich den Exit, den er mir anbietet. Mein Herz schlägt schneller, während ich auf seine Antwort warte, als hinge alles davon ab.

Eine weitere Pause, diesmal länger. Dann höre ich ihn leise sagen: „Du weißt, dass es eine Frage des Preises ist."

Die Worte treffen mich härter, als ich erwartet habe. Natürlich weiß ich das. Alles hat seinen Preis, besonders in dieser Welt. Und Kent hat mir mehr als einmal gezeigt, dass er nur hilft, wenn es sich für ihn lohnt. Doch bevor ich etwas sagen kann, bevor ich nach einem Preis fragen kann, lege ich auf.

Denn die Wahrheit ist: Es spielt keine Rolle, welchen Preis Kent verlangt. Livia ist es mir wert. Sie ist alles wert.

Cole taucht wieder im Türrahmen auf, als ich den Reißverschluss meiner Sporttasche zuziehe. „Fertig?" Coles Stimme ist ruhig, aber jeder Tonfall ist eine Mahnung, eine unausgesprochene Drohung, dass uns die Sekunden durch die Finger rinnen. Sein Körper bleibt auf die Wohnungstür ausgerichtet, als könnte sie jeden Moment aufbrechen, als könnten *sie* jeden Moment kommen – die, die mich aus meinem Leben reißen wollen, aus allem, was mir wichtig ist. Alles fühlt sich chaotisch an, unzusammenhängend, als könnte ich nicht einmal mehr denken. Es ist, als würde meine eigene Panik mich blockieren.

Cole nimmt mir die Tasche ab, hilft mir an der Garderobe in meine Jacke und schon fällt die Tür hinter mir zu.

Übel ist mir noch immer.

„Wohin… wohin sollen wir überhaupt?" Meine Stimme bricht am Ende, so leise, dass ich mich frage, ob er mich überhaupt verstanden hat. Meine Gedanken driften ab, zurück zu dem Bild in meinem Kopf von meinen Eltern am Esstisch, zu

Lauras Lachen und Lous süßen Wutanfällen, zu all dem, was ich zurücklassen soll. Meine Familie. Meine Schwestern. Wie kann ich das tun? Wie kann ich sie einfach hierlassen, ungeschützt, ohne zu wissen, was mit ihnen geschieht?

Cole läuft die Treppenstufen schnell hinunter und wirft mir einen schnellen Blick zu, aber seine Augen bleiben wachsam. Als wir das Wohnhaus verlassen, wendet er sich nach links und geht eilig Richtung U-Bahn. „Kent hat einen Ort. Einen Unterschlupf. Aber wir müssen uns beeilen. Jetzt."

Ich halte inne, lasse seine Hand los und starre ihn an. Die Angst zerreißt mich gleich. „Cole..." Meine Stimme klingt fremd, zu dünn, fast tonlos. Doch ich zwinge mich, weiterzusprechen, auch wenn die Worte mir wie Steine über die Lippen kommen. „Was ist mit meiner Familie? Wenn sie wissen, wo ich bin, wissen sie auch, wo meine Eltern sind. Meine Schwestern..." Meine Kehle schnürt sich zu. „Wenn ihnen etwas passiert..."

Ich sehe die Spannung in seinem Kiefer, den Moment, in dem er meine Worte aufnimmt, bevor er auf mich zugeht. Mit zwei Schritten ist er bei mir, seine Hände umfassen sanft mein Gesicht. Sein Griff ist fest, warm, aber nicht einengend, und doch spüre ich den Nachdruck in seiner Berührung. „Liv", sagt er leise, und in seinem Ton liegt eine Dringlichkeit, die mich tiefer trifft als jedes Schreien. „Ich verspreche dir, wir werden alles tun, um sie zu schützen. Aber du kannst sie nur schützen, wenn du jetzt gehst. Du bist die Zielscheibe. Nicht sie. Aber wenn du bleibst, dann... dann geben wir ihnen genau das, was sie wollen. Sie werden dich zerstören – und alle, die dir wichtig sind."

Ich will ihm nicht glauben, will mich gegen die Wahrheit seiner Worte wehren, aber ich kann nicht. Seine Stimme durchbricht den Nebel in meinem Kopf, schiebt die Bilder der Angst beiseite und zwingt mich, die Realität zu sehen. Meine Finger krallen sich in den Träger der Tasche, und ich merke nicht einmal, wie meine Augen feucht werden, bis ich spüre, wie die Tränen heiß über meine Wangen laufen.

„Ich habe Angst", flüstere ich, meine Stimme bricht fast unter dem Gewicht dieser drei Worte. „Ich hasse sie dafür, dass sie mich zu so etwas zwingen. Dafür, dass sie mir alles nehmen. Dich da mitreinziehen."

Cole lässt seine Hände sinken, nur um sie in einer Geste der Unsicherheit durch sein Haar zu fahren. Er sieht aus, als ob er etwas sagen möchte, doch er atmet nur tief durch. „Ich weiß", murmelt er, und sein Tonfall ist so leise, dass es fast schmerzt. „Ich weiß, dass das nicht fair ist. Aber du musst jetzt stark sein. Für sie. Für dich."

Ich schließe die Augen, versuche, die Tränen zurückzuhalten, aber sie brennen trotzdem weiter. Ich hasse es, dass er recht hat. Ich hasse es, dass ich nichts anderes tun kann, als zu gehen. Und ich hasse mich selbst dafür, dass ich so viel Angst habe.

„Okay", flüstere ich, meine Stimme kaum mehr als ein Hauch. „Okay."

Cole reicht mir die Hand und artet, bis sie ergreife. Dann erst läuft er weiter. Hinunter in die Metro, in einen Zug Richtung Uni. Irgendwo steigen wir aus, ich habe nicht auf die Haltestelle geachtet. Er läuft an rotverfärbten Bäumen und Backsteinbauten vorbei, bis er schließlich einen Autoschlüssel aus der Jackentasche zieht und einen silberfarbenen Ford Fusion entriegelt, der seine besten Zeiten schon hinter sich.

Cole atmet aus, ein kurzer, scharfer Laut, den ich nur als Erleichterung deuten kann. Er öffnet mir die Beifahrertür, wirft seine Jacke auf den Rücksitz, und steigt selbst auf den Fahrersitz.

„Deiner?"

Er nickt.

Ich bin mir nicht sicher, was ich erwartet habe. Einen protzigen SUV oder eines dieser deutschen Status-Symbol-Autos, einen Audi oder BMW. Oder ein Motorrad. Am ehesten vielleicht das.

Cole startet den Motor und lenkt den Wagen über den Massachusetts Turnpike stadtauswärts Richtung Westen nach Newton. Von dortaus fährt er auf die 95 Richtung Burlington. Ich habe keine Ahnung, wo er hinfährt.

Ich kann nicht anders, als immer wieder in den Rückspiegel zu sehen. Ein schwarzer SUV, der uns seit ein paar Straßen folgte, lässt meinen Magen sich zusammenziehen. „Oh Gott, ist das..." Doch in diesem Moment biegt der SUV ab. „Keine Angst. Es gibt genug schwarze SUVs." Aber seine Worte klingen hohl, und ich kann die Enge in meiner Brust nicht abschütteln.

Die kühle Luft trifft mich wie eine Ohrfeige, als ich aussteige, und schneidet durch die angestaute Schlingen meiner Panik. Die Kälte macht, dass ich kurz innehalte.

Wir sind etwa eine Stunde unterwegs, bis wir Tewksbury erreicht haben. Die Straßen der Kleinstadt sind still, fast zu still, als ob die Stadt den Atem anhält wie Cole und ich, während wir uns durch ihre schattigen Gassen bewegen. Den Wagen hat Cole vor dem Community Center geparkt, den Schlüssel hat er stecken lassen. Ich habe nicht nachgefragt.

Jetzt konzentriere ich mich auf unseren Weg. Es ist keine große Stadt, aber dennoch fühlt es sich wie ein Labyrinth an, in dem jedes Haus, jede Laterne und jeder Baum uns zu beobachten scheint. Die Herbstblätter knirschen unter meinen Schuhen, zu laut, immer zu laut, und ich zucke bei jedem Geräusch zusammen, als wäre es ein Signal direkt an THE VEIL.

Ich hatte Abhörtechnik in meinem Zimmer. Wie kam die dahin?

„Alles okay?", fragt Cole. Er schaut sich nicht um, so wie ich, sondern wirkt deutlich entspannter, seit der Wagen weg ist. *Gott, wenn der auch verwanzt war?*

„Ich denke schon", sage ich.

„Du musst dich nicht ständig umdrehen."

„Woher willst du das wissen?"

Cole lächelt unbestimmt. „Niemand wusste was von dem Wagen, wenn es das ist. Grayson hat mir damals ein anderes Auto geschenkt, als ich den Führerschein gemacht habe."

„BMW?", frage ich.

„Audi."

Obwohl meine Angst mich fest im Griff hat, muss ich lachen. „War klar."

Er sagt nichts und zuckt mit den Schultern. „Hier lang." Er nickt in eine Querstraße und wechselt meine Tasche von der linken auf die rechte Schulter.

Die alten, historischen Häuser mit ihren weißen Veranden und schiefen Fensterläden wirken wie stumme Zeugen unserer Flucht, die nichts verraten. In der Ferne ragt das alte Tewksbury State Hospital auf, ein Mahnmal für eine Zeit, die lange vergangen ist. Doch in diesem Moment erscheint es mir nicht wie ein Gebäude der Heilung, sondern wie eine Bastion der Geheimnisse – und meiner Angst. *Was, wenn meiner Familie schon etwas passiert ist? Wenn schon einer von ihnen im Krankenhaus ist? Mum. Dad. Meine Schwestern.*

Die Stadt riecht nach Holzrauch und feuchter Erde. Der Geruch beruhigt mich für einen Augenblick, bevor mich die Realität wieder einholt. Ich ziehe den Kragen meiner Jacke fester zu, während wir an einem kleinen Café vorbeigehen. Menschen sitzen dort, trinken ihren Kaffee, lachen, als wäre das Leben hier ein unbeschriebenes Blatt – fern von meiner Realität, von den drohenden Schatten, die ich hinter mir lassen will. Cole wird langsamer und schaut mich an. Dann verschwindet er in dem Café und kommt mit zwei To Go Bechern zurück.

Tewksbury könnte ein sicherer Hafen sein, ein Ort, an dem jemand wie ich Schutz findet. Doch in jeder freundlichen Fassade sehe ich die Möglichkeit von Verrat. Hier gibt es keine Verstecke, nur Orte, an denen die Illusion der Ruhe die Gefahr verschleiert.

Jedes Geräusch – ein entferntes Hupen, das leise Surren von Reifen – lässt mich zusammenzucken. Cole hebt eine Hand, und ein Taxi hält am Straßenrand. Alles passiert so schnell, dass ich kaum Zeit habe, darüber nachzudenken, bevor ich mich auf den Rücksitz sinken lasse.

„Riverside Motel", sagt Cole mit ruhiger Stimme zum Fahrer. Der Mann nickt nur und fährt los.

Ich starre aus dem Fenster, sehe die Lichter der Stadt an mir vorbeiziehen, aber ich nehme nichts wirklich wahr. Gelegentlich nippe ich an dem Kaffee und versuche, aus meinen Gedankenkreisen auszubrechen, aber es gelingt mir nicht. Meine Gedanken sind bei meiner Familie, immer wieder kehren sie zurück zu den Gesichtern meiner Eltern und Schwestern, zu den Momenten, die ich vielleicht nie wieder erleben werde. *Was, wenn ich sie nicht schützen kann? Was, wenn ich sie niemals wiedersehe?*

„Denk nicht daran", sagt Cole leise neben mir, und seine Stimme reißt mich aus meinem Gedankenstrudel. Ich drehe den Kopf zu ihm, sehe, wie er mich mit einem Blick ansieht, der so ruhig ist, dass es fast unmöglich scheint, dass er die gleiche Panik fühlt wie ich. „Es wird alles gut. Das verspreche ich dir."

Ich will ihm glauben. Wirklich. Aber der Knoten in meiner Brust bleibt, die Angst sitzt zu tief, um sie einfach abzuschütteln. Ich nicke trotzdem, weil ich nichts anderes tun kann. Und während das Taxi durch die abendlichen Straßen gleitet, halte ich die Tasche fester und hoffe, dass Cole recht hat.

Das Taxi hält schließlich vor dem Motel. Es ist ein unscheinbarer Bau, alt und abgenutzt, mit einer Fassade, die bessere Tage gesehen hat. Cole steigt aus und geht zur Rezeption, während ich draußen warte, den Blick auf die leere Straße gerichtet. Er kommt zurück, einen Schlüssel in der Hand, und nickt mir zu.

Das Motel war so gewöhnlich, dass es schon wieder unheimlich war. Die Wände waren in einem blassen Beige gestrichen, und der Teppichboden roch nach alten Zigaretten. Es war ein Ort ohne Erinnerung, ohne Geschichte, und doch fühlte es sich an, als hätte es mehr Geheimnisse, als ich jemals ergründen könnte. Es war kein Zuhause, aber auch kein Versteck – nur eine Zwischenstation auf einem Weg, der nirgendwohin zu führen schien.

„Collin Smith, ja?", frage ich trocken, als wir das Zimmer betreten. Cole wirft mir einen kurzen Blick zu und schließt die Tür hinter uns ab.

„Man muss kreativ sein", sagt er, und ein winziges Lächeln huscht über sein Gesicht, bevor es wieder verschwindet. „Ich hoffe, es ist okay, dass wir kein zweites Zimmer haben."

Ich zucke mit den Schultern und sehe mich um. Das Zimmer ist klein, spartanisch, aber sauber. Es gibt ein Bett, einen kleinen Tisch und einen alten Fernseher, der leise summt, obwohl er ausgeschaltet ist. Cole lässt seinen Rucksack neben die Tür fallen und zieht die Schultern zurück, als würde er die Anspannung des Tages abschütteln wollen.

„Willkommen im Four Seasons", murmelt er mit einem Seufzen. „Livia, es tut mir leid-"

„Hey." Ich unterbreche ihn, trete einen Schritt näher und versuche, meine Sorgen für einen Moment beiseitezuschieben. „Es war ein anstrengender Tag."

Er sieht mich an, und für einen Moment scheint die Schwere von allem zwischen uns zu hängen. „Unmenschlich", sagt er schließlich, seine Stimme leise und müde.

Cole tritt einen weiteren Schritt näher und legt sanft eine Hand an meine Wange, sein Daumen streift über meine Haut. „Livia…" Seine Stimme klingt rau, und in diesem Moment gibt es nichts mehr, was ich sagen oder denken möchte, außer diesen Moment zu genießen.

Ich schließe die Augen, als seine Hand an meiner Wange verweilt. Der Raum ist still, nur das leise Summen des Kühlschranks im Hintergrund ist zu hören, aber alles andere scheint in weiter Ferne. Ich spüre den Druck seiner Hand, seine Wärme, und für einen Moment vergesse ich das alles – THE VEIL, Grayson, die Angst vor der Zukunft.

Langsam öffne ich die Augen und sehe, wie Cole mich ansieht. Seine Augen sind dunkel, tief, als würde er nach etwas suchen, das ich selbst kaum begreife. Er tritt noch einen Schritt näher, und der Abstand zwischen uns ist nur noch ein Hauch. Ich kann seinen Atem auf meiner Haut spüren, warm und beruhigend.

„Du weißt, dass du mir wichtig bist, oder?", murmelt er, seine Stimme so leise, als wäre der Moment zerbrechlich und könnte bei einem falschen Wort verschwinden.

Ich nicke, mein Herz schlägt schneller. „Ja", flüstere ich, und meine Stimme klingt unsicher und verletzlich, als würde ich ihm mehr anvertrauen, als ich bisher je zugelassen habe.

Seine Hand gleitet von meiner Wange zu meinem Nacken, und er zieht mich vorsichtig zu sich. Unsere Lippen treffen sich in einem zarten, vorsichtigen Kuss, und es ist, als würden all die Ängste und Spannungen für einen Moment verblassen. Der Kuss wird tiefer, intensiver, und ich lasse mich von ihm leiten, spüre seine Nähe, seine Wärme, und alles, was uns bisher getrennt hat, scheint in diesem Moment bedeutungslos.

Es ist, als würde der Sturm in meinem Inneren für einen Moment verebben. Alles, was ich fühle, ist Wärme – eine Wärme, die alle Schatten verdrängt, die sich in den letzten Wochen über mich gelegt haben. Ich wusste, dass der Moment nicht ewig dauern kann, dass die Gefahr immer noch da war, aber für einen Augenblick lasse ich mich fallen.

Cole zieht mich noch dichter an sich, und wir stehen da, verloren in diesem Augenblick, als gäbe es nichts außerhalb dieser kleinen Blase, die wir uns geschaffen haben. Als wir uns schließlich voneinander lösen, sehe ich den Ausdruck in seinen Augen – eine Mischung aus Zärtlichkeit und Entschlossenheit.

„Ich werde dich beschützen, Livia," sagt er leise, und seine Stimme hat eine Tiefe, die mir das Gefühl gibt, dass er es wirklich ernst meint. „Egal, was kommt, ich werde nicht zulassen, dass dir etwas geschieht."

Ich lege meine Stirn an seine Brust und schließe die Augen, während ich seinen Herzschlag höre, der in einem ruhigen, gleichmäßigen Rhythmus schlägt. Ich fühle mich sicher, geborgen, als ob nichts auf der Welt uns jetzt noch trennen könnte.

Doch in einem hinteren Winkel meines Bewusstseins lauern die Zweifel. Cole ist Graysons Bruder, und der Weg, den wir eingeschlagen haben, ist gefährlich. Ich will ihm vertrauen, wirklich. Aber jedes Mal, wenn ich in seine Augen sehe, kann ich das Echo von Grayson darin sehen. Waren seine Versprechungen echt, oder war er nur ein Werkzeug seines Bruders? Und wenn es so war... würde ich das überhaupt merken, bevor es zu spät war?

Wenn ich in diesem Moment entscheide, alles hinter mir zu lassen und einfach hier zu sein – mit ihm, für diesen einen Augenblick der Ruhe – dann ist es die Ruhe vor dem Sturm.

16

Cole

Ich liege neben ihr, eingehüllt in die Dunkelheit, während der weiche Schein der Straßenbeleuchtung durch die Vorhänge dringt und sanfte Schatten über ihr Gesicht legt. Liv schläft ruhig, die Wimpern streifen ihre Wangen, ihre Lippen entspannt, und ich sehe ihr einfach zu, fasziniert von ihrer Nähe, die mir immer noch wie ein kleines Wunder vorkommt. Livs Lippen bewegen sich leicht, als würde sie mit jemandem sprechen, den nur sie im Traum sehen kann. Ein leises Murmeln folgt, unverständlich und doch so lebendig, dass ich lächeln muss. Es ist dieser Kontrast – die Verletzlichkeit in ihrer Ruhe und die unbändige Stärke, die sie wach ausstrahlt –, der mich immer vollkommen in ihren Bann zieht.

Langsam hebe ich die Hand, vorsichtig, um sie nicht zu wecken, und lasse meine Finger sanft über ihr Haar gleiten. Es fühlt sich weich und warm an, und ich verspüre den Drang, sie noch näher an mich zu ziehen, ihr noch mehr Sicherheit zu geben. In diesen stillen Momenten, wenn die Welt draußen völlig ausgeblendet ist, kann ich mir fast einreden, dass es nur uns beide gibt. Keine Bedrohung, kein Netzwerk, keine dunklen Geheimnisse, die wie eine Last auf mir liegen.

Ich atme tief ein, schließe kurz die Augen und genieße das Gefühl, hier bei ihr zu sein. Dieser Gedanke – diese Sehnsucht, dass es immer so sein könnte – ist fast schmerzhaft. Ich weiß, dass es nicht so einfach ist, dass es immer etwas geben wird, das uns trennt. Trotzdem wünsche ich mir, dass ich es irgendwie möglich machen könnte, dass wir diesen Frieden festhalten könnten.

Meine Hand gleitet vorsichtig von ihrem Haar zu ihrer Wange. Sie bewegt sich leicht, murmelt etwas im Schlaf und schmiegt sich näher an mich. Ein kleines Lächeln stiehlt sich auf mein Gesicht, und ich kann nicht anders, als mich zu ihr zu beugen und ihr einen sanften Kuss auf die Stirn zu drücken. Mein Herz schlägt schneller, als ich sie betrachte. Der Wunsch, sie vor allem zu beschützen, was ihr schaden könnte, ist überwältigend.

Ihre Lippen sind nur wenige Zentimeter entfernt, und ich spüre, wie meine Hand leicht zu zittern beginnt, als ich näher rücke. Schließlich kann ich mich nicht mehr zurückhalten und küsse sie, leicht und behutsam, meine Lippen nur eine zarte Berührung gegen ihre. Ich spüre, wie sie sanft erwacht, wie ihre Lider sich heben und ihre Augen mich im Halbdunkel erkennen. Für einen Moment sehe ich Überraschung in ihrem Blick, dann ein sanftes, träges Lächeln, das meine Brust eng werden lässt.

„Cole…" flüstert sie, und das Zittern in meiner Hand hört auf, als sie ihre Finger um meine legt und sie festhält. Ihr Blick ist weich, und für einen kurzen Augenblick scheint sie alles, was um uns herum geschieht, vergessen zu haben. Ich streiche über ihr Dekolleté, spüre, wie sie Gänsehaut bekommt. Sie schmiegt sich wieder an mich, ihr Kopf an meiner Brust, als wäre dieser Moment das Einzige, was zählt. Die Wärme ihres Körpers durchdringt mich, und ich wünsche mir, dass ich sie nie wieder loslassen muss.

Sanft streiche ich über ihre Brustwarze, die sich unter meiner Berührung sofort hart aufrichtet. Ihr Mund findet meinen, während ich ihre Brüste liebkose, und ich spüre, wie sie sich fallen lässt und sich mir gleichzeitig entgegendrängt.

Meine Hand bleibt auf ihrer perfekten Brust liegen, meine Küsse wandern ihren Körper hinab und sie seufzt leise.

Liv schließt die Augen, mein Mund senkt sich auf ihre Mitte, die unter meiner Berührung zu pulsieren scheint. Meine Zunge neckt sie, ich spüre, wie sie feucht wird und sich unter mir zu winden beginnt. Ihre Hände fahren durch mein dunkles Haar und sie stöhnt, als ich den Druck verstärke.

Liv stöhnt laut auf, ihr Kopf fällt auf die Seite, mein Schwanz pocht hart und unnachgiebig.

„Ich will dich", raunt sie, ihre Stimme ist dunkel und rau und voller Lust. Meine Hand wandert über ihre Seite zu ihrer feuchten Mitte, ich spreize sie leicht und beobachte sie in der fahlen Dunkelheit, wie sie ihre Unterlippe einsaugt. Ihre Schenkel spreizen sich und sie ist bereit. Bereit für mich. Sie wimmert, je länger ich sie streichle und liebkose. „Bitte", haucht sie. „Ich will dich spüren..."

Ich knie mich vor sie, ziehe sie nach oben, rittlings auf mich und küsse sie. Ihre Zunge ist warm, wie ihre Mitte und ich muss kurz durchatmen, als sie mit verhangenem Blick zwischen uns greift und behutsam über meine pulsierende Eichel streicht.

Ich greife nach einem der Kondome, die wir früher an diesem Abend bereits gebraucht haben, öffne die Packung und sehe zu, wie sie es mir überrollt.

Ich stöhne, vielleicht klingt es auch wie ein Brummen - ich bin mir nicht sicher. Dann senkt sie mich auf mich, ihre Mitte öffnet sich für mich und ich habe das Gefühl, im Himmel zu sein. Sie stöhnt auf, doch jeder weitere Laut wird von meinem Mund verschluckt, der ihren versiegelt.

Ihre Hüfte bewegt sich rhythmisch, und ich spüre, dass ich nicht mehr lange durchhalte. Mein Daumen streicht über ihren Kitzler, ihr Inneres beginnt, sich fest um meinen Schaft zusammenzuziehen.

„Cole", haucht sie meinen Namen und es ist das Schönst, was ich bisher gehört habe. Dieser lustschwangere Laut aus ihrem Mund. Ihre harten Nippel pressen sich gegen meine nackte Brust, meine Arme schließen sich um sie, während sie mich dem Höhepunkt entgegensteuert.

Liv sieht mich an. „Weiter", haucht sie und ich stemme mich ihr fest entgegen. „Jetzt", flüstert sie. Dann spannt sich ihre Muskulatur an und sie kommt – gemeinsam mit mir.

Ich hätte ihr gerne so viel mehr gegeben, als dies Motelzimmer.

Als ich aufwache, ist es noch früh, und die ersten Sonnenstrahlen schieben sich zögernd durch die Vorhänge. Ich liege in Coles Armen, sein Atem sanft und gleichmäßig. Ich fühle mich angenehm erschöpft und ausgelaugt. Mich erfüllt eine Ruhe, die ich seit Wochen nicht gefühlt habe. In diesem Augenblick ist alles leicht und friedlich, als wäre die Welt da draußen nicht real.

Ich schiebe mich vorsichtig ein Stück zurück, um ihn anzusehen. Coles Gesicht ist entspannt, friedlich, und das macht ihn auf eine Weise verwundbar, wie ich ihn selten sehe. Die harten Kanten und die ständige Wachsamkeit, die ihn sonst umgeben, sind in diesem Moment fort, als würde die Nacht ihm die Erlaubnis geben, zu sein, wer er wirklich ist. Er wirkt jünger, verletzlicher. Vielleicht offenbart der Schlaf mir auch gerade sein wahres Alter. Wie alt mag er sein? Einundzwanzig? Zweiundzwanzig? Viel zu jung, um so tief in so einem korrupten Netzwerk versunken zu sein.

Meine Finger finden ihren Weg in sein Haar, gleiten sanft über seine Stirn, und ich lächle, als er im Schlaf leicht die Stirn runzelt. Er sieht so aus, als würde er innerlich gegen etwas ankämpfen, selbst jetzt, in diesem stillen, geschützten Moment. Ich weiß, dass wir beide in diesem Zwiespalt gefangen sind – zwischen dem Wunsch, all die Korruption und Manipulation hinter uns zu lassen, und der Realität, die uns ständig daran erinnert, dass das Leben nicht so einfach ist.

Langsam richte ich mich auf, löse mich leise von ihm, und als ich mich an den Rand des Bettes setze, spüre ich, wie sich etwas in mir in Bewegung setzt. Der Knoten in meiner Brust zieht sich wieder zu, aber da ist auch Entschlossenheit. Mehr Entschlossenheit, als ich gestern noch hatte.

Ich stehe auf, schnappe mir ein Shirt, das über der Stuhllehne hängt, und gehe ins Bad. Der Gedanke an den vergangenen Abend – an den Kuss, an das Gefühl seiner Nähe, seiner Berührungen – hängt mir nach, wie ein warmer, beruhigender Schleier, der mich in eine Sicherheit hüllt, die ich schon lange nicht mehr gespürt habe.

Das Wasser der Dusche rauscht um mich herum, und ich lasse es über meine Schultern und meinen Rücken gleiten, so heiß, dass es meine Haut leicht rötet. Doch die Hitze vertreibt nicht die Gedanken, die sich in meinem Kopf festgesetzt haben. Der vergangene Abend fühlt sich an wie ein winziger

Moment des Friedens, ein Bruchstück von Normalität in einem Leben, das von Unsicherheit und Angst beherrscht wird. Coles Nähe hat mich beruhigt, das gebe ich mir selbst nur zögernd zu. Aber jetzt, in der kalten Morgenrealität, kann ich mir keine Illusionen erlauben.

Meine Finger drücken gegen die geflieste Wand, während die Tropfen über meine Wangen laufen. Es ist nicht nur Wasser. Ich merke, dass ich weine, und für einen Moment gebe ich der Erschöpfung nach. Aber dann halte ich inne. Ich weiß, dass es keine Zeit für Schwäche gibt. Nicht mehr, nicht jetzt. Nicht heute.

Ich drehe das Wasser ab, greife nach dem Handtuch und lasse den Dampf die winzige Badezimmerluft füllen.

„Hey", höre ich Coles leise Stimme hinter mir. Er steht oberkörperfrei in der Tür und beobachtet mich. Seine Haare stehen wirr in alle Richtungen ab und er wirkt ausgeschlafener als in den letzten Wochen. Sein Blick ist noch ein wenig verschlafen, aber mit diesem warmen, weichen Ausdruck, den ich so selten an ihm sehe. Seine Nähe beruhigt mich für einen Moment, und ich zwinge mich, zu lächeln, obwohl mein Herz noch immer rast.

„Guten Morgen", sage ich, meine Stimme ein wenig zu leise. Ich hoffe, er bemerkt nicht, dass etwas nicht stimmt. Dass ich wieder in meinem Karussell aus Gedanken gefangen bin und nicht aussteigen kann.

Er kommt auf mich zu, schiebt seine Arme um mich und zieht mich an sich. „Hast du geschlafen?"

Er fragt nicht, ob ich gut geschlafen habe. Nur, ob ich geschlafen habe. Seine Stimme klingt besorgt, und ich merke, dass ich meine Gedanken nicht verbergen kann, selbst wenn ich es wollte.

„Ich weiß nicht", murmle ich, und mein Kopf ruht an seiner Schulter. Mir ist bewusst, dass meine Locken nasse Spuren auf seiner Haut hinterlassen müssen, doch er beschwert sich nicht.

„Ich für meinen Teil habe geschlafen wie ein Stein", sagt er und küsst mich sanft. Seine Zunge streicht über meine und ich unterdrücke ein wohliges Seufzen. Der Gedanke an gestern Nacht, an seine Lippen auf meinem Bauch, meinen Brüsten, lässt mir die Röte in die Wangen steigen, obwohl ich eigentlich nicht so genant bin.

„Am liebsten würde ich dir dieses Handt-", setzt er an, doch das Summen eines unserer Handys durchbricht ihn jäh. Coles Blick schnellt sofort in die Richtung. „Sorry, das ist bestimmt Kent...", sagt er und holt das Gerät aus seiner Jackentasche. Ich beobachte ihn angespannt, meine Finger umklammern den Saum des Handtuchs, während er die Nachricht liest. Sein Gesicht bleibt undurchdringlich, doch ich sehe, wie sich seine Augen für einen Moment verengen.

Er dreht das Handy langsam zu mir, und ich lese die Worte auf dem Bildschirm:

11 Uhr, Ausfahrt 62, Interstate 93. Ich bringe euch weiter.

Mein Atem geht flach, und ich sehe Cole an, mein Herz schlägt schneller, als ich es will. „Kent?", frage ich, obwohl ich die Antwort längst kenne.

Cole nickt knapp, seine Haltung bleibt angespannt, als würde er jederzeit mit einem Angriff rechnen.

„Und wir vertrauen ihm wirklich? Einfach so?" Meine Stimme klingt schärfer, als ich es beabsichtige, aber die Zweifel in mir überschreiben jede Vorsicht. Ich verschränke die Arme vor der Brust, mein Blick bohrt sich in seinen. „Was, wenn er uns direkt in eine Falle führt? *Vertraue niemandem,* erinnerst du dich?"

Cole bleibt ruhig, doch ich sehe, wie sein Kiefer sich leicht anspannt. Er senkt das Handy und sieht mich mit einem festen, unerschütterlichen Blick an. „Wenn ich ihm nicht vertrauen würde, wären wir nicht hier." Sein Ton lässt keinen Raum für Diskussionen, aber ich weiche nicht zurück.

„Warum ist er dann überhaupt Teil von THE VEIL gewesen?" Ich höre die Wut in meiner eigenen Stimme, eine Mischung aus Angst und Frustration, die ich nicht zurückhalten kann. „Wie kannst du sicher sein, dass er nicht immer noch dazugehört?"

Cole hält meinem Blick stand, und für einen Moment denke ich, er wird meine Frage nicht beantworten. Doch schließlich atmet er tief durch und sagt: „Weil er mir das Leben gerettet hat. Und das hätte er nicht getan, wenn er immer noch auf ihrer Seite wäre." Seine Worte sind einfach, klar, aber sie beruhigen mich nicht. Sie fühlen sich an wie ein Stück Wahrheit in einem Meer aus Lügen, und ich weiß nicht, ob ich mich daran fest-halten kann.

Bevor ich etwas erwidern kann, unterbricht ein weiteres Summen die Stille – diesmal ist es mein Handy auf dem Nacht-tisch. Das Geräusch lässt mich zusammenzucken, und ich sehe Cole, der sofort den Kopf wendet, als würde er erwarten, dass jemand mit dem Vorschlaghammer durch die Wand bricht. Mit zitternden Fingern greife ich nach dem Gerät, die kalte Metall-hülle fühlt sich plötzlich schwer in meiner Hand an.

Auf dem Bildschirm leuchtet eine neue Nachricht auf. Der Absender ist anonym, und mein Herz schlägt schneller, als ich die kurzen Worte lese: *Böses Mädchen.* Darunter ein Link und ein Screenshot.

Der Screenshot zeigt die E-Mail-Adresse des Immatrikulationsbüros der Boston U und den angefügten Link. Mehr nicht.

Ein Schauer läuft mir über den Rücken, und mein Atem wird flach. Mein Daumen schwebt über dem Bildschirm, bevor ich den Link öffne. Die Ladezeit fühlt sich wie eine Ewigkeit an, und in der Zwischenzeit breitet sich die Panik wie ein kalter Schleier in mir aus. Ich weiß, dass ich es nicht sehen will, aber ich kann mich nicht abwenden.

Dann erscheinen sie. Die SAT-Ergebnisse. Meine SAT-Ergebnisse. Die gefälschten Zahlen, rot markiert, mit Kommentaren versehen, die alles aufdecken. Jede Manipulation, jede meiner Lügen, jede Schwäche – sie stehen schwarz auf weiß vor mir, als hätte ich sie selbst eingerahmt und zur Schau gestellt.

„Cole", flüstere ich, meine Stimme kaum hörbar. Mein Blick bleibt auf den Bildschirm fixiert, meine Hände zittern so stark, dass ich das Handy kaum noch halten kann. „Sie haben es getan."

Cole ist sofort neben mir. Er nimmt mir das Handy aus der Hand, und ich sehe, wie sich seine Gesichtszüge verhärten, seine Augen werden zu schmalen Schlitzen, die voller Wut glimmen. „Verdammt", murmelt er, fast mehr zu sich selbst. „Grayson, du bist ein-"

Die Tränen kommen, bevor ich sie aufhalten kann. Sie rollen heiß über meine Wangen, und ich schüttle den Kopf, unfähig, die Bilder vor meinen Augen zu verdrängen. „Sie haben mein Studium zerstört", flüstere ich, meine Stimme bricht.

Cole legt eine Hand auf meine nackte Schulter, sein Griff ist fest, nicht fordernd, aber auch nicht tröstend. Es ist, als wollte er mich aus meinem eigenen Kopf herausziehen. „Das ist nicht das Ende, Livia", sagt er leise, aber bestimmt. „Das ist nur ein weiterer Zug in ihrem Spiel. Aber du kannst zurückschlagen."

Ich sehe ihn an, die Tränen verschwimmen in meinem Blick, und alles, was ich fühlen kann, ist Angst. „Zurückschlagen?", frage ich bitter, und meine Stimme klingt hohl. „Wie? Indem ich wirklich alles verliere, was ich noch habe? Dieses Studium war mein Traum."

„Nein", sagt er, und jetzt ist seine Stimme fester, seine Augen bohren sich in meine. „Indem du ihnen zeigst, dass sie dich nicht kontrollieren können. Indem du kämpfst."

Ich will ihm nicht glauben. Ich will mich verkriechen, verstecken, alles vergessen. Doch tief in mir regt sich etwas – ein Funken, klein und flackernd, aber er ist da. Wut. Eine Entschlossenheit, die ich kaum erkenne, aber die sich gegen die Angst zu stemmen beginnt.

Cole nimmt mein Handy und fängt an, die Nachrichten zu verschlüsseln. Seine Finger bewegen sich sicher über das Display, während er die Daten sichert. „Ich werde Kent informieren", sagt er, ohne den Blick vom Bildschirm zu nehmen. „Hast du deinen Laptop? Zeigst du mir deine Beweise gegen THE VEIL?"

Ich schlucke schwer und sehe zu, wie er arbeitet. Der Gedanke an meine Familie bringt die Angst zurück, und meine Stimme zittert, als ich frage: „Was... was ist, wenn sie meine Familie angreifen? Wenn sie..."

Cole hält inne, sieht mich an, und für einen Moment wirkt sein Blick weicher. „Dann haben wir die Wahrheit, um sie zu stoppen", sagt er leise, aber sein Tonfall ist fest.

Ich nicke langsam, auch wenn die Angst in mir tobt. Und während Cole weiterarbeitet, spüre ich, wie sich etwas in mir verändert. Die Angst ist immer noch da, aber sie ist nicht mehr allein. Die Wut wächst, und mit ihr das Gefühl, dass ich keine

302

andere Wahl habe, als zurückzuschlagen. Denn wenn ich jetzt aufgebe, dann haben sie schon gewonnen.

Als ich ins Zimmer zurückkehre, sitzt Cole bereits am kleinen Tisch, den Laptop vor sich, die Augen fokussiert auf den Bildschirm. Sein Gesicht hat wieder diesen Ausdruck von Wachsamkeit, der mich daran erinnert, dass es keine Pausen gibt, keine Momente, in denen wir sicher sind.

Cole hebt den Kopf und sieht mich an. Sein Blick ist scharf, aber da ist auch etwas Sanftes in seinen Augen, etwas, das ihn menschlicher macht, trotz all der Härte, die er mit sich herumträgt. „Wir müssen los. Kent hat bestätigt, dass er uns um 11 Uhr erwartet." Er deutet auf die Uhr, die auf dem Nachttisch tickt. „Das gibt uns eine Stunde."

Ich nicke, sage nichts weiter und beginne, meine Tasche zu packen. Der Gedanke an Kent ist wie ein doppelter Schlag. Einerseits gibt er uns Hoffnung, eine Möglichkeit, diesen Albtraum zu entkommen. Andererseits birgt er die Gefahr, dass wir in noch größere Schwierigkeiten geraten könnten. Aber Cole vertraut ihm. Und ich muss Cole vertrauen.

Die Morgendämmerung malt die Welt in kaltes Grau, als wir das Motel verlassen. Die Straßen sind noch leer, nur vereinzelt ziehen Autos vorüber, ihre Scheinwerfer wie flüchtige Geisterlichter in der Dunkelheit. Cole hat eine Hand fest um den Griff meiner Tasche gelegt, die andere locker in der Jackentasche, doch ich sehe, wie seine Augen ständig die Umgebung absuchen.

Wir erreichen den Parkplatz, den Kent in seiner Nachricht angegeben hat. Er ist groß und weitläufig, mit ein paar verstreuten Autos, die wie vergessene Spielzeuge wirken. Eine einzelne Laterne flackert, und mein Atem geht schneller, als Cole stehen bleibt und sich umblickt.

„Da drüben." Er deutet auf einen Wagen am Rande des Plat-
zes. Es ist ein unscheinbares Modell, die Scheiben leicht
beschlagen, doch als wir näher kommen, erkenne ich die
Silhouette eines Mannes hinter dem Lenkrad.

Kent steigt aus, als wir uns nähern, und ich bemerke, dass er
sich genauso vorsichtig bewegt wie Cole – jede Bewegung
überlegt, die Umgebung stets im Blick. Er ist groß, mit kanti-
gen Gesichtszügen und blonden Haaren, die ein wenig zerzaust
wirken. Seine Augen wirken müde, aber wachsam, als er uns
mit einem knappen Nicken begrüßt.

„Ihr seid pünktlich." Seine Stimme ist tief und rau, doch sie
hat etwas Vertrauenswürdiges. „Ich habe die Route geplant.
Aber wir müssen uns beeilen."

Cole reicht ihm die Hand, und ich sehe die unausgesprochenen Worte zwischen ihnen, ein stilles Einverständnis, das
ich nicht ganz verstehe. Ich steige auf den Rücksitz, während
Cole und Kent vorne Platz nehmen. Der Wagen setzt sich in
Bewegung, und das sanfte Brummen des Motors füllt die Stille.

„Wir fahren zu einem sicheren Ort", sagt Kent, ohne den
Blick von der Straße zu nehmen. „Aber ihr müsst verstehen,
dass das nur ein vorübergehender Schutz ist. Das Netzwerk
wird nicht aufhören zu suchen."

„Das wissen wir", erwidert Cole, seine Stimme ruhig, aber
ich merke, wie seine Hände zu Fäusten geballt sind. „Erzähl
uns, was du über den Unfall meiner Eltern weißt."

Ich spüre, wie mein Herz einen Schlag aussetzt. Der Unfall.
Coles Familie. Das Netzwerk. Alles, was wir bisher nur
angedeutet haben, wird plötzlich real. Und ich weiß, dass ich
die Wahrheit hören muss, auch wenn ich Angst davor habe,
was sie bedeutet.

„Du hast keine Erinnerungen mehr daran?", fragt Kent und
sieht ihn kurz von der Seite an.

Cole schüttelt den Kopf. „Ich war klein..." Dann fügt er noch hinzu: „Meine Therapeutin meinte, es sei ein Trauma. Ich komme an die Erinnerung nicht dran."

Therapeutin. Ich starre in seinen Nacken. Wie lange war er in Therapie?

„Der Unfall war kein Unfall", beginnt Kent, und seine Stimme wird leiser, als würde er jedes Wort abwägen. „Und ganz sicher war es kein Ehedrama, wie es in den Medien stand. Deine Eltern hatten Informationen, die dem Netzwerk gefährlich wurden. Sie wussten von Verbindungen, die niemals ans Licht kommen durften. Also haben sie gehandelt."

Ich halte den Atem an, meine Finger krallen sich in den Stoff meiner Tasche. Neben mir spüre ich, wie Coles ganze Haltung sich anspannt, doch er sagt nichts, wartet nur darauf, dass Kent weiterspricht.

„Dein Vater und Victor Moreau waren Geschäftspartner, Freunde. Moreau ist Graysons Pate. Sie hatten Verbindungen, Beziehungen, die sie für ihre Geschäfte teilten. Die Trustfonds für euch waren beträchtlich. Sind..." Er sieht Cole wieder an. „Ich... weiß nicht, was genau an Bord geschehen ist. Aber ein Unfall war es nicht. Es war geplant. Jede Einzelheit. Ich lege beide Hände ins Feuer, dass sie deine Eltern ausschalten wollten – und gleichzeitig sicherstellen, dass niemand Fragen stellt. Sie wussten, dass du und Grayson das nicht überleben würdet. Aber ihr habt es getan. Und das hat alles verändert."

Ich kann nicht anders, als Cole im Rückspiegel zu beobachten. Sein Gesicht ist reglos, seine Augen auf Kent gerichtet, doch ich sehe die Emotionen, die darunter brodeln. Wut. Schmerz. Und etwas anderes, das ich nicht deuten kann.

Ich fühle, wie sich mein Magen bei seinem Anblick zusammenzieht. Cole sieht aus, als würde sich ein dumpfer Schmerz, der sich durch seinen Körper fressen. Seine Hände ballen sich zu Fäusten, und ich sehe, wie sich seine Nägel sich in seine Handflächen graben, aber er gibt keinen Laut von sich. „Warum jetzt?", flüstert er, ohne Kent anzusehen. „Warum erzählst du mir das erst jetzt?"

„Weil es an der Zeit ist. Moreau hat euer Leben benutzt, um sich die Macht zu sichern", fährt Kent fort. „Und Grayson… nun, Grayson hat sich angepasst. Er hat gelernt, das System zu spielen, um zu überleben. Besser als jeder andere von ihnen. Besser als Moreau."

„Und ich?" Coles Stimme ist ruhig, doch sie trägt eine Schärfe, die mich erschaudern lässt.

Kent dreht sich kurz zu ihm um, sein Blick ist schwer. „Du hast dich letztendlich dagegen entschieden. Und das macht dich gefährlich. Weil du die Erinnerung an das, was an Bord wirklich geschehen ist, in dir trägst. Du weißt, wie weit er gehen wird."

Die Stille, die folgt, ist überwältigend. Ich sehe zu Cole, sehe, wie er sich leicht nach vorne lehnt, seine Finger fest um den Rand des Sitzes geschlossen. Und in diesem Moment wird mir klar, dass es kein Zurück mehr gibt. Für keinen von uns.

17

Livia

Die Worte, die Kent gesprochen hat, hängen schwer in der Luft. Das leise Brummen des Motors ist das einzige Geräusch, während wir schweigend durch die grauen Straßen fahren. Draußen ziehen endlose Baumreihen und verlassene Vorstadthäuser vorbei, doch ich nehme sie kaum wahr. Mein Kopf ist ein chaotisches Durcheinander aus Fragen und Emotionen, und keine davon lässt sich in klare Gedanken fassen.

Cole sitzt ganz still neben Kent, seine Haltung angespannt, als müsste er sich körperlich zusammenreißen, um nicht zu explodieren. Seine Hände liegen auf seinen Oberschenkeln, die Finger leicht gekrümmt, als würden sie etwas greifen wollen, das nicht da ist.

„Ich habe keine Erinnerung an all das", wiederholt er seine Worte von vorhin. „Das einzige, was ich noch weiß ist-" Er hält inne.

„Mh?", macht Kent.

„Dass wir von Bord gegangen sind. Grayson und ich. Mehr ist da nicht."

In diesem Moment durchschneidet das Surren von Kents Handy die Stille. Er wirft einen Blick aufs Display. „Dein Bruder. Schafft ihr es, die Klappe zu halten?" Die Frage ist rhetorisch, den Kent nimmt den Anruf bereits über Lautsprecher entgegen.

Grayson kommt sofort zur Sache. „Ist mein verficktes Arschloch von Bruder bei dir?"

„Guten Morgen, Grayson. Mir gehts gut, danke der Nachfrage. Was? Meine Eselzucht in Ottawa? Der gehts blendend."

Grayson schnaubt. „Mir ist es egal, ob du Esel oder Kamele züchtest, du Pisser. Ist dieser kleine Bastard bei dir?!", faucht er.

Ich hätte ihm nie zugetraut, so unbeherrscht oder ausfallend zu werden. Aber da habe ich mich wohl getäuscht.

„Wo dein kleiner Bruder sich rumtreibt interessiert mich nicht", entgegnet Kent gelangweilt.

„Aber mich, du Wixer."

Kent lacht. „Dann solltest du ihm einen Peilsender um den Fuß binden. Der Junge ist zwanzig und studiert, habe ich gehört. Der wird auf ner Party abgestürzt sein."

Grayson lacht dunkel, und selbst durchs Telefon ist das Geräusch unangenehm - schneidend. „Du weißt, Kent, ich bin wirklich ein geduldiger Mann. Aber meine Geduld hat ihre Grenzen. Und du weißt genau, was passiert, wenn sie überschritten werden." Eine Pause folgt, die viel zu lang andauert. „Hast du verstanden, was ich meine?"

Kents Lächeln wirkte plötzlich angespannter. „Ich bin in Cancun, Baby."

„Fick dich, Kent! Wenn du ihn siehst-"

„Palmen, Strand. Bis dann, Rutherford." Damit legt er auf.

Cole sagt nichts und greift in seinen Rucksack. Dort zieht er ein Handy heraus, das ich noch nie bei ihm gesehen habe. Ein altes Smartphone, dessen Display gesprungen ist. Er schaltet es an und wartet. „34 ungelesene Nachrichten, noch mehr Anrufe."

„Und wie lange willst du ihn ignorieren?" Kents Stimme schneidet durch die Stille, direkt an Cole gerichtet.

Cole reagiert nicht sofort. Sein Blick bleibt auf die vorbeiziehende Straße gerichtet, doch dann antwortet er, seine Stimme leise, aber kalt: „Ich weiß nicht, wovon du redest."

Kent lacht leise, aber ohne Humor. „Natürlich weißt du das. Grayson wird nicht einfach abwarten, bis du dich meldest. Die Geduld hat er nicht."

Ich halte die Luft an. Denke an die SAT-Ergebnisse im Postfach des Immatrikulationsbüros. Kents Worte klingen wie eine Warnung, doch ich spüre, dass mehr dahintersteckt. „Was meint er damit, Cole?", frage ich, meine Stimme zittert, trotz meines Versuchs, ruhig zu klingen.

Cole dreht sich zu mir um, sein Blick ist hart, aber nicht kalt. „Er weiß, dass wir zusammen unterwegs sind. Und er wird alles tun, um uns aufzuhalten."

„Wie... wie alles?" Meine Stimme bricht, und die Angst, die ich zu unterdrücken versuche, kriecht in meine Worte.

Cole wendet den Blick wieder ab, und Kent übernimmt die Antwort. „Er wird anfangen, immensen Druck auszuüben. Menschen bedrohen, die dir etwas bedeuten. Deine Familie. Deine Freunde. Ist deine Familie in Boston?"

„Nein, aber-" Mein Magen zieht sich zusammen. „Leyla", flüstere ich. Der Gedanke an sie lässt mich frösteln. Leyla, die immer fröhliche, unbeschwerte Leyla, die mich immer verteidigt hat, ohne zu fragen, warum. Sie kann das nicht ertragen. Sie würde zerbrechen.

Cole sieht mich an, und in seinen Augen liegt ein Ausdruck, der mich aus der Fassung bringt. Es ist Mitleid. „Ist das die, die mit dir im Club war?", fragt er leise.

„Wir wohnen zusammen."

Cole und Kent tauschen vielsagend Blick und mir läuft es eiskalt den Rücken hinunter.

„Nun..." Kent zuckt die Schultern. „Dann solltest du davon ausgehen, dass Grayson sie manipuliert hat."

„Was?" Mein Kopf schnellt herum, und ich sehe ihn an, als hätte er den Verstand verloren. „Leyla würde nie-"

„Hat sie ihn kennengelernt?", fragt Cole zurück und ich zögere.

„Ja. Bei der Eröffnung des SeaP."

„War sie mit ihm allein?"

Wieder zögere ich. Diesmal sichtlich. „Ja...", flüstere ich. Ich bin zur Toilette. Traf dort auf van Houten und verlor dann Bewusstsein und die Orientierung. Cole hat mich aus dem Club gebracht. Leyla blieb. „Sie würde nicht-"

„Es geht nicht darum, ob sie würde", unterbricht Cole mich, seine Stimme härter jetzt. „Es geht darum, ob sie eine Wahl hatte. Und Grayson sorgt dafür, dass niemand eine Wahl hat."

Ich erinnere mich an den Abend, als ich vor meiner ersten großen Prüfung zusammengebrochen bin. Leyla war die ganze Nacht wach geblieben, hatte mich mit Kaffee und dummen Witzen versorgt, bis ich wieder klar denken konnte. Sie war meine Konstante gewesen – mein sicherer Hafen. Und jetzt? Jetzt kann ich nicht einmal sicher sein, ob sie nicht schon in Graysons Netz gefangen ist.

Ich schüttele den Kopf, versuche, seine Worte zu verdrängen, aber sie graben sich in meinen Verstand. Leyla ist stark, denke ich. Aber ist sie stark genug, um Grayson zu widerstehen?

Ich weiß es nicht.

Kent fährt uns lange über Land. Durch Wälder, die ihr scheinbar brennendes Laub schon vor Wochen verloren haben und nun ihre Äste gen Himmel strecken. Der Herbst ist fast vorüber. Thanksgiving ist in ein paar Tagen. Die Weihnachtszeit steht bevor.

Ich kann nicht sagen, ob wir noch in Massachusetts sind oder bereits in New Hampshire. Cole ist ganz still und schaut aus dem Fenster und als Kent schließlich vor dem alten Holzhaus am Ende einer langen Zufahrt parkt, wechselt er leise ein paar Worte mit ihm, während ich bereits aussteige. Es ist ein Safehouse. Ein sicherer Ort, von dem – angeblich – niemand etwas weiß.

Ich umrunde das Haus und schaue durch die angelaufenen Scheiben.

Das Safehouse ist klein und schlicht. Die Wände sind aus grobem Holz, das an einigen Stellen von der Zeit verwittert ist. Es riecht nach Staub und etwas, das ich nicht ganz zuordnen kann – vielleicht altes Leder oder die muffige Erinnerung an ein Leben, das hier einmal stattfand. Die Fenster sind klein und mit schweren Vorhängen verdeckt, die keinen einzigen Lichtstrahl durchlassen. Es wirkt, als sei der Raum dazu gemacht, Dinge zu verbergen, nicht zu offenbaren.

Der Boden der Veranda knarrt unter jedem Schritt, ein leises, aber unaufhörliches Geräusch, das mich ständig daran erinnert, wie verletzlich wir hier sind. Es gibt nur zwei Zimmer: einen kleinen Wohnraum mit einer schäbigen Couch und einem alten, wackeligen Tisch, und ein Schlafzimmer, das kaum mehr als ein Bett und einen Nachttisch beherbergt. Alles wirkt, als sei es in Eile zusammengewürfelt worden, ohne Rücksicht auf Komfort oder Stil.

Die Küche ist ein Relikt aus einer anderen Zeit – ein abgenutzter Herd, ein Kühlschrank, der leise summt, und ein kleines Regal mit ein paar Konservendosen. Ich starre auf die Wände, die mit einer dünnen Schicht weißer Farbe gestrichen wurden, die an einigen Stellen abblättert und das rohe Holz darunter freilegt. Es ist kein Zuhause. Es ist ein Versteck.

Draußen ist es nicht besser. Die Veranda ist schmal, mit einem Geländer, das an einer Seite gebrochen ist. Die Stufen, die hinunter in den Hof führen, sind uneben und wirken, als könnten sie jeden Moment nachgeben. Der Hof selbst ist von dichtem Wald umgeben, die Bäume stehen so nah beieinander, dass kaum Licht durch die Äste dringt. Es ist still – eine unheimliche, drückende Stille, die selbst den Wind leiser erscheinen lässt.

Und doch gibt es etwas Beruhigendes an der Abgeschiedenheit dieses Ortes. Keine Autos, keine Stimmen. Hier gibt es keine Menschen, die uns sehen oder Fragen stellen könnten. Es ist ein Ort, der nicht existieren sollte, ein Ort ohne Namen und Geschichte. Aber genau das macht ihn zu einem Zufluchtsort.

Ich wünschte nur, ich könnte glauben, dass wir hier wirklich sicher sind.

Die Nacht ist still, nur das gelegentliche Rascheln der Bäume im Wind bricht die Ruhe. Die Veranda ist klein, mit alten Holzdielen, die unter unseren Füßen knarren, aber es fühlt sich an wie ein winziger Zufluchtsort in einer Welt, die von Schatten und Bedrohung beherrscht wird. Ich sitze eingewickelt in eine Decke auf einem der alten Holzsessel, die Knie an meine Brust gezogen, und starre in die Dunkelheit des Waldes. Cole sitzt neben mir, seine Schultern steif, die Hände in den Taschen seiner Lederjacke vergraben. Sein Gesicht ist im Schatten, doch ich spüre die Anspannung in seiner Haltung, als würde er die Gefahr selbst in der Stille hören.

Der Wind heult draußen durch die Bäume, und ein loses Stück Dachrinne klappert unregelmäßig gegen die Holzverkleidung des Hauses. Es klingt wie das vehemente Pochen eines unsichtbaren Besuchers, der nur darauf wartete, eingelassen zu werden. Das Licht im Safehouse flackerte gelegentlich, als hätte selbst der Strom Angst, zu bleiben.

„Was ist, wenn Leyla wirklich…" Meine Stimme bricht, und ich kann den Satz nicht beenden. Es fühlt sich falsch an, die Worte auszusprechen, als würde ich sie dadurch wahr machen.

Cole dreht den Kopf zu mir, und ich spüre seinen Blick auf mir ruhen. „Liv, du weißt, wie das Netzwerk arbeitet." Seine Stimme ist ruhig, aber ich höre die Schärfe darin, die unnachgiebige Realität, die er mir zeigen will. „Du hast mich verdächtigt, deine Sachen durchwühlt zu haben. Für sie wäre es einfach gewesen. Sie wohnt mit dir zusammen. Leyla… sie ist der perfekte Hebel."

„Aber sie ist meine Freundin." Ich hasse, wie klein und verletzlich meine Stimme klingt, aber die Wahrheit in seinen Worten macht mir Angst. Ich habe immer geglaubt, dass Leyla meine Konstante ist, der eine Mensch, der niemals gegen mich arbeiten würde. „Sie würde mich nie verraten, Cole. Niemals."

Er seufzt leise und lehnt sich vor, die Ellbogen auf die Knie gestützt. „Vielleicht nicht absichtlich", sagt er schließlich, sein Ton weicher, aber immer noch ernst. „Aber du hast gesagt, dass deine Sachen durchsucht wurden. Dass Dinge verstellt waren. Und sie kennt Grayson. Es spricht alles dafür."

Ich schließe die Augen, versuche, mich an die Details zu erinnern, an das Chaos, das ich in meiner Wohnung vorgefunden habe. Es hätte alles und jeder sein können, rede ich mir ein. Es hätte sogar ich selbst sein können, in einem Moment der Zerstreutheit. Aber ein Teil von mir weiß, dass das nicht stimmt.

„Ja, vermutlich", flüstere ich. „Sie hat ihn im Club kennengelernt. Aber sie hat ihn nie wieder erwähnt. Sie wusste nicht einmal, wer er wirklich ist."

„Vielleicht", sagt Cole, und sein Ton ist so ruhig, dass es mich nur noch mehr beunruhigt. „Vielleicht hat sie ihn nicht gekannt. Aber Grayson hat sie gekannt. Und er wusste, wie er sie finden konnte."

Ich will ihm widersprechen, will ihm sagen, dass er falschliegt. Aber die Worte bleiben mir im Hals stecken. Leyla war immer neugierig, immer freundlich. Sie hätte sich nie zurückgezogen, selbst wenn Grayson ihr unheimlich vorkam. Und das macht sie angreifbar.

„Ich weiß nicht, wie ich das glauben soll", sage ich schließlich, und meine Stimme zittert vor unterdrückten Tränen. „Leyla ist meine einzige, richtige Freundin. Sie war immer für mich da."

Cole dreht sich zu mir, sein Blick ist ernst, aber nicht kalt. „Ich verstehe, dass es schwer ist, das zu glauben", sagt er leise. „Aber THE VEIL… sie manipulieren Menschen, bis sie keinen Ausweg mehr sehen. Vor allem Grayson. Es geht nicht darum, ob Leyla dich absichtlich verraten hat. Es geht darum, ob sie eine Wahl hatte."

Ich spüre, wie mir die Tränen kommen, und ich hasse mich dafür. Ich hasse, wie schwach ich mich fühle, wie verloren. „Warum ausgerechnet sie?", frage ich, mehr zu mir selbst als zu ihm. „Warum müssen sie immer die Menschen nehmen, die einem wichtig sind?"

Cole schweigt einen Moment, und ich sehe, wie sich sein Kiefer anspannt. „Weil das ihre Methode ist", sagt er schließlich. „Weil sie wissen, dass sie dich so am meisten treffen."

Ich schüttle den Kopf, versuche, seine Worte wegzuschieben, aber sie haben sich längst in meinen Gedanken eingenistet. Hat Leyla… mich wirklich verraten? Oder hat das Netzwerk sie einfach gezwungen? Ich kann es mir nicht vorstellen, und doch ist die Möglichkeit da, wie ein Splitter, der sich tiefer in mein Herz gräbt.

Die Stille wird von einem leisen Summen durchbrochen. Es ist kaum wahrnehmbar, aber in der stillen Nacht fühlt es sich an wie ein Schrei. Ich sehe mich um, suche nach der Quelle, bis ich merke, dass es von Cole kommt. Er greift langsam in seine Jackentasche und zieht ein Handy hervor – ein anderes als das, das er normalerweise benutzt.

„Was ist das?", frage ich, und meine Stimme ist schärfer, als ich es beabsichtige.

Cole schaltet das Handy aus, ohne es zu entsperren, und steckt es zurück in die Tasche. „Das ist nichts."

„Nichts", wiederhole ich ungläubig. „Das ist dieses Handy aus dem Auto."

Er seufzt und reibt sich mit einer Hand über das Gesicht, bevor er mich ansieht. „Es ist mein zweites Handy", sagt er schließlich. „Grayson benutzt es, um mich zu kontaktieren."

Die Worte treffen mich wie ein Schlag. „Grayson?", flüstere ich. „Er hat dir… geschrieben? Du hast Kontakt mit ihm?!"

„Nein. Er *sucht* den Kontakt zu mir." Cole nickt, sein Blick schwer. „Seit wir unterwegs sind. Nachrichten. Anrufe. Er will wissen, wo ich bin. Warum ich nicht an seiner Seite bin."

„Und warum… warum hast du es nicht ausgeschaltet?", frage ich, meine Stimme zittert vor Wut und Verwirrung. „Warum hast du es überhaupt noch?"

„Keine Ahnung", antwortet Cole, seine Stimme ruhig, aber eindringlich. „Wenn ich ihn blockiere, verliere ich jede Möglichkeit, einen Schritt voraus zu sein."

Ich will ihm widersprechen, will ihm sagen, dass das Wahnsinn ist, dass er uns dadurch in Gefahr bringt. Aber ein Teil von mir versteht ihn. Und das macht es nur noch schlimmer.

„Und was, wenn er uns dadurch findet?", frage ich leise. „Was, wenn er schon auf dem Weg ist?"

Cole sieht mich an, und in seinen Augen liegt eine Entschlossenheit, die mich erschauern lässt. „Er wird uns nicht finden", sagt er. „Nicht, solange ich hier bin."

Doch in diesem Moment weiß ich nicht, ob ich ihm glauben kann. Denn das Summen des Handys hallt immer noch in meinem Kopf nach, wie ein Vorbote für das, was kommen wird.

Das Safehouse ist still, aber die Ruhe fühlt sich wie eine Lüge an. Ich sitze am Fenster, ein Taschenmesser in meiner Hand, das ich unbewusst öffne und schließe. Der Klicklaut ist das Einzige, das die Stille durchbricht, aber es beruhigt mich. Es gibt mir ein Gefühl von Kontrolle, auch wenn ich genau weiß, dass diese Kontrolle nur eine Illusion ist.

Ich blicke hinaus in die Dunkelheit, aber die Bäume verraten nichts. Der Wald scheint endlos, eine perfekte Tarnung für uns – oder für jeden, der uns sucht. Ich weiß nicht, ob wir hier sicher sind. Ich weiß nicht, ob wir jemals irgendwo sicher sein werden. Aber in diesem Moment gibt es nichts anderes, was ich tun kann, als zu wachen.

Livia ist im Schlafzimmer. Ich habe sie gehört, wie sie sich auf die Matratze sinken ließ, aber seitdem herrscht absolute Stille. Ob sie schläft oder wach liegt und in die Dunkelheit starrt, weiß ich nicht. Vielleicht beides.

Die Gedanken in meinem Kopf sind laut, zu laut, und ich versuche, sie zu ordnen.

Grayson.

Der Unfall meiner Eltern.

THE VEIL.

Livs Freundin Leyla.

Ihre Familie.

Der Plan, der noch keiner ist.

Wobei das nicht stimmt. Es ist alles da, ein endloses Puzzle, das nur zusammengefügt werden muss, bevor uns die Zeit davonläuft. Liv hat alles in der Hand, um das Netzwerk zu zerschlagen. Sie hat recherchiert. Beweise. Sie kann diese Organisation vernichten.

Und dann ist da noch Liv. Ihre Angst, ihre Sorge, die Art, wie sie alles in sich hineinfrisst, um niemandem zu zeigen, wie sehr sie zerbricht. Sie ist so viel stärker, als sie selbst glaubt, aber ich sehe die ersten Risse in ihrer Fassade. Zum Beispiel das Wegbrechen ihrer Stimme. Und ich weiß, dass ich diejenige sein werde, die diese Risse auffangen muss, wenn sie endgültig brechen.

Mein Handy summt wieder leise in meiner Tasche, und ich ziehe es heraus. Es ist das zweite, das ich noch immer bei mir habe – ein unsichtbarer Faden zu Grayson, den ich nicht durchtrennen kann, auch wenn ich es noch so sehr will. Eine neue Nachricht leuchtet auf dem Bildschirm auf, und für einen Moment zögere ich, sie zu öffnen. Aber ich weiß, dass ich muss.

Bruder, wo bist du? Ich brauche dich. Unsere Welt brennt nieder, und du bist nicht da, um sie zu löschen. Das ist nicht der Zeitpunkt, um Spielchen zu spielen. Melde dich. Jetzt.

Ich starre auf die Worte, spüre, wie sich mein Kiefer anspannt. Das ist so typisch für Grayson. Jetzt nennt er mich Bruder. Jetzt, wo er spürt, dass ich ihm entrinne wie Sand durch die Hand. Jetzt ist es unsere Welt, jetzt braucht er mich. Aber dieses Mal spiele ich nicht mehr nach seinen Regeln. Dieses Mal werde ich meine Eigenen schreiben.

Ich schalte das Handy aus und stecke es zurück in meine Jackentasche. Die Nachricht brennt sich in meinen Kopf, aber ich lasse sie nicht die Oberhand gewinnen. Grayson wird nicht aufhören, mich zu suchen. Und das Netzwerk wird nicht aufhören, bis Livia und ich nichts mehr sind als umgeworfene Schachfiguren in ihrem Spiel.

Ein Geräusch hinter mir reißt mich aus meinen Gedanken. Ich drehe mich um und sehe, wie Liv in der Tür des Schlafzimmers steht, die Decke um ihre Schultern gezogen. Ihr Gesicht ist im Schatten, aber ich kann die Erschöpfung darin sehen, die Unsicherheit.

„Du schläfst nicht", sage ich leise, und meine Stimme klingt rau in der stillen Nacht.

„Wie sollte ich?" Sie tritt einen Schritt näher, ihre Bewegungen langsam, als hätte sie Angst, die Stille zu stören. „Ich weiß nicht mal, ob wir hier bleiben oder gleich morgen verschwinden. Und ob Grayson nicht schon längst im Wald steht und-"

Ich sehe sie an, sehe die Fragen, die sie nicht auszusprechen wagt, und die Angst, die sie versucht zu verbergen. Ich kenne auch keine Antwort auf ihre Fragen.

„Er hat mein Studium zerstört", sagt sie. „Er hat meinen größten Fehler publik gemacht... Ich weiß nicht, wie ich meinen Eltern jemals wieder unter die Augen treten soll..."

„Warum hast du das überhaupt gemacht?", frage ich. „Du warst die Jahrgangsbeste."

„Woher weißt du das?"

Ich zögere. Ich könnte ihr jetzt alles sagen. Dass ich Schuld daran bin, dass sie in diesem Dilemma steckt. Aber ich bringe es nicht über mich. Ich habe Angst davor. „Grayson", sage ich. Ich hoffe, dass sie nicht nachfragt, dass die Antwort ihr genügt, und ich bin erleichtert, dass sie nicht nachfragt.

Liv nickt nachdenklich und zuckt schließlich mit den Schultern. „Ich weiß nicht... Ich hatte Angst, nehme ich an." Sie seufzt schwer. „Ich wollte unbedingt nach Havard. Ich wusste, dass meine Chancen auf Harvard größer sind, wenn ich mich mit einem perfekten SAT-Ergebnis bewerbe."

Ich sehe sie an. Harvard. Meine Uni. Ich studiere dort, wo sie studieren wollte. „Und trotzdem bist du an der Boston U."

„Zu hohes Schulgeld. Ich habe kein Stipendium bekommen."

„Trotz-" *der Ergebnisse*, will ich sagen.

„Lass." Sie schüttelt den Kopf und schluckt. „Ist jetzt es egal. Ich werde deswegen exmatrikuliert werden. Das ist Betrug. Wie soll ich als Journalistin ernstgenommen werden, wenn ich selbst betrogen habe?" Ihre Stimme bricht, und sie schlingt die Decke fester um sich.

„Jeder macht Fehler."

„Aber nicht solche." Sie lehnt sich gegen den Türrahmen. „Meine Eltern werden enttäuscht sein. Ich sollte... Ich sollte sie anrufen. Es ihnen erzählen, bevor sie es auf anderem Wege erfahren." Sie verstummt, und ich weiß, woran sie denkt. An ihre Familie. An alles, was sie zurücklassen musste.

Ich stehe auf, gehe zu ihr und lege eine Hand auf ihre Schulter. „Wenn du sie jetzt kontaktierst, ist vielleicht alles hinfällig", sage ich, und meine Stimme klingt fester, als ich mich fühle. „Ich habe versprochen, dich zu schützen. Und das werde ich."

„Und was ist mit dir?" Sie sieht mich an, ihre Augen glitzern in der Dunkelheit. „Wer schützt dich, Cole?"

Ich schlucke, weil ich darauf keine Antwort habe. Es gibt niemanden. Nicht mehr. Grayson hat den Job übernommen. Aber das sage ich ihr nicht. Stattdessen zwinge ich ein kleines Lächeln auf meine Lippen. „Ich komme schon klar", sage ich. „Mach dir um mich keine Sorgen."

Sie sieht mich noch einen Moment an, dann senkt sie den Blick. „Ich wünschte, ich könnte dir glauben, dass alles wieder gut wird", murmelt sie. „Aber ich weiß nicht, wie."

„Du musst es nicht wissen", antworte ich leise. „Du musst nur einen Schritt nach dem anderen machen."

Für einen Moment herrscht Schweigen zwischen uns, das nur vom gelegentlichen Rascheln des Windes unterbrochen wird. Und obwohl die Gefahr uns umgibt, obwohl die Welt um uns herum in Flammen steht, fühlt sich dieser Moment überraschend echt an. Als könnten wir für einen Augenblick vergessen, was auf uns wartet.

„Und welcher ist der erste Schritt?", fragt sie.

„Das sehen wir morgen..." Ich lächle knapp. „Komm", sage ich schließlich und ziehe sie sanft Richtung Schlafzimmer. „Versuch, ein bisschen zu schlafen. Ich bleibe wach und halte die Stellung."

Sie nickt langsam, geht zurück ins Schlafzimmer, während ich wieder ans Fenster trete. Die Nacht ist noch lang, und ich weiß, dass wir sie nicht ohne weiteres überstehen werden. Aber solange sie da ist, werde ich nicht aufgeben. Egal, was es kostet.

Die Luft im Safehouse ist stickig, trotz der kühlen Nacht draußen. Cole sitzt auf dem einzigen Stuhl, der wackelnd und alt ist, und tippt mit nachdenklicher Miene etwas in ein Notizbuch. Seine Finger gleiten über die Kanten des Umschlags, den Kent ihm gegeben hat, als hätte er Angst, den Inhalt aus der Hand zu geben.

„Ich hab einen Plan."

„Guten Morgen auch."

Er hebt eine Augenbraue und trommelt mit dem Zeigefinger auf dem Notizbuch herum. „Wir müssen die Verbindung finden", sagt er schließlich, seine Stimme ist ruhig, aber fest.

„Welche Verbindung?" Ich verstehe nicht, was er meint.

„Du hast diesen Artikel über den Baustop schreiben sollen."

„Ja. Es sind von Seiten des Stadtrats Gelder an Trevis & Partner geflossen beziehungsweise an Sax Investments."

Cole nickt nachdenklich. „Dabei bist du auf etwas gestoßen, was Grayson aufgescheucht hat. Kent spricht vom Unfall unserer Eltern. Wo ist die Verbindung? Wie passt das alles zusammen?"

Ich lehne mich gegen die alte Küchenzeile und sehe ihn schweigend an, während er weiterspricht.

„THE VEIL ist zu groß, um es frontal anzugreifen. Aber wenn wir den richtigen Faden ziehen, könnten wir alles zum

Einsturz bringen." Er redet sich in Rage und scheint darüber zu vergessen, wie hoch das Risiko dabei für mich ist. „Jeder macht Fehler, wenn er unter Druck gerät", erwidert Cole, und in seiner Stimme liegt eine Überzeugung, die mich überrascht. „Sogar Grayson. Und jetzt gerade steht er unter enormen Druck. Wenn wir einen kühlen Kopf bewahren, dann-" Er hält inne. „Was?"

„Vielleicht macht Grayson Fehler. Vielleicht auch nicht", sage ich ruhig, „aber er ist nicht alleine THE VEIL. Was ist mit Victor Moreau? Mit Judge Irving, Diane Hargrove? Sie sind zu organisiert. Zu mächtig." Ich spüre, wie meine Schultern sich verspannen. „Sie haben vielleicht sogar Leyla…" Ich kann den Satz nicht beenden.

Cole sieht mich an, sein Blick ernst, aber weich. „Liv, ich weiß, dass es schwer ist. Aber wir müssen realistisch bleiben. Wenn Leyla manipuliert wurde…"

Ich stoße mich vom Küchenbord ab, meine Bewegungen ist abrupt, fast wütend. „Sie ist meine beste Freundin, Cole. Sie würde mich niemals verraten."

Er bleibt ruhig sitzen, seine Haltung entspannt, obwohl ich ihn anstarre, als würde ich ihn herausfordern wollen. „Was, wenn Grayson sie unter Druck gesetzt hat? Denk daran, was er dir angetan hat. Die Drogen im Drink? Die SAT-Ergebnisse, die Drohungen. Glaubst du, er würde vor Leyla haltmachen?"

Ich schüttle den Kopf, will seine Worte nicht akzeptieren. „Das ist nicht fair", flüstere ich. „Sie ist nicht wie wir. Sie ist unschuldig. Sie muss unschuldig sein."

Cole atmet tief durch und steht dann auf. „Niemand ist unschuldig."

Stille macht sich zwischen uns breit. Das Schweigen ist so drückend, dass ich es kaum ertrage und mich schließlich räuspere. „Also. Wie sieht dein Plan aus?"

Cole zögert einen Moment und fährt sich dann verlegen durch die Haare. „Ich... dachte, wir sichten noch einmal gemeinsam deine Recherchen?"

Mein Herz klopft. Schnell. Fest. Aufgeregt.

„Ich weiß, dass ich dir gesagt habe, du sollst niemandem trauen."

„Ja."

„Und jetzt bitte ich dich, mir deine Aufzeichnungen zu zeigen."

„Ja." Ich verschränke die Arme vor der Brust.

Er steht auf und kommt auf mich zu. Lächelt mich an. Warm, entwaffnend. Ein wenig schief. Beugt sich zu mir und küsst mich sanft. Zärtlich. So, dass mein Widerstand schmilzt.

Ich will ihm vertrauen.

Ich will, dass das hier keine Masche von ihm ist.

Ich will, dass das mit ihm echt ist.

Ich will, dass das alles ein Ende findet.

Ich lasse mich in den Kuss fallen und seufze leicht.

„Ich würde dir gerne beweisen, dass ich es wert bin, dass du mir vertraust." Er setzt noch einen Kuss hinterher und tritt dann zurück.

„Ich bin hier", sage ich. „Mit dir." Tief hole ich Luft, gehe zu meiner Tasche und hole meinen Laptop. Ich zögere kurz, bevor ich ihn auf den Tisch stelle. „Es ist sehr viel Material, Cole...", sage ich vage und klappe ihn auf. Er beobachtet mich, wie ich den USB-Stick ins Laufwerk stecke und den Ordner öffne, der mit einem Passwort gesichert ist. Seine Augen weiten sich ein wenig, als er die Unmenge an Unterordnern sieht, die ich in den letzten Monaten erstellt hat. Wahllos klickt er auf einen der Ordner, den ich „van Houten" genannt habe. Wieder öffnet sich eine Liste mit Unterordnern und Dokumenten, die allesamt etwas mit Erik van Houten und seinem angeblichen Unfalltod zu tun haben.

„Okay...", sagt er vage, klickt zurück und öffnet einen anderen Ordner, der ebenfalls prallgefüllt ist mit Informationen. Sie hat gründlich recherchiert. Sehr gründlich. „Das ist viel."

„Grayson hat mir zu Beginn ein Paket mit Informationen über den Baustop zukommen lassen, aber es erschien mir klug... nun ja." Ich zucke mit den Schultern. „Tiefer zu graben."

Ihm weicht ein wenig die Farbe aus dem Gesicht. „Nicht nur mein Bruder hat dir Material zu kommen lassen."

Ich lege den Kopf schief.

„Die anonymen Nachrichten waren von mir."

Ich starre ihn an, unfähig, sofort zu reagieren. Die anonymen Nachrichten waren von ihm. Meine Gedanken rasen. All die Momente, in denen ich mich beobachtet, verfolgt gefühlt habe – war er das auch? Die Warnungen, die mich in eine Spirale aus Angst und Misstrauen gestürzt haben, kamen ausgerechnet von Cole?

Von wem hätten sie sonst kommen sollen, frage ich mich im gleichen Atemzug. Vom toten van Houten? Von Alexander Falk? Ich hatte den Gedanken an Cole auch schon. Es macht Sinn. Er ist ein Insider.

„Was?", frage ich dennoch, obwohl ich spüre, tief in meinem Inneren, dass er die Wahrheit sagt. Ich habe ihm nie von den Nachrichten erzählt. Ich habe es niemandem erzählt.

Cole senkt den Blick, streicht sich mit der Hand durch die Haare und atmet tief ein. „Ich wollte dich schützen", sagt er schließlich angespannt. „THE VEIL... Grayson... ich wusste, dass du irgendwann zu nah dran sein würdest. Ich dachte, wenn ich dir Hinweise gebe, kannst du vorsichtiger sein."

Ich lasse mich auf den Stuhl hinter mir sinken, und spüre, wie die Kraft aus meinen Beinen weicht. „Du dachtest, du könntest mich mit halben Wahrheiten und vagen Drohungen schützen? Cole, ich habe wochenlang gedacht, ich werde verrückt! Ich hatte das Gefühl, dass jeder Schritt, den ich mache, beobachtet wird, dass ich niemandem trauen kann." Meine Stimme wird lauter, überschlägt sich fast. „Wie konntest du... Du hast mich doch im Grunde genauso manipuliert, wie Grayson."

„Ich habe dich nicht manipuliert", sagt er schnell, seine Augen flehen mich an, ihm zu glauben. „Es war das Einzige, was ich tun konnte, ohne dich noch mehr in Gefahr zu bringen. Glaubst du, ich hätte es ertragen, dich direkt hineinzuziehen? Dir direkt zu sagen, wie gefährlich Grayson ist? Du hättest..." Er stoppt, beißt sich auf die Lippe, bevor er weiterspricht. „Du hättest ihm die Stirn geboten, und das hätte dich umgebracht."

Seine Worte treffen mich hart, aber mein Kopf ist zu voll, um sie zu sortieren. „Du hättest mit mir reden können", sage ich leise, und meine Stimme bricht. „Einfach mit mir reden, Cole. Stattdessen hast du dich hinter anonymen Nachrichten versteckt."

Er tritt einen Schritt näher, doch ich hebe die Hand, um ihn zurückzuhalten. „Nein", sage ich. „Ich brauche einen Moment. Ich... ich weiß gerade nicht, was ich fühlen soll. Wut? Dankbarkeit? Ich weiß es einfach nicht."

Cole bleibt stehen, seine Schultern sinken leicht, als hätte ich ihm einen Schlag versetzt. „Liv... ich wollte dich niemals verletzen, das musst du mir glauben", sagt er leise. „Alles, was ich getan habe, war, um dich zu schützen."

Ich schaue auf den Laptop auf dem Tisch, auf die unzähligen Ordner, die ich angelegt habe, um dieses Netzwerk zu entlarven, um Grayson zu stürzen. Ich sehe seinen jüngeren

Bruder vor mir stehen, müde, zermürbt, und mein Herz schlägt schneller. Ich weiß, dass er es aufrichtig meint. *Ich will, dass es so ist.*

Ich wollte ein Zeichen, dass mir sicher zeigt, dass ich ihm vertrauen kann. Ist es dieses Geständnis? Oder ist es auch Teil der Manipulation.

Ich werde verrückt. Mein Kopf droht zu explodieren.

„Ich verstehe das", sage ich schließlich, aber meine Stimme ist kühl. „Du wolltest helfen. Und vielleicht hast du das ja auch. Aber du musst verstehen, dass ich Zeit brauche, um das zu verarbeiten."

Er nickt langsam, sieht mich noch einen Moment an, bevor er sich abwendet. „Ich gebe dir so viel Zeit, wie du brauchst", murmelt er. Doch ich höre den Schmerz in seiner Stimme.

Die Stille, die folgt, ist schwer, fast unerträglich. Ich drehe mich wieder zum Laptop, versuche, mich auf die Dokumente vor mir zu konzentrieren, doch mein Kopf ist ein einziges Durcheinander. Coles Worte hallen immer wieder in mir nach, vermischen sich mit Erinnerungen an die anonymen Nachrichten, an die Angst, die sie in mir ausgelöst haben. Und trotzdem... ein Teil von mir weiß, dass er recht hat. Dass ich wahrscheinlich genauso gehandelt hätte, wenn ich an seiner Stelle gewesen wäre.

Ich zwinge mich, die Dateien zu öffnen, einen Fuß zurück in die Realität zu setzen, die uns beide gerade einholt. Der Ordner über den Stadtrat William Merrick ist randvoll mit Hinweisen, die ihn mit dem Netzwerk verbinden – Zeitungsartikel, Bilder, die ich aus dem Netz gezogen habe, das Merrick unter anderem mit Victor Moreau zeigt. Es ist alles da, und doch fühlt es sich unvollständig an. Wie ein Puzzle, bei dem das wichtigste Stück fehlt.

Ich halte inne.

Ich öffne einen anderen Ordner, den ich über Medienmogul Clint Sax angelegt habe. Ich kenne jedes Einzelne der Dokumente. Lebenslauf, Abschlussarbeit, Berichte, die ihn mit Diane Hargrove zeigen oder mit Victor Moreau.

Mein Magen beginnt nervös zu flattern. Hektisch öffne ich den Ordner zu Diane Hargrove. Ich öffne schnell die Dokumente, überfliege sie eilig und das Kribbeln in mir wird fast unaushaltbar.

Ich spüre, wie Cole hinter mich tritt und mir über die Schulter schaut, aber ich kann ihn nicht beachten. Der Gedanke formt sich allmählich, ich nehme sein otivbuch, fange darauf herumzukritzeln, eilig und verschmiert, schreibe Namen und Pfeile darauf und letztlich, nach Minuten der Anspannung schlage ich mit der Faust auf den Tisch. „Das kann nicht sein."

„Was?"

Grayson. Es fehlt der Bezug zu Grayson. Mein Atem stockt, als sich die Wahrheit vor mir entfaltet, Stück für Stück, wie ein Puzzle, das ich zu lange falsch zusammengesetzt habe. Das ist nicht nur Zufall. Grayson hat sein Leben so manipuliert, dass keine Spur auf ihn zeigt – wie ein Geist, der im Schatten eines jeden Artikels lebt, den ich je gelesen habe. Mein Magen zieht sich zusammen. Wie viel Macht hat jemand, der nicht existierte?

„In jedem dieser Dokumente stehen die Personen des Netzwerkes zueinander in Verbindung. Sie tauchen in Zeitungsartikeln auf, in Geschäftsbeziehungen. Hier", ich drehe den Laptop und zeige ihm ein Foto von Sax und René Dupont. „Sax hat zum Beispiel im letzten Jahr auf einer Auktion ein Kunstwerk ersteigert, das zuvor in Duponts Gallerie hing. Hargrove hat darüber berichtet. Egal." Ich sehe ihn an. „Es gibt duzender dieser... Facts, die öffentlich zeigen, wie sie networken. Die Schönen und Reichen."

„Und?"

„Der Name deines Bruders taucht in keinem dieser Artikel in Zusammenhang auf."

Cole starrt mich an.

„Hier." Ich öffne Google und stelle eine Anfrage mit Graysons Namen. „Es gibt zig Artikel. Zu seinem Job als Anwalt, zu wohltätiger Arbeit. Älter natürlich dieser ganze Shit aus seiner Schulzeit, aber das ist gut versteckt im Netz. In keinem – und ich habe hunderte dieser Artikel davon gelesen – taucht sein Name mit Namen des Netzwerks auf. Er war auf Events, auf denen auch andere Mitglieder waren, aber darüber wurde nicht berichtet."

Selbst Cole wirkt irritiert. „Aber... wie...?"

„Ja. Wie." Ich sehe ihn an. „Diane Hargrove kann das gedeckelt haben für ihn. Oder Sax. Wir müssen ihn in Verbindung zu den Mitgliedern setzen. Ihm nachweisen, dass er – abgesehen von Victor Moreau, denn es ist bekannt, dass er euer-"

„*Sein*", unterbricht er mich.

„Pate ist – Beziehungen zu den THE VEIL-Mitgliedern unterhält, die über bloße Partybekanntschaften hinausgehen." Ich atme aufgeregt durch. „Wir haben einen Anfang."

Cole setzt sich neben mich an den Tisch, greift nach seinem Handy, dem anderen, das nicht seinen Kontakt zu Grayson hält, und öffnet die Galerie. Er scrollt einen Moment durch die Dateien, bis er mir das Gerät hinhält. „Du meinst sowas?"

Ich starre das Bild an. Moreau, Sax und Hargrove stehen rauchend auf einem Balkon. Bei ihnen Grayson mit Whisky-Glas in der Hand. Hargrove hat eine Hand auf Graysons Unterarm gelegt. Die Szene wirkt vertraut.

„Cole..." Ich sehe ihn mit offenem Mund an.

Er scrollt noch weiter, zeigt mir weitere Bilder und Dokumente, die er offensichtlich im Geheimen abfotografiert hat.

„Schau mich nicht so an", sagt er. „Mir war sehr wohl bewusst, dass ich ein Druckmittel brauche, wenn ich irgendwann... raus will."

Das Dokument, das er mir zeigt, ist eine von einem Bildschirm abfotografierte E-Mail von Grayson an Stadtrat William Merrick. Darin steht, dass *man* erwartet, dass die Abstimmung im Stadtrat für die Freigabe von zusätzlichem Bauland zu Gunsten der Sax-Media-Group auszufallen habe. „Das hier", sagt Cole und hält das Handy hoch, „hat mich wahrscheinlich schon mehr als einmal fast das Leben gekostet. Wenn Grayson jemals herausfindet, dass ich das habe..." Er stockt, und schüttelt den Kopf, als wolle er den Gedanken abschütteln. „Das war die ganze Zeit über meine Absicherung. Aber wenn es dir hilft, das Netzwerk zu zerstören, ist es das wert."

„Das...", flüstere ich und sein Geständnis von eben tritt vollkommen in den Hintergrund. „Cole, genau das..."

„Wenn es nicht so eskaliert wäre, hätte dein anonymer Freund dir noch mehr Material zugespielt." Er grinst schief und ich kann nicht anders. Ich nehme sein Gesicht in beide Hände und küsse ihn.

„Wir zerschlagen THE VEIL", flüstere ich und Cole nickt.

Ich sehe Cole an, meine Hand noch immer in seiner. Zum ersten Mal seit Wochen fühlt sich die Dunkelheit um uns herum weniger erdrückend an. Wir haben einen Plan, einen echten Ansatz.

„Das hier macht uns angreifbar", sage ich leise. „Aber wenn wir es richtig nutzen, können wir sie treffen, wo es wehtut."

Cole nickt, sein Blick entschlossen. „Wir tun es zusammen."

Ich schaue Cole an, seine entschlossenen Augen, das leichte Zittern seiner Hände, das er zu verbergen versucht. „Zusammen", sage ich fest, und das Wort ist mehr als eine Bestätigung – es war ein Versprechen. Doch während die Dunkelheit draußen und die Schatten unserer Vergangenheit uns immer noch umgeben, weiß ich, dass dieser Kampf alles von uns fordern wird. Und ich bin bereit.

18

Livia

Ich sitze auf dem Boden, die Beine vor mir ausgestreckt, während der schwache Schein einer Tischlampe über die verstreuten Papiere und Notizen auf dem Teppich fällt. Mein Laptop liegt vor mir, der Bildschirm eine endlose Liste aus Dokumenten, Links und Bildern. Es ist alles da, das ganze Chaos, und doch scheint nichts zusammenzupassen.

Meine Augen brennen, die Buchstaben auf dem Bildschirm verschwimmen ineinander, und ein dumpfer Schmerz pocht hinter meiner Stirn. Ich presse die Finger gegen meine Schläfen und versuche, den Knoten in meinem Kopf zu lösen, doch je mehr ich darüber nachdenke, desto enger zieht er sich zusammen. „Das ergibt alles keinen Sinn", murmle ich und lasse die Hände kraftlos sinken. „Mir dröhnt der Kopf", sage ich schließlich und lasse mich auf den Stuhl neben ihm sinken.

Cole klappt meinen Laptop auf und öffnet eine der Dateien, die wir von meinem Stick gesichert haben. Cole scrollt langsam durch die Liste, sein Gesicht konzentriert.

Er nimmt sein Handy, scrollt einen Moment und findet eine weitere Datei, eine E-Mail-Korrespondenz, die ich kaum lesen kann, so sehr zittern meine Hände. Es sind weitere Nachrichten zwischen Merrick und einem gewissen „R." – R wie Rutherford. Grayson *Rutherford*.

„Das ist es", sage ich, meine Stimme heiser vor Aufregung. „Das ist der Faden, den wir ziehen können."

Cole nickt, sein Blick ist scharf. „Das ist ein Anfang. Aber wir brauchen mehr. Wenn wir nur diese E-Mails haben, könnten sie leicht als Fälschung abgetan werden. Wir brauchen etwas, das die Verbindung endgültig beweist."

Die Nacht hat uns beinahe schon verschluckt, und der Tisch vor uns ist ein Chaos aus Papieren, Notizen und dem Schein meines Laptops. Cole sitzt mir gegenüber, stützt die Stirn auf die Hand und klickt durch Ordner auf meinem USB-Stick. Wir sind erschöpft, aber keiner von uns schlägt vor, aufzuhören. Die Arbeit ist alles, was uns von der Angst abhält, die wie eine tickende Bombe in der Luft hängt.

Plötzlich vibriert mein Handy neben mir, und das Geräusch lässt mich zusammenzucken. Mein Herzschlag beschleunigt sich, und ich greife danach, als würde ich damit verhindern können, dass es noch mehr Aufmerksamkeit auf uns zieht. Auf dem Display leuchtet Leylas Name auf.

„Leyla." Mein Blick fliegt zu Cole, und er hebt eine Augenbraue. „Was soll ich tun?", flüstere ich, die Finger wie erstarrt über dem Ablehnen-Button.

„Wenn du nicht rangehst, fällt das auf", sagt er leise, seine Stimme so ruhig, dass es mich beinahe beruhigt. „Sie kennt dich gut. Zu gut, um das nicht zu bemerken."

Ich schlucke schwer und wische über den grünen Button. „Hey, Leyla", sage ich, bemüht, meine Stimme normal klingen zu lassen.

„Livia! Wo bist du?" Ihre Stimme ist eine Mischung aus Sorge und Vorwurf. „Ich hab dir schon zig Nachrichten geschickt! Warum meldest du dich nicht?"

Ich ziehe den Laptop ein Stück näher, als könnte er mich vor der Konfrontation schützen. „Tut mir leid, Leyla. Ich... es war alles etwas viel. Ich musste raus."

„Raus? Wohin? Du kannst doch nicht einfach verschwinden, ohne was zu sagen."

„Ich bin... bei meiner Tante", sage ich schnell und hoffe, dass sie die Lüge nicht sofort durchschaut. „In Georgia. Sie ist krank geworden, und... ich musste einfach hin."

Am anderen Ende herrscht einen Moment lang Stille, und ich kann spüren, wie sie die Worte in ihrem Kopf abwägt. „Georgia?", fragt sie schließlich, skeptisch. „Seit wann hast du eine Tante in Georgia?" Leylas Stimme ist zu ruhig, zu beherrscht.

Ich spüre, wie mir das Blut in den Ohren rauschte. „Ja. Es war... spontan." Mein Magen rumort heftig. „Das hab ich dir mal erzählt, oder? Tante Eliza? Sie ist nicht so nah an der Familie dran, aber... es ist kompliziert."

Leyla lacht leise, aber es klingt nicht wie sie. „Okay. Wenn du es sagst." Sie schweigt einen Moment, bevor sie hinzufügt: „Livia, du bist einfach abgehauen, und dann taucht dieser Artikel im Chronicle auf. Bist du das gewesen? Dieser Text klingt ernst. Was ist los mit dir?", flüstert sie, „Ich mache mir Sorgen." Die Worte klingen warm, doch etwas in ihrem Ton lässt die Haare auf meinen Armen aufstellen.

Das Blut rauscht in meinen Ohren, und meine Kehle wird trocken. Ich öffne den Mund, um zu antworten, doch die Worte bleiben mir im Hals stecken. Ich sehe zu Cole, und sein Blick mahnt mich zur Vorsicht.

„Ich weiß nicht, wovon du redest", sage ich schließlich, aber meine Stimme ist nicht so fest, wie ich es gerne hätte. „Ich... ich wollte einfach nur weg. Der Artikel hat nichts mit mir zu tun."

„Livia, du klingst nicht wie du selbst." Ihre Stimme ist jetzt besorgt. „Wenn irgendwas ist, kannst du mit mir reden. Du weißt das, oder?"

„Es ist alles okay", sage ich, zu schnell, zu abgehackt. „Wir sehen uns, wenn ich wieder zurück bin, okay?"

„Livia–"

„Ich muss los, Leyla. Ich ruf dich bald an." Bevor sie noch etwas sagen kann, drücke ich das Gespräch weg. Mein Herz rast, meine Hände zittern, und ich spüre Coles Blick auf mir.

„Tante Eliza?", fragt er skeptisch.

„Ist seit 4 Jahren tot. Sie war die Schwester von Mums Mutter."

„Verstehe", sagt er schließlich, seine Stimme leise, aber ich höre die Spannung darin.

„Leyla weiß, dass etwas nicht stimmt." Meine Worte kommen kaum mehr als ein Flüstern. „Ich hab sie belogen, und sie weiß es."

Cole lehnt sich zurück und verschränkt die Arme vor der Brust. „Vielleicht. Aber du hattest keine andere Wahl. Jetzt wissen wir zumindest, dass sie den Artikel gesehen hat."

Ich nicke stumm, aber das flaue Gefühl in meinem Magen bleibt. Dann spreche ich aus, was ich eigentlich nicht wahrhaben will. „Oder gezeigt bekommen hat." Ich hole zittrig Luft. „Ich meine: wer ruft denn mitten in der Nacht um halb zwei Leute an – außer er ist total betrunken?"

„Hm... und welcher normale Mensch geht um halb zwei ans Telefon?"

„Menschen, die über ihrer Recherche versackt sind."

„Oder Menschen, die für irgendwelche Medizinexamen lernen." Er grinst und steht auf. „Komm. Wir sollten eine Pause machen." Cole schiebt sich die Ärmel seines Pullovers hoch und deutet mit dem Kopf zur Veranda. „Frische Luft könnte helfen."

Ich folge ihm nach draußen, und die Kälte der Nacht trifft mich wie eine meterhohe Welle des Atlantiks. Der Himmel ist klar, die Sterne so hell, dass sie fast tröstlich wirken. Doch die Gedanken an Leyla und ihren Anruf lassen mich nicht los.

„Ich will, dass sie nichts damit zu tun hat", sage ich, meine Arme um meinen Körper geschlungen.

Cole lehnt sich gegen das Geländer, seine Hände locker an den Seiten. „Ich verstehe, dass du das willst. Aber denk nach. Die durchsuchten Sachen, die kleinen Veränderungen in deiner Wohnung... Sie wusste, wann du nicht da warst."

„Das beweist gar nichts", erwidere ich, meine Stimme wird schärfer. „Ich war auch etwas unordentlich in letzter Zeit. Und Grayson... er ist geschickt. Er könnte das alles arrangiert haben, um uns gegeneinander auszuspielen."

Cole nickt langsam. „Das könnte auch sein. Aber was ist, wenn nicht? Was ist, wenn sie ihn noch einmal getroffen hat? Du hast gesagt, dass sie im Club mit ihm gesprochen hat. Er kann so... fucking charmant sein. Vielleicht hat er sie überzeugt, vielleicht macht sie es, um sich", er macht ein Würgegeräusch, das so gar nicht zu ihm passt, „in seinem Licht zu sonnen."

Ich sehe ihn an, meine Wut ist noch nicht verflogen, aber tief in mir weiß ich, dass er recht haben könnte. „Also was dann? Was sollen wir tun? Sie konfrontieren?"

„Das wäre das Schlimmste, was du tun könntest", sagt Cole und sieht mich direkt an. „Wenn sie tatsächlich unter Graysons Einfluss steht, würde sie uns nichts sagen. Und wenn nicht... könnte sie in Gefahr geraten, nur weil wir Zweifel gesät haben."

Ich presse die Lippen zusammen, mein Kopf ist ein Wirrwarr aus Gedanken und Emotionen. „Ich will das nicht glauben", flüstere ich schließlich.

„Das musst du auch nicht", sagt Cole leise. „Aber du musst
vorbereitet sein. Für alle Möglichkeiten."

Zurück im Haus sitzen wir wieder am Tisch, die Stille zwischen uns ist schwer. Die moderige Luft im Safehouse drückt
auf unsere Gemüter, und es ist, als hätte der Wald draußen den
Atem angehalten. Jeder Schritt über den knarrenden Boden
fühlt sich an, als würde man ein Geheimnis verraten, und die
Wände schienen unsere Worte aufzusaugen, bevor sie überhaupt ausgesprochen werden. Draußen ist nichts als Dunkelheit
– eine undurchdringliche, bedrohliche Schwärze, die uns
umgibt wie ein lebendiger Schatten.

Cole tippt mit einem Bleistift auf seinen Notizblock, während ich eine neue Liste auf meinem Laptop erstelle. Die
Namen, die Verbindungen, die Pläne – alles fügt sich langsam
zusammen, wie ein Puzzle, das seine Form annimmt.

„Wir müssen uns auf Merrick konzentrieren", sagt Cole
schließlich. „Wir müssen bessere Beweise finden. Wir brauchen etwas, wir wirklich nutzen können."

„Und dann?", frage ich. „Was, wenn das nicht reicht?"

Cole sieht mich an, und in seinem Blick liegt eine Entschlossenheit, die mich fast erschreckt. „Dann finden wir mehr.
Und wir geben nicht auf, bis THE VEIL fällt."

Und obwohl die Angst in mir tobt, nicke ich. Denn aufgeben ist keine Option mehr.

Die pechschwarze Nacht legt sich wie ein schwerer Mantel über das Safehouse, und die Dunkelheit draußen scheint alles zu verschlucken – die Geräusche der Welt, unsere Zweifel, unsere Ängste. Drinnen ist es nicht viel besser. Die Stille zwischen uns ist aufgeladen, nicht unangenehm, aber schwer, wie ein Gewicht, das uns beide zu Boden zieht.

Ich sehe Liv an, wie sie sich erneut über den Laptop beugt, die Stirn in Falten gelegt, ihre Finger fliegen über die Tastatur. Ihre Entschlossenheit ist fast greifbar, ein Kontrast zu dem Chaos, das um uns herum herrscht. Ich wünschte, ich könnte ihren Fokus teilen, aber mein Kopf dreht sich. Sie kennt kein Ende. Es ist mittlerweile weit nach drei und sie ist immer noch voller Energie, während meine Gedanken schwer sind wie Blei.

Immer wieder kehren meine Überlegungen zu dem zurück, was ich ihr vorhin gestanden habe: Dass ich der anonyme Tippgeber war.

Es war die Wahrheit, und doch fühlt es sich an wie eine weitere Lüge. Denn was ich ihr nicht gesagt habe – was ich vielleicht niemals sagen kann – ist, dass ich sie ursprünglich für das Netzwerk ausgesucht habe. Dass sie, mit all ihrer Brillanz, ihrer Leidenschaft, genau die Person war, die Grayson suchte. Ich habe sie in diese Hölle gebracht, und jetzt versuche ich, sie herauszuführen. Ironisch, nicht wahr?

Ich lehne mich im Stuhl zurück, streiche mir mit der Hand über das Gesicht. Mein Blick wandert zu Liv, die ihren Kopf kurz an ihre Hand stützt und tief durchatmet, bevor sie weitertippt. Es ist dieser Moment, dieser kleine Augenblick der Schwäche, der mich wieder daran erinnert, warum ich sie nicht einfach als eine Schachfigur sehen kann. Ich hätte es tun sollen. Aber jetzt? Jetzt bin ich zu tief drin.

Ich bewundere sie. Ihren Kampfgeist. Ihre Stärke. Sie hat jede Menge Angst – das sehe ich in ihren Augen, höre es in ihrer Stimme – und trotzdem kämpft sie weiter. Das Netzwerk hat versucht, sie zu brechen, hat ihr die Wahl gelassen, sich zu fügen oder unterzugehen, und sie hat sich entschieden, zurückzuschlagen. Ich weiß nicht, wie jemand so etwas schafft, und doch tut sie es. Und ich? Ich kann mich nicht mehr davor schützen, wie ich mich fühle. *Wie ich mich in sie verliebt habe.*

Der Gedanke trifft mich wie ein Schlag, aber er überrascht mich nicht. Vielleicht wusste ich es schon, als ich sie im Club gesehen habe, wie sie Grayson die Stirn geboten hat, oder vielleicht, als sie bei mir zusammengebrochen ist und trotzdem noch diesen Funken Widerstand in sich trug. Vielleicht wusste ich es, als sie hier mit mir saß und mir ihr Vertrauen – oder zumindest einen Teil davon – schenkte, trotz allem, was ich ihr angetan habe.

„Cole?" Ihre Stimme reißt mich aus meinen Gedanken, und ich sehe, wie sie mich ansieht, die Stirn leicht gerunzelt. „Alles okay?"

Ich nicke langsam. „Ja", sage ich, obwohl das nicht ganz stimmt. „Es war nur ein langer Tag."

„Das war es", murmelt sie und schließt den Laptop. Ihre Bewegungen sind langsam, fast zögerlich, als wolle sie den Moment hinauszögern, bevor sie alles loslassen muss. Sie sieht erschöpft aus, und ich frage mich, wann sie das letzte Mal wirklich geschlafen hat.

„Komm", sage ich leise und stehe auf. „Es ist spät. Wir sollten schlafen."

Sie sieht mich einen Moment lang an, als wolle sie widersprechen, doch dann nickt sie. „Ja, wahrscheinlich hast du recht."

Ich schalte die Lampe aus, und gemeinsam gehen wir in das kleine Schlafzimmer. Es ist schlicht, nur ein Bett und ein schmaler Schrank, aber es reicht. Liv setzt sich auf die Bettkante, ihre Schultern wirken so müde, dass es fast wehtut, sie anzusehen.

Ich zögere, dann nehme ich meine Tasche und werfe sie in eine Ecke. „Ich nehme heute besser die Couch", sage ich, doch sie schüttelt den Kopf.

„Das ist doch albern", murmelt sie, ohne mich anzusehen. „Das Bett ist groß genug. Außerdem... es fühlt sich sicherer an, wenn wir... zusammenbleiben."

Ein Teil von mir will protestieren, aber ich tue es nicht. Ich ziehe die Schuhe aus und setze mich neben sie, und für einen Moment sitzen wir einfach nur da, schweigend. Die Nähe zu ihr fühlt sich beruhigend an, aber sie macht mich auch nervös, als würde ich eine Grenze überschreiten, die ich selbst gezogen habe.

„Danke", sagt sie plötzlich, ihre Stimme leise. „Für alles."

Ich sehe sie an, und etwas in ihrem Blick bringt mich dazu, ihr eine Hand auf die Schulter zu legen. „Ich werde dich da durchbringen, Liv", sage ich, und ich meine es ernst. „Das verspreche ich dir."

Sie sieht mich an, und ich merke, dass sie lächelt, auch wenn es ein schwaches Lächeln ist. Es ist genug, um mir das Gefühl zu geben, dass wir vielleicht doch eine Chance haben. „Du gibst viele Versprechen...", sie atmet tief aus. „Hast du nicht Angst, dass du sie brichst?"

Wir legen uns ins Bett, und die Stille breitet sich wieder aus, diesmal weniger schwer, sondern wie eine Decke, die uns schützt. Während ich sie atmen höre, merke ich, wie mein Kopf sich langsam klärt. Aber eine Frage bleibt: Wie lange kann ich die Wahrheit vor ihr verbergen? Und was wird passieren, wenn sie sie erfährt?

Während ich in der Dunkelheit liege und Coles ruhigem, gleichmäßigem Atem lausche, komme ich nicht umhin, mich zu fragen, was das zwischen uns ist.

Die gegebenen Versprechen

Die gestohlenen Küsse.

Die fast schon zu intime Nähe, die mit der immer wieder auftauchenden, fast unüberbrückbaren Distanz einhergeht.

Der Sex im Hotelzimmer.

Die Kluft zwischen uns.

Er berührt mich nicht, ich ihn nicht – und doch pocht mein Herz so laut, dass er es hören muss. Ich spüre die Wärme, die von seinem Körper ausgeht, ich weiß genau, wie es sich anfühlt, wenn sich seine Arme fest um mich schließen und mir dieses Gefühl von Sicherheit geben, von dem er immer spricht. *Ich will dich beschützen.* Genau so fühlt es sich an, wenn ich in seinen Armen liege.

Dass er vorgeschlagen hat, auf der Couch zu schlafen ist... lächerlich. Wir hatten vor gestern Nacht Sex. Aufgeladen Sex. Und jetzt?

„Was ist das nur...“, flüstere ich in die Dunkelheit.

„Was?“ Cole richtet sich sofort auf. „Hast du was gehört?“

„Nein, ich-" Ich halte den Atem an und lausche der Stille.

„Soll ich nachsehen?" Er schwingt bereits die langen Beine aus dem Bett, als ich ihn sanft an der Schulter zurückhalte. Er hält inne und hält die Luft an.

„Ich habe nur laut gedacht", flüstere ich.

Cole setzt sich langsam wieder hin, und ich spüre, wie sich die Matratze unter seinem Gewicht senkt. Die Dunkelheit zwischen uns scheint lebendig zu sein, voller unausgesprochener Worte und unausgelebter Emotionen.

„Laut gedacht?" Seine Stimme ist leise, aber wachsam. „Was hast du nachgedacht?"

Ich zögere, starre in die Dunkelheit, als könnte ich darin eine Antwort finden, die Sinn ergibt. Aber das gibt es nicht. „Über uns", sage ich schließlich, meine Stimme kaum mehr als ein Wispern. „Was... was das zwischen uns ist."

Es herrscht Stille. Keine unangenehme, sondern eine Art Vakuum, in dem nur unsere Atmung existiert. Ich höre, wie er schluckt, und dann bewegt er sich. Die Wärme seines Körpers rückt näher, bis er nur noch wenige Zentimeter entfernt ist.

„Ich weiß es nicht", sagt er schließlich, ehrlich und rau. „Ich weiß nur, dass du mir nicht aus dem Kopf gehst. Dass ich dich beschützen will. Und dass ich..." Seine Stimme wird rau, und ich kann das Gewicht seiner Worte spüren, bevor er sie ausspricht. „Dass ich dich mehr brauche, als ich mir eingestehen will."

Mein Herz rast, und ich wünschte, ich könnte meine Gedanken ordnen, aber das Chaos in mir ist genauso laut wie das zwischen uns. „Und ich... habe Angst, dich in mein Herz zu lassen." Es tut weh, die Worte auszusprechen, aber sie sind wahr. „Ich will dir glauben, dir vertrauen – ganz – aber ich... ich weiß nicht, wie."

Ich höre, wie er tief einatmet, bevor er antwortet. „Und ich hasse mich, dass ich dir unzählige Gründe gegeben habe, an mir und meinen Worten zu zweifeln." Er macht eine Pause, und als er weiterspricht, ist seine Stimme weicher. „Ich will dir beweisen, dass du mir trauen kannst. Nicht mit Worten. Mit Taten."

Seine Hand bewegt sich vorsichtig über die Matratze, bis sie meine findet. Seine Finger rutschen zwischen meine und ballen unsere Hände zur Faust. Die Berührung ist warm und fest, und für einen Moment spüre ich nichts als diese Nähe zu ihm. Kein THE VEIL, keine Angst, keine Bedrohung – nur Cole.

„Und ich will dich nicht verlieren", fügt er leise hinzu.

Ich drehe meinen Kopf zu ihm, auch wenn ich sein Gesicht in der Dunkelheit kaum erkennen kann. „Du machst es mir nicht leicht, dich draußen zu behalten..."

Er lacht leise, ein Klang, der in der Stille fast fremd wirkt. „Ich weiß. Aber vielleicht ist das gut so." Seine Finger umschließen meine Hand fester. „Vielleicht ist das, was schwer ist, auch das, was echt ist."

Sein Gesicht ist jetzt so nah, dass ich seinen Atem auf meiner Haut spüren kann. Die Spannung zwischen uns ist fast greifbar, wie unsichtbare Magnete, die sich anziehen – und gleichzeitig zurückstoßen. Ich will ihn wegstoßen, und ich will ihn näher ziehen – beides zugleich.

„Liv", murmelt er, und ich spüre, wie seine Stirn meine berührt. „Sag mir, was du willst. Und ich halte mich zurück. Wenn du das willst."

Doch ich sage nichts. Stattdessen lehne ich mich vor und lasse meine Lippen seine finden. Es ist kein zaghafter Kuss, sondern ein Kuss voller Dringlichkeit, voller all der Gefühle, die ich nicht in Worte fassen kann. Seine Hand gleitet in meinen Nacken, zieht mich näher, und ich verliere mich in der Wärme seines Körpers, in der Intensität seiner Berührung.

Die Anspannung, die wie ein Schatten über uns lag, beginnt zu weichen, und alles, was bleibt, ist dieser Moment. Cole löst sich für einen Augenblick von mir, seine Stirn an meine gelehnt, und ich höre ihn leise murmeln: „Ich werde dich nie wieder enttäuschen."

In dieser Nacht legen wir die Angst, die Last und die Dunkelheit für einen Moment ab – wir lassen alles andere Verschwinden und finden Zuflucht im Atem des anderen, in den Berührungen, die uns daran erinnern, dass wir immer noch hier sind, zusammen. Cole zieht mich sanft an sich, seine Lippen streichen über meine Stirn, und ich spüre, wie jede Anspannung aus meinem Körper weicht, während seine Hände über meine Haut wandern. Es ist, als ob wir in diesem Moment alles sagen, was Worte nicht ausdrücken können.

Es ist anders als in der Nacht im Hotel. Intimer, langsamer. Zärtlicher.

Wir verbringen die Nacht wortlos, verloren in der Nähe des anderen, unsere Körper eng verschlungen, als könnten wir so all das, was uns umgibt, für eine Weile vergessen. Sein Herzschlag pocht gegen meine Brust, ein leises, beruhigendes Echo, und ich lasse mich fallen, sicher, gehalten, wie es schon lange niemand mehr getan hat. Sein Atem vermischt sich mit meinem, unsere Hände greifen ineinander, fest, als wollten wir einander nie loslassen.

Die Zeit vergeht in einer warmen Stille, und wir verlieren uns in Berührungen und Blicken, die die Welt draußen vergessen lassen. Hier, in dieser Nacht, gibt es keine Bedrohung, kein Netz, das uns einengt, keine Vergangenheit, die uns heimsucht. Es ist nur Cole und ich, ein Moment von Freiheit, der uns beide schweigend wissen lässt, was uns wirklich verbindet.

Als die Dunkelheit draußen langsam der Morgendämmerung weicht, bleiben wir eng aneinandergeschmiegt, unsere Finger ineinander verflochten. Ich spüre die Wärme seines Körpers neben mir, die Stille um uns herum, und für einen flüchtigen Augenblick gibt es nichts anderes auf der Welt als uns.

Die ersten blassen Sonnenstrahlen durchdringen die Dunkelheit der Nacht, in der wir uns aneinander festgehalten haben, so fest, als wollten wir alles um uns herum vergessen. Doch die Realität holt uns schnell ein. Jeder unserer Bewegungen ist von der Unruhe durchdrungen, die mit dem Wissen kommt, dass diese Stadt uns nie wirklich hat entkommen lassen. Die Zeit drängt, und wir wissen, dass das, was vor uns liegt, der schwierigste Schritt sein wird – die Flucht in eine Freiheit, die noch nichts weiter ist als ein flüchtiges Versprechen.

Die ersten Sonnenstrahlen fallen durch die dünnen Vorhänge des Safehouses, streifen die Wände und tauchen den Raum in ein mattes, goldenes Licht. Ich sitze bereits seit einer Stunde am Tisch, den Ellbogen aufgestützt, und starre auf den Bildschirm von Livias Laptop. Vor mir ein Meer aus Dateien, E-Mails, Notizen – all das Material, das wir in den letzten Stunden durchforstet haben, bevor wir ins Bett gegangen sind.

Die Stille des Morgens ist trügerisch beruhigend, doch sie trägt die Schwere unserer Situation.

Liv schläft noch, fest eingerollt in die Decke. Sie ist total erschöpft. Ihr Gesicht ist friedlich, die Strenge und Wachsamkeit, die sie im Wachzustand ausstrahlt, sind einem Ausdruck gewichen, der mich innehalten lässt. Ihre Stärke hat mich immer beeindruckt, aber in solchen Momenten sehe ich ihre Verletzlichkeit, und etwas in mir zieht sich zusammen.

Ich drehe den Kopf zurück zum Laptop und scrolle weiter durch die Dateien. Hier ist nichts, was uns hilft. Wir haben alles durchgehen.

Ich trommle nachdenklich mit den Fingern auf der Resopalplatte des Küchentisches herum, der seine besten Zeiten vermutlich in den 60er Jahren des letzten Jahrhunderts hatte.

Dass ich damals diese E-Mails abfotografiert habe, war schieres Glück. Grayson wurde aus dem Raum gebeten und hatte schlichtweg vergessen, den Rechner zu schließen. Er vertraute mir. Natürlich. Ich war seine linke Hand.

Wir müssten... in seine Mails schauen können.

Ich bin kein Hacker, ich habe keine Ahnung, wie man sich in fremde Postfächer einloggt. Ich könnte seine möglichen Passwörter durchraten, aber er wird sicher nicht Graysonder-Große oder DasNetzwerk4ever als Passwort nutzen. Unabhängig davon wird ihm sein Postfach sicher melden, wenn sich jemand von einem fremden Gerät aus einloggen möchte.

Ich kann das nicht, aber... Ich sehe zu meinem Handy und zögere. *Ich* kann das nicht. Aber ich kenne...

> Ist alles ruhig in Fort Lauderdale?

Die Nachricht erscheint auf dem Smartphone-Display, ehe ich Kents Nummer wählen konnte. Gedankenübertragung. Ich

346

schicke einen Daumen nach oben zurück, Palmen, einen Sonnen-Emoji und einen Delfin.

Gut, der war vielleicht etwas too much.

Dann rufe ich ihn an.

Kent ist nicht begeistert. Wie auch. Wir sind beide überzeugt, dass meine Idee „Ins Postamt einzubrechen" nicht clever ist.

Dennoch schickt er mir etwa eine halbe Stunde später einen Link und ich habe Graysons privates Postfach vor mir. Ich scrolle durch die Mails, bis mein Blick an einer bestimmten E-Mail hängenbleibt. Absender: Victor Moreau. Der Betreff ist nichts Außergewöhnliches, ein belangloser Titel wie „Betrifft: 3. Quartal", doch als ich den Text öffne, halten meine Finger auf dem Trackpad inne. Es ist eine Nachricht an Grayson, kurz, aber präzise. Ich halte die Luft an, als die Worte auf dem Bildschirm vor mir erscheinen.

> Sorge dafür, dass der Deal mit Trev abgeschlossen wird. Ich erwarte Ergebnisse. Die Überweisungen nach BGI laufen wie abgesprochen.

Eine eisige Kälte breitet sich in meinem Bauch aus. Trev, wie Trevis & Partner. Der Name des Bauunternehmers ist mir schon früher in Livias Notizen aufgefallen, ein übermächtiger Schatten in einer langen Liste von Transaktionen, aber wir hatten ihn beiseitegeschoben, weil er keine direkte Verbindung zu Grayson hatte – bis jetzt. Mein Puls beschleunigt sich, und ich lade die Datei herunter, sichere sie auf dem Stick, den ich in meiner Hosentasche trage.

„Was ist los?" Livs verschlafene Stimme lässt mich zusammenzucken. Sie steht hinter mir, die lockigen Haare wild durcheinander, die Decke hat sie noch um ihre Schultern geschlungen, wie gestern Abend schon. Sie sieht mich mit einem Blick an, der zugleich wachsam und zärtlich ist. Irgendetwas an ihrer Nähe beruhigt mich, selbst jetzt.

„Victor Moreau," sage ich leise und schiebe ihr den Laptop hinüber. „Er hat Grayson wegen eines Deals mit jemandem namens Trev kontaktiert. Er erwartet Ergebnisse."

Liv beugt sich vor, scrollt durch die Datei und liest die Nachricht sorgfältig. Ich sehe, wie ihre Stirn sich kräuselt, während sie die Informationen aufnimmt. „Trevis &Partner," murmelt sie und fährt mit der Hand durch ihr Haar. „Was ist BGI?"

Ich überlege kurz. „Eine Abkürzung?"

„Für was?", fragt sie.

„B... G...I", ich schmecke den Buchstaben nach und halte schlagartig inne. „Grantley international."

„Wer?"

„Der Grantley Adams international Airport." Mein Herz beginnt aufgeregt in meiner Brust zu flattern. „Barbados. BGI ist die Abkürzung des Flughafens."

„Und wie hängt das mit dem Netzwerk zusammen?", fragt Liv, obwohl ich sicher bin, dass sie die Antwort fast schon ahnt.

„Wenn die Trevis Group mit Moreau und Grayson zusammenarbeiten, muss das Geld verschwinden", sage ich leise. „Bauprojekte. Grundstücksdeals. Geldwäsche im großen Stil. Wie bei Merrick und dem Sax-Grundstück. Wenn wir beweisen können, dass Geld durch diese Firma geschleust nach Barbados wurde, haben wir etwas Handfestes."

Ich nicke, meine Gedanken rasen. Das Netzwerk ist mächtig, aber selbst sie sind nicht unfehlbar. Jeder macht Fehler, und dieser könnte der Faden sein, an dem wir ziehen müssen, um alles zum Einsturz zu bringen.

Plötzlich vibriert mein Handy in meiner Tasche. Das andere, das ich nur für den Kontakt mit Grayson benutze. Ich ziehe es heraus, und mein Herzschlag beschleunigt sich, als ich den Namen auf dem Display sehe.

Grayson.

Ich nehme nicht ab. Stattdessen öffne ich die Nachricht, und mein Magen zieht sich zusammen, als ich die Worte lese:

> Cole. Wo bist du?! Wir haben ein gewaltiges Problem. Ich erwarte dich in Boston oder ich finde dich.

Ich schließe die Augen, nehme einen tiefen Atemzug. Liv beobachtet mich, ihre Augen schmal vor Besorgnis. „Was will er?", fragt sie leise.

„Er sucht mich", antworte ich, und meine Stimme klingt härter, als ich beabsichtige.

„Was bedeutet das?" Sie zieht die Decke enger um sich, ihre Haltung angespannt.

„Es bedeutet, dass er uns bald finden wird, wenn wir nicht schneller sind als er", sage ich und lege das Handy auf den Tisch. „Meinst du, wir haben genug, um das zu veröffentlichen?"

Liv zuckt mit den Schultern. „Eine Insider-Quelle wäre noch gut. Jemand, der... das alles bestätigen kann. Aber..." Sie nickt, aber ich sehe die Furcht in ihrem Blick. Sie weiß, wie gefährlich das wird. Und ich weiß, dass ich alles tun werde, um sie zu schützen – selbst wenn das bedeutet, Grayson endgültig zu verraten.

19

Livia

Ich schreibe wie im Rausch. Meine Finger fliegen über die Tasten, bis meine Gelenke schmerzen und meine Augen tränen. Immer wieder hole ich tief Luft, schiebe die Angst beiseite, die mich wie eine dunkle Wolke umgibt. Das hier muss perfekt sein. Es muss sitzen. Es muss alles ändern. Doch mit jedem Satz, den ich schreibe, wächst die Furcht, dass es nicht genug ist.

Cole versorgt mich dabei mit schlechtem Kaffee und miesen Dosenravioli.

Am frühen Nachmittag beginne ich erneut, die Dokumente zu durchforsten. Plötzlich fällt mir wieder die E-Mail auf, die mir Cole gestern gezeigt hat. Es ist die Nachricht von Grayson an Merrick, in der er explizit erwähnt, dass die Abstimmung im Stadtrat zugunsten von Sax-Media manipuliert werden muss. Cole, der neben mir sitzt, beugt sich vor und liest mit. Sein Gesicht wird dunkel.

„Das ist der Schlüssel," sagt er leise. „Das reicht. Das bringt ihn zu Fall."

Bevor wir weiter darüber sprechen können, klingelt plötzlich mein Handy. *Leyla.*

Cole wirft mir einen warnenden Blick. „Nimm ab."

Ich nicke und hebe ab, und Leylas Stimme klingt nervös. „Livia? Wo bist du?"

„In Georgia. Das habe ich dir doch gesagt."

Leyla zögert deutlich. „Ja. Das... hast du."

„Ihr geht es schon viel besser", sage ich schnell und Cole legt mir beruhigend eine Hand auf den Arm.

Ich spüre, wie die Spannung in meiner Brust wächst, als Leyla am anderen Ende der Leitung zögert. Es ist ungewöhnlich für sie. Leyla ist immer direkt, immer offen, aber jetzt klingt sie vorsichtig, fast wie jemand, der jedes Wort abwägt, bevor es über ihre Lippen kommt.

„Livia..." Ihr Ton ist weicher, fast besorgt. „Bist du wirklich in Georgia? Du... du klingst nicht, als wärst du bei deiner Tante."

Ich schlucke und schließe kurz die Augen, während ich nach einer Antwort suche. „Natürlich bin ich hier. Wo sonst sollte ich sein? Sie hat sich endlich etwas erholt, aber es gibt noch viel zu tun."

„Hm." Sie macht ein Geräusch, das eher wie Skepsis klingt. „Und Cole? Ist er bei dir?"

Mein Herz setzt für einen Moment aus, und ich drehe mich leicht zu Cole um, der mich aufmerksam ansieht. Sein Blick wird schärfer, seine Augen verengen sich. Ich habe ihr nie von Cole erzählt. Nie.

„Cole? Wieso sollte Cole hier sein?" Ich lache kurz, aber es klingt zu gezwungen. „Er hat besseres zu tun, als mit mir Ravioli zu essen."

„Ich habe nur gefragt", sagt Leyla, doch ihre Stimme verrät sie. Sie versucht, beiläufig zu klingen, aber ich höre, wie etwas in ihr arbeitet. „Du weißt schon, ich mache mir nur Sorgen um dich. Grayson hat dich seit Tagen nicht gesehen. Wir haben alle... na ja, ein bisschen Angst, dass dir etwas passiert sein könnte. Er hat gesagt, dass du ihn brauchst", sagt Leyla plötzlich, ihre Stimme ist butterweich, fast tröstend. „Er meint, du kommst gerade nicht klar."

Ich stockte. „Grayson... hat das gesagt?" Meine Stimme klingt hohl, doch Leyla lässt sich nicht beirren. „Er will dir nur helfen, Livia. Du musst das doch verstehen."

Mir wird schlecht. Das war nicht meine Leyla. Das ist Grayson Rutherford, der durch sie spricht. Die Hand, mit der ich das Telefon halte, wird feucht. *Grayson.* Natürlich. Das hier ist nicht nur Leyla, die sich Sorgen macht. Das hier ist Grayson.

„Das ist lieb von euch, wirklich," sage ich langsam, wäge jedes Wort ab. „Aber ich brauche gerade ein bisschen Zeit für mich. Das habe ich Grayson doch gesagt. Er hat sicher viel zu tun, oder?"

Leyla schweigt einen Moment. Dann, leise: „Er macht sich Sorgen, Livia. Er meinte, du wärst... na ja, etwas abgelenkt in letzter Zeit. Und er hat gesagt, ich soll dir helfen, wenn ich kann. Also, wenn du... wenn du willst, kann ich vorbeikommen?"

Da ist es. Ein Fehler, ein winziges Stolpern, aber es reicht. Meine Hand krampft sich um das Telefon, während mein Verstand sich überschlägt. „Grayson hat dich geschickt," sage ich, mehr zu mir selbst als zu ihr.

„Was? Nein! Also... ich meine... Er wollte nur, dass ich sicherstelle, dass es dir gut geht." Jetzt klingt sie wirklich nervös. „Livia, du weißt doch, wie er ist. Er kümmert sich einfach. Vielleicht ein bisschen zu viel."

Mein Puls hämmert in meinen Ohren, und ich spüre Coles Hand auf meinem Arm, fest und beruhigend. „Leyla," sage ich langsam, die Worte gezielt. „Du arbeitest für ihn."

„Nein! Also... es ist nicht so, wie du denkst." Sie klingt fast panisch. „Er wollte nur wissen, ob du... ob du etwas gefunden hast. Über das Projekt, meine ich. Er sagte, du würdest dich zurückziehen, und… und du weißt, wie wichtig ihm das ist."

Ich schließe die Augen, mein Atem wird flacher. Natürlich. Natürlich hat Grayson Leyla benutzt. Die Erkenntnis brennt, aber sie überrascht mich nicht wirklich.

„Ich muss los," sage ich plötzlich und unterbreche sie.

„Livia, warte—"

Ich lege auf und lasse das Handy sinken. Mein Blick trifft Coles, und die Härte darin lässt keinen Zweifel daran, dass er jedes Wort gehört hat. „Grayson hat sie geschickt," sage ich, und meine Stimme zittert leicht. „Er weiß, dass ich nicht in Georgia bin."

Cole nickt langsam. „Das Netz zieht sich zusammen." Er lehnt sich zurück, die Hände verschränkt, während er mich ansieht. „Wir haben nicht mehr viel Zeit."

Nein, die hatten wir nicht. Aber-

Die Tränen kommen plötzlich, unkontrolliert, heiß und salzig. Ich lasse den Kopf auf den Tisch sinken, meine Hände verkrampfen sich um den Rand des Laptops. „Leyla… wie konnte sie das nur tun?", flüstere ich. Schuld und Wut ringen in mir wie zwei unversöhnliche Feinde. Habe ich sie in Gefahr gebracht? Oder hat sie mich verraten, weil sie keine Wahl hatte?

Die Dämmerung hat das Safehouse in einen goldenen Schleier gehüllt, der die Ecken des Raums mit trügerischer Wärme füllt.

Liv sitzt am kleinen Tisch, umgeben von ihren Notizen, Dokumenten und dem flimmernden Bildschirm ihres Laptops. Der Kaffee in ihrer Tasse ist längst kalt geworden, aber ihre Hände umklammern den Becher, als könnte er ihr Halt geben.

Sie ist nach Leylas Verrat zusammengebrochen. Hat geweint, sich kaum beruhigen können. Sie macht sich Vorwürfe, zerfließt fast vor Sorge um Leyla.

Ich lehne mich gegen die Küchenzeile, mein Blick auf sie gerichtet. Ihre Schultern sind angespannt, ihre Stirn in tiefe Falten gelegt, während sie die Beweise vor sich betrachtet. Es ist dieser Ausdruck – eine Mischung aus Entschlossenheit und Zweifel –, der mich in den letzten Tagen nicht losgelassen hat.

„Wir können das nicht ewig hinauszögern, Liv", sage ich schließlich. Meine Stimme durchbricht die Stille, doch sie sieht nicht zu mir auf. Ihre Augen sind starr auf den Bildschirm gerichtet, als versuche sie, die Wahrheit darin zu fixieren.

„Ich weiß." Ihr Ton ist leise, fast resigniert. „Aber was, wenn es nicht genug ist? Was, wenn sie uns trotzdem finden? Meine Familie…" Ihre Stimme bricht, und sie schüttelt den Kopf.

Ich schiebe mich vom Tresen weg, gehe zu ihr und lege eine Hand auf ihre Schulter. „Liv." Sie sieht endlich zu mir auf, und in ihren Augen liegt eine Angst, die mich mehr trifft, als ich zugeben möchte. „Wenn wir jetzt nichts tun, haben sie schon gewonnen. Deine Familie – sie sind nicht sicher, solange THE VEIL existiert."

Sie schnaubt leise, ein bitteres Lachen. „Und du glaubst wirklich, dass eine Veröffentlichung alles ändern wird? Dass wir damit plötzlich die Oberhand haben? Beim letzten Mal sind mir meine SATs um die Ohren geflogen und-"

Ich setze mich neben sie, greife nach einer der Notizen auf dem Tisch und halte sie hoch. „Das hier ist mehr als genug, um die erste Welle auszulösen. Merrick, Moreau, Sax – ihre Verbindungen sind eindeutig. Und wenn wir das veröffentlichen, wird es eine Lawine auslösen. Die Polizei, die Staatsanwaltschaft muss quasi etwas tun."

Sie sieht mich skeptisch an. „Und was, wenn diese Systeme auch unterlaufen sind?"

Ich atme tief durch. „Ich bin dabei, seit ich klein bin."

„Und das reicht, dass du unterscheiden kannst, wer gut oder böse ist?"

„Das reicht, dass ich ein Gefühl dafür habe, welche Menschen mein Bruder und Victor um sich scharren. Und die Bostoner Polizei gehört nicht dazu."

Ihre Finger spielen nervös mit dem Rand der Tasse, und ich sehe, wie ihre Gedanken hin- und herwandern. Ich gebe ihr Zeit. Sie muss diese Entscheidung selbst treffen, auch wenn die Zeit gegen uns spielt.

Schließlich stellt sie die Tasse mit einem leisen Klirren auf den Tisch und öffnet eine neue Datei auf ihrem Laptop. „In Ordnung", sagt sie. Ihre Stimme zittert, aber in ihren Augen sehe ich etwas Neues: Entschlossenheit. „Wir veröffentlichen es."

Ein Knoten in meiner Brust löst sich, und ich nicke. „Gut. Wir schicken die ersten Dateien an die Plattform *FreeJournalism*. Aber wir müssen vorsichtig sein. Nur das Nötigste, nur so viel, dass es Aufmerksamkeit erregt."

Sie beginnt wieder zu tippen, ihre Finger fliegen über die Tastatur. Die Dateien, die sie auswählt, sind präzise gewählt: Dokumente, die die Verbindungen zwischen Moreau, Sax, und Santiago Construction aufzeigen, E-Mails, die Graysons Einfluss in den Hintergrund rücken, aber genug Fragen aufwerfen, um Interesse zu wecken.

Ich beobachte sie, wie sie arbeitet, und ein Gefühl von Stolz mischt sich in die Angst. Sie ist stark – stärker, als sie selbst weiß. Und in diesem Moment weiß ich, dass ich alles tun werde, um sie zu schützen. Egal, was es kostet.

Als sie die E-Mails schließlich verschickt, lehnt sie sich zurück und atmet schwer aus. Ihre Hände zittern leicht, und ich greife nach ihrer.

Ihr Zeigefinger schwebt über der Enter-Taste, und mein Herz schlägt wie ein Vorschlaghammer in meiner Brust. „Bereit?", frage ich, meine Stimme ist leise, aber drängend. Liv nickt, auch wenn sie sich vermutlich nicht so fühlt. Mit einem letzten Atemzug drückt sie die Taste. Ein leises ‚Ping' signalisierte, dass die Dateien verschickt sind. Mein Herz setzt einen Schlag aus.

„Das war der erste Schritt," sage ich leise, und die Welt scheint für einen Moment stillzustehen. „Jetzt fängt es an."

Sie sieht mich an, und für einen Moment ist da etwas zwischen uns, das keine Worte braucht. Wir wissen beide, dass es kein Zurück mehr gibt.

Livia sitzt am Laptop, die Augen starr auf den Bildschirm gerichtet. Der Nachrichtenticker einer unabhängigen Investigativ-Plattform läuft in endlosen Schleifen, ihre Schlagzeilen blinken in roten Lettern. Der Artikel ist live. Der erste Schritt ist getan.

Die Überschrift ist klar und reißerisch: *Verdeckte Machenschaften: Ein Netzwerk der Macht und Manipulation in unserer Stadt?*

Darunter die ersten belastenden Dokumente. E-Mails, die die Verbindungen zwischen Moreau, Sax, und Trevis & Partner belegen. Der Name Grayson Rutherford taucht nicht auf – er bleibt im Schatten, genau wie wir es geplant haben.

„Es beginnt", sagt sie leise, fast mehr zu sich selbst. Ich beobachte sie aus der Küche, wo ich einen Becher schwarzen Kaffee einschenke. Ihre Haltung ist angespannt, und ihre Finger trommeln nervös auf den Tisch. „Glaubst du, es reicht?"

Ich stelle den Becher neben sie, setze mich ihr gegenüber und halte ihrem Blick stand. „Es ist ein Anfang. Die Medien werden darauf anspringen, und THE VEIL wird reagieren. Das ist der Moment, in dem sie Fehler machen könnten."

„Oder uns finden", murmelt sie, und ich sehe, wie ihre Hände zittern.

Ich greife nach ihrer Hand, meine Finger umschließen ihre, fest, aber nicht bedrängend. „Wir sind vorbereitet, Liv. Das hier war der erste Schlag, und er wird sitzen."

Doch bevor ich weiterreden kann, vibriert mein Handy – das Zweite, das ich für Grayson nutze. Mein Herzschlag beschleunigt sich, als ich das Display sehe: eine Nachricht von ihm. Die Nachricht blinkt auf dem Display wie ein unausgesprochener Fluch.

Cole. Ruf mich an. Jetzt.

Ich starre die Worte an, die schneidende Härte in jeder Silbe ist fast spürbar. Mein Atem geht flach, und ein dumpfes Pochen setzt in meinem Schädel ein. Grayson hat die Spur bereits aufgenommen – und er wird nicht aufhören, bis er uns gefunden hat. Ich nehme das Handy, öffne die Nachricht und sehe Livia an. „Ich muss kurz raus."

Ihre Augen verengen sich. „Cole, was—"

„Vertrau mir," unterbreche ich sie, bevor sie ihre Zweifel aussprechen kann. „Ich komme gleich zurück."

Die Luft draußen ist kühl und frisch, ein Kontrast zur stickigen Anspannung im Haus. Ich gehe ein Stück die Veranda entlang, bevor ich das Handy entsperre und Graysons Nummer wähle. Es klingelt nur einmal, bevor er abnimmt.

„Cole," sagt er, seine Stimme glatt, doch die unterschwellige Härte ist nicht zu überhören. „Wo zur Hölle bist du?"

Ich atme tief ein. „Ich musste raus, Grayson. Alles war zu viel. Ich habe dir gesagt, dass ich Zeit brauche."

„Zeit?" Er lacht kurz, schneidend. „Die Welt bricht zusammen, und du brauchst *Zeit*? Hast du eine Ahnung, was gerade los ist? Moreau ist außer sich. Sax hat mich bereits kontaktiert. Irgendjemand hat Dokumente veröffentlicht, die uns direkt angreifen."

„Was für Dokumente?" Ich halte meine Stimme neutral, aber mein Herz rast.

„Beweise für Verbindungen zwischen uns und Santiago Construction. Und das ist nur der Anfang, Cole. Wenn da mehr kommt, sind wir alle erledigt."

Ich schließe die Augen, zwinge mich, ruhig zu bleiben. „Und was erwartest du von mir?"

„Ich erwarte, dass du zurückkommst. Sofort", zischt er. „Moreau verlangt, dass wir das Problem aus der Welt schaffen, bevor es weiter eskaliert. Du bist der Einzige, dem ich vertrauen kann."

Das Lachen, das mir entfährt, ist bitter. „Das Problem aus der Welt schaffen?"

„Du weißt, was ich meine." Seine Stimme ist jetzt gefährlich leise. „*Livia*. Komm zurück, Cole. Wir können das zusammen regeln."

Ich halte inne, lasse die Stille zwischen uns wirken, bevor ich antworte. „Ich brauche noch etwas Zeit. Aber ich melde mich."

„Cole," sagt er, seine Stimme drohend. „Das ist keine Ein-lad-"

Ich lege auf, bevor er weitersprechen kann, und starre auf das Handy in meiner Hand. Die Welt bricht zusammen, hat er gesagt. Vielleicht stimmt das. Aber diesmal werde ich nicht an seiner Seite stehen.

Als ich zurückkomme, sieht Livia mich mit einem Blick an, der so viele Fragen enthält, dass ich nicht weiß, wo ich anfangen soll. „Was hat er gesagt?", fragt sie schließlich.

Ich setze mich neben sie, meine Gedanken immer noch bei Graysons Worten. „Er weiß, dass etwas veröffentlicht wurde. Und er hat Panik."

Ihre Augen funkeln vor Entschlossenheit. „Das heißt, wir haben den ersten Treffer gelandet."

Ich nicke langsam. „Ja. Aber jetzt müssen wir den nächsten Schritt gehen."

„Und der wäre?"

Ich sehe sie an, halte ihren Blick fest. „Wir müssen Grayson direkt konfrontieren."

Cole hat diese unglaubliche Fähigkeit, die Luft im Raum dichter zu machen, ohne dass er wirklich etwas sagt. Als er mich ansieht und „Wir müssen Grayson direkt konfrontieren" sagt, spüre ich, wie sich mein Magen zusammenzieht. Mein erster Impuls ist, zu widersprechen. Es klingt nach Wahnsinn. Grayson ist nicht jemand, den man einfach „konfrontiert". Er ist manipulativ, skrupellos – gefährlich.

„Wie stellst du dir das vor?" Meine Stimme klingt leiser, als ich es will, und ich hasse es, dass die Unsicherheit darin mitschwingt.

Cole lehnt sich zurück, seine Hände ruhen auf den Oberschenkeln, aber die Anspannung in seinen Schultern verrät ihn. „Grayson wird nicht locker lassen, bis ich zurück bei ihm bin. Wenn wir ihn in die Enge treiben wollen, dann brauchen wir nicht nur Beweise – wir müssen ihn an einem Ort erwischen, wo er glaubt, dass er die Kontrolle hat."

„Und wo genau soll das sein?" Ich verschränke die Arme vor der Brust, ein Schutzmechanismus, der lächerlich wirkt angesichts dessen, was vor uns liegt.

Cole sieht mich an, seine Augen durchdringend. „Er wird sich auf neutralem Boden treffen wollen."

Ich atme tief ein und lasse die Arme sinken. „Das ist... riskant. Wie wollen wir sicherstellen, dass er nicht ein stehendes Heer an Leuten mitbringt und uns-"

„Alles, was wir bisher getan haben, war riskant." Er lehnt sich vor, seine Stimme ist ruhig, aber ich spüre die Entschlossenheit darin. „Aber du hast recht, Grayson ist ein Kontrollfreak. Wenn wir ihn glauben lassen, dass er uns in der Hand hat, wird er nachlässig. Wir nutzen seine Arroganz gegen ihn."

Ich denke an Grayson, an die Kälte in seinen Augen, die Art, wie er immer zu wissen scheint, was als Nächstes passiert. Und dann denke ich an die Nacht im Club, an den Umschlag mit meinen SAT-Ergebnissen, an die Drohung, die mich seit Wochen verfolgt. „Wie?"

Cole überlegt. „Er... ist ein großer Verfechter guten Essens... Wir... bestellen ihn in ein öffentliches Restaurant. Bei Tag."

„Ein Restaurant?" Ich schnaube. „Das ist Selbstmord, Cole."

Er sieht mich ruhig an, meine Hände flach auf dem Tisch. „Genau das wird er denken. Dass wir verzweifelt sind. Dass wir keine andere Wahl haben, als zu ihm zu kommen."

„Und was, wenn er Recht hat?" Meine Stimme ist leise, und ich spüre, wie meine Entschlossenheit sinkt.

„Dann müssen wir sicherstellen, dass wir diesen Moment nutzen." Er lehnt sich vor, seine Stimme nur ein Flüstern. „Das ist unsere einzige Chance, Liv. Und wir müssen sie ergreifen, bevor sie uns entgeht."

Ich schließe die Augen, lasse die Worte auf mich wirken. Es fühlt sich an, als würden wir auf ein Minenfeld treten, blind und ohne Schutz. Aber was ist die Alternative? Fliehen? Für den Rest unseres Lebens wegrennen? Nein. Das ist keine Option.

„Wie stellen wir das an?", frage ich schließlich, öffne die Augen und sehe direkt in Coles entschlossenen Blick.

Livia überrascht mich. Immer wieder. Ich sehe die Angst in ihren Augen, ja, aber sie ist nicht bereit, sich davon beherrschen zu lassen. Stattdessen fragt sie: „Wie fangen wir an?" Und ich weiß, dass sie bereit ist, alles zu riskieren.

„Wir brauchen einen Köder", sage ich, während ich aufstehe und beginne, durch den Raum zu tigern. „Etwas, das

Grayson zwingt, uns zu treffen, ohne dass er zu viel über unsere Position erfährt."

„Was für einen Köder?" Sie zieht eine Augenbraue hoch, und ich sehe, wie ihr Verstand bereits auf Hochtouren arbeitet.

„Moreau", antworte ich schließlich. „Wir haben genug Beweise, um zu zeigen, dass Moreau und Grayson in den Stadtratsskandal verwickelt sind. Wenn wir Grayson glauben lassen, dass wir diese Informationen veröffentlichen werden, wird er handeln müssen. Er kann es sich nicht leisten, dass sein größter Unterstützer bloßgestellt wird."

Livia beißt sich auf die Lippe, ein nervöser Tick, den ich inzwischen kenne. „Und wie machen wir das, ohne dass er uns vorher findet?"

Ich gehe zu meinem Rucksack und ziehe ein altes, unbenutztes Handy hervor. „Ich schreibe ihm. Er will mich unbedingt zurück. Er muss denken, dass wir verzweifelt genug sind, um zu verhandeln."

„Und was, wenn er es nicht glaubt?"

Ich sehe sie an, und ein schwaches Lächeln zieht über meine Lippen. „Dann haben wir einen Plan B."

„Plan B?" Ihre Stimme klingt skeptisch, und ich kann ihr keinen Vorwurf machen. Aber ich werde ihr nicht sagen, dass Plan B im Moment nur darin besteht, uns so schnell wie möglich in Sicherheit zu bringen, falls alles schiefläuft. Ich habe keine Illusionen darüber, wie gefährlich Grayson ist. Aber ich werde verdammt sein, wenn ich zulasse, dass er Livia noch einmal verletzt.

Und... wenn ich sie dafür gehen lassen muss.

Livia

„Also gut." Meine Stimme klingt fester, als ich mich fühle, aber ich muss Cole beweisen, dass ich das durchziehen kann. „Wir schicken die Nachricht. Und was dann?"

Cole lehnt sich gegen die Wand, die Hände in den Taschen seiner Jeans, sein Blick auf mich gerichtet. „Dann schreibe ich ihm. Er wird sich melden. Und wenn er das tut, sind wir bereit."

Ich nicke, auch wenn mein Herz schneller schlägt als je zuvor. Warten. Warten auf den Moment, in dem sich alles entscheidet. Die Gewissheit, dass wir entweder gewinnen oder alles verlieren könnten, lastet schwer auf mir. Aber ich lasse es mir nicht anmerken.

Cole tritt näher, seine Hände greifen sanft nach meinen Schultern. „Du bist mutiger, als du glaubst, Liv."

Ich sehe ihn an, lasse seine Worte auf mich wirken. Und dann nicke ich. „Wir schaffen das. Zusammen."

Er lächelt schwach, und für einen Moment ist die Angst nur noch ein leises Rauschen im Hintergrund. Doch dann sieht er mich an und ich sehe die pure Qual in seinem Blick. „Ich muss dir was sagen...", setzt er an und mir wird kalt.

Cole

Ich atme tief durch, während ich in ihre Augen sehe, die dunklen, entschlossenen Augen, die mich durch jede Entscheidung, jede Lüge hindurchschauen lassen. Jetzt ist der Moment gekommen. Ich muss es ihr sagen, bevor wir den nächsten Schritt gehen, bevor wir Grayson treffen und ich vielleicht nie wieder die Chance dazu bekomme.

„Liv…" Meine Stimme zittert leicht, und ich zwinge mich, ruhig zu bleiben. „Es gibt noch etwas, das du wissen musst."

Sie sieht mich an, die Stirn leicht gerunzelt, und ich merke, dass sie bereits spürt, dass etwas nicht stimmt. Ihre Augen verengen sich ein wenig, und sie lehnt sich zurück, die Arme vor der Brust verschränkt. „Was jetzt noch?"

Ich wende den Blick kurz ab, meine Hände ballen sich zu Fäusten. Dann sehe ich sie wieder an, halte ihrem Blick stand. „Ich habe dir gesagt, dass ich der anonyme Tippgeber war. Und das stimmt auch. Aber ich habe dir nicht alles erzählt."

Sie sieht mich an, den Kopf schief gelegt, die Augen wachsam. Sie sagt nichts, wartet ab, bis ich weiterspreche.

„Ich war es, der dich ausgesucht hat." Die Worte kommen langsam, schwer über meine Lippen. Ich sehe, wie sie kurz blinzelt, wie ihre Augen sich weiten.

„Was?", flüstert sie, als hätte sie nicht richtig gehört.

„Grayson hat mich beauftragt, jemanden zu finden." Meine Stimme ist fest, doch innerlich zerrüttet mich jeder Satz. „Jemanden, der neugierig genug ist, klug genug, aber auch… machthungrig genug, um sich in eine Falle locken zu lassen. Und… ich habe dich ausgewählt."

Sie starrt mich an, als hätte ich sie geschlagen. Ihre Lippen öffnen sich leicht, aber kein Ton kommt heraus. Ihre Hände liegen still in ihrem Schoß, und die Stille zwischen uns ist fast unerträglich.

„Ich wollte, dass du das weißt," sage ich, leiser jetzt. „Ich kann nicht damit weitermachen, ohne dir die Wahrheit zu sagen."

„Du hast mich ausgesucht?" Livs Stimme klingt hohl, doch ihre Augen brennen vor Wut. „Das alles… meine Angst, meine Familie, mein Leben – du hast das alles zerstört, weil ich eine verdammte Spielfigur in eurem Netz war?"

Ich öffnete den Mund, wollte etwas sagen, doch die Worte blieben mir im Hals stecken. ‚Ich wollte… ich wollte dich beschützen.'

„Beschützen?" Sie lachte hart, bitter. „Cole, du hast mich verraten." Ihre Stimme bricht entzwei wie Glas, und das Gewicht ihrer Worte zwingt mich in die Knie.

„Liv, bitte, lass mich erklären." Ich mache einen Schritt auf sie zu, doch sie hebt eine Hand, als wollte sie mich stoppen.

„Warum jetzt?" Ihre Augen blitzen vor Wut und Schmerz. „Warum sagst du mir das jetzt, Cole? Nach allem, was passiert ist?"

„Weil ich es bereue." Die Worte kommen wie ein Geständnis, das mir die Luft aus den Lungen zieht. „Von dem Moment an, als ich dich kennengelernt habe, habe ich es bereut. Du warst nie das, was Grayson wollte – du bist so viel mehr. Und ich wusste, dass ich dich schützen muss, egal was es kostet."

„Schützen?" Sie lacht, ein scharfes, bitteres Geräusch. „Cole, ich bin auf der Flucht. Ich habe alles riskiert, meine Familie ist in Gefahr, und jetzt sagst du mir, dass ich überhaupt erst hier bin, weil du mich in dieses verdammte Netzwerk gezogen hast?"

„Ich habe versucht, es wieder gutzumachen", sage ich, und ich merke, wie meine Stimme aus Hilflosigkeit lauter wird. „Die Hinweise, die Tipps – das war alles ich. Ich wollte dir helfen, das Netzwerk zu entlarven. Das hier", ich deute auf den Laptop, „ist meine Art, es wiedergutzumachen."

„Und du glaubst, das reicht?" Ihre Stimme ist scharf, und ich sehe, wie ihre Hände zittern, wie sie kämpft, ihre Fassung zu behalten. „Du hast mir mein Leben genommen, Cole. Du hast mich in einen Krieg gestürzt, von dem ich nicht einmal wusste, dass er existiert."

„Ich weiß." Meine Stimme ist jetzt kaum mehr als ein Flüstern. „Und ich erwarte nicht, dass du mir vergibst. Aber ich wollte, dass du es weißt. Ich wollte, dass du die ganze Wahrheit kennst."

Sie steht auf, dreht sich von mir weg, ihre Schultern beben leicht. „Ich kann das nicht..."

„Liv, bitte." Ich mache einen Schritt auf sie zu, will sie berühren, doch sie zieht sich weiter zurück.

„Lass mich einfach in Ruhe," sagt sie schließlich, und ihre Stimme klingt gebrochen, verletzlich. „Ich brauche Zeit, um das zu verarbeiten."

Ich bleibe stehen, lasse sie gehen. Mein Herz fühlt sich an, als würde es in meinem Brustkorb zerspringen, aber ich weiß, dass ich ihr Raum geben muss. Es ist das Mindeste, was ich tun kann, nach allem, was ich angerichtet habe.

20

Cole

Der Abend ist still, als ich die Tür hinter mir leise ins Schloss ziehe. Der Mond wirft einen kalten, silbrigen Schein auf den schmalen Weg, der vom Safehouse wegführt, und der Atem, der mir in der kalten Luft entweicht, scheint lauter als meine Schritte zu sein. Jeder Muskel in meinem Körper ist angespannt, jede Faser darauf bedacht, so leise wie möglich zu sein.

Liv ist wütend. Nicht nur das: Ich habe sie verletzt. Zutiefst verletzt. Ich hätte es ihr früher sagen müssen. Aber ich hatte zu große Angst.

Jetzt bin ich auf dem Weg zu Grayson, es ist ein hohes Risiko, mich mit ihm zu treffen. Liv wütend und verletzt zurückzulassen geht mir gegen den Strich.

Aber ich darf sie nicht weiter in Gefahr bringen.

Ich kann sie nicht weiter in Gefahr bringen.

Die Entscheidung, alleine zu gehen, war die Einzige, die sich richtig anfühlte. Und doch nagte etwas in mir, während ich die schmale Gasse entlangging, weg von dem kleinen Haus, das uns für kurze Zeit Schutz geboten hatte. Der Gedanke an Liv, allein in diesem Zimmer, hielt mich gefangen. Ihr Blick, als ich ging – die Mischung aus Wut und Angst – verfolgte mich.

Jeder Schatten scheint sich zu bewegen, jeder Laut der Nacht ist ein potenzieller Verräter. Mein Atem geht flach, und mein Herzschlag dröhnt in meinen Ohren. Die Stille um mich herum ist nicht beruhigend – sie ist die Art von Stille, die den Sturm ankündigte.

Meine Finger umklammern das Handy in meiner Jackentasche, während ich mich immer wieder umsehe. Die Straßen sind leer, das einzige Geräusch ist das leise Knirschen meiner Schritte auf dem Asphalt. Aber da ist ein Gefühl, das ich nicht abschütteln kann – das Gefühl, beobachtet zu werden. Es kriecht meinen Nacken hoch, prickelt in meinem Hinterkopf. Ich drehe mich um, bleibe stehen, mein Atem hängt wie ein Nebel in der kalten Luft.

Nichts.

Die Straße ist so still wie zuvor, kein Auto, keine Bewegung, nur die flackernde Straßenlaterne weiter hinten. Doch die Anspannung bleibt.

Ich atme tief durch und zwinge mich, weiterzugehen, aber mein Herz schlägt schneller. Ich bin angespannt, jeder Schritt ein Kraftakt. Warum fühlt es sich an, als wäre ich nicht allein? Vielleicht ist es die Schuld, die an mir nagt – die Schuld, Liv zurückgelassen zu haben, obwohl ich weiß, dass sie es hasst, allein zu sein, während ich mich in die Höhle des Löwen begebe. Aber es war notwendig. Das rede ich mir zumindest ein.

Mein Handy vibriert, und ich greife automatisch danach. Keine Nachricht von Liv, nur eine Erinnerung an etwas, was jetzt unwichtig geworden ist. Vielleicht war es dumm, allein zu gehen, aber Liv zu gefährden – das wäre unverzeihlich gewesen.

Plötzlich bleibt mein Blick an einer Bewegung hängen. Ein Schatten, der sich im Augenwinkel bewegt, oder vielleicht doch nur eine optische Täuschung. Ich bleibe stehen, die Hand in der Tasche auf mein zweites Handy gelegt – das, mit dem ich Grayson kontaktiere. Aber ich ziehe es nicht heraus. Stattdessen drehe ich mich langsam um, scanne die Umgebung.

Leer.

Wieder leer.

Ich schließe kurz die Augen, hole tief Luft und zwinge mich, den Puls zu beruhigen. „Verdammt, Cole“, flüstere ich zu mir selbst. „Du wirst paranoid.“

Trotzdem treibt mich etwas dazu, Liv anzurufen. Ich wähle ihre Nummer auf meinem regulären Handy, und sie hebt beim zweiten Klingeln ab.

„Cole?“ Ihre Stimme ist leise, abweisend. Sie ist noch immer wütend auf mich. Als ich vorhin ging, konnte sie mich kaum ansehen.

„Liv“, sage ich, versuche, die Dringlichkeit in meiner Stimme zu kontrollieren. „Du musst das Safehouse sofort verlassen.“

„Was?“ Ihre Stimme wird schärfer, fast panisch. „Warum? Was ist los?“ Vielleicht tritt ihre Wut auf mich gerade in den Hintergrund.

„Ich weiß nicht“, gebe ich zu, meine Augen immer noch wachsam auf die dunklen Ecken der Straße gerichtet. „Aber ich habe ein schlechtes Gefühl. Es fühlt sich an, als würde uns jemand beobachten.“

„Es ist eine dumme Idee zu gehen“, sagt sie. „Es ist zu gefährlich.“ Ich höre die Distanz in ihrer Stimme, aber auch echte Sorge.

„Livi, hör mir zu“, sage ich, versuche, so ruhig wie möglich zu klingen. „Du packst deine Sachen und gehst. Jetzt. Du musst raus aus dem Haus. Nicht dort, wo sie uns vermuten könnten. Bleib in Bewegung.“

„Ich werde nicht ohne dich gehen", sagt sie fest, doch ich höre heraus, dass sie mit sich und ihren Emotionen kämpft. Was mich hoffen lässt, dass sie mir verzeiht. Irgendwann.

Mein Magen zieht sich zusammen, aber ich bleibe fest. „Ich will nicht diskutieren. Ich rufe Kent an, er wird dir helfen."

„Cole..." Sie klingt so verletzlich, dass ich für einen Moment beinahe nachgebe. Aber ich kann nicht. Ich muss stark sein – für sie.

„Ich liebe dich", sage ich schließlich leise, und die Worte fühlen sich an wie das einzige Versprechen, das ich nicht brechen darf. Bevor sie antworten kann, lege ich auf, schließe die Augen und atme tief durch.

Ich habe ihr gesagt, dass ich sie liebe.

Ich habe ihr gesagt, sie soll gehen.

Die Schuld lastet schwer auf mir, aber ich weiß, dass es die richtige Entscheidung war. Sie schwebt in Gefahr, das spüre ich.

Dann mache ich mich auf den Weg zurück, das Gefühl der Verfolgung wie ein Schatten im Nacken. Und diesmal, so sicher ich auch bin, dass ich allein bin, kann ich es nicht mehr ignorieren.

Der Weg zu unserem vereinbarten Treffpunkt fühlt sich länger an, als er sein sollte. Ich weiß, dass Grayson mich erwartet, doch jeder Schritt bringt mich näher an den Moment, den ich hinauszögern will. Meine Finger spielen unruhig mit dem zweiten Handy in meiner Jackentasche. Es ist ausgeschaltet, aber allein die Möglichkeit, dass Grayson mich bereits beobachtet, reicht aus, um die Spannung in meinem Nacken zu verstärken.

Der Treffpunkt ist ein belebtes Restaurant am Stadtrand, ein Ort, der wie geschaffen ist für die Art von Gesprächen, die man nicht in der Öffentlichkeit führen will – und doch nicht unter sich.

Grayson sitzt an einem Tisch am Fenster, von wo aus er alles im Blick hat, in perfekter Haltung, wie immer. Seine teure Anzugjacke sitzt tadellos, doch etwas an seiner Haltung ist anders. Angespannter, vielleicht. Sein Gesicht bleibt neutral, doch in seinen Augen brennt ein unkontrolliertes Feuer. Er lächelt, aber es ist kein freundliches Lächeln. Es ist ein Raubtierlächeln.

„Cole", begrüßt er mich, seine Stimme so glatt wie immer, doch mit einem Unterton, der mich wachsam macht. „Ich habe mich schon gefragt, ob du überhaupt noch lebst."

Ich bleibe stehen, lasse meinen Blick kurz durch das Restaurant gleiten, um sicherzugehen, dass wir allein sind und keiner seiner Schergen irgendwo am Nachbartisch sitzt. „Du wolltest mich sehen."

„Das ist eine höfliche Art, es auszudrücken", erwidert Grayson und verschränkt die Arme vor der Brust. „Ich wollte dich nicht nur *sehen*, Cole. Ich wollte wissen, warum mein eigener Bruder glaubt, mich hintergehen zu können."

Seine Worte sind wie ein Schlag in die Magengrube, doch ich lasse mir nichts anmerken. „Ich weiß nicht, wovon du redest."

Grayson lacht leise, ein gefährliches Geräusch, das in der leeren Halle widerhallt. „Ich bin enttäuscht. Nach all den Jahren hätte ich gedacht, du könntest dir zumindest eine glaubwürdige Lüge ausdenken."

Ich sage nichts. Worte sind gerade gefährlicher als Stille.

Er beugt sich zu mir. „Weißt du, was das Problem mit Verrat ist?", fragt er leise, seine Augen bohren sich in meine. „Man kann ihn riechen. Man spürt ihn. Und du, kleiner Bruder, stinkst danach."

Mein Kiefer spannt sich, aber ich zwinge mich, ruhig zu bleiben. „Was willst du, Grayson?"

Sein Lächeln verschwindet, und für einen Moment sehe ich die rohe Härte in seinem Gesicht. „Was ich will? Ich will wissen, wo die Grenzen deiner Loyalität liegen, Cole. Denn momentan sieht es so aus, als hättest du vergessen, *wem* du alles verdankst."

„Vielleicht habe ich auch einfach genug davon, dir alles zu schulden", sage ich, und meine Worte klingen schärfer, als ich beabsichtigt hatte. „Vielleicht hab ich keine Lust mehr, ein Teil von all dem zu sein."

Grayson lehnt sich zurück, ein Hauch von animalischer Belustigung in seinem Blick. „Weißt du, Cole, Loyalität ist wie ein Messer. Man kann es benutzen, um jemanden zu schützen... oder um es ihm in den Rücken zu rammen."

Ich halte seinem Blick stand, auch wenn sich meine Hände unter dem Tisch zu Fäusten ballten. „Vielleicht ist es an der Zeit, das Messer umzudrehen."

Graysons Gesicht verzieht sich zu einer wutgetriebenen Maske, greift über den Tisch und zieht mich am Jackenkragen näher. „Wo ist sie?!", zischt er, und seine Stimme ist jetzt kalt wie Stahl und scharf wie ein Samuraischwert. „Du glaubst doch nicht ernsthaft, dass die kleine Schlampe und du aus der Nummer herauskommt, nachdem sie den Scheiß gebracht hat!"

Ich halte seinem Blick stand, auch wenn mein Herz rast. Restaurantbesucher drehen sich zu uns um, beginnen zu raunen und tuscheln. Graysons Augen verengen sich, und er stößt mich zurück, sein Griff löst sich. „Ihr steckt knietief in der Scheiße, Cole."

„Und du auch", antworte ich ruhig. „Du denkst, du hast alles unter Kontrolle, aber dein sorgsam gesponnenes Netz reißt, Grayson. Du hast zu viele Menschen gegen dich aufgebracht."

Grayson lehnt sich zurück, verschränkt die Arme und mustert mich, als würde er versuchen, meine Gedanken zu lesen. „Und was wollt ihr tun?", fragt er schließlich, fast amüsiert. „Mich stürzen? THE VEIL bloßstellen? Glaubst du wirklich, du und die kleine Schlampe hast die Macht, gegen mich anzukommen? Die Beweise, mir irgendetwas anzuhängen?"

Ich zögere, aber nur für einen Moment. „Vielleicht nicht allein. Aber ich bin nicht allein."

Für einen flüchtigen Moment sehe ich, wie etwas in Graysons Augen aufblitzt – Wut, Überraschung, oder vielleicht sogar Angst. Doch er fängt sich schnell, und sein Lächeln kehrt zurück, kälter als je zuvor. „Du bist mein Bruder, Cole. Das hat dich jahrelang davor beschützt, in den Abgrund zu stürzen. Aber selbst Brüder sind nicht unantastbar."

Ich spüre, wie sich ein Kloß in meinem Hals bildet, aber ich lasse ihn nicht sehen, wie sehr seine Worte mich treffen. „Das gilt auch für dich", sage ich leise.

Grayson lacht leise, ein Laut, der mir Gänsehaut über den Rücken jagt. „Du hast keine Ahnung, worauf du dich einlässt." Dann steht er auf und geht, seine Schritte hallen durch das Restaurant, bis sie schließlich verstummen und nur das Glöckchen über der Tür davon erzählt, dass er hier war.

Ich sitze noch eine Weile da, mein Herz schlägt laut in meiner Brust. Als ich mich endlich bewege, greife ich nach meinem Handy und wähle Livs Nummer. Sie hebt sofort ab.

„Sag mir, dass du das Haus verlassen hast", sage ich, meine Stimme ist angespannt, aber ruhig. „Er ist unterwegs."

Livia

Die Nacht ist kühl und still, aber keine der beiden Eigenschaften beruhigt mich. Jeder meiner Schritte auf dem Asphalt klingt in meinen Ohren viel zu laut, viel zu auffällig. Die Tasche auf meiner Schulter wiegt schwerer, als sie sollte, und die Dunkelheit um mich herum ist wie ein lebendiges Wesen, das mich umschlingt. Ich ziehe die Jacke enger um mich und versuche, das beklemmende Gefühl loszuwerden, dass jemand hinter mir sein könnte.

Cole hat mir gesagt, dass ich das Safehouse sofort verlassen soll, und ich das habe ich getan – ohne Diskussion, ohne Protest.

Ich weiß, dass ich keine Wahl habe. Cole hat recht. Ich muss hier weg, bevor Grayson mich findet. Aber die Wut in mir brennt noch heißer als die Angst. Wie kann er mich nur in diese Lage bringen? Wie kann er erwarten, dass ich ihm nach all dem vertraue? Und doch... ein Teil von mir will ihn. Braucht ihn. Der Widerspruch zerreißt mich beinahe.

Dass er mir verschwiegen hat, dass er es war, der mich für dieses... Projekt ausgesucht hat! Aber tief in mir... habe ich es vielleicht schon lange vorher gewusst. Die zufälligen Treffen? Er kannte meinen Namen schon, bevor ich ihn ihm verraten habe. Er wusste, dass ich als Beste meines Jahrgangs den Abschluss gemacht habe. Er wusste es. Und... ich wusste es auch.

Ich bin wütend auf ihn. Enttäuscht, dass er es mir nicht früher gesagt hat. Ich wollte Abstand von ihm, doch jetzt, wo ich allein durch diese gottverlassene Straße Richtung Stadt gehe, wünschte ich, ich hätte auf mein Bauchgefühl gehört und ihn überredet, mich nicht allein zu lassen.

„Bleib ruhig, Liv", murmle ich leise zu mir selbst, meine Finger um den Träger meiner Tasche gekrallt. „Er hat einen Plan. Alles wird gut."

Doch die Worte fühlen sich leer an. Meine Gedanken driften immer wieder zu ihm. Ob er das Treffen mit Grayson überstanden hat? Ob er sicher ist? Ob ich ihn wiedersehe? Die Vorstellung, dass er allein gegen seinen Bruder antritt, lässt meinen Magen sich zusammenziehen. Aber Cole ist stark. Er hat immer einen Ausweg gefunden. Ich muss ihm vertrauen.

Endlich erreiche ich die Bushaltestelle. Der gelbe Lichtkegel der Straßenlaterne flackert über dem Wartehäuschen, und ich trete hastig hinein, froh über jede Illusion von Schutz. Es dauert nicht lange, bis die schwachen Scheinwerfer eines alten Busses in der Ferne auftauchen. Ich atme erleichtert auf, als er hält und die Türen zischen.

Im Inneren des Busses ist es warm, und ich lasse mich auf einen der hinteren Sitze fallen, die Tasche fest auf meinem Schoß. Mein Blick schweift durch den Innenraum, mustert die wenigen anderen Fahrgäste. Ein älteres Ehepaar, das leise miteinander spricht. Ein Teenager, der Kopfhörer trägt und auf sein Handy starrt. Ein Mann in einem abgetragenen Mantel, der schläfrig aus dem Fenster schaut. Nichts Auffälliges. Niemand, der mich direkt ansieht oder mehr Interesse zeigt, als nötig.

Jeder neue Fahrgast ließ mein Herz schneller schlagen. Der Mann mit dem abgetragenen Mantel, der immer wieder unauffällig in meine Richtung schaut. Der Teenager, dessen Kopfhörerlautstärke das monotone Summen des Busses übertönt. War ich sicher? Oder nur blind für die Gefahr?

Ich lasse die Hand nicht von meiner Tasche, während der Bus langsam durch den Bundesstaat fährt, an leeren Straßen und geschlossenen Geschäften vorbei. Nach und nach steigen die Menschen ein und aus, ihre Gesichter kurz in den Schein der Deckenbeleuchtung getaucht, bevor sie wieder in die Dunkelheit verschwinden. Ich versuche, mich zu entspannen, doch mein Herzschlag bleibt unruhig.

Eine Stunde später fühle ich mich sicherer. Es sind nicht mehr viele Menschen im Bus, und die regelmäßigen Stopps und das Brummen des Motors haben etwas Beruhigendes. Mein Kopf lehnt gegen das kühle Fenster, und ich beobachte, wie die Lichter der Stadt hinter mir verblassen. Die Häuser werden weniger, die Straßen breiter, bis der Bus schließlich in Haverhill hält.

Haverhill ist ruhig, fast schon schläfrig. Die Hauptstraße ist gesäumt von alten Backsteingebäuden, die im schwachen Licht der Straßenlaternen einen einladenden, wenn auch leicht melancholischen Charme ausstrahlen. Ich steige aus und bleibe einen Moment stehen, um mich zu orientieren. Ein kleines Café am Ende der Straße hat noch geöffnet, das warme Licht durchbricht die kühle Dunkelheit, und ich entscheide, dass das ein guter Ort ist, um mich für einen Moment zu sammeln.

Doch bevor ich losgehen kann, vibriert mein Handy in der Tasche. Ich ziehe es heraus und sehe Coles Namen auf dem Display. Sofort wird mir schlecht. Mein Daumen zittert, als ich auf „Annehmen" drücke.

„Cole?" Meine Stimme ist kaum mehr als ein Flüstern, doch ich höre das Zittern darin deutlich.

„Liv." Seine Stimme ist leise, aber drängend. „Wo bist du gerade?"

Ich spüre, wie ich aufatme. „In Haverhill. Ich bin gerade aus dem Bus gestiegen." Mein Herz schlägt schneller, und ich weiß, dass ich die Antwort auf meine nächste Frage nicht hören will. „Was ist passiert?"

„Grayson ist auf dem Weg zum Safehouse." Seine Worte treffen mich wie ein Schlag, und ich muss mich an einer Laterne festhalten, um nicht umzukippen. „Er weiß, dass ich dich dort untergebracht habe. Du darfst auf keinen Fall zurückgehen."

Die Panik steigt in mir auf, heiß und überwältigend. „Was hat er gesagt? Was ist passiert?"

„Es spielt keine Rolle, was er gesagt hat", unterbricht Cole, seine Stimme eindringlich. „Pass auf. Verhalte dich unauffällig. Hast du das verstanden?"

„Ja", flüstere ich, obwohl ich kaum glauben kann, dass ich wirklich in Sicherheit sein könnte. Hier in Haverhill. „Ja, ich habe verstanden."

„Gut." Er atmet schwer, und ich höre, wie er etwas murmelt, das ich nicht verstehen kann. „Ich bin unterwegs. Bleib, wo du bist."

Das Gespräch endet, und ich bleibe reglos stehen, das Handy immer noch an mein Ohr gedrückt, obwohl die Leitung längst tot ist. Die Realität schlägt wie eine Welle über mir zusammen, und ich muss mich zwingen, mich zu bewegen, um nicht von der Angst überwältigt zu werden.

Ich gehe zum Café am Ende der Straße, meine Schritte hastig, als könnte ich der drohenden Gefahr entkommen, die sich wie eine unsichtbare Präsenz um mich legt. Die kleine Stadt strahlt eine unerwartete Ruhe auf mich aus, die mich für einen Moment innehalten lässt. Die warmen Lichter des Cafés wirken einladend, fast wie eine Erinnerung daran, dass es immer noch Orte gibt, an denen die Welt in Ordnung ist. Vielleicht war das der Funken, den ich brauchte. Die Hoffnung, die mir zeigte, dass ich noch kämpfen konnte. Während ich die Tür öffne und das warme Licht mich umfängt, weiß ich, dass ich nicht aufgeben kann. Egal, was Grayson plant – ich werde kämpfen. Und ich werde Cole finden.

21

Livia

Die Straßen von Haverhill wirken wie eine Brücke zwischen zwei Welten: der Vergangenheit, die wir zu entkommen versuchten, und der ungewissen Zukunft, die uns bevorstand. Selbst das Licht der Straßenlaternen schien schwächer, wie eine Erinnerung daran, dass Sicherheit nur eine Illusion war.

Ich sitze in einem Leihwagen und starre aus dem Fenster auf das verschwimmende Meer aus Lichtern. Neben mir sitzt Cole, die Hände fest am Lenkrad des Leihwagens, sein Blick konzentriert auf die Straße gerichtet. Die Stille zwischen uns ist schwer, nur das gleichmäßige Brummen des Motors füllt den Raum.

Als ich Cole vor zwei Stunden endlich vor dem Café sah, war es, als ob die Welt für einen Moment stillstand. Seine Arme um mich fühlten sich an wie ein Hafen nach einem Sturm – sicher, warm, vertraut – während die Tränen über mein Gesicht liefen. Cole sagte nichts, legte nur den Arm um mich und führte mich zum Auto. Jetzt sitze ich hier, die Tasche auf meinem Schoß, und spüre die Spannung, die in der Luft hängt.

„Du bist wirklich okay?", fragt er schließlich, seine Stimme leise, fast sanft, und ich nicke.

„Ja." Mehr bringe ich nicht heraus. Die Erschöpfung und die Angst sitzen mir noch im Nacken. Die verrauchte Wut und

Enttäuschung weichen der Erleichterung, dass es ihm und mir gut geht. Dass wir wieder zusammen sind.

Cole wirft mir einen kurzen Blick zu, seine Augen dunkel vor Sorge. Dann konzentriert er sich wieder auf die Straße vor uns. „Wir haben noch einen langen Weg vor uns", sagt er.

Ich lehne mich zurück und schließe für einen Moment die Augen, lasse seine Worte in mir nachklingen. Egal, was vor uns liegt – jetzt, in diesem Auto, mit Cole an meiner Seite, fühlt es sich an, als hätten wir eine Chance.

Die Straßen fliegen an uns vorbei, in der Dunkelheit fast gesichtslos. Cole fährt konzentriert, während seine Augen die Umgebung scannen. Die Anspannung in der Luft ist beinahe greifbar, und ich spüre, wie sie sich in meinen eigenen Körper überträgt. Mein Herzschlag hämmert in meinen Ohren.

„Wo fahren wir hin?" Meine Stimme ist leiser, als ich es beabsichtige, aber sie durchbricht die Stille im Auto.

Cole wirft mir einen kurzen Blick zu, bevor er wieder auf die Straße schaut. „Irgendwohin, wo sie uns nicht sofort aufspüren können."

„Hast du so einen Ort?", frage ich, bemüht, die Unsicherheit aus meiner Stimme zu verbannen.

„Kent... hat etwas arrangiert", sagt er, und ich höre die leichte Schärfe in seiner Stimme, die er nicht ganz verbergen kann. „Einen Ort, von dem aus wir die restlichen Daten veröffentlichen können. Wir müssen es klug koordinieren."

Das Wort *koordinieren* klingt so kühl, so strategisch, und doch verstehe ich, dass es keinen Raum mehr für Fehler gibt. Alles hängt von den nächsten Stunden ab. Grayson ist aufgestachelt und sucht nach uns. Meine Finger umklammern die Träger meiner Tasche fester, und ich starre aus dem Fenster, während die Realität sich immer schwerer auf meine Schultern legt.

Die „Basis", wie Cole sie nennt, ist ein kleines, herunter-gekommenes Bürogebäude am Rande der kleinen Hafenstadt Newburyport. Es sieht verlassen aus, die Fenster sind vergilbt, der Putz bröckelt, aber als wir durch die Seitentür eintreten, finde ich einen Raum vor, der fast zu perfekt vorbereitet ist. Ein Tisch mit mehreren Laptops, ein paar Karten und Notizen an der Wand, und in einer Ecke ein Kühlschrank und eine Kaffeemaschine – mehr als ich erwartet hatte.

„Kent war bereits hier", sagt Cole, als er die Laptops ein-schaltet und die Notizen überfliegt. „Er hat uns alles hinter-lassen, was wir brauchen."

„Und wo ist er jetzt?", frage ich und sehe mich nervös um.

„Er bleibt gerne im Hintergrund", murmelt Cole und fährt sich durch die Haare. „Er weiß, dass Grayson auch nach ihm sucht. Aber er wird uns decken."

Ich nicke langsam, doch die Worte beruhigen mich nicht wirklich. Ich setze mich an einen der Laptops, schließe meinen USB-Stick an und beginne, die Dateien erneut zu sichten. Die vertrauten Ordner und Dokumente leuchten auf, und ich merke, wie meine Hände zu zittern beginnen.

„Das ist es", sage ich leise, fast zu mir selbst. „Das ist alles, was wir haben."

Cole tritt hinter mich und zögert, die Hand auf meiner Schulter abzulegen. Ich drehe den Kopf und sehe ihn an. Lächele knapp. Als er mich dann schließlich berührt, ist sein Griff leicht, und doch gibt er mir Halt, den ich dringend brau-che. „Das wird reichen", sagt er leise. „Wir müssen nur klug vorgehen."

Die nächsten Stunden sind ein wirbelnder Strudel aus Planung, Hochladen und strategischer Koordination. Cole und ich arbei-ten wie im Takt, sprechen kaum, außer um uns über die nächsten Schritte abzustimmen. Die Dateien werden auf mehrere sichere Server verteilt, die Zugänge verschlüsselt, die Veröffentlichungen an vorgeplante Zeitfenster gekoppelt. Jede Sekunde zählt, und ich merke, wie die Zeit an mir vorbeirast, während ich versuche, alles richtig zu machen.

Unsere Stimmen bleiben flach, fast mechanisch, während wir die Dateien hochladen und verschlüsseln. Doch jedes Mal, wenn Cole an meiner Seite auftaucht, seine Hand kurz auf meiner Schulter ruht, spüre ich den unausgesprochenen Druck, der auf uns lastet. Es ist keine Frage, ob wir etwas vergessen haben – sondern wie lange wir durchhalten können, bevor Grayson uns findet.

„Wir müssen sicherstellen, dass es nicht gelöscht werden kann", sagt Cole, als er ein weiteres Backup anlegt. „Sobald es draußen ist, können sie es nicht mehr aufhalten."

„Das ist der Plan", murmle ich und spüre, wie mein Kopf schmerzt von der Anstrengung, jeden einzelnen Schritt zu überwachen. „Es muss perfekt sein."

Als die letzten Dateien hochgeladen sind, lehne ich mich zurück und atme tief durch. Mein Blick fällt auf Cole, der noch immer auf den Bildschirm starrt, als könne er jeden möglichen Fehler vorhersagen und verhindern.

„Das ist es", wiederhole ich meine Worte, meine Stimme kaum mehr als ein Flüstern. „Es ist draußen." Es ist ein Artikel über Grayson. Seine Vergangenheit, seine Aggressionsschübe beim Lacrosse. Die Schlägereien.

Er sieht zu mir, und in seinen Augen liegt eine Mischung aus Erleichterung und Anspannung. „Jetzt gibt es kein Zurück mehr."

Das Handy in Coles Tasche vibriert, und er zieht es heraus. Seine Miene verfinstert sich, als er auf das Display schaut. „Es ist Grayson", sagt er knapp, bevor er den Anruf ablehnt. Eine Nachricht erscheint sofort darauf.

Ich werde euch kriegen.

Ich starre auf die Worte, die wie eine Drohung auf dem Bildschirm leuchten, und mein Magen zieht sich zusammen. „Was machen wir jetzt?"

Cole steckt das Handy zurück in die Tasche, seine Augen funkeln entschlossen. „Wir warten. Und wir bereiten uns vor."

Seine Worte sollen beruhigend klingen, doch ich spüre die Unruhe, die unter der Oberfläche lauert. Grayson wird nicht tatenlos zusehen, wie wir sein Imperium zerlegen – und ich weiß, dass der Showdown näher ist, als wir es uns wünschen.

Wir bleiben immer in Bewegung. Die Straße vor uns scheint endlos, ein dunkles Band, das sich durch die Nacht zieht. Der Leihwagen steht och vor dem Bürogebäude, wir sind jetzt in einem Dodge unterwegs. Der Wagen, den Cole von Kent organisiert hat, ist alt, aber zuverlässig. Der Motor brummt monoton, und die wenigen Lichter, die die Dunkelheit durchbrechen, kommen von Tankstellen oder verlassenen Häusern entlang des Highways. Ich starre aus dem Fenster, sehe die Umrisse der Landschaft, die wie Schatten an uns vorbeiziehen, und versuche, die ständige Anspannung in meinem Körper loszuwerden. Wir fahren schon seit einer Stunde auf der US1 nach Norden, mittlerweile sind wir in Maine und haben New Hampshire hinter uns gelassen.

„Warum nach Norham?", frage ich schließlich. Meine Stimme ist leise, um die Stille nicht zu durchbrechen.

Cole wirft mir einen kurzen Blick zu, bevor er sich wieder auf die Straße konzentriert. „Es ist eine kleine Stadt in der Nähe von Portland. Kaum jemand kennt es."

„Und was ist mit Grayson?" Ich muss tief durchatmen, um die Furcht, die bei seinem Namen in mir aufsteigt, zu kontrollieren. „Kennt er es?"

Ich sehe, wie sich seine Hände fester um das Lenkrad klammern, und das ist mir schon Antwort genug. „Er wird dort nicht suchen." Coles Stimme ist ruhig, doch ich sehe, wie seine Hände das Lenkrad fester greifen. „Aber er hat jetzt größere Probleme, als uns zu finden. Das Netzwerk wackelt wie ein Jenga-Turm."

Ich nicke, doch die Erleichterung, die seine Worte auslösen sollten, bleibt aus. Stattdessen fühlt sich alles nur noch surrealer an, als würden wir in einem Film mitspielen, bei dem das Ende noch nicht geschrieben ist.

Als wir Norham erreichen, ist es fast Morgen. Der Himmel färbt sich bereits in zarten Rosatönen, doch die Stadt scheint noch wie in einen tiefen Schlaf versunken. Die wenigen Straßenlaternen, die funktionieren, beleuchten die engen Gassen nur spärlich. Die Gebäude sind alt, viele von ihnen aus Ziegelstein, mit Fassaden, die Geschichten erzählen, die niemand mehr hören will.

Die Stadt wirkt fast wie ein Bild aus einem alten Film: ein kleines Städtchen an der felsigen Küste, die Straßen gesäumt von Holzhäusern in gedeckten Farben, die den rauen Küstenwind seit Jahrzehnten aushalten. Die Bäume tragen keine Ausläufer des Indian Summers mehr, ihre Blätter in feurigem Rot und Orange haben sie schon lange verloren. Die Luft ist kühl und salzig, und der Wind bringt das sanfte Rauschen der Wellen mit sich.

„Das Haus liegt am Stadtrand", murmelt Cole, während er den Wagen langsam durch die leeren Straßen steuert. „Diskret, abseits von allem."

Ich nicke stumm und halte die Hände fest um die Tasche auf meinem Schoß gekrallt. Die Kälte des Morgens kriecht durch die Autofenster, und ich kann das leise Zittern meiner Hände nicht stoppen.

Schließlich erreichen wir das Haus. Es steht am Ende eines langen, von Bäumen gesäumten Weges, umgeben von Dünen, die in der Morgenröte wie ein Meer aus Schatten wirken. Das Gebäude ist schlicht, mit einer abblätternden weißen Fassade und einem alten Schieferdach, das wie ein Überbleibsel aus einer anderen Zeit wirkt.

Cole parkt den Wagen und schaltet den Motor aus. Für einen Moment sitzen wir einfach nur da, die Stille schwer wie Blei zwischen uns. Dann öffnet er die Tür, und die kühle Luft des frühen Morgens schlägt mir entgegen.

„Komm", sagt er, seine Stimme leise, aber bestimmt. „Wir müssen rein, bevor jemand uns sieht."

Ich folge ihm ins Haus, meine Schritte vorsichtig, als könnte der Boden unter mir nachgeben. Das Innere ist spartanisch eingerichtet, mit nur wenigen Möbeln und einem leichten Geruch nach Staub und altem Holz. Ein einzelnes Fenster lässt das erste Licht des Tages herein, und ich kann sehen, wie Cole durch die Räume geht, jeden Winkel prüft, bevor er sich zu mir umdreht.

„Wir sind sicher", sagt er, doch seine Augen sind wachsam. „Zumindest für jetzt."

Während Cole die Tür verriegelt und die Fenster mit den dicken Vorhängen abdeckt, lasse ich mich auf die alte Couch im Wohnzimmer sinken. Meine Beine fühlen sich an, als würden sie gleich unter mir nachgeben, und mein Kopf ist ein einziger Wirrwarr aus Gedanken und Ängsten.

„Livi", sagt Cole plötzlich, und ich sehe, wie er vor mir steht, die Arme verschränkt. „Ich weiß, dass das alles gerade viel ist. Wir haben hier vielleicht ein paar Stunden, um uns zu sammeln und den nächsten Schritt zu planen." Er macht eine Pause. „Bevor er doch auf Norham kommt."

„*Ein paar Stunden*?" Ich starre ihn an, unfähig, die Worte zu begreifen. „Was ist, wenn er uns schneller hier findet? Was ist, wenn..."

„Das wird er nicht", unterbricht er mich, seine Stimme ruhig, aber fest. „Norham ist das letzte, woran Grayson denken würde. Er erwartet, dass wir in der Stadt bleiben, irgendwo, wo wir leichter zu finden sind."

„Aber wenn er uns findet?", frage ich beharrlich, und die Angst in meiner Stimme lässt sich nicht verbergen.

Cole geht in die Hocke vor mir, seine Hände auf meinen Knien. „Dann sind wir bereit. Und wir kämpfen. Zusammen. Wir geben nicht auf."

Ich nicke langsam, spüre, wie seine Worte sich in meinen Gedanken festsetzen. Es gibt keine andere Wahl mehr, kein Zurück. Alles, was zählt, ist der nächste Schritt – und die Hoffnung, dass wir stark genug sind, ihn zu gehen.

Ich beuge mich vor und küsse ihn sanft, bevor ich mich genauer umschaue. Die Möbel sind alle mit weißen Laken abgehängt und es riecht nach Holz und Staub. Dennoch verströmt es einen liebevollen, rustikalen Charme, der weder zu Cole und noch weniger zu Grayson zu passen scheint. *Was ist das für ein Ort?*

Dann sehe ich es. Das Segelboot auf dem Kaminsims ist wie ein stiller Zeuge einer Zeit, die für Cole längst vergangen ist. Die Spinnweben, die sich über die Masten spannen, schienen Geschichten zu flüstern, die nie laut ausgesprochen wurden. Und die Fotos... Sie erzählen von einer Familie, die Liebe und Dunkelheit zugleich in sich getragen hat.

Ein eiskalter Schauer läuft meinen Rücken hinunter. „Das bist du", flüstere ich.

Cole nickt, während sein Blick ruhig auf mir verweilt. Ich nehme das Bild in die Hand und betrachte die viel jüngere Version von ihm. Er muss drei oder vier Jahre alt gewesen sein, nicht älter. Er grinst schief und strahlt in die Kamera. Hinter ihm steht eine blonde Frau, die ihn sanft an der Brust festhält. Sie trägt ein geblümtes Sommerkleid und neben ihr steht – unverkennbar – Grayson. Er kann nicht älter als dreizehn Jahre alt gewesen sein. Groß und sportlich, mit muskulösen Armen, aber dennoch noch schlacksig. Ein hübscher Junge – doch... sein Blick schon damals hart und unnachgiebig.

Im Hintergrund erkenne ich das Ebenbild von Cole – älter, ernster. Definitiv sein Vater. Die gleiche Statur, die gleichen dunklen Augen. Die gleichen Haare, leicht wirr und dunkel.

„Es ist dein Elternhaus", stelle ich fest und betrachte mir das Familienfoto genauer. Coles Eltern wirken entspannt, genau wie er, aber Grayson haftet eine spürbare Ablehnung an.

„Das Ferienhaus meiner Familie, ja. Wir waren oft hier."

Und dann erkenne ich noch mehr Erinnerungen an den Wänden. Verblasste Familienfotos – der Junge, der Cole unheimlich ähnelt, eine Frau mit sanften Augen, ein Mann mit entschlossenem Gesicht. Grayson beim Sport in der Highschool, auf dem Mannschaftsfoto verhärmt und angespannt. Gespenster aus Coles Vergangenheit, die hier ihren Platz gefunden haben.

„Darf ich dich was fragen?"

Er zuckt mit den Schultern und ich nehme eins der Bilder von der Wand. Es zeigt Grayson mit seinem Dad. „Ist dir mal aufgefallen, wie ähnlich Grayson Moreau sieht?"

Cole sieht mich an. Seine Stirn kräuselt sich und seine Pupillen weiten sich. „Was?" Er schüttelt irritiert den Kopf.

Als ich das Foto genauer betrachte, sehe ich es plötzlich ganz klar: Graysons kantige Gesichtszüge, die fast identisch mit denen eines anderen Mannes sind. Ein Schauer läuft mir über den Rücken. „Cole… Was, wenn Grayson und Moreau…" Ich spreche es nicht aus, aber die Idee liegt zwischen uns wie eine tickende Zeitbombe.

Cole hebt die Hand und unterbricht mich. „Du willst nicht andeuten, dass meine Mutter mit Moreau…"

Ich zucke mit den Schultern. „Es gibt da dieses Bild von den beiden. Ich habe es in einem der Ordner auf dem PC... Sie... sehen aus wie Va-" Cole sieht mich scharf an und ich breche ab. „Es würde alles so viel mehr Sinn ergeben…"

„Was genau?" Er wird ganz still, und ich merke, dass wir uns an einem Ort befinden, der für ihn voller Erinnerungen ist: an seine Mum, seinen Dad. Vermutlich auch an Victor Moreau. Ich sehe in seiner Miene, dass er daran denkt, die Möglichkeit abwägt, dass es so sein könnte, wie ich andeute.

Ich selbst denke an dieses Bild, über das ich vor Wochen schon gestolpert bin. Wie irritiert ich war, als mir die Ähnlichkeit aufgefallen ist.

Cole schüttelt den Kopf. „Meine Mum hätte nie... Sie und Dad kannten sich seit der High School."

Ich nicke. „Es war nur... ein Gedanke." Ich sehe, dass es keinen Sinn macht, weiter auf ihn einzureden. „Hast du viele Sommer hier verbracht?", frage ich leise und wechsele das Thema.

„Ich erinnere mich kaum", antwortet er und sieht sich um. Immer noch irritiert. Immer noch mit verschlossener Miene. „Jeden Sommer, bevor ... bevor alles anders wurde." Seine Augen ruhen auf einem Foto an der Wand, und in seinem Gesicht lese ich Schmerz und Wehmut.

„Warum hast du damals Medizin gewählt?" Die Frage entkommt mir, und ich sehe ihn überrascht blinzeln.

Cole zuckt mit den Schultern, dann zieht ein leichtes, nachdenkliches Lächeln über seine Lippen. „Meine Mutter. Sie war eine gute Frau, jemand, der immer helfen wollte. Ich wollte etwas tun, auf das sie stolz wäre." Seine Stimme klingt sanft, fast sehnsüchtig. Dann hält er inne. „Viel Grund dazu, hätte ich ihr bis jetzt nicht gegeben." Er blickt mich an, ein trauriges Lächeln umspielt seine Lippen. Er lässt die Schultern sinken und zuckt sie schließlich. „Ich habe schlimme Dinge getan."

„Weil du keine Wahl hattest."

Cole zuckt erneut die Schultern. „Man hat immer die Wahl." Er seufzt schwer. „Aber manchmal ist der Druck zu groß."

„Wie hat er dich unter Druck gesetzt?"

Cole tritt an den Kamin und wischt mit dem Finger die Staubspuren und Spinnweben vom Segelboot. „Er ist mein großer Bruder. Er hat auf mich aufgepasst. Wenn ich in der Schule in Schwierigkeiten war, hat er die Dinge für mich geregelt. Er ist zehn Jahre älter als ich. Er war... mein Vorbild. Er hatte schon immer so eine Art natürliche Autorität an sich und ich habe erst spät verstanden, dass er unter den Jugendlichen in der Stadt schon lange den Ruf hatte, auch brutal zu sein."

Ich denke an die Zeitungsartikel, die ich über Grayson gefunden habe. Dass er hochtalentiert war, ein begnadeter Lacrosse-Spieler, aber auch impulsiv und gewaltbereit auf dem Spielfeld.

„Nach dem Unfall unserer Eltern... war Grayson alles, was ich hatte." Seine Augen gleiten zum Fenster, hinaus in die graue Ferne, als könnte er dort die Erinnerungen finden, die er jetzt beschwört. „Ich war ein kleines Kinddas von einem Moment auf den anderen in eine Welt gestoßen wurde, die keinen Platz für ihn hatte. Und Grayson... Grayson hat alles getan, um uns über Wasser zu halten. Zumindest habe ich das damals geglaubt."

Ich spüre, wie sich mein Brustkorb zusammenzieht, als ich den Schmerz in seiner Stimme höre. Er spricht von seinem Bruder mit einer Mischung aus Zuneigung und Bitterkeit, die mich daran erinnert, wie kompliziert Familie sein kann.

„Er hat anfangs nie gesagt, dass er Teil des Netzwerks ist", fährt Cole fort. „Nicht direkt. Aber ich habe es gespürt. Die Art, wie er sich bewegte, wie er mit den Leuten sprach, die Moreau ihm – und mir – vorstellte. Victor hat immer gesagt, dass Macht alles ist, was zählt, und Grayson hat das irgendwann übernommen. ‚Du willst doch nicht, dass wir wieder alles verlieren, oder?' hat er gesagt. Und ich... ich habe ihm geglaubt. Ich war jung, er war mein einziges Vorbild nach dem Tod unserer Eltern."

Ich halte die Luft an, als seine Worte in der Stille des Raumes widerhallen. Ich will etwas sagen, irgendetwas, um ihm zu zeigen, dass ich verstehe, doch die Schwere seiner Worte hält mich zurück. Das alte Ferienhaus ist still, bis auf das leise Knarren der Holzdielen, das bei jeder Bewegung durch den Raum hallt. Ich gehe zurück zur Couch und, während ich ihn beobachte. Er geht auf und ab, seine Hände in den Taschen seiner Jacke vergraben, sein Blick zwischen mir und dem Fenster hin und her wandernd. Die Anspannung in seinem Gesicht ist nicht zu übersehen, als hätte er mit sich selbst einen stillen Kampf geführt, den er verloren hat.

Ich sage nichts. Ich lasse ihm den Raum, den er offensichtlich braucht, auch wenn mein Herz schneller schlägt. Er atmet tief durch, dann beginnt er zu sprechen, seine Stimme ruhig, aber voller innerer Zerrissenheit.

„Er hat mich in Schuld ertränkt, Liv. ‚Du hast überlebt, weil ich da war‘, hat er immer wieder gesagt. Und irgendwann habe ich es geglaubt. Vielleicht hat er recht. Vielleicht hat er mich wirklich gerettet. Ich habe keine Erinnerung an den Unfall. Aber er hat diesen Moment benutzt, um mich für sich zu benutzen."

Etwas in mir zuckt bei seinen Worten. *Du hast überlebt, weil ich da war.*

Cole dreht sich zu mir um, seine Augen treffen meine, und ich spüre, wie die Luft zwischen uns dichter wird. „Er hat mir eingeredet, dass ich nichts alleine schaffen kann. Dass ich schwach bin ohne ihn. *THE VEIL kann dir Türen öffnen, von denen du nicht einmal träumst‘*, hat er gesagt. Und ich war dumm genug, das zu glauben."

Seine Stimme bricht leicht, und er wendet den Blick ab, als könnte er die Scham, die in seinen Worten liegt, nicht ertragen. „Er hat mich Schritt für Schritt tiefer hineingezogen. Erst waren es kleine Gefallen. Ein paar Kontakte hier, ein paar Informationen da. Auch... erpresste Informationen. Irgendwann war ich so tief drin, dass ich nicht mehr wusste, wie ich da rauskommen soll... Irgendwann habe ich für ihn Leute rekrutiert. *Wie dich.*"

Ich sehe, wie sich seine Hände zu Fäusten ballen, bevor er sie wieder löst, und spüre, wie ich dasselbe tun möchte. Wegen Graysons Manipulationen bin ich hier – weil er Cole dazu angehalten, mich auszuwählen. Im Zentrum des Fadenkreuzes.

„Irgendwann... ich weiß nicht mehr... habe ich begonnen, das alles in Frage zu stellen. Und dann hat er die Geschichte unserer Eltern gegen mich benutzt. *Sie sind gestorben, weil sie geglaubt haben, sie könnten gegen THE VEIL bestehen*, hat er gesagt. ‚Willst du genauso enden?‘ Und ich… ich wollte es nicht. Ich wollte nicht noch jemanden verlieren.“

Ich halte inne. „Ich dachte, es sei ein Unfall gewesen.“

Cole hebt den Kopf und sieht mich irritiert an. „War es doch auch.“

„Aber wie können sie durch einen Unfall gestorben sein, wenn sie sich gegen das Netzwerk gewendet haben?“ Ich lege den Kopf schief. Etwas zuckt tief in mir. „Cole…“ flüstere ich, doch er hebt eine Hand, als wollte er verhindern, dass ich ihn unterbreche.

„Ich weiß nicht. Ich-“ Er bricht ab, als müsse er sich neu sortieren. „Ich habe für ihn Dinge getan, Liv, die ich mir selbst nicht verzeihen kann. Dinge, die ich dir nicht erzählen will, weil ich Angst habe, wie du mich danach ansehen würdest.“ Seine Stimme wird leiser, und ich sehe, wie sehr ihn diese Worte schmerzen.

Wie mich in diese Hölle mit reinziehen.

Mein Herz schlägt schneller, und ich will etwas sagen, doch er spricht weiter, seine Worte jetzt voller Entschlossenheit. „Ich habe mich entschieden. Für dich. Für uns. Und für das, was richtig ist. Und damit… gegen ihn.“

Er macht einen Schritt auf mich zu, bleibt vor der Couch stehen, seine Augen treffen meine mit einer Intensität, die mich fast zurückweichen lässt. „Ich will das beenden, Liv. Ich will, dass Grayson fällt. Und wenn das bedeutet, dass ich alles verliere – sogar dich – dann werde ich es tun.“

Die Stille, die folgt, ist so schwer, dass sie mich beinahe erdrückt. Ich sehe ihn an, sein Gesicht, das voller Schuld und Hoffnung ist, und ich weiß, dass er die Wahrheit sagt. Dass er bereit ist, alles zu riskieren.

Ich stehe auf, meine Beine sind schwer, doch ich zwinge mich, näher zu treten. „Cole," sage ich leise, meine Stimme bricht leicht. „Du wirst mich nicht verlieren. Aber wir machen das hier zusammen. Keine Geheimnisse mehr. Wir kämpfen – gemeinsam."

Sein Blick wird weicher, und ich sehe, wie ein Hauch von Erleichterung über sein Gesicht zieht. „Gemeinsam," wiederholt er, und in diesem Moment spüre ich, dass wir beide an diesem Punkt keinen anderen Weg mehr sehen.

Die Vergangenheit hat uns bis hierher verfolgt, aber die Zukunft gehört uns – und wir werden uns nicht länger verstecken.

Cole sieht mich an und streicht sanft über mein Haar. „Hast du Angst, Livia? Vor dem, was kommt?"

Ich schüttle langsam den Kopf und ein schwaches Lächeln huscht über meine Lippen. „Nein, ich hab keine Angst. Zumindest … nicht mehr. Ich bin bereit."

Ich sehe seine Augen, die mich sanft und voller Vertrauen anblicken, und mein Herz klopft wie ein leiser, gleichmäßiger Puls. Unsere Lippen treffen sich, und der Kuss, den wir teilen, ist warm und tief, eine Flucht aus allem, was uns verfolgt. Das Wohnzimmer, das verstaubte Licht, die Stille – es fühlt sich an, als würde die Zeit um uns herum stillstehen.

Wir sinken auf den weichen, alten Teppich, und für einen Moment ist alles andere vergessen.

Unsere Körper verschmelzen im Halbdunkel des Zimmers, und die Stille um uns herum wirkt wie eine schützende Hülle. Ich spüre jeden Atemzug von Cole, das vertraute, ruhige Auf und Ab, das mich in diesem Moment so vollständig erdet, dass es keine andere Realität zu geben scheint. Unsere Bewegungen sind langsam, fast bedächtig, als wollten wir jede Berührung, jeden Kuss in uns aufnehmen und für die kommende Zeit fest-halten.

Seine Hand gleitet an mir hinab und vergräbt sich in meinem Schritt, so fest, dass ich aufkeuche.

Der Teppich ist warm unter uns, und der staubige Geruch des Raumes vermischt sich mit dem salzigen Hauch, der alles durchzieht, was an der See zu Hause ist. Cole sieht mich an, seine Hand streicht sanft über meine Wange, und in seinen Augen liegt ein Feuer, die mich alles andere vergessen lässt. Seine Finger gleiten über mein Shirt, raffen es hoch und lieb-kosen meine Haut. Jeder Kuss wird zu einer stillen, wortlosen Bestätigung dessen, was wir uns versprochen haben. Er öffnet meine Jeans und seine Hand gleitet am zarten Stoff meines Höschens entlang tiefer. Ich spüre, wie ich feucht werde, recke mich ihm entgegen und will ihn spüren.

„Cole", hauche ich seinen Namen, als er meine Klitoris durch den Stoff berührt und ich habe das Gefühl zu verbrennen.

Im schwachen Licht des Raumes ist alles andere vergessen. Die Schatten an den Wänden, die uns an die drohende Gefahr erinnern, scheinen für einen Moment stillzustehen. Coles Hände sind warm auf meiner Haut, seine Berührungen wie eine Antwort auf all die Fragen, die ich nicht laut auszusprechen wage. Für diesen kurzen Moment gibt es keine Angst, keine Dunkelheit.

Für diesen winzigen Moment, in diesem alten Haus, gehört alles nur uns. Die Last der Vergangenheit, die Bedrohung der Zukunft – nichts davon hat hier Platz. Wir verlieren uns in diesem Augenblick, in der Nähe, die so tief und unerschütter-lich ist, dass sie alles in den Schatten stellt.

Irgendwann liegen wir nebeneinander auf dem Teppich, unsere Körper ineinander verschlungen, die Stille des Raumes um uns ist beinahe greifbar. Cole zieht mich enger an sich, seine Hand in meinem Haar, und ich spüre seinen gleichmäßigen Herzschlag gegen meine Brust. Der Gedanke an das, was vor uns liegt, schiebt sich langsam zurück in mein Bewusstsein, aber in diesem Moment ist er noch fern, unwirklich.

„Wir schaffen das, Livia," flüstert Cole leise, und ich nicke, meine Stirn an seine lehnend. Wir liegen einfach nur da, unsere Finger ineinander verschlungen, und für eine kleine Weile, in der warmen Dunkelheit dieses Hauses, ist alles ruhig, alles friedlich.

Wir liegen eine Weile nebeneinander, eingehüllt in nichts als die Stille des Hauses und die Wärme, die zwischen uns fließt. Draußen rascheln die Blätter im Wind, und der Herbstduft von feuchtem Holz und dem nahen Meer schwebt durch das geöffnete Fenster herein. Es fühlt sich so seltsam an – als wäre dies ein Leben, das wir vielleicht hätten führen können, fern von den Schatten der Vergangenheit, von Graysons gnadenlosem Griff und den dunklen Geheimnissen, die uns beide hierher gebracht haben.

Cole streicht mir sanft über die Hand, seine Finger umschließen meine, und ich spüre die Entschlossenheit in diesem kleinen, stillen Griff. Langsam drehe ich meinen Kopf, sehe zu ihm hinüber und finde seinen Blick auf mir ruhen. Es liegt so viel in seinen Augen, dass ich nicht anders kann, als mir zu wünschen, dass dieser Moment nie endet. Doch die Realität schleicht sich leise in unsere Gedanken, wie ein kühler Wind, der durch das Fenster zieht.

„Bist du bereit?", fragt Cole schließlich, seine Stimme leise, fast wie ein Flüstern. Seine Finger streichen durch mein Haar und mein Magen zieht sich nervös kribbelnd zusammen.

Ich zögere, als Cole mich fragt, ob ich bereit bin. Der Mut, den ich noch vor ein paar Stunden gespürt habe, fühlt sich plötzlich brüchig an, wie ein feiner Schleier, der bei der geringsten Berührung reißen könnte. Ich drehe den Kopf, sehe ihn an, und meine Lippen formen stumm ein Wort, das ich kaum zu sagen wage: „Nein." Meine Stimme ist ein Flüstern, kaum mehr als ein Hauch, und doch spüre ich, wie diese kleine Wahrheit mir den Atem raubt. „Ich habe Angst vor dem, was kommt."

Cole zieht mich noch enger an sich, seine Arme um mich geschlungen, als könnte er all die Furcht damit aus meinem Körper herausdrücken. „Ich auch", murmelt er, und in seiner Stimme liegt ein leises Zittern, das er wohl selbst kaum bemerkt. „Das ist okay. Wir stehen das zusammen durch. Und das ... das wird reichen. Das muss einfach reichen."

Ich schließe die Augen, versuche, die Last dieser Worte in mir aufzunehmen. Es ist, als würden wir in einem Sturm stehen, unsere Hände ineinander verschlungen, während der Wind um uns tobt. Grayson ist dieser Sturm, der alles um uns herum einzureißen droht, und wir sind nur zwei Menschen, die versuchen, standzuhalten. Doch in Coles Griff finde ich eine Stärke, die mich einen Moment lang vergessen lässt, was auf uns zukommt.

„Wir werden das schaffen," flüstert er, und ich öffne die Augen, sehe den Ausdruck in seinen, der mich leise hoffen lässt. „Nicht, weil wir bereit sind. Sondern weil wir keine andere Wahl haben."

Sein Blick hält meinen fest, und ich spüre die Entschlossenheit in seinen Augen, das stille Versprechen, das zwischen uns liegt. In diesem Moment, während das Licht des herbstlichen Morgens durch das Fenster fällt und die Schatten im Raum tanzen, spüre ich, dass ich ihm bedingungslos vertraue. Cole und ich, wir sind alles, was wir haben, und auch wenn die

Angst in uns wächst, wissen wir, dass wir gemeinsam gegen Grayson bestehen werden.

„Egal, was passiert", sage ich schließlich, meine Stimme fest, auch wenn das Zittern in mir bleibt, „wir kämpfen das gemeinsam."

Wir stehen auf, Hände ineinander verschlungen, und bereiten uns auf das vor, was kommen wird. Das alte Haus, die Erinnerungen, die warme Dunkelheit des Raumes – sie bleiben als stumme Zeugen zurück, als wir uns der endgültigen Konfrontation nähern.

22

Das Ferienhaus der Familie Rutherford erscheint im Tageslicht weniger bedrohlich, fast wie ein Ort, an dem man die Vergangenheit abstreifen kann wie ein getragenes T-Shirt. Doch in den Schatten der Ecken lauern Geister – Erinnerungen, die sich standhaft weigern, in die Dunkelheit zu verschwinden.

Es ist ein altes, typisch amerikanisches Holzhaus mit einer breiten Veranda, auf der der Wind die knarrenden Stühle hin und her schiebt. Die Fassade zeigt Spuren der Jahre, das Holz ist verwittert und leicht abgeschabt, doch der Charme des Hauses bleibt ungebrochen. Der Ort strahlt etwas aus, das mir seltsam vertraut vorkommt, obwohl ich nie zuvor hier war.

„Dieses Haus ...", flüstere ich und spüre einen Kloß in meinem Hals. „Man könnte hier für immer bleiben."

Cole lächelt mit einer Tasse Kaffee in der Hand, ein Hauch von Traurigkeit in seinen Augen. „Für immer", wiederholt er leise. „Vielleicht für die, die keine Geister haben, die sie verfolgen."

Die Luft ist klar und kalt, und mein Herz schlägt in einem Rhythmus, der sich gefährlich anfühlt. Wir haben den gesamten Vormittag über einen Plan – den Plan – geschmiedet und Cole hat einige Male mit Kent telefoniert.

Das Licht draußen verblasst am späten Nachmittag, während die ersten Schatten der anbrechenden Nacht das Zimmer füllen. Ich schalte mein Handy ein, wie Kent ihm es vorgeschlagen hat, die GPS-Ortung aktiviert, damit die Spur, die wir Grayson hinterlassen, nicht zu subtil ist. Trotzdem pocht ein Zweifel in meinem Kopf, und ich kann ihn nicht verdrängen.

„Cole", sage ich leise und sehe ihn an. „Kannst du wirklich sicher sein, dass wir Kent trauen können? Dass er ... dass er wirklich aus dem Netzwerk ausgestiegen ist?"

Cole sieht mich an, und ich spüre den inneren Konflikt, der in ihm tobt. „Ein Restrisiko bleibt immer," gibt er zu, seine Stimme ist ein Hauch, leise, doch fest. „Aber er hat mich bis hierhin nicht verraten."

Ich nicke, will ihm glauben, aber die Unruhe in meinem Inneren lässt mich nicht los.

Ein leises Knarzen des Holzes lässt uns beide erstarren. Der Wind? Oder ist es etwas anderes? Cole dreht sich zur Tür, seine Schultern angespannt wie ein gespannter Bogen. Und dann – ein heftiger Windstoß reißt die Tür auf, und Grayson steht dort, das höhnische Grinsen eines Siegers auf den Lippen.

Die kühle, feuchte Luft der Küste dringt in den Raum wie flüssiger Stickstoff. Hinter Grayson tauchen zwei seiner Leibwächter auf, Männer, die ich nur allzu gut kenne. Sie sind schwer bewaffnet, die Waffen lässig an ihre breiten Schultern gelehnt, und ein Schauer läuft mir über den Rücken.

Mir wird schlecht.

Er ist zu früh. Viel zu früh.

„Du hast gefragt, ob Kent wirklich ausgestiegen ist?" Graysons Grinsen vertieft sich, und ich spüre die eisige Kälte in seiner Stimme. „Ich wäre nicht hier, hätte er es mir nicht verraten."

Mir stockt der Atem, und ich blicke zu Cole, dessen Blick auf seinem Bruder ruht, starr und voll Anspannung. Ein stummes Duell aus Blicken beginnt zwischen ihnen, angefüllt mit unausgesprochener Wut und Enttäuschung, die in der Luft knistert.

„Lebt er noch?", fragt Cole, seine Stimme ist tief und eindringlich, als wolle er eine letzte Hoffnung in die Frage legen.

Grayson beantwortet die Frage nicht direkt, doch einer seiner Leibwächter tritt einen Schritt nach vorn, knackt bedrohlich mit den Fingern, während ein höhnisches Lächeln sein Gesicht durchzieht. Es sagt mehr, als Worte es könnten.

„Dein Kent ist loyal bis in den Tod", murmelt Grayson und blickt mich kalt an. „Das ist etwas, was ihr beide anscheinend nie ganz verstanden habt."

Mein Atem stockt, und meine Gedanken rasen. Hat er ihn gefoltert? Umgebracht? Um zu uns zu kommen? Meine Knie beginnen, zu zittern. Mein ganzer Körper zittert vor Kälte – und Angst.

Cole macht einen kleinen Schritt nach vorn, sein Blick fest auf Grayson gerichtet. „Loyalität?", sagt er, seine Stimme voller Härte. „Du redest von Loyalität, Grayson, als wäre das dein eigener Name. Aber Loyalität bedeutet, dass man für die Menschen einsteht, die einem am Herzen liegen – nicht, dass man sie manipuliert, benutzt und ausnutzt."

Grayson steht im Raum, sein Blick fixiert auf uns, als würde er uns höhnisch durchbohren wollen. Sein bedrohliches Grinsen lässt keine Unsicherheit durchblicken, als hätte er auch hier an diesem Ort die Oberhand. Die Kontrolle.

Asad, seine Leibwächter, steht direkt hinter ihm, die Hände lässig, aber jederzeit bereit, auf die Waffen unter seinem schwarzen Mantel zuzugreifen. Die Atmosphäre im Raum ist so zum Zerreißen gespannt, wie eine unsichtbare Schlinge, die sich langsam enger zieht.

Ich spüre Livia neben mir, ihre Hand leicht zitternd in meiner. Aber ich lasse sie nicht los, halte sie fest, weil sie mir in diesem Moment die Stärke gibt, der Dunkelheit, die uns gegenübersteht, direkt ins Gesicht zu sehen.

„Hör doch endlich auf, Grayson", sage ich, meine Stimme ruhig, aber fest. „Es ist vorbei. Wir haben alles – jede Lüge, jede Manipulation, die du gesponnen hast, um dieses Netz der Angst zu kontrollieren. Wir können Artikel um Artikel wie kleine Bomben hochgehen lassen – falls mir oder Liv etwas passiert. Du kommst nicht aus dieser Sache heraus."

Grayson lacht leise, sein Blick glitzert vor Überlegenheit. „Ihr glaubt wirklich, dass ihr mich *habt*?" Er lässt seine Worte langsam in den Raum fallen, als könnte er uns allein mit ihnen in die Knie zwingen. „Was genau meint ihr denn, zu wissen?"

Ich gehe einen Schritt nach vorne und sehe ihm direkt in die Augen. „Wir wissen genug," sage ich. „Genug, um dich und deine kriminellen Machenschaften zu entlarven und dein heiliges Netzwerk zu zerstören."

Grayson bleibt für einen Moment reglos, und ich sehe, wie seine Miene sich für den Bruchteil eines augenblicks verhärtet. Doch dann hebt er den Kopf, und sein Gesicht wird von einem kalten Lächeln durchzogen. „Cole", sagt er in einem herablassenden Ton, „du bist immer so naiv gewesen. *Familie* bedeutet

Loyalität. Das bedeutet, Opfer zu bringen – selbst wenn es bedeutet, schwächere Glieder abzutrennen, die dem Ganzen im Weg stehen."

Seine Worte treffen mich wie ein Schlag, aber ich halte stand, gehe einen weiteren Schritt auf ihn zu. „Du redest von Loyalität, als wüsstest du, was das bedeutet," antworte ich, und meine Stimme ist voller Verachtung. „Aber Vater – und Mutter – sie hätten sich niemals so verhalten. Sie haben Menschen beschützt, nicht zerstört!"

Grayson mustert mich, als hätte ich ihm ein besonders dummes Rätsel vorgelegt. „Oh, *Vater*." Er schüttelt leicht den Kopf und seufzt, seine Stimme sinkt in eine dunkle Tiefe, die mir das Blut in den Adern gefrieren lässt. „Dein Vater war ein Schwächling, der nicht wusste, was es heißt, wirkliche Macht zu besitzen."

Ich horche auf. Meine Haut beginnt zu kribbeln. Liv versteift sich ein wenig neben mir. Sie hat es ebenfalls gehört. *Dein* Vater. Nicht *unser* Vater.

Was, wenn Liv mit ihrer Theorie tatsächlich recht hat?

Ich hole Luft und sehe ihm fest in die Augen. „Woher weißt du es?", frage ich ihn und Grayson wirkt für einen Bruchteil irritiert.

„Dass er ein Schwächling war?" Er lacht.

„Dass er nicht dein Vater war."

Die Stille im Raum ist tödlich. Ich spüre, wie die Luft zwischen uns dicker wird, fast greifbar, während Graysons Augen auf mich gerichtet bleiben. In ihnen lodert etwas, das ich nicht benennen kann, etwas Dunkles, Unkontrollierbares. Es ist gefährlich. Sprengstoff. Mein Herz hämmert in meiner Brust, doch ich halte seinem Blick stand.

„Ich bin überrascht, dass du es endlich begriffen hast", sagt er schließlich, seine Stimme glatt wie Öl. Dann lacht er leise, ein kaltes, seelenloses Geräusch, das mich erschaudern lässt.

„Es war nicht schwer", höre ich Livia sagen, und ihre Stimme ist ruhig, schneidend. Sie lehnt sich leicht vor, ihr Blick fest auf Grayson gerichtet. „Es gab zu viele Ungereimtheiten, Grayson. Eure Biographie war voller Löcher."

Sein Kopf schnellt zu ihr herum, als hätte er ihre Anwesenheit vergessen. Für einen Moment flackert Überraschung in seinen Augen, doch dann kehrt das Grinsen zurück, breiter und gefährlicher als zuvor.

„Ein Segelunfall bei ruhiger See," fährt Livia fort, ihre Worte wie ein Skalpell. „Bewegungen, die vom Ufer aus beobachtet wurden. Ein Gutachten, das von einem Ehedrama ausgeht. Aber nichts davon passt zusammen, Grayson. Es war zu perfekt inszeniert. Ich wundere mich, dass die Ermittlungen eingestellt wurden. Dass man dich nicht befragt hat."

„Wie zum Teufel kommst du Schlampe an diese Informationen?!", bricht es aus ihm heraus, doch dann schweigt er abrupt, als hätte er sich verraten. Sein Blick kehrt zu mir zurück, scharf wie eine Klinge. „Du bist so eine unloyale Ratte, Cole. Ich hätte dich damals auch über Bord werfen sollen, als ich noch die Möglichkeit hatte."

Mein Herz bleibt für einen Moment stehen. Es ist, als hätte jemand die Luft aus dem Raum gesogen. „Was hast du getan, Grayson?" Meine Stimme zittert, während die Puzzleteile sich in meinem Kopf zusammensetzen, schneller, als ich sie aufhalten kann.

„Die Ähnlichkeit zwischen dir und Victor Moreau ist wirklich frappierend," sagt Livia leise, doch ihre Worte hallen in meinem Kopf wider. „Ich frage mich nur... warum? Warum hast du es getan?"

Grayson sieht sie an, ein Funkeln von Wut und Selbstgefälligkeit in seinen Augen. „Warum ich ihn getötet habe?" Sein Lächeln ist breit, fast triumphierend. „Weil er ein Schwächling war. Ein sentimentaler, schwacher Mann, der lieber bereit war, sein Vermögen und seinen Erfolg aufzugeben, um sein Glück in der", er lacht bitter, „Liebe zu finden. Wer tut so etwas?"

Mein Körper fühlt sich an, als wäre er aus Stein. Meine Hände zittern, aber ich kann mich nicht bewegen. Die Welt um mich herum verschwimmt, während Bilder vor meinem inneren Auge auftauchen, Bilder, die ich für immer verloren geglaubt hatte.

Ein Sommerausflug. Dads Segelboot. Die glatte, ruhige See, die Sonne blendend hell. Mein Vater am Steuerrad, meine Mutter am Bug des Bootes. Und Grayson – er steht hinter Dad, ein Schraubenschlüssel in der Hand. Blut. Viel Blut. Und dann seine Worte. „Das ist nie geschehen, Cole."

„Du hast... Dad getötet?" Meine Stimme bricht, und ich höre die Worte kaum selbst. Es fühlt sich an, als würde die Welt unter mir zusammenbrechen. „Und Mum?"

„Ach bitte." Grayson lacht leise, selbstgefällig. „Versteckst du dich immer noch hinter dieser Ausrede, alles vergessen zu haben? Colie, du warst schon immer ein naives Kind."

Sein Blick trifft meinen, und in diesem Moment bricht etwas in mir. Ich sehe ihn an, diesen Mann, meinen Bruder, und ich erkenne ihn nicht mehr.

„Mum und Dad... sie haben dich geliebt," flüstere ich, meine Stimme brüchig. „Sie hätten alles für dich getan."

„Für mich?" Er spuckt die Worte aus, seine Augen voller Hass. „Ich war das Resultat einer Nacht mit zu viel Alkohol und dem besten Freund ihrer großen Liebe. Sie hätten immer dich vorgezogen. Du warst ihr Liebling. Der perfekte Sohn."

„Ich war fünf, du Arschloch!"

„Und trotzdem Mamas Liebling."

Ich schüttle den Kopf, unfähig, zu antworten, während er weiterspricht, seine Stimme jetzt honigsüß und giftig zugleich.

„Ich erinnere mich noch genau, wie sie reagiert hat, als ich ihr die Wahrheit ins Gesicht gesagt habe. Dass ich Victors Sohn bin. Sie konnte es nicht glauben, natürlich nicht. Aber sie wusste, dass sie mich nicht mehr kontrollieren konnte." Er lehnt sich zurück, seine Hände in den Taschen, als wäre das alles nur ein Spiel. „Und weißt du, wie hoch die Lebensversicherung war, Cole? Zwanzig Millionen Dollar. Genug, um THE VEIL zu finanzieren. Genug, um mein Leben zu finanzieren."

Ich sehe zu Livia, die starr auf ihn blickt, ihre Augen voller Abscheu und Schmerz. Sie weiß es. Sie wusste es die ganze Zeit. Und ich… ich habe nie gefragt. Nie die Wahrheit über diesen „Unfall" gesucht.

„Du bist irre," flüstere ich, und die Worte brennen auf meiner Zunge. „Sie waren unsere Eltern."

„*Deine Eltern.*" Grayson lächelt, triumphierend, und tritt einen Schritt näher. „Nein, Cole. Ich bin ein Visionär. Ich habe getan, was nötig war, um THE VEIL zu retten. Und jetzt, wo ich sehe, was für ein Schwächling du bist, weiß ich, dass es die richtige Entscheidung war."

„Du bist ein Psychopath," sage ich, meine Stimme zittert vor Wut. „Du hast sie getötet. Für Geld. Für Macht."

„Und ich würde es wieder tun", sagt er leise, und sein Lächeln ist das letzte, was ich sehe, bevor ich die Kontrolle verliere. Alles in mir brennt, ein Feuer aus Wut, Schmerz und Verlust. Und dann sehe ich rot.

Ich spüre, wie sich Cole neben mir anspannt, wie eine Feder, die jeden Moment zu schnappen droht. Die Luft knistert vor unausgesprochenen Worten, vor all den Jahren der Lügen, der Schuld, des Hasses, die sich zwischen den Brüdern aufgebaut haben.

Und dann geschieht es – so schnell, dass ich ihn nicht zurückhalten kann.

Cole stürzt sich auf Grayson mit einer Wucht, die ich nicht erwartet habe. Seine Faust trifft Graysons Gesicht, und der Aufprall hallt im Raum wider wie ein Donner. Ich höre ein leises Knacken, vermutlich Graysons Nase, die unter dem Schlag bricht, und sehe sofort Blut, das aus seiner Nase sprudelt. Grayson taumelt zurück, überrascht, doch er fängt sich schnell, seine Augen lodern vor Wut. Er greift sich an die Nase, wischt sich das Blut davon und lacht. „Willst du mich jetzt etwa umbringen, Cole? Wie dramatisch!", spottet er, doch in seiner Stimme liegt etwas Panisches, ein Zittern, das er nicht verbergen kann. Vielleicht ist es auch Schmerz. Ich bin mir nicht sicher.

Cole wirkt wie ein anderer Mensch. Wild, aggressiv, voll mit angestautem Hass auf Grayson, die sich mit einem erneuten Angriff weiter zu entladen scheint – doch diesmal ist Grayson gewappnet und wehrt ihn ab. Ich schreie Coles Namen, meine Stimme überschlägt sich vor Angst. „Cole, bitte! Hör auf!" Doch er scheint mich nicht zu hören. Er ist wie entfesselt, ein Sturm, der sich nicht mehr aufhalten lässt. Er wirft Grayson zu Boden, die beiden rollen über den staubigen Holzboden, und ich sehe, wie Cole immer wieder zuschlägt, seine Bewegungen schnell, unkontrolliert, voller Zorn. Grayson wehrt sich, seine Arme schützen sein Gesicht, doch er ist keine wirkliche Gefahr für Cole.

Grayson lacht höhnisch, selbst als Coles Faust ihn mit voller Wucht trifft. „Das ist alles, was du hast?", spottet er, während Blut aus seiner Nase fließt. „Du bist schwach, Cole. Schwächer, als ich dachte. Und das ist der Grund, warum ich immer gewinnen werde." Seine Worte sind wie Messer, die tiefer schneiden als jeder Schlag.

Cole hält inne. Seine Hand, zur Faust geballt und bereit zum nächsten Schlag, er hält vor Graysons Gesicht inne.

Es ist ein Zeitlupenmoment. Ich spüre genau, wie sich alles um uns herum dehnt wie Spandex, undurchdringbar und fest, und dann beschleunigt sich alles und der Gummizug knallt uns zurück in die Gegenwart.

Grayson stößt Cole von sich, greift blitzartig ins Innere seiner Tasche und zieht eine Waffe heraus.

Ich schreie auf.

Grayson schreit etwas, Cole weicht nach hinten. Asad und der andere Gorilla weichen zurück. Einer von ihnen ruft etwas, das ich nicht verstehe. Ich starre panisch auf den Lauf der Waffe, der auf Coles Brust gerichtet ist. Grayson sieht aus, wie ein wildes Tier, seine Haare fallen in sein Gesicht und er brüllt.

„Alter, beruhig dich", fährt Cole dazwischen, doch das macht Grayson nur noch rasender. Er winkt der Waffe.

„Cole!" Ich trete vor, meine Hände zittern, und ich weiß, dass ich ihn nicht einfach so aufhalten kann. „Grayson, das ist doch Wahnsinn." Doch meine Worte dringen nicht zu ihm durch. Seine Schultern heben und senken sich schwer, er bebt.

Noch einmal rufe ich laut Coles Namen –

Und die Welt bricht auseinander.

Das laute Krachen der Tür war wie ein Donnerschlag, der die Spannung im Raum explodieren lässt. Polizisten stürmen herein, ihre Befehle prallen wie Kugeln von den Wänden ab. Alles bewegt sich plötzlich viel zu schnell – die Leibwächter, die ihre Hände in die Luft rissen, Grayson, der die Waffe auf Cole richtete. Und dann... der Schuss. Ein einziger Knall, der die Welt anhält.

23

Livia

Der Knall zerreißt die Luft wie ein Donnerschlag, und für einen endlosen Moment höre ich nichts außer dem hämmernden Puls in meinen Ohren. Mein Blick sucht hektisch die Szene ab, und dann sehe ich es – Cole, der zu Boden sackt, eine Hand an seiner Seite, Blut, das durch seine Finger sickert. Die Zeit scheint stillzustehen, bis sein schiefes, schmerzverzerrtes Lächeln mich zurückholt. „Nur ein Kratzer", murmelt er, und meine Kehle schnürt sich zu.

Dann sehe ich Cole zu Boden gehen, seine Hand gegen seine Seite gepresst, ein schmerzverzerrter Ausdruck auf seinem Gesicht.

„Cole!" Ich stürze zu ihm, während mein Herz gegen meine Rippen hämmert. Neben uns brüllt Grayson, sein Wahnsinn scheint die Luft zu füllen. Polizisten schreien Anweisungen, schwere Stiefel hallen auf dem Boden, aber alles, was ich wahrnehme, ist Cole.

„Es ist nichts," murmelt er durch zusammengebissene Zähne, sein Gesicht blass, aber er lächelt schief. „Nur ein Streifschuss, Liv. Ich bin okay."

Ich presse meine Hand gegen die Wunde, ein dünner Blutfaden sickert durch seine Finger, aber die Verletzung sieht nicht tief aus. „Okay?", wiederhole ich mit zitternder Stimme. „Du wurdest angeschossen, Cole! Bleib liegen."

„Ich lieg doch schon", grummelt er, sein Humor trotzig, trotz des Schmerzes, der ihm ins Gesicht geschrieben steht.

Hinter mir scheppert es, als Polizisten Grayson endgültig zu Boden zwingen. Er schreit, windet sich wie ein wildes Tier, seine Worte unverständlich, voller Zorn und Verachtung. Ich höre Fetzen wie „Ihr versteht nichts!" und „THE VEIL wird euch zerstören!", aber niemand schenkt ihm Beachtung.

„Grayson Rutherford, Sie stehen unter Arrest!", ruft ein Beamter, bevor sie ihn abführen. Während die Polizisten ihn rabiat abführen, wirft Grayson einen letzten Blick zurück, seine Augen lodern vor Wahnsinn. „Ihr habt gewonnen, glaubt ihr. Aber das Netzwerk – das Netzwerk ist mehr als ich. Ihr werdet sehen. Ihr werdet es alle sehen!" Seine Worte bohren sich in meinen Geist, und ich spüre, wie eine Gänsehaut meinen Rücken hinaufläuft. Der Wahnsinn in seiner Stimme hinterlässt einen Schatten, der schwerer wiegt als seine Schreie zuvor.

Mein Blick wandert zurück zu Cole, der sich auf seinen Ellbogen stützt, trotz meiner Proteste. „Cole, bleib liegen!"

„Ich will nur sehen, ob du in Sicherheit bist," murmelt er, und ich könnte ihn dafür ohrfeigen – und gleichzeitig küssen.

Ein Sanitäter kommt zu uns, beugt sich über ihn. „Das sieht nach einem glatten Streifschuss aus," sagt er beruhigend. „Wir säubern das, verbinden es, und Sie werden wieder laufen können, bevor Sie es merken."

Cole lehnt sich zurück, ein angestrengter Atemzug entweicht ihm. „Hab ich doch gesagt", murmelt er, seine Lippen zu einem schwachen Lächeln verzogen.

Ich greife nach seiner Hand, halte sie fest. „Du bist ein verdammter Idiot", flüstere ich, und er sieht mich mit einem Funkeln in den Augen an.

„Aber dein verdammter Idiot," sagt er, und ich schüttle den Kopf, ein zittriges Lächeln auf meinen Lippen. Trotz allem, trotz der Schrecken dieses Augenblicks, ist da ein Hauch von Hoffnung. Wir haben es geschafft. Zumindest diesen Kampf.

Ich blicke ihm in die Augen, seine Lippen zittern, als wollte er etwas sagen, doch er bleibt stumm. „Wir haben es geschafft, Cole", sage ich leise, meine Stimme bricht. „Wir haben ihn gestoppt."

Er nickt langsam, zieht mich in eine Umarmung, und ich spüre, wie seine Arme mich fester halten. Wir stehen da, während die Polizisten sich um uns herum bewegen, und ich lasse mich für einen Moment in die Sicherheit fallen, die ich in seinen Armen finde. Doch in meinem Inneren spüre ich es noch immer – die glühende Entschlossenheit, dass dies erst der Anfang ist.

Einer der Polizisten, ein hagerer Mann in den Fünfzigern mit scharf geschnittenen Gesichtszügen und einem kurzen, dunklen Bart, tritt auf uns zu. Er reicht uns die Hand und stellt sich als *Detective Samuel Garrison* vor.

„Mr. Rutherford", sagt er ruhig und blickt Cole direkt an. Seine Stimme ist tief und professionell, aber nicht ohne Mitgefühl. „Wir haben Ihren Bruder und seine Leute in Gewahrsam. Es wird dauern, bis wir alles durchgearbeitet haben, aber Sie und Miss Santorini können vorerst aufatmen. Die Staatsanwaltschaft wird sich bei Ihnen melden. Es wird noch viele Fragen geben – vor allem zu den Beweisen, die Sie uns geliefert haben."

Cole nickt langsam, und ich sehe, wie die Anspannung in seinen Schultern etwas nachlässt. „Und… was passiert jetzt?", fragt er, seine Stimme klingt erschöpft, aber fest. „Was wird aus dem Netzwerk?"

Detective Garrison blickt ihn ernst an, die Hände in die Taschen seines Trenchcoats gesteckt. „Die Beweise, die wir bisher haben, sind ein Anfang. Aber die Strukturen eines solchen Netzwerks fallen nicht von heute auf morgen. Die Ermittlungen werden Zeit brauchen, und wir werden auf Ihre Zusammenarbeit angewiesen sein. Beide." Sein Blick wandert zu mir, und ich nicke langsam.

„Natürlich", sage ich, meine Stimme leise, aber bestimmt. „Ich werde alles erzählen, was ich weiß. und Cole auch."

Garrison mustert mich für einen Moment, dann nickt er. „Das wäre mehr als hilfreich. Und ich denke, Sie haben einiges zu sagen."

Ich halte Coles Hand fester, während Garrison sich abwendet und mit einem Kollegen spricht. Cole sieht mich an, und in seinem Blick liegt eine Mischung aus Erleichterung und Vorsicht. „Das war ein großer Schritt," sagt er leise, fast mehr zu sich selbst. „Aber es ist noch nicht vorbei."

„Nein," sage ich, meine Stimme fester als zuvor. „Es ist nicht vorbei. Ich will sicherstellen, dass die Welt erfährt, was Grayson und das Netzwerk wirklich getan haben. Das hier ist größer als seine Verhaftung. Seine Geschichte – die Wahrheit über unsere Eltern, über Kent, über alles – muss ans Licht kommen."

Cole sieht mich an, und für einen Moment schweigen wir, bevor er langsam nickt. „Und du weißt, dass das gefährlich wird", sagt er. Es ist keine Frage.

„Ja", antworte ich schlicht, aber ich lasse meinen Blick nicht von ihm ab. „Aber ich will nicht schweigen. Nicht mehr."

„Also gut", sagt er schließlich, und seine Stimme hat diesen entschlossenen Ton, den ich mittlerweile so gut kenne. „Du erzählst die Geschichte. Und ich passe auf, dass du dabei sicher bleibst."

Ich sehe ihn an, und in diesem Moment fühle ich eine Verbindung zwischen uns, die stärker ist als jede Angst.

„Cole?", flüstere ich, meine Stimme nicht mehr als ein leises Beben. Er sieht mich an, seine Augen durchzogen von einer Müdigkeit, die nur das Erlebte mit sich bringen kann, doch da ist auch Wärme – eine Wärme, die mich sicher hält.

„Ich liebe dich auch."

Er atmet aus, und ich sehe, wie sich ein Schatten von Anspannung aus seinen Augen löst. Er sieht mich an und atmet aus. Dann nimmt er mein Gesicht in beide Hände und küsst mich, dass wir der Atem wegbleibt. Seine Hände umfassen mein Gesicht, und der Kuss, den er mir gibt, ist wie ein Versprechen – ein stilles Gelöbnis, dass wir zusammen alles überstehen werden.

Die Nacht mag über uns hängen, aber in der Ferne sehe ich das Licht eines neuen Tages. Gemeinsam treten wir hinaus in die frische Luft, wo die Sterne am Himmel noch klarer scheinen, als ob sie uns den Weg weisen wollten. Es ist noch nicht vorbei – aber wir sind bereit.

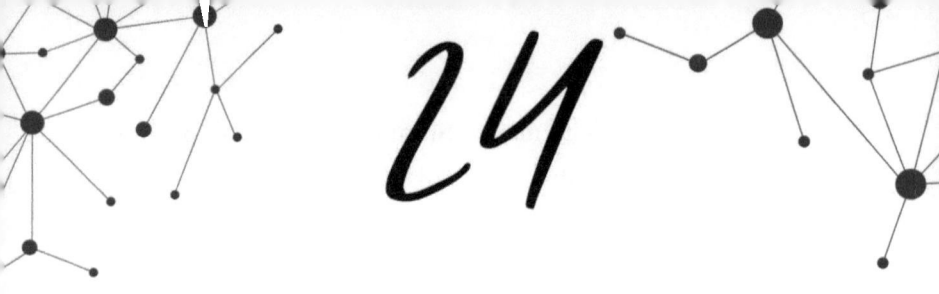

The New York Times, 01.12.2024

Enthüllungsartikel: Netzwerk der Macht – Korruption in den höchsten Kreisen

Von Livia Santorini

Ein geheimes Netzwerk hat die Ebenen von Exekutive, Legislative und Judikative infiltriert und unsere demokratischen Institutionen manipuliert. Durch gezielte Korruption und Einflussnahme kontrolliert diese Organisation politische Entscheidungen, Justizprozesse und wirtschaftliche Interessen.

Beweise zeigen, wie das Netzwerk „THE VEIL" aus Politik, Medien und Kunst gezielt unsere Gesellschaft unterwandert hat. Eine Liste aller Mitglieder wurde den Ermittlungsbehörden übergeben, die die tiefen Verstrickungen und die Reichweite dieser Korruption dokumentiert.

THE VEIL und seine Schlüsselpersonen
Angeführt wird THE VEIL von Grayson Rutherford, einem Mann mit weitreichendem Einfluss, der Erpressung, Bestechung und Drohungen nutzte, um Macht zu sichern.

Clint Sax, weltweit bekannt als Medienmogul und CEO der Sax-Media Group, manipulierte gezielt Berichterstattung, um öffentliche Meinung zu lenken und das Netzwerk zu schützen.

Die Sax-Group, Besitzerin u.a. des Boston Chronicle konnte durch gezielte Platzierung THE VEIL-naher Berichterstattung wie z.B. durch Leitartikel der Herausgeberin Diane Hargrove das mediale Echo formen und die bürgerliche Meinung zu Gunsten des Netzwerkes formen.

So wurde u.a. der geplante Bostoner Bürgerentscheid zur Freigabe von Bauland im Süden Bostons durch William Merrick, Stadtrat, behindert und zu einem einfachen Entscheid durch die Stadträte abgeändert. Quellen berichten, Merrick habe Gelder bekommen, um diesen Entscheid zu Gunsten der Sax-Group und des Netzwerkes zu beeinflussen. Grayson Rutherford selbst gab entsprechende Anweisungen per E-Mail (s. Bild).

Manipulation der Staatsgewalt
Insidern zufolge verkehrt Judge Samuel Irving ebenfalls seit Jahren netzwerknah. Durch ihn und seine Urteile pro Netzwerk wurde die Justiz gezielt unterwandert (s. Liste der kritischen Urteile von Judge Irving) und Ermittlungen blockiert. Weitere Richter und Bostoner Staatsanwälte, die mit THE VEIL verbunden sind, unterdrückten Verfahren und Einflussnahme gezielt innerhalb der Legislative und sicherten dem Netzwerk so langanhaltenden Schutz und Kontrolle.

Ein dringender Auftrag für die Justiz
Diese Enthüllungen sind der erste Schritt zur Aufdeckung dieses Netzwerks. Es ist nun an der Justiz und der Politik, die Verstrickten zur Verantwortung zu ziehen und das Vertrauen der Öffentlichkeit wiederherzustellen. Nur durch konsequente Aufklärung und Strafverfolgung können die Strukturen dieser geheimen Machtverbindung zerschlagen und die Demokratie geschützt werden.

Rolle von Rutherford

Mit Grayson Rutherford, Anwalt für Strafrecht, wurde am 28.11.2024 der führende Kopf des Netzwerkes in Maine verhaftet. Rutherford gestand den Mord seiner Eltern. Die Skrupellosigkeit des Kopfes der Organisation reicht noch weiter...

An einem kühlen Herbstmorgen sitzen wir auf der alten Veranda des Hauses in Norham, eingehüllt in warme Decken, während die Wellen sanft gegen die Küste schlagen. Cole hält die Zeitung in der Hand, ein kleines Lächeln spielt auf seinen Lippen, als er den Artikel überfliegt, den ich für die *New York Times* geschrieben habe. Es ist der Abschluss von Monaten voller Angst, Geheimnisse und harter Arbeit – ein Moment, den ich kaum für möglich gehalten hätte.

„Hier ist er", sagt Cole leise, und seine Stimme trägt einen Anflug von Stolz, der mich sanft berührt. Ich sehe zu ihm auf und nicke, mein Herz klopft schneller. Es ist, als würde ich den Artikel zum ersten Mal hören, als er zu lesen beginnt:

„Ein Netzwerk aus Macht und Dunkelheit – Ein exklusiver Einblick in eine Verschwörung, die unser Land erschüttert hat. Monatelange Recherchen und die mutige Entscheidung eines Kronzeugen haben die Wahrheit ans Licht gebracht: Eine Organisation, die in den Schatten operiert hat, und deren Einfluss in die höchsten Ebenen unserer Gesellschaft reichte. Durch gezielte Manipulation und Korruption in Exekutive, Legislative und Judikative errichtete THE VEIL eine versteckte Machtstruktur, die ohne Rücksicht auf Menschenleben das Streben nach Kontrolle über die Gesellschaft verfolgte. Jetzt ist es enthüllt. Die Einzelheiten sind verheerend – doch sie bieten auch die Chance auf einen Neuanfang für uns alle."

Cole hält inne, sieht mich an, und in seinen Augen liegt etwas, das ich nicht so leicht beschreiben kann – Stolz, Erleichterung und ein Hauch von Bewunderung. Für einen Moment sagen wir nichts, lassen nur die Bedeutung dessen, was hier steht, auf uns wirken.

„Du hast die Wahrheit ans Licht gebracht, Livi", sagt er sanft und legt seine Hand auf meine. „Die Menschen werden jetzt erfahren, was wirklich passiert ist."

Ich blicke hinaus auf die Wellen hinter den Dünen und fühle eine Mischung aus Erleichterung und Abschiedsschmerz. In diesen letzten Tagen hier in Norham habe ich gelernt, was es bedeutet, wirklich loszulassen und vorwärtszugehen. Cole und ich haben die Tage damit verbracht, die Vergangenheit hinter uns zu lassen, und er hat der Polizei und Staatsanwaltschaft als Kronzeuge geholfen, das Netzwerk Stück für Stück zu ent-wirren und die Beteiligten zur Verantwortung zu ziehen. Es war ein langer Prozess, doch das Ende war es wert.

„Und was jetzt?", frage ich schließlich und sehe Cole an, der mich immer noch beobachtet. Ein leichter Wind streicht über uns, und ich ziehe die Decke enger um mich, während ich auf seine Antwort warte.

Er legt die Zeitung beiseite, zieht mich sanft an sich und schaut in die Ferne. „Ich war mein ganzes Leben auf der Flucht – vor Grayson, vor meiner Schuld, vor mir selbst", sagt Cole leise, während sein Blick auf die Ferne gerichtet bleibt. „Aber mit dir, Livi, fühlt sich alles anders an. Zum ersten Mal glaube ich, dass ich es verdienen könnte, irgendwo zu bleiben. Ein Zuhause zu haben."

Seine Worte treffen mich tief, und ich drücke seine Hand. „Du verdienst alles, Cole. Und jetzt kannst du es dir nehmen."

Die Vorstellung, ein neues Leben zu beginnen, ist beängstigend, aber auch aufregend.

Ich denke an meine Familie, die sicher ist und nichts von diesem Teil meines Lebens erfahren hat. Bis jetzt. Noch wissen sie nichts von meinem Artikel in der New York Times, aber das ist nur eine Frage der Zeit. Vielleicht werde ich ihnen eines Tages alles erzählen, doch im Moment reicht es mir, zu wissen, dass sie in Frieden leben können und dass wir es geschafft haben.

Eines Abends kurz vor Weihnachten, während wir am Strand entlanggehen und den Wellen ausweichen, halte ich inne, schaue Cole an und sage leise: „Es ist vorbei."

Er lächelt und zieht mich näher zu sich, sein Arm liegt fest um meine Schultern. „Ja, das ist es", flüstert er, und ich spüre die Wärme und Geborgenheit, die von ihm ausgeht. Gemeinsam, Hand in Hand, gehen wir in die Dämmerung, bereit, die Freiheit zu leben, die wir uns so hart erkämpft haben.

Ich schaue zu Cole hinauf, die Abendsonne wirft ein warmes, goldenes Licht über den Strand, und für einen Moment halte ich ihn fest an meiner Seite, als könnte ich diesen Augenblick festhalten. Ein leiser Gedanke schleicht sich in meinen Kopf, und ich stelle die Frage, die mich seit Tagen immer wieder umtreibt. „Willst du mitkommen, Cole?", frage ich leise. „Über Weihnachten? Meine Eltern haben gefragt."

Cole sieht mich an, sein Blick sanft, aber ernst, und er scheint für einen Moment über meine Worte nachzudenken. Die Stille zwischen uns ist schwer, aber nicht bedrückend; sie ist die Stille von jemandem, der versucht, die richtige Antwort zu finden, auch wenn es wehtut.

Cole hält inne und sieht auf das kleine Dorf hinaus, das sich im sanften Abendlicht an die Küste schmiegt. Die kleinen

Häuser, die Fischerboote, die ruhige, vertraute Stille – all das scheint für einen Moment genau das zu sein, wonach wir beide uns so sehr gesehnt haben.

„Zu deinen Eltern", sagt er, seine Stimme leise, als wäre es ein Gedanke, der ihn selbst überrascht.

„Sie würden sich freuen. Sie sind gespannt, den Mann kennenzulernen-"

„Der ihre Tochter um ein Haar in den Abgrund gezogen hätte?"

„- den ich liebe", sage ich schlicht und halte den Atem an. Die Vorstellung, in auch offiziell an meiner Seite zu wissen, an Weihnachten, bei meiner Familie – die ich schützen wollte, es ausweglos erschien – macht mein Herz weit.

„Ich habe nie über so etwas nachgedacht", murmelt Cole, als wir am Strand entlanggehen. „Familienessen, Weihnachten... Es fühlt sich an wie etwas, das anderen passiert, aber nicht mir."

„Das liegt vielleicht daran, dass du nie eine Livia Santorini an deiner Seite hattest", erwidere ich mit einem schiefen Lächeln, und er sieht mich an, seine Augen voller Zärtlichkeit.

„Vielleicht", sagt er leise und zieht mich in eine Umarmung. „Vielleicht wird es Zeit, dass ich herausfinde, wie sich das anfühlt." Cole schließt die Augen und stellt sich gegen den Wind, bis er schließlich nickt. „Sehr gerne, Livi... ich würde sehr gerne deine Familie kennenlernen."

Seine Worte lassen eine Ruhe in mir aufsteigen, wie ich sie schon lange nicht mehr gespürt habe. Ich stelle mir vor, wie wir Weihnachten zusammensitzen, Egg Nogg trinken und Keks essen. Mehr noch: Ich stelle mir vor, wie wir nach Weihnachten an diesen Ort zurückkommen. Uns ein Zuhause schaffen. Ich sehe uns, wie ich mich morgens mit einem Kaffee auf diese Veranda setze, wie wir die Fischer bei ihrer Arbeit beobachten und abends am Strand entlanggehen, so wie jetzt. Ein Leben voller kleiner, unspektakulärer Momente, das trotzdem so viel bedeuten würde.

„Ich glaube, das wird großartig", sage ich, ein Lächeln auf den Lippen als ich mich zu ihm drehe und ihn küsse. „Vielleicht sind wir endlich angekommen."

Cole lächelt zurück und zieht mich sanft in seine Arme. In diesem Moment spüre ich, dass Norham uns etwas bietet, das wir uns nie hätten vorstellen können – eine echte Zukunft, frei von der Vergangenheit.

Norham ist wie eine Insel in der Zeit – ein Ort, an dem die Stürme der Welt nicht zu existieren scheinen. Hier sind wir nicht die Flüchtlinge, die Überlebenden eines grausamen Spiels. Hier sind wir einfach wir – Cole und Livia, zwei Menschen, die endlich einen Ort gefunden haben, an dem sie atmen können.

Die Wellen rollen sanft an den Strand, ein Rhythmus, der seit Jahrhunderten unverändert ist. Ich frage mich, ob das Meer uns etwas sagen will – dass es weitergeht, immer weiter, egal, welche Stürme uns treffen. Cole steht neben mir, seine Hand fest in meiner, und ich weiß, dass wir unseren Platz gefunden haben. Nicht nur in Norham, sondern in der Welt. In unserem gemeinsamen Leben.

Epilog

Das Haus in Norham ist erfüllt von Leben und Lachen. Der Duft von frisch gebackenem Kuchen und süßen Sahnetorten zieht durch die Räume, und das bunte Treiben rund um den gedeckten Tisch strahlt eine Freude aus, die ich lange nicht mehr empfunden habe. Meine kleinen Schwestern toben lachend durch den Raum, ihre Haarbänder verrutscht und die Gesichter von einer dünnen Sahneschicht verziert, die sie sich im Übermut gegenseitig ins Gesicht geschmiert haben. Ihre schrillen Kichern füllt den Raum, und meine Mutter ruft ihnen lachend zu, dass sie doch aufpassen sollen, während sie mir einen wissenden, warmen Blick zuwirft.

Cole steht in der Mitte des Raumes, das Geburtstagskind des Abends, umringt von meiner Familie und seinen neuen Freunden. Seine Augen strahlen, und er wirkt so viel gelöster, als ich ihn jemals gesehen habe. Es ist, als hätten die Monate, die wir hier verbracht haben, ihm eine neue Leichtigkeit geschenkt – eine Freiheit, die sich in jeder seiner Bewegungen widerspiegelt.

Leyla hat sich einen großen Teller voller Tortenstücke geschnappt und lacht, während sie versucht, ein Stück nach dem anderen zu probieren, und sich über die schiere Auswahl beschwert: „Warum musste deine Mutter gleich fünf verschiedene Torten backen, Livia? Wie soll ich mich da entscheiden?!" Sie kichert und sieht zu Cole, zwinkert ihm zu. „Cole, du bist schuld, dass ich jetzt drei Wochen Diät machen muss!"

Leyla und ich... wir haben uns ausgesprochen. Grayson hatte sie nach der Party im SeaP umgarnt und eingesponnen wie eine Spinne ihre Beute. Er hat sie genauso unter Druck gesetzt wie mich. Leyla und ich hatten viel zu besprechen. Sie hat sich verloren gefühlt, genau wie ich – ein weiteres Opfer von Graysons Manipulationen. Wir weinten zusammen, erinnerten uns an die Tage, an denen wir uns blind aufeinander verlassen hatten, und sprachen über die Fehler, die uns auseinandergebracht hatten.

„Das ist also der Preis für einen ordentlichen Geburtstag", erwidert Cole mit einem Grinsen, und wir alle brechen in Lachen aus.

Inmitten dieses warmen Chaos greifen Cole und ich unauffällig nach Kents Arm und führen ihn zu einem ruhigeren Teil der Veranda, auf der die untergehende Sonne einen warmen Glanz über das Meer wirft. Die sanfte Brise lässt die Zweige in den Bäumen rascheln, und für einen Moment genießen wir alle die Ruhe, die wie ein sanfter Abschluss über dem Tag liegt.

Kent hat überlebt. Knapp, aber überlebt. Es hat Monate gedauert, bis er sich erholt hat und auch jetzt... ist er noch nicht hundertprozentig wiederhergestellt. Er muss dringend in Reha. Und das werden wir ihm ermöglichen.

„Kent, wir wollten dich etwas fragen", sagt Cole und räuspert sich, ein Hauch von Rührung in seiner Stimme. „Wir haben darüber gesprochen und… nun, wir möchten dir helfen, das fehlende Geld aus dem Trustfonds bereitzustellen, damit du wieder richtig auf die Beine kommst."

Kent lächelt sanft, seine Augen funkeln warm, als er die Hand hebt. „Das kann ich nicht annehmen. Wirklich nicht."

„Doch, das kannst du. Ohne mich, uns, wärst du gar nicht erst wieder in Graysons Visier geraten. Lass mich das für dich tun."

„Du weißt, ich habe das gerne getan. Ich-"

„Reha."

Kent setzt an, etwas zu sagen, aber nickt dann nur. „Unter einer Bedingung."

„Klar. Jede."

„Lass mich der große Bruder sein, den du nie hattest." Seine Worte sind voller Ernst und Liebe, und in diesem Moment sehe ich, dass die Freundschaft zwischen Cole und ihm so viel mehr geworden ist.

Cole's Lippen beben leicht, und eine Träne glänzt in seinen Augen, während er blinzelt. Er streckt die Hand nach Kent aus und umarmt ihn. Fest. Sehr fest.

Cole sagte später zu mir, als wir alleine waren, Kent habe ihm mir gezeigt, was es heißt, wirklich zu kämpfen. Nicht mit Fäusten oder Plänen, sondern mit dem Herzen. Er habe ihn daran erinnert, dass Familie nicht immer das ist, in die man hineingeboren wird – sondern die, die man selbst wählt.

Als wir später auf der Veranda stehen und ich meine Finger mit seinen verschränke, schließt er sie fest und hebt sie zu seinem Mund. Mit einem sanften Kuss auf den Ring an meinem Finger sieht er uns beide an, seine Stimme ein Flüstern: „Ich kann es kaum glauben, dass meine Familie in den letzten Monaten um so viele wertvolle Menschen gewachsen ist."

Ich denke an all die Momente zurück – die Angst, die Dunkelheit, das Gefühl, nie wieder sicher zu sein. Und jetzt? Jetzt bin ich hier, in seinem Arm, mit einem Leben vor uns, das wir selbst geformt haben. „Ich liebe dich", flüstere ich, und in seinen Augen sehe ich dieselbe Hoffnung, die in mir brennt. Ein Neuanfang – nicht perfekt, aber echt.

In diesem Moment weiß ich, dass ich all die Unsicherheiten und Ängste hinter mir lassen kann. Wir alle haben hier ein

Zuhause gefunden, ein echtes Zuhause voller Liebe, Vertrauen und Wärme. Und ich in ihm.

Als die Sonne schließlich langsam im Meer versinkt, stehe ich mit Cole Hand in Hand auf der Veranda und lausche dem sanften Rauschen der Wellen. Es ist, als würde das Meer selbst uns eine Geschichte erzählen – von Stürmen, die vorüberziehen, von Wunden, die heilen, und von einem Horizont, der voller Möglichkeiten liegt. Wir hatten überlebt, und jetzt konnten wir endlich leben.

Danke

Ein Buch zu schreiben, war immer mein Traum. Jetzt die Danksagung von meinem 6. veröffentlichten Roman zu schreiben, erfüllt mich mit Unglauben und Dankbarkeit.

Die Schattenspringen-Reihe und die Figuren darin, hat mich geprägt und gefordert; eine Geschichte umzuformen, die ich als junges Mädchen geschrieben habe.

„The Veil" war hier etwas ganz anderes. Es war „kurzer Prozess". Es war Schreibwut, Befreiungswut, etwas ganz anderes in die Hand zu nehmen als bei den fünf Projekten zuvor. Neue Figuren, neue Protagonisten, ein neues Genre. Keine Crossovers, keine Easter-Eggs.

Mein erster Dank gilt hier Books on Demand, denn ich halte der Plattform seit 2015 die Treue. Ohne BoD gäbe es keine Bücher von mir. Danke, dass Ihr „uns" die Möglichkeit gebt, unseren Traum zu leben und unsere (Traum)Welten zu veröffentlichen.

Danke auch an meine Testleser – vergangene und aktuelle. Ohne euch wäre es schwer. Viel schwerer.

Ich danke meiner Familie dafür, dass ihr immer für mich da seid – egal in welcher Lebenslage. Danke für eure bedingungslose Unterstützung und die Sicherheit, die ihr mir gebt.

Ich danke meinen Freunden, neuen wie alten, dafür dass ihr mein Leben (und Schreiben) mit Geschichten und Erlebnissen bereichert. Ohne euch, wäre ich ein bisschen weniger bei mir.

Zu letzt bedanke ich mich bei dir, der oder die meine Geschichten liest. Ohne dich würde das Schreiben nur halb so viel Spaß machen.

Triggerwarnung

Die Geschichte behandelt sensible Themen, die belastend sein könnten. Leser*innen sollten dies bei der Auswahl berücksichtigen.

Gewalt (physische und psychische Gewalt)
Mord und Tod nahestehender Personen
Machtmissbrauch und Manipulation
Erpressung
Familienkonflikte und dysfunktionale Beziehungen
Mentale Belastung und Angstzustände